10
18

12, AVENUE D'ITALIE. PARIS XIIIe

Sur l'auteur

Avocat de formation, John Burdett a travaillé à Hong Kong dans un cabinet juridique britannique avant de devenir écrivain. Grand bourlingueur, il a vécu successivement en France et en Espagne avant de s'installer de nouveau en Asie. John Burdett est l'auteur de sept romans, dont *Bangkok 8*, *Bangkok Tattoo*, *Bangkok Psycho* et *Le Parrain de Katmandou*.

JOHN BURDETT

LE PARRAIN DE KATMANDOU

Traduit de l'anglais
par Thierry Piélat

10
18

PRESSES DE LA CITÉ

Du même auteur
aux Éditions 10/18

BANGKOK 8, n° 3789
BANGKOK TATTOO, n° 4059
BANGKOK PSYCHO, n° 4450

Ce livre est une œuvre de fiction. Les personnages, les événements et les dialogues sont le fruit de l'imagination de l'auteur. Toute ressemblance avec des personnes existantes ou ayant existé, des événements ou des lieux relève de la simple coïncidence.

Titre original :
The Godfather of Kathmandu

ISBN 978-2-264-05620-7

À Nit

« Rares sont les hommes à être allés jusqu'à l'Autre Rive ; le reste de l'humanité ne fait que courir en tous sens sur la berge. »

Siddharta Gautama, *Le Dhammapada*

« La troisième sorte de souffrance que l'âme endure dans cet état résulte du fait que deux autres extrêmes se fondent ici en un, à savoir le Divin et l'humain. »

Saint Jean de la Croix, *La Nuit obscure*

« Il doit y avoir une façon de s'en sortir… »

Bob Dylan, All Along the Watchtower

1

Nous vivons une époque de psychose imposée. Je te pardonnerai la tienne, *farang*, si tu excuses la mienne… mais nous en reparlerons plus tard. Pour l'instant, je suis à l'arrière d'un taxi-moto qui fonce vers le lieu d'un petit crime exquis commis près de Soi 4/4, à Sukhumvit. Mon patron, le colonel Vikorn, m'a appelé chez moi pour m'annoncer la bonne nouvelle : il veut que je m'occupe de l'affaire car la victime est, paraît-il, un *farang* hyper-riche et hyper-célèbre de Hollywood, et il ne tient pas à ce que l'inspecteur Sukum fasse des conneries avec les médias. Nous reparlerons de l'inspecteur Sukum ; pour l'instant, imagine-moi les yeux larmoyants et les oreilles sifflantes, le visage fouetté par un vent tropical de force 8, en route pour l'un des quartiers chauds les plus fameux de la ville, où m'attend le cadavre de l'Occidental.

Je suis presque arrivé. Sur mes instances, le conducteur de la moto grimpe sur le trottoir pour éviter le carrefour de Soi 4 et de Sukhumvit, bloqué par un gros embouteillage, frôle la longue rangée des stands des marchands ambulants occupés à nourrir les prostituées de Nana Plaza qui viennent de se réveiller (il est 11 heures du matin), slalome entre un vendeur de mangues et un réverbère, redescend sur la chaussée avec l'habituelle secousse dans le bas de la colonne vertébrale et ralentit maintenant pour s'engager dans le Subsoi 4. (Faut-il ajouter les deux 4 pour obtenir le 8 porte-bonheur ou bien tenir compte de la mise en garde formelle du système numérologique cantonais, maintenant répandu partout comme composante essentielle de la mondialisation, selon lequel deux fois quatre veut dire deux fois la mort ?) Deux voitures de police et un fourgon médico-légal m'accueillent en cette belle matinée dans le parking de l'hôtel de passe.

M'y attend également Lek, mon assistant, un *katoey* – transsexuel – à cheveux longs qui n'a pas encore trouvé le courage ou les fonds nécessaires pour subir l'opération décisive. Il évite de me regarder dans les yeux, qui brillent d'un éclat surnaturel (j'ai médité toute la nuit), pour m'informer à mi-voix que l'inspecteur Sukum est arrivé avant moi et a déjà adopté une attitude possessive envers le cadavre. Le brave Sukum est à un demi-échelon au-dessus du mien. Nous sommes rivaux. Tel un grand félin penché sur sa proie, il couve le mort des yeux comme s'il l'avait tué lui-même. Qui pourrait l'en blâmer ? À la Criminelle, la nécrophilie fait partie des risques professionnels et je ne doute pas que mon rival soit en train de baver sur sa magnifique prise comme s'il avait trouvé le Koh-i Nor dans un caniveau. Dans la hiérarchie des valeurs qu'on nous a inculquées à l'école de police, ce meurtre est par définition une *ruang yai*, une grosse histoire. Il va être intéressant de voir comment Sukum gère mon arrivée inopportune. Peut-être vais-je réussir à le surprendre.

Lek en tête, nous passons devant la guérite des vigiles et arrivons à la zone de débarquement du parking, qui est aussi l'entrée d'un immeuble de dix étages, construit à la hâte, sans fioritures, une quinzaine d'années plus tôt, pour tirer profit de la frustration sexuelle des Occidentaux de plus de quarante ans : une affaire insubmersible ; les propriétaires ont récupéré leur investissement en trois ans. C'est une mine d'or. La peinture des murs s'écaille et laisse voir le plâtre, barbouillé de quelques graffitis *(Va te faire foutre, farang*, en thaï, *Sarli, t'as vraiment été bonne la nuit dernière*, en anglais) ; l'ascenseur est minuscule – Lek, qui est pourtant fluet, et moi nous retrouvons un moment dans une promiscuité embarrassante. Le télescopage de nos deux parfums révèle nos penchants sexuels. Lui ne met que du Chanel N° 5, qu'il quémande à ma mère, Nong ; le mien est une petite eau de toilette brute et sans compromis de chez Armani.

— Ça pourrait être une affaire pour Miss FBI, dis-je dans l'ascenseur.

— Elle est coincée en Virginie, me répond Lek. La pauvre petite s'est cassé le bras au cours d'un combat d'entraînement. Elle s'attaquait à deux moniteurs en même temps et bien sûr les deux gars sont sortis de là bien amochés, mais elle ne peut toujours pas dire qu'elle fait partie des garçons parce qu'elle est amoureuse de moi. Ne lui répète pas que je t'ai dit ça.

— Kimberley ? Vraiment ?

— Elle m'a envoyé un e-mail hier.

Kimberley Jones, agent du FBI, est une amie à nous. Surtout de Lek. C'est une longue histoire. Elle a travaillé avec moi sur quelques affaires à caractère international et est tombée amoureuse de Lek, chose étrange qui l'a complètement chamboulée. Le désir qu'elle éprouve pour un transsexuel fait-il d'elle une lesbienne ou non ? Je crains que ta culture n'ait pas grand-chose à proposer, *farang*, pour trouver la clé de cette énigme, c'est sans doute la raison pour laquelle elle n'arrête pas de me téléphoner.

Au quatrième étage, nous suivons le couloir jusqu'à l'appartement 422, où sont postés deux flics en uniforme.

Ils s'écartent pour nous laisser entrer dans la chambre, où un gigantesque Américain est en position à moitié assise, adossé à des oreillers, avec pour tout vêtement un énorme short sur lequel s'est répandue la masse de ses intestins, pareils à de gros vers ou à des tripes sur l'étal du boucher. Son lit est si étroit que sa chair déborde de chaque côté et on se demande comment il s'y prenait pour copuler. Face au personnage central du drame, les flics et techniciens médico-légaux thaïs, tous minces et de petit gabarit, font de prime abord songer au chœur d'une tragédie grecque. Sukum s'avance.

L'inspecteur Sukum Montri, un Thaï plutôt bel homme, la trentaine juste passée, se tient très droit, se montre très convenable quand il n'est pas dévoré par la peur, l'agressivité ou le désir sexuel, comme nous tous, mais pour l'heure je discerne dans ses yeux la flamme de celui qui a décidé que le moment était venu pour les deux protagonistes de laisser tomber la feuille de vigne de la camaraderie pour enfin voir lequel est le plus viril. Eh bien, il a de la chance : aujourd'hui, en raison de la tournure prise par ma psychose, je suis tout *metas* – ce mot sanscrit désignant la « bonté aimante ». Il importe pourtant de ne pas gâter son prochain. Plus tard, je lui ferai savoir que je me fiche complètement, aujourd'hui et jusqu'à la fin de mes jours, de recevoir une promotion.

Il porte une veste et un pantalon noirs, une chemise blanche, une fine cravate en nylon rose (rose parce qu'on est mardi – en Thaïlande, un code régit la couleur appropriée à chaque jour de la semaine), tous ces articles étant génériques, autrement dit pas d'assez bonne qualité pour être des imitations. La veste, particulièrement étriquée aux épaules, toute froissée, a pourtant dû être repassée hier, et elle le serre sous les bras. Nos imitateurs talentueux des grands couturiers français et italiens ne feraient jamais un travail aussi minable ; le tailleur de Sukum, s'il en a un, est certainement de la vieille école, acharnée à économiser le tissu.

— Bonjour, inspecteur.

Je prends soigneusement note de la position de ses mains pendant qu'il me gratifie d'un *wai* (la salutation thaïe, les mains jointes à la hauteur de la bouche en marquant avec précision le temps d'arrêt respectueux requis), avant de lui rendre son salut exactement de la même manière. Sukum toussote.

— C'est très aimable à vous d'être venu si vite me prêter main-forte.

Je pousse un petit grognement qui n'engage à rien, ce qui illumine le visage de Lek d'un bref sourire.

— Votre contribution particulière sera évidemment bienvenue.

Il fait référence à mon anglais parfait, que j'ai appris auprès des clients de ma mère, et à mon sang à moitié *farang*, qui me procure un éclairage précieux sur la mystérieuse mentalité occidentale.

— Oui ?

— Si, si. Mais ne nous emballons pas.

— Bien sûr que non.

— Parlons franchement, poursuit Sukum en baissant le ton. La règle tacite voulant que vous vous chargiez des meurtres de *farangs* ne vaut que si le meurtrier est aussi un *farang*. Elle ne s'applique pas quand une prostituée thaïe bousille un *farang*.

Je me fourre le petit doigt dans l'oreille gauche, qui siffle encore après ma virée en moto, et farfouille dans le cérumen.

— Vraiment ? Pardonnez-moi, Khun Sukum, mais n'y a-t-il pas un défaut de logique dans ce que vous venez de dire ? Comment savoir avant la conclusion de l'enquête si le coupable est thaï ou *farang* ?

— Je savais que vous diriez ça, réplique-t-il sèchement. Regardez, c'est manifestement un meurtre thaï.

Je parcours ostensiblement des yeux l'entaille qui court du plexus solaire jusqu'à la région du pubis ; le cadavre est si massif qu'on a peine à imaginer une petite Thaïe se dressant sur la pointe des pieds pour pouvoir porter le coup de couteau suivant l'angle adéquat. Je lance à Sukum un regard sceptique.

— Bon, il est vrai que c'est un peu ambitieux pour une fille, mais vous savez comment elles sont lorsqu'elles se mettent en rogne. Il a peut-être insisté pour la sodomiser et elle est montée sur ses grands chevaux... Il leur arrive d'être très tatillonnes, de nos jours.

— Quelqu'un m'a pourtant affirmé qu'il était très célèbre.

— Vous voulez dire que ce serait l'œuvre d'un tueur à gages ? Peut-être, mais dans ce cas le meurtre a forcément été commis par un Thaï. En Thaïlande, 99,9 % des meurtres commis par des pros le sont par des Thaïs, dit-il en bon patriote.

— C'est une statistique officielle ? Peut-être avez-vous raison, Khun Sukum. Vous permettez que je jette un coup d'œil dans la pièce ?

Je regarde surtout le mort. Ses longs cheveux gris sont ramenés en arrière en queue de cheval ; une grande barbe grise grossit encore son énorme visage. Il a la bouche entrouverte et du sang a coulé à la commissure des lèvres. Lorsque je tourne les yeux vers le reste de la chambre, je suis immédiatement frappé par les livres. Il me vient alors à l'esprit que Sukum n'a aucune connaissance de l'anglais.

Je fais subrepticement quelques pas en direction des étagères, où sont rangés quelques romans et scénarios. Hypnotisé, je fixe des yeux un recueil de nouvelles d'Edgar Poe. Je tourne le dos à Sukum pour qu'il ne me voie pas froncer les sourcils, ma perplexité ne faisant que croître à la lecture des autres titres. Je réussis finalement à en détacher mon regard et arpente la pièce un moment. Je veille à ne plus faire attention aux livres. Mes yeux s'arrêtent quelques instants sur le téléviseur bon marché à tube cathodique posé sur un guéridon et le lecteur de DVD installé sur l'étagère du bas.

— Khun Sukum… dis-je, les mains croisées dans le dos en continuant de parcourir la chambre. Voulez-vous me faire l'honneur de satisfaire un caprice ? Voulez-vous ouvrir la bouche de la victime et me dire si vous y voyez un petit caillou, un sphinx à tête de mort, ou peut-être les deux ?

Méfiant, Sukum ouvre la bouche du géant et y glisse les doigts, puis en sort un grand sphinx à tête de mort et un caillou. Il me jette un regard où se mêlent la peur, le mépris et une haine suscitée par la jalousie.

— Comment, par Bouddha, avez-vous…

— Et je crois, Khun Sukum, que vous feriez bien d'examiner le dessus du crâne de la victime, dans la région de la fontanelle, et peut-être même tirer un bon coup sur les cheveux dans cette zone…

Il s'exécute et une grande section circulaire du crâne, quasiment tout le dessus de la tête, vient avec les cheveux. Nous voyons maintenant distinctement le cerveau de la victime, encore rouge vif sous sa membrane protectrice, mais auquel il manque quelques circonvolutions du lobe gauche.

Tandis que Sukum rive sur moi un regard fou, je laisse mes yeux errer sur une petite table basse où traînent une assiette en carton et une cuillère en plastique. Sukum frissonne malgré lui, Lek est stupéfait de ma perspicacité et tout le monde me dévisage. Je hausse les épaules. D'une main tremblante, Sukum remet en place le scalp de la victime, comme une pièce de puzzle, en prenant garde de ne pas forcer, de peur de l'abîmer, puis il lève les yeux vers moi.

— Je ne sais pas comment vous avez fait, dit-il, ce doit être votre sang *farang*.

Voir son ambition faiblir et son identité partir en morceaux me met mal à l'aise. Finalement, avec le détachement las qui suit un combat intérieur héroïque, il lâche :

— D'accord, l'affaire vous revient, l'assassin est de toute évidence un *farang ;* nous n'avons pas de meurtriers aussi tordus en Thaïlande.

Je secoue la tête avec une exclamation désapprobatrice.

— Non, non, mon cher Khun Sukum, je ne songe pas à me mettre en travers de l'ambition de votre vie : devenir inspecteur-chef. Je n'y songe même pas, mon cher collègue. Écoutez, pourquoi ne faites-vous pas tout simplement appel à moi en cas de besoin ? Tenez, voici mon numéro de portable personnel, n'hésitez pas à me téléphoner si vous êtes dans une impasse…

Lek me tire par la manche ; il a quelque chose de confidentiel à me dire.

— Bon, il faut que j'y aille. Pourquoi ne pas nous retrouver très bientôt pour une petite séance de remue-méninges ? Pas de problème, le dossier sera à votre nom, je ne revendique aucun mérite, seulement l'honneur de vous être utile dans une affaire retentissante.

Je souris pendant que Lek m'entraîne hors de la chambre. À la porte, je me retourne et ajoute :

— Je sais que vous y avez déjà pensé, inspecteur Sukum, mais au cas où cela vous aurait inexplicablement échappé, la victime ne résidait pas ici. Pas de vêtements ni quoi que ce soit montrant qu'elle habitait là ; vous voyez, il n'y a que quelques livres. Si j'étais vous, j'irais voir du côté des hôtels cinq étoiles du quartier.

Sukum sait si peu de choses des *farangs* qu'il n'a toujours pas pigé.

— Il louait probablement cette chambre pour ses parties de jambes en l'air. Il a sans doute une suite au Dusit Thani, ou l'équivalent.

Sukum opine du chef tout en essayant de se mettre dans la tête l'idée que quelqu'un puisse louer deux chambres d'hôtel en même temps, uniquement par souci de discrétion. Cela suppose vraiment qu'on soit *ruey ruey*, fabuleusement riche, en thaï.

Pendant que nous redescendons au rez-de-chaussée par l'ascenseur, des larmes coulent en silence sur les joues de Lek.

2

Lek m'a forcé à m'arrêter à un stand de restauration sur le trottoir de Soi 11. C'est l'heure du déjeuner et toutes les tables sont occupées. J'ai un embouteillage à ma gauche, une clôture métallique à ma droite. Lek est assis face à moi et me lance un regard chargé de ressentiment.

— Je n'arrive pas à croire ce que tu viens de faire, dit-il.

Nous avons passé la commande et nos plats sont servis : un *tom yam kung* pour Lek, un curry vert de lapin pour moi ; aucun de nous deux ne peut manger.

— Je te l'ai dit, j'ai trouvé la Voie, tu devrais être content.

— Depuis cinq ans, tu es celui qui aurait dû recevoir la prochaine promotion. C'est scandaleux que la commission ne te l'ait pas encore accordée. S'il n'avait tenu qu'au colonel Vikorn, tu l'aurais depuis des années. Même tes ennemis pensent que tu devrais l'obtenir. Sukum n'est pas mauvais, mais il lui manque l'inspiration. Toi, tu es un génie.

— On ne m'accordera jamais de promotion, tu le sais très bien. On me tolère en tant qu'inspecteur d'échelon inférieur. Si je montais en grade, on se mettrait à jaser sur mon sang *farang*. Tu sais comment sont les Thaïs. Des bouddhistes tout à fait impartiaux tant que leur revenu personnel n'est pas menacé. De toute façon, je te l'ai déjà dit, Lek, j'y suis presque. Encore quelques séances avec Tietsin et j'atteindrai l'éveil.

— Ce charlatan ! Je le hais.

— Tu ne l'as jamais rencontré.

— Je le hais à cause de l'effet qu'il a sur toi en cette période douloureuse.

Lek se cache le visage pour que je n'y perçoive pas ma souffrance. Il est devenu pareil au portrait de Dorian Gray. Je vois en lui la réalité que je n'ose pas voir en moi. Je me détourne.

— Je ne suis pas un génie. C'est seulement que mon anglais me donne parfois un avantage. Tu sais comment j'ai deviné, à propos du caillou, du papillon et de la trépanation ? Tout était mentionné dans les titres des livres et des scénarios…

Lek s'essuie le visage avec une exclamation désapprobatrice.

— Je me fiche de savoir comment tu as fait, ce qui me préoccupe, c'est uniquement toi et de voir cette espèce de sorcier tibétain te détruire.

Il me regarde avec un amour simple et authentique, puis commande une cannette de bière.

— Bois-la, m'ordonne-t-il lorsque la Singha est servie.

— Je ne peux pas, Lek, dis-je avec un léger frisson provoqué par la vue de la bière et ce qu'elle implique.

— Si tu m'aimes, si tu as encore de la considération pour moi, bois-la.

— Lek…

— Tu as peur, n'est-ce pas ? Ton état de béatitude est artificiel ; je suis persuadé que tu as passé la nuit à fumer tout en lisant tes textes de sorcellerie…

— Ce n'est pas de la sorcellerie, c'est du bouddhisme tibétain…

— Si ce n'est pas de la sorcellerie, bois une bière. Juste une. Je t'ai vu en écluser dix d'affilée. Mais tu es terrifié à l'idée de dégringoler, n'est-ce pas ? Une simple petite cannette de bière peut faire éclater la bulle ; voilà pourquoi c'est un charlatan, ce sorcier tibétain.

De guerre lasse, parce que j'ai de l'affection pour lui, je crois – il est peut-être le seul qui reste –, je bois la bière. Il a raison, l'ingestion de cette modeste quantité d'alcool fait éclater la bulle. Je sens monter la paranoïa. Lek paie l'addition, me prend par la main et m'entraîne jusqu'au taxi le plus proche. Peu importe que nous restions coincés dans un embouteillage, c'est la relative intimité de la banquette arrière qu'il recherche. Quand je ferme les yeux, je vois ce qui est toujours là, comme une vidéo qui passe en boucle à l'arrière de mon front : la voiture – une Toyota Echo gris métallisé – qui a pris le virage pour entrer dans le *soi* et a renversé Pichaï, mon fils de six ans, au moment où il descendait d'un taxi. Chanya n'a été que légèrement blessée au pied gauche ; refusant toute aide, elle a emmené Pichaï à l'hôpital et m'a appelé sur mon portable. Je suis arrivé dans la salle d'opération juste à temps pour le voir mourir.

Chanya ne l'a pas supporté mieux que moi. Elle est entrée comme novice au couvent, un lieu austère en pleine forêt dans la province de Mukdahan, près de la frontière laotienne. On y médite encore sur des photos de cadavres. Elle est devenue fanatique de cette pratique, observant chaque étape de la décomposition du corps humain et ne faisant qu'un avec elle. De mon côté, j'ai trouvé le docteur Norbu Tietsin, le maître spirituel tibétain fou. Disons qu'il m'a montré comment graviter autour de la Terre au lieu d'y vivre. La technique est cependant incompatible avec l'alcool. Même une quantité infime nuit à l'évolution spirituelle ; l'alcool est une drogue de mort, un breuvage diabolique venu des pays du soleil couchant. Il ramène l'esprit dans le corps et le soumet ainsi de nouveau à la torture.

— Lek, il va falloir que je me roule un pétard, dis-je, soudain fiévreux.

— Pas dans le taxi, pour l'amour du Bouddha.

Il arrête ma main, qui cherche le petit sachet d'herbe dont je ne me sépare jamais, ces temps-ci.

— Maître, vois les choses en face, tu es cyclothymique. C'est l'effet qu'a eu sur toi ta tragédie. Avec de l'aide, tu peux t'en sortir. Une aide véritable, celle de la médecine, de la médecine *farang*.

— Désolé, Lek, c'est un cas d'urgence, dis-je en ouvrant la portière pour sortir du taxi.

Une heure à peine s'est écoulée, mais le gigantesque Américain assassiné et les circonstances théâtrales du meurtre me sont complètement sortis de la tête. Seule m'importe ma survie dans les cinq minutes qui suivent. Le taxi est bloqué dans un bouchon devant le Rose Garden, Soi 7, où je suis assez connu. Je me précipite à travers le bar jusqu'aux toilettes, trouve une cabine vide et me roule un pétard, mais je ne supporte pas d'être confiné là et j'en ressors dès que le joint est prêt. Tout en tirant fiévreusement dessus, je jette un coup d'œil aux divers avis placardés au mur au-dessus des pissotières : la plupart signalent que l'établissement n'est pas responsable du comportement des filles qui viennent au bar solliciter les clients, et recommandent à ceux-ci de demander à voir leur carte d'identité avant de les emmener dans un hôtel de passe. Une femme de ménage est en train de nettoyer les toilettes, mais elle ne remarque même pas l'odeur âcre de la fumée. Je m'isole dans une cabine, m'assois sur le trône et pleure toutes les larmes de mon corps.

3

Nous allons parler de « psychose », *farang*. Je crois que le terme signifie « perforation de la psyché » : imaginons un réseau délicat de filaments, pareil au manchon des lampes à gaz d'antan, qui, en raison des mauvais traitements infligés par la vie, les gens et les dieux, a subi des dommages irréversibles. Des trous noirs cancéreux le percent maintenant là où irradiait la claire lumière de la libre conscience. En fait, il s'agit d'un mystère dont la clé ne peut être trouvée sans recourir aux mythes, aux métaphores et à la magie, mais, pour l'instant, ne compliquons pas les choses. On ne peut pas non plus l'éclaircir sans se référer à la loi du karma, à l'enchaînement des causes et des effets des actions humaines. Je te donne un coup de pied, tu me le rends. Aveu : j'ai provoqué le monde et le monde a riposté. Voici l'histoire de la fragmentation de ma personnalité.

J'en suis le seul responsable. Pendant des années, mon patron, mentor et père de substitution, le colonel de police Vikorn, m'a harcelé pour que je lui procure un coffret des DVD de la série du *Parrain*, avec Marlon Brando et Al Pacino. Problème récurrent, je ne trouvais que des versions sous-titrées en thaï, or Vikorn est trop flemmard pour lire les sous-titres tout en suivant le déroulement de l'action. Lek a finalement dégoté une version doublée de qualité acceptable et j'ai offert les DVD à Vikorn pour son anniversaire. D'après son épouse numéro 4, qui avait quitté sa demeure de Chiangmai pour venir, à son tour, accomplir ses devoirs chez lui à Bangkok (il se plaît, comme les militaires, à tenir un « tableau de service », ce que ses épouses apprécient car cela leur permet de savoir exactement quand elles peuvent se livrer au shopping à plein temps et quand elles sont de corvée conjugale), il a dévoré tous les DVD en une longue séance arrosée au whisky.

Le lendemain, son verdict a été soigneusement pesé. Je garde gravée de manière indélébile dans ma matière grise l'image de lui derrière son immense bureau vide, du coffret de DVD dans le casier des affaires réglées. Sa posture princière rappelait cependant l'allure d'un technicien médico-légal ; il passait la main dans ses cheveux gris coupés court et se levait de temps en temps pour se dégourdir les jambes. Il est de taille moyenne, musclé, et a l'habitude de porter le treillis marron maison des colonels de police, comme Napoléon endossait son vieil uniforme pour rassurer ses troupes (Vikorn est multimillionnaire, d'aucuns disent même multimilliardaire). Pour un sexagénaire, il se déplace avec une souplesse peu commune ; seuls les gangsters sont aussi félins à cet âge. À son avis, le vieux Corleone a été une vraie poule mouillée en se refusant à faire le commerce de l'héro, et Sollozzo a eu bien raison d'essayer de le faire descendre. Mon colonel m'a même honoré d'une de ses diatribes d'anthologie :

— Qu'est-ce qu'il y a de mal à trafiquer l'héroïne ? La blanche est expédiée en Europe ou en Amérique. Imagine un narcissique, un nombriliste qui, sans elle, aurait provoqué une pollution inimaginable en se rendant tous les jours à son travail, probablement seul dans sa voiture, pour y consommer de l'électricité dans un bureau surchauffé… Grâce à nous, il reste chez lui dans les vapes et se fait virer de son boulot. Son travail est sous-traité au Bangladesh, où quelqu'un l'accomplit pour le cinquième de son salaire et, avec ça, nourrit une famille de sept personnes. En plus, ce gars-là va à son bureau à bicyclette – c'est bon pour la planète.

En revanche, il a apprécié la manière forte avec laquelle le jeune Michael Corleone a éliminé la concurrence après que le Don s'est fait flinguer, mais il doutait qu'il lui ait fallu ensuite fuir New York et tout recommencer à Las Vegas. Avec une meilleure gestion et un usage plus efficace des fonds, des contacts et des influences, les Corleone auraient pu jeter un pont sur l'ensemble du pays, tel un colosse avec un pied campé sur chaque côte. Il a adoré lorsqu'ils ont coupé la tête du cheval de course pour intimider Jack Woltz, mais il les a méprisés pour n'avoir pas tiré parti du truc comme ils l'auraient dû :

— Après ça, ils auraient pu avoir toute l'industrie cinématographique dans leur poche. C'est le problème, avec les *jao paw farangs* : ils manquent de perspicacité, donnent dans le triomphalisme et n'ont ni la retenue ni l'humilité bouddhistes. Voilà pourquoi je déteste traiter avec eux.

Toutefois, un membre de l'organisation du Don intriguait Vikorn et allumait dans ses yeux cette lueur qui annonçait invariablement un danger pour quelqu'un, en général moi.

— Ce *farang* à la peau claire, pas aussi velu que les autres… comment s'appelle-t-il, déjà ?

— Hagen. Il a la peau claire parce qu'il est irlandais. Vito Corleone l'a adopté après que Sonny Corleone l'a ramassé un jour dans la rue et l'a ramené à la maison. Le Don l'a envoyé en fac de droit.

— Oui, lui. Comment appellent-ils le travail qu'il fait ?

— Il est *consigliere*.

— C'est ça… a-t-il dit en me regardant dans les yeux.

Comme toujours, il m'avait pris au dépourvu. Je croyais que nous discutions d'un vieux film dont personne ne parle plus. Je n'avais perçu aucun indice laissant supposer que nous discutions du reste de ma vie.

— Non, n'y songez même pas. Vous me connaissez, je suis la pire des mauviettes de toute la police thaïe ; je ne survis que grâce à votre protection ; en dix ans de service, je n'ai jamais tué personne, même par accident… N'est-ce pas lamentable ? Tous mes collègues, ceux qui sont de vrais hommes, pensent que je suis peut-être secrètement un *katoey*, un *ladyboy* comme Lek…

À ce moment-là, je bégayais un peu car, pendant que je parlais, mon subconscient m'envoyait des images de moi criblé de balles, écroulé sur le capot d'une voiture, quelque part dans le quartier de Klong Toey, près du fleuve. Ou peut-être dans le fleuve lui-même.

— J'ai une con… conscience bouddhiste, je m'efforce vraiment de suivre l'Oc… l'Octuple Sentier. Je veux dire que je prends ça au sérieux, je ne me con… contente pas d'aller au temple, j'étudie les textes bouddhiques, j'en sais sans doute plus sur le bouddhisme que le moine lambda. Vous le dites vous-même, je suis un moine manqué. Non, ai-je répété, plus pour me convaincre moi-même que le convaincre lui (ce qui de toute façon n'était pas dans mes capacités). Non, non et non, il est hors de question que je devienne le *consigliere* de qui que ce soit.

Il fixait sur moi un regard plus amusé qu'irrité.

— Tu en as discuté avec ta mère ?

Et moi, éberlué :

— Avec ma mère ? Bien sûr que non, vous venez tout juste de m'en parler…

J'ai eu droit à l'un de ses sourires carnassiers.

— Ne te mets pas dans un état pareil. Ça a toujours été ton point faible, tu as les nerfs à fleur de peau. Parce que ton signe chinois est le Lapin de Bois.

— Je sais, je sais, et vous êtes Tigre de Métal.

— Exactement. Et tu travailles pour moi.

Il a aussitôt levé la main.

— Ne te fâche pas, je ne t'ordonne rien, si ce n'est d'y réfléchir… et d'en discuter avec ta mère et ta femme. Si tu ne veux pas en parler avec Nong, fais-le au moins avec Chanya.

— Mon épouse ?

Je m'apprêtais à protester, à lui dire qu'en aucune façon ma compagne bouddhiste pratiquante ne m'encouragerait à jouer le rôle de *consigliere* d'un *jao paw*, un parrain, puis je me suis rendu compte qu'il avait déjà dû briefer ma mère ou Chanya, sinon il n'aurait jamais parlé d'elles.

— D'accord, ai-je dit finalement (c'était le seul moyen de couper court à l'entretien). Je vais en parler avec Nong et Chanya.

J'étais quasiment sûr qu'il avait réussi à se mettre ma mère dans la poche, sans doute en se servant du poids de son argent – il possède la majorité des parts de l'Old Man's Club, le go-go bar de Nong dans Soi Cowboy –, mais j'avais confiance dans ma Chanya chérie, une femme *arhat*, ou sainte bouddhiste, bien plus avancée que moi sur la Voie, fait d'autant plus remarquable qu'elle-même avait passé des années dans le métier. Non, Chanya était *ma* conscience, pas celle de Vikorn. Qui plus est, elle avait adopté des manières de plus en plus respectables depuis qu'elle avait donné naissance à Pichaï, notre petit garçon, âgé de six ans à ce moment-là, au point de faire des allusions à un mariage civil. Jusque-là, nous nous étions contentés d'une cérémonie bouddhiste dans son village natal. J'avais versé à sa mère quatorze mille dollars sous forme de dot, alors même qu'à l'aune des prix pratiqués là-bas elle était théoriquement une « marchandise avariée » en raison de son précédent métier : sa mère savait que j'étais associé minoritaire dans l'affaire de Nong et elle en avait habilement déduit que mon revenu dépassait de beaucoup le salaire d'un flic. Soit dit en passant, Chanya avait dû me laver les pieds au cours de la cérémonie, événement marquant que nous nous rappelons mutuellement de temps à autre, lame à double tranchant dans toutes nos discussions.

Plus terrifié que déprimé par l'offre de promotion dans son affaire d'import-export que m'avait faite Vikorn, je me suis hâté de rentrer à la maison. Chanya jouait avec Pichaï dans la cour – Pichaï était la réincarnation de mon ancien collègue dans la police et frère spirituel, qui s'appelait lui aussi Pichaï, tué des années auparavant dans l'affaire du cobra – et j'ai dû mener la conversation pendant que Pichaï grimpait sur moi et essayait d'attraper mon revolver fourré sous ma ceinture, juste dans le creux des reins.

— Tu sais ce que Vikorn essaie de me convaincre de faire ?

L'innocence de son expression a été compromise par le temps qu'elle a mis à la composer.

— Non, quoi donc, *tirak ?*

Tirak veut dire « chéri » – littéralement, « celui (ou celle) qui est aimé(e) » – et se prononce en roulant légèrement le « r ». Elle en use avec un talent particulier, le plus souvent à des fins stratégiques et tactiques.

— Il veut que je sois son *consigliere.*

— Son quoi ?

— C'est comme le principal négociateur d'un *jao paw* – une invention sicilienne. Tu as vu *Le Parrain*, avec Marlon Brando et Al Pacino ?

— Non. C'est bien ?

— C'est un film. C'est ça qui est ridicule. Nous sommes dans le domaine de la fiction.

Elle m'a gratifié de l'un de ses magnifiques sourires.

— Oh, alors, si ce n'est que de la fiction, pourquoi ne pas lui faire plaisir ?

Je l'ai longuement regardée. Puis :

— Il t'a embobinée, n'est-ce pas ?

— *Tirak*, ne sois pas parano. Voilà plus d'un an que je n'ai pas parlé au colonel Vikorn, pas depuis, disons, cette fête du Songkran.

Songkran est le nouvel an thaï traditionnel ; tout le monde se soûle. Celui-là avait été des plus classiques : trois quasi-viols, neuf accidents de voiture, deux ou trois passages à tabac en règle – je parle seulement du commissariat. Chanya avait adoré.

— Par l'intermédiaire de ma mère, alors… Nong t'a parlé, c'est ça ?

Chanya a légèrement fait la moue.

— *Tirak*, quand tu as discuté de ça avec le colonel Vikorn, quand il t'a proposé ce nouveau poste, as-tu seulement pensé à lui demander quel salaire il t'offrait ?

Éberlué pour la deuxième fois de la journée :

— Bien sûr que non. Je pensais à ma peau, pas à mon compte en banque. Et à mon…

Je me suis soudain senti tout bête de dire cela, aussi l'ai-je laissée finir la phrase à ma place.

— À ton karma ?

Elle est allée s'asseoir sur le banc près de la douche en plein air ; Pichaï a immédiatement changé de camp et est venu se blottir contre son sein, pour lequel il avait, à mon humble avis, un amour excessif. Sept ans plus tôt à peine, il était un bouddhiste célibataire de vingt-neuf ans sur le point d'entrer dans un monastère : dans la vie tout change, sauf le changement.

— *Tirak*, je t'aime tant et c'est pour ta conscience que je t'aime le plus. Tu es le bouddhiste le plus fervent que je connaisse. Tous les autres se contentent de suivre les règles. Toi, tu penses vraiment au karma et à la réincarnation. C'est admirable.

— Si c'est si admirable, pourquoi essaies-tu de me corrompre ?

J'ai senti une main féminine monter et descendre gentiment dans mon dos deux ou trois fois, puis me caresser les cuisses et tirer doucement sur mon pénis – bon nombre des techniques qu'elle a apprises dans le métier se sont révélées utiles dans notre vie conjugale.

— Tu es un saint, mais tu ne dois pas commettre l'erreur d'être un saint reclus.

— Nong dit parfois que j'en suis un.

— *Tirak*, pense seulement à tout le bien que tu as fait en refrénant les excès de Vikorn pendant des années. Pas plus tard que le mois dernier, alors que tu étais pompette ici même, tu t'es vanté – enfin, non, tu l'as plutôt laissé échapper à contrecœur – de toutes les vies que tu as sauvées en lui murmurant à l'oreille seulement quelques paroles de modération et de compassion.

— Je dois toujours faire passer ça pour de la stratégie bien comprise. Je joue les Condoleezza Rice alors que le sergent Ruamsanthia joue les Cheney…

— Exactement, *tirak*, c'est exactement là que je veux en venir. Ce que ta mère a fait valoir, elle aussi. Tu le drives avec une telle intelligence que tous les citoyens du 8e District ont d'innombrables raisons de t'en remercier.

Chanya s'est mise à employer des termes comme « citoyens » et « laisser échapper à contrecœur » depuis qu'elle s'est inscrite au cours de sociologie d'une de nos universités en ligne.

— Mais ne vois-tu pas que ça marche parce que ça reste informel ? Si je deviens son *consigliere*, ce sera inscrit sur le registre du personnel, je ne pourrai plus le menacer de donner ma démission toutes les cinq minutes comme je le fais maintenant. Je serai entièrement sous sa coupe.

J'ai alors recouru à la tactique du « regard implorant », généralement à toute épreuve. Cette fois-ci, Chanya est restée de glace.

— Mon chéri, tu vas avoir trente-sept ans cette année. Tu n'es plus le petit génie que tu étais. Il faut que tu consolides ta position. Je crois que tu ferais des merveilles en étant son… comment dis-tu ? Tu sauveras deux fois plus de vies que tu ne le fais actuellement. Il t'écoutera plus attentivement ; il le faudra bien, sinon comment justifier…

Elle a laissé tomber sa voix stratégiquement. Découragé, j'ai posé les yeux sur Pichaï un moment, puis lui ai caressé la tête et ai poussé un grand soupir.

— Bon, alors combien Nong t'a dit que Vikorn me paierait ?

— Elle a négocié un peu dans ton intérêt. Il a démarré à cent mille, mais ta mère est une négociatrice hors pair : elle a utilisé tous les arguments que tu viens d'employer, mais bien plus efficacement, et elle s'est longuement étendue sur la menace supplémentaire qui pèsera sur Pichaï et moi, sur la tension imposée à toute la famille, sur les risques encourus par toi. Elle a beaucoup parlé de Pichaï – je veux dire, dans son incarnation précédente –, de la façon dont il est mort en service, alors qu'il n'était même pas un ripou…

Elle a marqué une pause, a souri en direction du réservoir d'eau de la douche, puis s'est tournée lentement vers moi, rayonnante.

— Elle a réussi à le faire monter jusqu'à deux cent cinquante mille.

— Deux cent cinquante mille bahts par mois ?

Il faut rendre à César ce qui appartient à César ; personne n'avait jamais réussi à tirer autant d'argent de Vikorn.

— Ta mère est vraiment forte et elle a fait tout ça pour nous. Imagine ! Nous pourrons envoyer Pichaï dans une école internationale, il parlera anglais sans accent, il deviendra un chirurgien célèbre comme il voulait l'être la dernière fois mais sans y parvenir parce que sa famille était trop pauvre. Et si j'ai un autre enfant, je pourrai aller en consultation dans des hôpitaux de classe internationale au lieu d'aller voir cet imbécile de pédiatre qui n'a pas été capable de trouver la bonne formule pour le lait – rappelle-toi toutes ces nuits où on a été réveillés par les cris de Pichaï parce qu'il avait la colique… Et puis nous pourrons acheter une maison dans une enclave protégée, où nous serons en sûreté.

— Nong et toi avez déjà accepté son offre à ma place, pas vrai ?

Elle a tourné vers moi un visage épanoui et m'a fait les yeux doux. J'ai regardé Pichaï avec un air plein de sous-entendus.

— Pas de problèmes, a-t-elle dit. Ma sœur rentre de la campagne cet après-midi. Elle m'a promis de garder Pichaï pendant un jour ou deux. Nous allons avoir la nuit à nous…

C'était évidemment de la coercition sexuelle de la plus basse espèce. Chanya le pensait aussi et en était fière.

Après m'avoir fait jouir pour la troisième fois (en fait, je n'avais pas spécialement envie de jouir trois fois, mais elle en avait décidé ainsi, déterminée à prouver qu'elle était aussi bonne qu'elle l'avait été ; j'avais la verge plutôt irritée, après ça, et me suis bien gardé de le mentionner), elle m'a demandé, avec un air de triomphe non déguisé :

— Alors, c'est oui ?

— Ma chérie, peu m'importe de risquer ma vie…

Elle m'a bâillonné de la main.

— Je sais que tu mourrais cent fois et commettrais mille crimes pour nous, mais ce n'est pas ce que nous voulons de toi, Sonchaï. En étant consilléré-machin, tu prendras moins de risques et seras mieux payé. De toute façon, tout le monde croit déjà que tu es son consilléré.

Elle m'a adressé un regard tout à fait franc.

— Sonchaï, depuis que nous avons Pichaï, j'ai mûri. À la campagne, il y a mille façons d'être heureux, mais à la ville il n'y en a qu'une : avoir de l'argent. Je ne supporte pas l'idée que Pichaï devienne dealer et sillonne la ville pour vendre du *yaa baa*, comme tu l'as fait avec lui dans sa dernière vie. C'est écœurant, mais pour cette génération de garçons, c'est faire des études ou dealer. De même que pour les filles, c'est faire des études ou se prostituer. La mondialisation et la démocratie capitaliste n'offrent aucune voie intermédiaire. Qu'est-ce que tu fais ?

Je secouais la main, le pouce serré contre l'index.

— J'agite le drapeau blanc.

Si je me souviens bien, nous avons tous attendu de voir comment mon colonel allait se servir de moi dans mes nouvelles fonctions : quelles prouesses pouvaient justifier un salaire mensuel de deux cent cinquante mille bahts ? Vikorn avait apparemment tout prévu.

4

Tout, vraiment ? Au fil des ans, j'avais vu Vikorn déployer des stratégies si brillantes que j'en étais arrivé à comprendre un aspect de son génie : l'improvisation. Ses projets se résumaient d'ordinaire à quelques idées générales pour l'emporter sur son ennemi juré, le général Zinna, de l'armée royale thaïe, idées qui pouvaient s'appliquer à toute situation rencontrée sur le terrain. Je ne pense pas que même Vikorn ait pu envisager quelque chose d'aussi bizarre qu'un Tibétain appelé Tietsin.

Cela faisait au moins un mois que j'avais été nommé *consigliere* de notre parrain flic et j'avais même reçu ma première paie, qui était l'équivalent de trente fois ce que je gagnais en faisant à peu près la même chose, quand l'odieuse secrétaire de Vikorn, le lieutenant Manny, m'a appelé. J'étais assis à mon bureau et culpabilisais d'être tout à coup beaucoup plus riche que les autres incorruptibles – on les comptait cependant sur les doigts de la main, ce qui ôtait presque tout motif à une telle culpabilisation –, tout en me demandant si je n'avais pas hérité de mon père GI, depuis longtemps éclipsé, cette manie bien *farang* qui consiste à se faire des reproches. Mais je me rendais compte que je devais faire quelque chose pour justifier mon fric, même si c'était illégal, répréhensible et me vaudrait sans doute deux ou trois cents ans dans l'enfer des trafiquants de drogue. (Variante du mythe de Sisyphe : vous poussez pour l'éternité votre rocher vers le haut d'une gigantesque montagne ; juste au moment où vous êtes sur le point de mettre la main sur la came, vos forces vous trahissent et vous vous retrouvez à nouveau au bas de la pente avec votre rocher. Et c'est seulement le sort réservé aux dealers à la petite semaine ; je n'osais même pas penser à ce qui arrivait aux gros trafiquants.)

— Montez ici, le patron veut vous voir, m'a ordonné Manny.

J'ai frappé de manière assez péremptoire à la porte de Vikorn, ai attendu son « Ouais », suis entré et l'ai trouvé debout à la fenêtre avec une expression que je ne lui avais encore jamais vue. « Interrogatrice » serait proche mais imparfait ; il semblait en proie au dilemme exquis consistant à découvrir s'il devait croire ou non à sa chance, évidemment imméritée. Il s'est retourné, m'a regardé, a secoué la tête et regagné son bureau sans un mot. J'ai haussé les épaules et me suis assis face à lui, sans attendre sa permission. Pendant une longue minute, j'ai fixé des yeux le portrait de Sa Majesté, notre bien-aimé roi, accroché au-dessus d'une affiche consacrée aux maux de la corruption au sein de la police – affiche que Vikorn affectionnait inexplicablement, peut-être parce qu'elle montrait l'origine de sa richesse et lui procurait donc un réconfort dans les périodes de stress.

— Je viens de recevoir un coup de fil, a-t-il dit enfin.

— Oui.

— C'est la chose la plus étrange que j'aie jamais entendue. Vraiment la plus étrange.

Il a paru quelques instants incapable de s'étendre davantage, comme confondu par cette étrangeté. Il a fini par ajouter :

— L'appel venait de Katmandou.

J'ai commencé à comprendre ce qu'il voulait dire. Comme personne ne songerait à lui téléphoner pour une question relative à l'application de la loi, qui diable pouvait bien vouloir l'appeler de Katmandou pour lui parler ?

— La personne qui a donné le coup de téléphone était thaïe, népalaise ou *farang*, c'était un homme ou une femme ?

— Rien de tout cela.

Il a arboré un grand sourire.

— C'était un Tibétain qui prétendait être une sorte de lama. Tu sais ce que ça veut dire, ça vole haut, non ?

— Ils ont en effet une grande élévation spirituelle. Le dalaï-lama lui-même affirme que, techniquement, il n'est pas au niveau de ses lamas – vous savez, par exemple, passer quatorze ans à méditer tout nu en position du lotus dans une grotte glaciale en se nourrissant d'une cuillerée à café de riz par jour et en faisant venir des pluies rouges…

— Il parlait un peu thaï. Pas très bien, en fait assez mal, mais avec une certaine correction. Il a dû apprendre avec des cassettes ou quelque chose comme ça.

Un lama tibétain qui parle thaï ? C'était cependant loin d'être aussi étrange qu'un lama tibétain désireux de parler à Vikorn.

— Qu'a-t-il dit ?

Mon supérieur a froncé les sourcils et secoué la tête, l'air incrédule.

— Beaucoup de choses.

Il m'a fixé du regard.

— Il sait tout de nous. Il sait ce que nous faisons. Et il est au courant du problème que j'ai avec Zinna, de notre éternelle querelle. Et il m'a fait une proposition.

Il a levé les yeux.

— Une proposition que je ne peux pas refuser, si elle est réelle.

— Quel genre de proposition ?

— D'éliminer Zinna du marché et de me permettre de faire le ménage, non seulement en ce qui concerne la vente au détail, que j'ai à peu près bien en main, mais aussi du côté de l'approvisionnement.

C'était le moment crucial et il a observé mon visage.

— Il a proposé de résoudre tous nos problèmes en matière d'approvisionnement – tous, y compris le transport depuis l'Afghanistan et le Pakistan jusqu'à Bangkok.

J'ai hoché la tête.

— Quelqu'un qui essaie d'entrer dans le jeu en vendant du rêve. En trente ans, vous n'avez pas réussi à régler le problème de l'approvisionnement. En quoi un religieux fanatique de l'Himalaya pourrait y aider ?

— Je sais, je sais. Et lui aussi le sait. C'est pourquoi il nous donne la priorité, lorsqu'il aura apporté la preuve de ses capacités et de son efficacité. Si nous refusons son offre, il vendra ses services à Zinna.

— Ça ne ressemble pas à l'attitude d'un homme d'une haute élévation spirituelle…

— S'il l'était vraiment, il ne nous serait d'aucune utilité, non ?

Vikorn a gratté sa barbe de trois jours sous son menton.

— Et quand je dis qu'il sait tout de nous, c'est la vérité. Il sait un tas de choses sur toi. Il a parlé de toi. Il veut que tu fasses partie de l'équipe. S'il nous donne la préférence sur Zinna, c'est uniquement à cause de toi. Bouddha seul sait comment il a obtenu ses informations. En tout cas, il est assez habile pour avoir souligné que si nous le forçons à se tourner vers Zinna, celui-ci deviendra si riche qu'il sera en mesure de nous éliminer du marché en cinq ans.

— Comment savoir si ce n'est pas un canular, peut-être monté par la brigade anticorruption ?

— En suivant ses instructions, ce qui n'est pas bien difficile.

— Quelles instructions ? ai-je demandé en levant le menton.

— Tu vas aux comptoirs de l'Immigration, à l'aéroport de Suvarnabhumi, demain, vers 22 h 30. Fais-toi connaître du responsable. Une fille va essayer de prendre un vol KLM à destination d'Amsterdam. D'après le Tibétain, elle va se faire pincer. Il te suffit d'être là et de regarder, c'est tout.

J'ai attendu la révélation. Au bout d'une minute, il a ouvert le tiroir de son bureau et en a sorti une feuille de papier.

— Il m'a demandé mon adresse e-mail personnelle et m'a envoyé ça.

Vikorn m'a tendu le papier. D'un côté était imprimée la photo d'une jeune femme blonde de vingt-cinq à trente ans, particulièrement jolie.

— Selon lui, elle s'appelle Rosie McCoy. Elle est australienne. C'est l'une des mules de Zinna.

— Je ne comprends pas. Qu'est-ce que ça prouve, même si c'est vrai ?

— Ça prouve qu'il a assez de cran et de savoir-faire pour nuire à Zinna… et qu'il le fera dans la mesure où nous acceptons son offre.

Vikorn m'a fixé du regard jusqu'à ce que je baisse les yeux. Il avait réussi à me communiquer toute la charge affective contenue dans les mots « nuire à Zinna ». Pouvait-il y avoir meilleure justification ?

J'ai pris le papier et me suis apprêté à partir. Lorsque je suis arrivé à la porte, Vikorn a ajouté :

— Si c'est pas du flan, il faudra que tu fasses un saut à Katmandou.

5

Bangkok est une plaque tournante. Des vols à destination de Los Angeles et d'autres villes américaines partent tôt le matin ; d'autres avions décollent toutes les dix minutes pour le Laos, le Cambodge, le Vietnam, la Chine et les pays situés au nord et au sud de la Thaïlande dans la journée, et les vols à destination de l'Europe sont pour la plupart prévus en fin de soirée. Pourquoi alors y a-t-il si peu de toilettes dans notre aéroport flambant neuf ? L'idée qu'on puisse facilement prendre ses aises gênait manifestement l'équipe d'architectes *farangs* et la commission d'approbation thaïe. J'avais bu trois thés citron glacés en cours de route et j'avais une furieuse envie de pisser. (Le thé citron glacé est bourré de sucre et de glace polluée ; par forte chaleur, ça fait le même effet que de l'héroïne. N'y goûtez pas, comme ça vous ne saurez jamais à quel point c'est bon.) J'ai pris place dans la file d'attente.

Il faut en tout cas reconnaître que, dans leur incompétence, les architectes ont fait preuve d'esprit démocratique : des tas de messieurs du style à voyager en première, avec bagages monogrammés assortis, attendaient là, se dandinant d'un pied sur l'autre à la manière dont ils avaient été programmés à le faire, tenaillés par la même envie que moi, en même temps que des hommes ordinaires dans mon genre, tous mis sur un pied d'égalité par le Bouddha.

Nous regardions donc avec une impatience mal contenue un type qui secouait sa bite et semblait s'apprêter à remonter sa fermeture Éclair pour libérer une des rares pissotières, lorsque, à notre grand dam, il a changé d'avis, ayant apparemment encore quelques gouttes à éliminer. Une nouvelle secousse plus tard, si vigoureuse que j'ai craint que tout son machin ne lui échappe – peut-être avait-il senti la pression psychique collective derrière lui ? –, et nous avons enfin avancé d'un cran.

Quand je suis parvenu aux bureaux de la police de l'Immigration, il était presque 22 h 30, moment auquel les passagers pour l'Europe arrivaient au contrôle des passeports.

La colonelle responsable du service n'était pas aussi mécontente de me voir que je m'y étais attendu. Bouddhiste fervente, elle était d'avis que toute aide permettant d'endiguer la marée du trafic de drogue était la bienvenue. De surcroît, son personnel était très occupé et aurait volontiers accepté du renfort. Elle a laissé entendre qu'elle ne comprenait pas très bien comment était arrivé ce tuyau, qui semblait venir de quelque part dans l'Himalaya ; il se pouvait donc que mon aide se révèle utile pour de bon. Non seulement elle était bouddhiste fervente, consciencieuse et belle femme, mais aussi célibataire, et elle avait à peu près mon âge. Je ne veux pas me vanter, mais elle me mangeait vraiment des yeux. Elle m'a conduit à un coin obscur, d'où l'on avait une bonne vue sur les guichets du contrôle des passeports et où se trouvaient déjà deux de ses « filles » à la mine sévère, en élégantes chemises blanches à épaulettes et jupes bleu marine. Ma compagnie ne les gênait pas, mais elles se sont demandé à voix haute en quoi un homme pouvait se rendre utile dans le cas présent. Je leur ai expliqué que j'étais seulement là à titre d'observateur parce que le colonel Vikorn avait reçu le même tuyau qu'elles.

Il n'y avait pratiquement rien d'autre à faire que badiner. Je leur ai dit loyalement que j'étais heureux en ménage et que j'avais un petit garçon dont j'étais complètement gaga. Elles m'ont parlé de leur famille, ce qui a autorisé plein d'allusions, de petits coups de coude et de clins d'œil jusqu'à l'arrivée de la délinquante. Brusquement, nous sommes tous les quatre passés en mode professionnel « prêt au combat ».

J'ai sorti le cliché, à seule fin d'être sûr, mais cela ne faisait aucun doute : la jeune femme qui venait de prendre sa place dans l'une des files d'attente pour les passeports des étrangers était bien celle de la photo envoyée de l'Himalaya. Elle était encore plus belle en chair et en os : des cheveux blonds presque blancs, un de ces corps qui semblent avoir été sculptés de l'intérieur par une abondance d'hormones féminines, produisant une poitrine comme on n'en trouve pas à Hollywood, une silhouette de playmate et une nonchalance provenant de la certitude qu'elle pouvait se permettre quasiment n'importe quoi – le genre de fille qui pourrait conduire des Asiatiques à commettre un, voire plusieurs meurtres. Je ne percevais aucune pose consciente dans sa démarche insouciante tandis qu'elle traînait sa Samsonite à roulettes, pas plus que dans sa façon de rouler les fesses. C'était de l'authentique narcissisme animal. Sa vraie arrogance consistait à essayer de sortir du pays l'héro planquée quelque part sur elle, si le tuyau n'était pas bidon.

Nous avons attendu qu'elle arrive au guichet, car nous devions avoir la certitude que son passeport correspondait à l'information reçue.

Tandis que la file avançait et qu'elle approchait du fonctionnaire de l'Immigration assis au guichet derrière l'appareil photo numérique isométrique, je pouvais presque entendre ce qu'elle se disait pour se rassurer (j'avais moi-même travaillé à l'aéroport, longtemps auparavant) : *Pas de problème, tu bosses avec des pros, les types qui mènent la Thaïlande, il est hors de question que tu te fasses choper. Comment serait-ce possible ? Il faudrait que quelqu'un moucharde, or tu t'es mise avec des gens qui ne mouchardent pas, non ? Tu fais partie de ceux à qui on moucharde, comment pourrais-tu te faire avoir ?* Elle a sorti un iPod et un casque blanc et s'est mise à écouter de la musique. Je me suis demandé si c'était du Buddha Bar. En arrivant au guichet, elle avait si bien maîtrisé son mental qu'elle a réussi à sourire sans une ombre de duplicité au Thaï en chemise blanche à épaulettes bleues. Il en a esquissé un en réponse tout en embrassant du regard son visage et son buste avant de saisir sur son ordinateur les coordonnées de son passeport. Rassurée par le sourire du fonctionnaire et l'effet produit par sa poitrine – elle avait veillé à ne laisser voir de son décolleté que ce que pouvait raisonnablement justifier la chaleur qui régnait dans l'aéroport insuffisamment climatisé –, elle a pris la liberté d'appuyer un coude sur le devant du guichet de façon légèrement provocante. Même quand il a décroché le téléphone, elle n'a pas manifesté le moindre signe de panique. Il était sans doute en train d'arranger sa pause-thé, a-t-elle dû penser. Aussi, quand les trois femmes fonctionnaires de l'Immigration et moi sommes arrivés de nulle part, celle qui avait été la plus flirteuse, dix minutes plus tôt, posant la main sur son épaule pendant que les autres l'entouraient pour prévenir toute velléité de fuite, toute retournée, anéantie, elle s'est mise à frissonner.

— Veuillez nous suivre, a dit la fonctionnaire en bon anglais, teinté d'un accent thaï caractéristique.

Sa main avait glissé sous l'épaule de la jeune femme. Mlle Rosie McCoy était soudain incapable de parler. Elle n'a pu que hocher la tête, comme une enfant terrifiée. Nous l'avons emmenée dans une longue pièce divisée en deux. Un côté était occupé par quelques chaises en plastique, dans l'autre, un radiologue en veste blanche œuvrait avec des fonctionnaires de l'Immigration. Il y avait quatre voyageurs avant Rosie, tous des hommes, qui attendaient leur tour.

Le radiologue travaillait vite ; les suspects n'avaient apparemment pas à se déshabiller. Quand est venu le tour de Rosie, il l'a plaquée debout contre la plaque et s'est reculé d'un pas. Il y a eu un déclic et ça a été tout.

Ils se sont soudain mis à baragouiner en thaï, tout excités. La fonctionnaire anglophone a apporté le cliché pour le lui montrer et nous avons fait cercle pour regarder, en proie à une *Schadenfreude*[1]. On le

1. Terme allemand signifiant « joie provoquée par le malheur d'autrui », sans équivalent en français. *(Toutes les notes sont du traducteur.)*

voyait distinctement : un préservatif niché dans son vagin, exactement comme un pénis en érection, mais un peu mou, manifestement bourré de poudre blanche, qui semblait briller de manière horrible par contraste avec le gris de ses os et de sa chair. Le produit de contrebande caché dans la partie inférieure de son intestin était moins brillant, mais tout aussi visible pour un œil exercé : cinq petits objets en forme de gourdin. D'après notre information, c'était de l'héroïne pure à cent pour cent. Parvenue à Amsterdam ou Maastricht, elle aurait été allongée cinq fois et vendue à soixante dollars le gramme.

Rosie flippait complètement. Sa vie était sur le point de prendre brusquement fin à vingt-sept ans : elle a laissé échapper un cri venu du fond de ses poumons. La fonctionnaire l'a giflée à toute volée, ce qui a coupé court à son hurlement. Rosie a tâté ses poches puis sa ceinture-portefeuille, en a sorti son portable d'une main tremblante.

— Non, a dit la fonctionnaire en le lui prenant.

— Oh, je vous en prie, je vous en prie. Tenez, c'est tout l'argent que j'ai sur moi, je vous le donne si vous me laissez passer juste un appel. Je vous en supplie.

La fonctionnaire l'a dévisagée un moment, puis a regardé la ceinture-portefeuille ouverte et ses collègues.

— Gardez votre argent. Ça ne me dérange pas que vous appeliez, mais n'essayez pas d'effacer quoi que ce soit. Si vous le faites, vous vous en repentirez amèrement.

Rosie a passé son appel. Elle avait apparemment en stock une réserve impressionnante de jurons australiens.

— Tu sais ce que je vais te faire, espèce de seau plein de bave, de connard de merde, d'enculé d'ta mère ? Je vais te fourrer dedans si complètement qu'on te pendra par les couilles, espèce de trou du cul ! Je tomberai pas toute seule, tu peux me croire, tas de vomi, raclure de bidet ! Je te ferai tomber avec moi. T'as dit que c'était en béton, que personne ne s'était fait piquer en vingt ans, que les douanes étaient dans la poche, pauvre connard ! TU VAS TOMBER, TU M'ENTENDS, PAUVRE DÉBILE, TU VAS TE CHOPER L'INJECTION !!!

Épuisée, elle a refermé le téléphone et éclaté en sanglots. Tout en la calmant du mieux qu'elles pouvaient, les femmes flics l'ont emmenée aux toilettes des dames, où le choix lui a été donné d'extraire elle-même le préservatif de son vagin ou de laisser l'une d'elles s'en charger.

Elles m'ont raconté ensuite que Rosie avait affirmé pouvoir y arriver toute seule, mais la terreur et le désespoir avaient rétréci sa vulve aux dimensions d'une noix et agitaient ses mains d'un violent tremblement. Lorsqu'elles l'ont fait asseoir sur une chaise recouverte d'une plaque de caoutchouc, elle a uriné sous elle. L'une des femmes agents a enfilé des gants en plastique et, en se servant de gel lubrifiant stérile pour éviter que le préservatif ne se déchire et ne répande son contenu dans son organisme, elle l'a retiré avec toute la douceur et la compassion qu'une bouddhiste doit témoigner à une de ses congénères. Il a fallu ensuite conduire Rosie à l'hôpital le plus proche, où des infirmières rompues à ce genre d'exercice lui ont administré un laxatif : avec une telle dose de poison dans son intestin, les agents ne voulaient prendre aucun risque. Pendant ce temps-là, j'ai jeté un coup d'œil au portable de Rosie pour voir le dernier numéro qu'elle avait appelé.

Il est apparu que c'était celui du portable d'un certain Mark Whiteman, un Anglais que je savais jouer les seconds rôles dans un vaste et prospère cartel dirigé par le général Zinna en personne, de l'armée royale thaïe. J'avais l'information que j'étais venu chercher. J'ai sorti mon portable pour appeler Vikorn.

— L'informateur est réglo, ai-je dit. Le renseignement est bon. Zinna va en prendre pour son grade.

— Pendant que tu y es, achète un billet pour Katmandou.

— Les *consigliere* voyagent en première.

— Demande plutôt la classe affaires. La première attire l'attention.

— Je prendrai le premier vol demain, il n'y en a aucun ce soir.

Après avoir fermé mon téléphone, je suis parti acheter un guide du Népal à l'une des librairies de l'aéroport.

Je crois avoir oublié de mentionner qu'en jetant un coup d'œil au passeport de Rosie McCoy j'étais tombé sur un visa pleine page du royaume du Népal, assorti des cachets d'entrée et de sortie. Elle avait pris un vol pour la Thaïlande après trois mois passés dans le pays himalayen. Quelle coïncidence !

6

Je suis encore aux toilettes messieurs du Rose Garden, mais j'ai cessé de pleurnicher et j'ai fini mon joint. Dans mon état d'esprit actuel, je ne devrais pas toucher à ce machin, me dis-je en m'en roulant un autre. Le hic, c'est que ces montagnes russes émotionnelles créent une accoutumance. On en arrive à être fasciné par la façon dont le grand chariot du Moi reste coincé, tandis qu'on est attaché au siège du haut, les jambes pendant dans le vide.

Ma vie serait-elle différente si je n'avais pas pris l'avion pour le Népal ce matin-là ? *Totalement, totalement différente*, marmonné-je en tirant sur le pétard. *Tu le referais si c'était à refaire ?* demandé-je au visage hagard reflété par le miroir, le joint évasé pendillant des lèvres. *Oui*, réponds-je au pauvre type égaré qui me rend mon regard, *sinon je n'aurais jamais rencontré Tietsin.* Avec le détachement du vrai psychotique, je me mets à glousser, bientôt plié en deux par une crise d'hilarité – est-elle véritable ou n'en est-ce qu'une caricature, c'est difficile à dire. *Putain ! Je ne l'aurais pas manqué pour tout l'or du monde, tout l'or du monde !* gloussé-je de plus belle en secouant la tête. Et brusquement, il est là devant moi, dans les toilettes, avec sa vieille parka, la fermeture Éclair ouverte, ses longs cheveux gris en queue de cheval, sa barbe en bataille plutôt comique, en train de faire les yeux blancs. « Ton problème, c'est que tu ne te souviens pas assez en détail, me lance-t-il. Ton sang d'Occidental te rend superficiel. Va plus en profondeur. Qu'est-ce que tu as à perdre ? – Oh, rien, fais-je avec une emphase théâtrale. Seulement l'esprit, et il n'en reste plus grand-chose. »

C'était une hallucination, bien sûr, et il disparaît comme brume au soleil.

« Au Népal, nous ne volons pas dans les nuages, parce qu'il y a des rochers au milieu. »

Le guide touristique cite ces paroles d'un pilote de la compagnie aérienne royale népalaise en introduction du chapitre sur la géographie du Népal. Le pays le plus pauvre du globe est aussi le plus vertical. Pourquoi s'inquiéter des ressources nationales quand on possède l'Everest ? Les fanas de performance physique des pays développés paient des dizaines de milliers de dollars pour avoir des engelures, perdre des membres et mourir à 8 700 mètres afin de pouvoir se dire qu'ils sont arrivés au sommet. J'ai également appris que M. Everest était un humble topographe de l'Empire britannique qui n'avait pas vraiment envie que la plus haute montagne du monde porte son nom, ce en quoi il était d'accord avec quiconque habitait dans un rayon de quinze mille kilomètres puisque celle-ci avait déjà un nom depuis au moins cinq mille ans avant que ledit Everest se pointe avec son théodolite : Chomolungma (Mère de l'Univers) en tibétain, Sagarmartha (Déesse du Ciel) en népalais.

Je vous donne un tuyau : si vous allez au Népal à partir de l'Asie de l'Est, tâchez d'avoir une place du côté droit de l'avion. Je n'avais jamais vu l'Himalaya et il se présente à vous déguisé en nuages, une masse blanche vaporeuse, pensez-vous de prime abord, puis il vous vient à l'esprit que ce n'est ni des nuages ni une montagne, mais une muraille de deux mille cinq cents kilomètres de long et de plusieurs kilomètres de haut élevée par les dieux à titre de résidence six étoiles (il n'y a pas d'autre explication rationnelle). À l'atterrissage, j'ai senti le génie et l'influence de Vikorn s'évaporer après avoir retenu mon esprit prisonnier pendant plus de dix ans. Ici, lui aussi était complètement dépassé.

En tant que flic, je n'ai pu m'empêcher de tomber amoureux de l'aéroport. C'est le seul à ma connaissance où l'on tient à faire passer vos bagages par la zone de sécurité *après* l'atterrissage. Il faut cependant préciser que les portiques ne fonctionnent pas et n'ont probablement jamais fonctionné. De toute façon, le type coiffé d'un *topi* tricoté qui est assis à côté bavarde avec un ami et ne saurait sans doute pas quoi faire d'un petit dispositif électronique grésillant s'il en trouvait un. Dehors, la palette habituelle d'arnaqueurs, de rabatteurs au service des hôtels, de chauffeurs de taxi à peine légaux et de badauds déguenillés qui aiment regarder les avions décoller et atterrir. Sur un coup de tête, j'ai jeté mon dévolu sur un chauffeur de taxi qui portait un chiffon noué autour du crâne. Des gris-gris et des cartes astrologiques couvraient les vitres et le plafond de la voiture, en une quantité telle qu'elle faisait honte à ses collègues de Bangkok. Ses yeux étaient pareils à des puits noirs injectés de sang. Il s'appelait évidemment Shiva.

Il a voulu savoir à quel hôtel je descendais. Après avoir étudié le guide, j'avais réduit le choix à deux établissements : le Yak & Yeti (le nom me tentait beaucoup), un cinq-étoiles qui avait été jadis un palais, ou la Kathmandu Guest House, bas de gamme mais très appréciée des touristes du monde entier. Pour me décider, je devais tenir compte de la psychologie de nos futurs associés. Dans son travail, l'essentiel est de donner l'image appropriée de soi, n'est-ce pas, *farang* ? Là se situait précisément mon dilemme. D'une part, je devais établir un contact commercial fructueux, ce qui en temps normal aurait désigné obligatoirement le Yak & Yeti comme le seul établissement de tout l'Himalaya propre à créer l'ambiance requise ; d'autre part, ce n'était pas vraiment mon style et, si mes informations étaient exactes, j'avais affaire à un maître spirituel particulièrement compétent – il venait de bousiller l'existence de Rosie McCoy et de mettre sérieusement des bâtons dans les roues du général Zinna, le tout sans quitter sa grotte. Tout bien pesé, je ne pensais pas que le Yak & Yeti était le bon choix ; avec des types comme Tietsin, mieux valait se présenter nu ou ne pas se présenter du tout.

— Kathmandu Guest House, ai-je dit à Shiva.

— Laissez tomber. C'est complet et de toute façon trop cher pour ce que c'est. Allez plutôt à l'Himalayan Guest House.

— Quelle commission vous donne l'Himalayan Guest House par client ?

— Cinq pour cent.

— Bon, je vous les donne si vous me trouvez une suite à la Kathmandu Guest House.

Avant de dire oui, Shiva a arrêté le taxi un moment pour pouvoir s'incliner devant un sanctuaire hindou, beaucoup plus kitsch que l'équivalent bouddhiste, orné de plus de fleurs, qui n'étaient pas toutes de fades lotus blancs – j'adore les soucis. Il est apparu que la moitié seulement des chambres de la Kathmandu Guest House étaient occupées ; j'ai donc obtenu ma suite, et Shiva sa commission. Comme j'aimais bien son taxi loufoque et son serre-tête crasseux, j'ai loué ses services pour le restant de la journée au prix très avantageux de cinq dollars.

— Swayambunath, lui ai-je dit tout de suite après avoir rempli ma fiche.

Un bouddhiste tibétain qui se croyait plus malin que les autres a prophétisé il y a mille ans que lorsque des chevaux de fer montés sur roues circuleraient dans Katmandou, cela marquerait la fin du bouddhisme. Il ne s'était pas trompé. Au moment où les chevaux de fer sont apparus dans cette ville, les barbares chinois envahissaient le Tibet et le dalaï-lama a dû s'enfuir. Le problème que les chevaux de fer me posaient pour l'instant était plus prosaïque : que tu le croies ou non, *farang*, la pollution est encore pire qu'à Bangkok et la vitre arrière gauche de la voiture de Shiva ne fermait pas. Il avait retiré la manivelle ; ces vitres n'avaient évidemment jamais vu l'électricité ; la voiture était une vieille Ambassador indienne. Le bon côté de la chose était que la vitre baissée m'a permis d'accueillir comme il convenait un comité de vaches squelettiques venues me présenter leurs respects. Dans un embouteillage, l'une a passé sa grosse tête à l'intérieur du taxi, grâce à quoi j'ai pu caresser sa bajoue broussailleuse d'un noir velouté et lui souhaiter bonne chance pour sa prochaine incarnation, qui, après tant de patience, avait toutes les chances d'être céleste.

Swayambunath est généralement appelé le Temple des Singes, car ces voyous simiesques semblent régenter l'endroit. Il y en a partout et, pendant que vous gravissez les mille et une marches, ils vous fixent de leurs yeux de fouine, raillent votre manque de force et se moquent de vous ouvertement parce que vous avez renoncé au paradis de la forêt vierge et à votre corps d'athlète velu pour cette variante glabre pitoyablement inférieure. À peine arrivé à la moitié de l'ascension, j'étais en effet à bout de souffle. Le fait que Shiva, qui avait décidé de m'accompagner là-haut pour accumuler du mérite tout en fumant comme un pompier des cigarettes si dégueulasses qu'en comparaison nos humbles L&M semblaient être des havanes, ait grimpé les marches de pierre deux à deux et m'ait attendu patiemment pendant que je reprenais haleine, effondré sur la rampe métallique centrale, n'arrangeait rien.

Farang, j'ai honte de le reconnaître (mais je sais que tu comprendras), ma première pensée en arrivant enfin au temple perché au sommet a été que mon téléphone portable fonctionnerait certainement de là-haut – il avait fait des siennes dès mon arrivée et je n'avais pas pu prendre contact avec Tietsin. Il fonctionnait en effet et j'ai pu annoncer que j'étais descendu à la Kathmandu Guest House à mon interlocuteur, qui promit de transmettre le message à Tietsin. Une fois cette corvée expédiée, j'étais prêt à me consacrer à Shiva, Vishnou et Bouddha, qui tous avaient là des résidences secondaires.

Excuse-moi si j'enfonce des portes ouvertes, *farang*, mais quand tu fais le tour d'un stupa ou *chedi*, fais-le dans le sens des aiguilles d'une montre, s'il te plaît. Je ne veux pas être responsable de la guigne que tu vas t'attirer si tu vas en sens inverse – je sais combien tu peux te montrer contrariant. Et n'oublie pas de faire tourner *tous* les moulins à prières – tu as tendance à négliger ceux du milieu, raison pour laquelle tu t'es retrouvé dans un corps humain. En haut de Swayambunath, le respect de ces règles simples te permettra d'accéder à tous les dieux du panthéon hindou, puis te conduira inexorablement à l'enclave bouddhiste, où, que tu le veuilles ou non, tu trouveras des Tibétains en robe couleur prune psalmodiant de tout cœur quand ils ne sont pas engagés dans des querelles territoriales avec des hindous. Et là retiens ton souffle, car vient l'instant de nirvana, le ciel s'ouvre, la vallée de Katmandou se déploie sous tes yeux, le plus grand spectacle géologique du monde : *des montagnes et encore des montagnes*. Sur cette toile de fond d'un blanc éclatant, il n'y a pas grand-chose d'autre à mentionner. Nous sommes un chœur miniature dans un théâtre bâti par les dieux. Et pendant ce temps-là, je pensais : Tietsin, Tietsin.

Après avoir effectué mes trois tours et demi, j'ai demandé à Shiva s'il avait envie de manger un morceau ; il a secoué la tête en signe de dénégation. Peut-être trouvait-il ma compagnie impure ou n'avait-il pas aimé ma façon de faire tourner les vieux moulins à prières en laiton. (Les hindous s'offusquent facilement, mais du moins ne vous décapitent-ils pas, à l'instar des musulmans, et n'exploitent-ils pas impitoyablement vos ressources naturelles, comme l'ont fait les chrétiens pendant trois siècles.)

— Pashupatinath, ai-je dit.

Situé sur la rive de la Bagmati, c'est, paraît-il, le lieu saint hindouiste le plus important du globe, après Bénarès. Soudain soucieux de me montrer son pays sous le meilleur jour, Shiva m'a emmené sur une plate-forme surélevée où un yogi soulevait une pierre de plus de deux kilos avec son pénis. (Je ne veux pas jouer les rabat-joie, mais il ne le faisait pas au moyen d'une érection – c'eût été trop beau ! Il avait tout simplement attaché la pierre à son sexe mou avec une ficelle pendant qu'il était accroupi et s'était remis debout, entraînant ainsi immanquablement le fardeau phallique.) Soit dit en passant, les yogis du coin étaient parfaitement dans la peau de leur personnage : cheveux longs relevés en chignon et teintés en brun-roux, un énorme troisième œil, appelé *tikka*, dessiné au milieu du front, d'un trait rouge vif vertical, entre deux autres, tout blancs, trident et bol à aumônes, tout le tremblement. Ils avaient même de jolis petits ermitages en pierre, avec vue sur les corps en train de brûler sur les *ghâts* en contrebas. Shiva et moi avons regardé les préposés à l'entretien des feux attiser les flammes avec leurs bambous de trois mètres de long sous les cadavres enveloppés de leurs linceuls blancs, entourés par les proches parents. Lorsque le cerveau de l'un des défunts éclatait avec un grand boum, la veuve et les enfants faisaient un bond en arrière, puis riaient gaiement.

J'ai regardé Shiva et lui ai dit « Bodnath », d'un ton innocent qui ne trahissait pas mon trac, car j'étais certain que Tietsin serait là et saurait que j'étais venu, alors même que notre premier rendez-vous était prévu pour le lendemain. Shiva m'a surpris en m'expliquant que ce n'était pas loin à pied.

Peut-être les stupas sont-ils maintenant bouddhiques, mais leur origine est antérieure de plusieurs millénaires à Gautama. Les envahisseurs aryens les ont probablement apportés il y a dix mille ans, en même temps que leurs mystères védiques : c'était un temps où les *farangs* connaissaient mieux la magie que les Asiatiques. Le stupa de Bodnath ressemble à un gigantesque sein d'un blanc pur d'environ quarante-cinq mètres de haut et de cent de diamètre, surmonté d'un mamelon pointu et de deux yeux dont le regard vous saisit. Mais ce qui frappe le plus, ce sont les drapeaux à prière de toutes les couleurs suspendus à des câbles et qui dessinent des paraboles entre la terre et le sommet de l'édifice. Bleu pour le ciel, blanc pour l'air, rouge pour le feu, vert pour l'eau, jaune pour la terre, dans cet ordre généralement.

Les drapeaux, dans l'étoffe desquels sont cousus les textes de milliers de prières, font partie intégrante du bouddhisme tibétain et on en trouve dans tout l'Himalaya. Le vent emporte les méditations curatives des moines à travers notre monde torturé ; se servir du vent et de la terre comme d'une sorte de machine pour faire connaître la voie de la transcendance est à mes yeux l'une des réussites culturelles les plus sublimes ; selon moi, c'est encore plus fort que l'atterrissage sur la Lune. Je trouve les yeux du stupa particulièrement difficiles à fixer. On peut certes les regarder sans souffrir d'une surcharge psychique, mais essayez de vous pénétrer de leur signification à un niveau plus profond et… bon, d'accord, d'accord, *farang*, ça ne t'intéresse pas ; tu veux entendre parler de sexe, de drogue et de meurtres, si je t'ai bien compris. En tout cas, j'ai fait mes trois tours et demi du circuit sans omettre un seul moulin à prières, constamment entouré de Tibétains, des moines et des nonnes pour la plupart – autrement dit, des professionnels –, qui parlaient dans leur portable, psalmodiaient, papotaient, faisaient tourner les moulins, riaient et mangeaient (ils semblaient grignoter toute la journée, de manière aussi compulsive que les Thaïs) tout en faisant le tour de l'immense stupa comme les pèlerins de Canterbury. J'ai été d'abord choqué par une vieille nonne qui me mendiait quelques pièces. C'était tout à fait contraire au bouddhisme et cela m'a beaucoup déçu sur le moment : le sens véritable des aumônes n'est pas d'empêcher qu'un moine ou une nonne ait faim, mais de permettre au donateur d'accumuler du mérite. Elle n'aurait pas dû réclamer mais attendre que je lui donne quelque chose. Elle était cependant passablement décrépite et peut-être pas très maligne ; aussi, avec le sentiment d'être une poire, j'ai fouillé dans ma poche et lui ai tendu une poignée de pièces et de billets sans regarder ce que je sortais de ma poche, ce qui est mon habitude. J'ai calculé après coup que le tout devait s'élever à plus de cinq dollars, une fortune pour elle. Elle a pris l'argent avec indifférence, comme si c'était son dû, puis m'a lancé un regard qui, dans mon état de légère désorientation paranoïaque, me semblait vouloir dire : « De quel réseau international de trafic de drogue fais-tu partie ? »

Puis le même nom est apparu fugitivement sur l'écran derrière mon front, que d'aucuns appellent le troisième œil : *TIETSIN, TIETSIN*, en grosses lettres clignotantes au néon.

Je me suis mis impulsivement à la recherche de Shiva. Tout le stupa était entouré d'échoppes où l'on servait du thé, vendait des tanka et autres souvenirs, où l'on pouvait faire graver ses photos numériques sur CD ou accéder à Internet. Il m'a fallu courir pendant une demi-heure à travers tout ce gigantesque complexe avant de le trouver. Je lui ai dit qu'il était temps de s'en aller. Il m'a regardé en se demandant pourquoi je montrais soudain des signes de stress.

À mon retour à l'hôtel, un message m'attendait. Les gens de Tietsin viendraient me chercher le lendemain matin à 10 heures. Tout agité, je suis sorti de l'hôtel pour marcher dans le Thamel.

Le quartier vous saute à la figure. À moins de vingt-cinq centimètres de la guesthouse, deux conducteurs de rickshaw se sont arrêtés, me coinçant presque contre le mur ; une femme, peut-être une Tibétaine, un bébé mort dans les bras, faisait la manche en sanglotant ; des taxis klaxonnaient en essayant de passer à côté des rickshaws ; des rabatteurs d'autres hôtels ont tenté de me persuader de changer d'établissement ; un jeune homme en haillons m'a chuchoté qu'il avait de l'herbe à un prix défiant toute concurrence, puis deux types vêtus de vestes en skaï noir sur une moto Honda m'ont fait la même proposition dans les mêmes termes, mais avec beaucoup plus de gravité. Un inconnu m'a demandé si je voulais une fille, voire deux, pour la nuit. Après m'être faufilé entre les rickshaws et avoir traversé la rue, je me suis fait accoster par des vendeurs de shiloms et de pipes ; des artisans qui avaient passé la journée à sculpter des échiquiers voulaient me vendre leurs chefs-d'œuvre, et tout cela sur un fond sonore typiquement hindou, un mélange de coups de klaxon, de cris et d'hommes faisant leurs ablutions habituelles en pleine rue, parfois en éructant bizarrement, ce dont il serait malvenu de les blâmer, la poussière se fourrant partout. Des routards *farangs* cheminaient pesamment sous leurs énormes sacs à dos pleins de vêtements de rechange pour six mois et de produits pharmaceutiques pour un an. Des piquets de tente en aluminium en dépassaient parfois. Beaucoup étaient des femmes seules ou voyageant par deux, des jeunes aussi bien que des quinquagénaires ; elles étaient censées ne courir aucun danger au Népal, tous les guides touristiques l'affirmaient. Je vis aussi pas mal de clones de Rosie McCoy. Pendant ce temps-là, des Népalaises en tenue traditionnelle, la plupart en sari, mais certaines en pantalon fuselé sous une longue tunique, entraient à toute vitesse dans les boutiques et en sortaient les bras chargés de provisions enveloppées dans du papier gris ou faisaient la cuisine sur des brûleurs à gaz devant le seuil de leurs maisons médiévales, en prenant garde de ne pas bousculer les vaches efflanquées qui venaient aussi prendre l'air du soir. Et puis il y avait la musique. Des flots d'*Om mani padme hum* s'échappaient des magasins de CD en même temps que Robbie Williams et Ravi Shankar, tandis qu'une boutique au coin de la rue diffusait sans interruption les notes graves de chants tibétains, sorte de chœur de baleines à grandes ondes en contrepoint. Et dans ma tête évidemment : *Tietsin.*

Je me suis réveillé juste après l'aube, j'ai fait une promenade à travers la ville, refusé cinq fois de la marijuana et donné un peu d'argent à la femme qui tenait toujours son bébé mort – il ne l'était peut-être pas vraiment. Lorsqu'on est venu me chercher, la vieille nonne de Bodnath à qui j'avais fait l'aumône et que j'avais jugée décrépite se trouvait à l'arrière du monospace. Elle arborait un sourire chaleureux et espiègle. Le chauffeur semblait être népalais et ne parlait pas.

— Nous allons à une conférence sur l'histoire tibétaine, m'a-t-elle expliqué dans un anglais parfait.

7

La conférence avait déjà commencé et semblait même sur le point de se terminer. Le dernier étage de la maison de thé avait été transformé en salle de réunion équipée d'une douzaine de chaises, dont huit étaient occupées par des *farangs* assez jeunes, aux allures de routards. Je n'ai pu faire autrement que m'asseoir au dernier rang et écouter.

Le docteur Norbu Tietsin avait le chic pour renverser la tête en arrière et faire les yeux blancs, ce qui aurait pu sembler comique de la part d'un personnage de moindre envergure, mais chez lui cela avait quelque chose de vaguement sinistre, comme voir quelqu'un entrer en transe ou dans une autre dimension.

La soixantaine, plus d'un mètre quatre-vingts, robuste et musclé, parka élimée, la fermeture éclair ouverte. Il parlait l'anglais à la perfection, avec un accent qu'il a qualifié plus tard d'onusien, c'est-à-dire avec un soupçon d'intonations d'Oxford, de la région de Londres, de New York et de Sydney, agrémenté d'une bonne dose de précision scandinave dans les voyelles, mais qui avait tendance à se muer en accent de Brooklyn aux moments les plus inattendus. Barbe grise fine et clairsemée, pas du tout taillée, qui ondulait sous son nez, et cheveux gris retenus en queue de cheval. Tel un professeur chevronné, il n'utilisait pas de notes et, quand il ne regardait pas par la fenêtre, il allait et venait en boitant, les mains dans les poches, devant son auditoire. J'étais enclin à attribuer ce handicap aux engelures, alors que dans un autre pays on aurait plutôt pensé à la goutte.

— Le colonel Younghusband a été le premier Blanc à envahir le Tibet, disait Tietsin. Lord Curzon l'y a encouragé et lui a fourni les fonds nécessaires, qui, comme la majeure partie du revenu de l'Empire des Indes à l'époque, provenaient de la vente de l'opium. Avec ses machines à tuer, il a massacré des milliers de moines à la manière charmante des Anglo-Saxons…

Le géant infirme s'est interrompu quelques instants pour tousser.

— Mais l'ambitieux colonel ne nous tracassait pas outre mesure. Nous étions habitués à la cruauté des Chinois et, comme on dit, « quand on connaît le scorpion, on ne s'inquiète pas du crapaud ». Il nous avait cependant conquis et le prix karmique devait être payé…

Tietsin a sorti la main droite de sa poche et l'a levée. Ce n'était plus qu'un moignon, tous les doigts en dehors du pouce et de l'index rongés par les engelures. Il s'est effleuré le front, a soupiré, m'a accordé un coup d'œil en parcourant l'auditoire du regard, puis a déclaré :

— Nous avons donc dû le conquérir, nous aussi.

Il s'est brusquement arrêté, son moignon toujours levé, et nous a dévisagés un à un pendant une bonne minute.

— L'issue était incertaine, a-t-il repris, parlant toujours de Younghusband, apparemment. Vous n'avez pas idée quelle corvée cela représente de développer un psychisme fœtal au point qu'il quitte la matrice de sa propre culture et s'adapte petit à petit à la réalité en l'espace d'une vie. Normalement, avec quelqu'un de ce genre, il faut deux ou trois cents ans pour être sûr du résultat – le suicide est toujours le grand risque. Nous avons cependant réussi. Le bon colonel s'est converti avec une ardeur presque embarrassante à notre voie spirituelle, sans malheureusement y comprendre grand-chose ni se rendre compte nécessairement que c'était le bouddhisme qui remodelait son caractère de l'intérieur... Néanmoins, on peut dire que la stratégie a porté ses fruits pour nous faire connaître à l'Occident. De fait, c'est Younghusband qui a inspiré les altérations irrationnelles de notre religion dont sont responsables des gens comme cette névrosée de Mme Blavatsky et le docteur Rudolf Steiner, qui, cas curieux, a réussi à greffer dessus le christianisme gnostique et a appelé ça la Science spirituelle... Pour l'amour du ciel !

Je m'habituais déjà à sa propension à évoquer des événements datant de plus d'un siècle comme si c'était arrivé hier. Et on dit que nous, les Thaïs, n'avons pas la notion du temps ! Mais je n'étais pas préparé à son érudition. J'avais vaguement lu quelque chose sur Mme Blavatsky et Rudolf Steiner en surfant sur le Net : deux des premiers prophètes occidentaux de la sagesse orientale, dont les œuvres ont été en grande partie oubliées au cours de cette catastrophe cosmique qu'a été le XXe siècle. J'étais complètement dépassé et je le savais. Je me demandais comment *mon* psychisme fœtal allait s'adapter à cette nouvelle réalité.

Tietsin s'est détourné de la fenêtre et m'a subitement regardé avec toute la puissance de son mental.

— Puis, en 1959, après l'invasion chinoise, Sa Sainteté est partie en exil et a apporté notre science spirituelle, s'il vous plaît de l'appeler ainsi, à un monde qui avait été au moins partiellement préparé à la recevoir…

Il s'est à nouveau interrompu et a froncé les sourcils avant de lâcher :

— Nous avons envahi le monde, mais nous avons perdu le Tibet.

À n'en pas douter, cette dernière phrase avait été prononcée à mon intention. Tous ont soudain semblé suivre son regard et me fixer des yeux. J'ai eu un hochement de tête pleinement approbateur, quel qu'ait pu être le sens sous-jacent de ces paroles, tout en me demandant en quoi tout cela était lié au prix de l'héro. Mais on ne pouvait s'empêcher d'être fasciné par l'homme lui-même. J'ai supposé qu'à un moment ou un autre de sa vie il avait traversé à pied le défilé de près de cinq mille kilomètres qui mène du Tibet à Dharamsala. Avec un courage de géant, il parvenait à tirer parti de son infirmité pour projeter un esprit plus libre que celui d'un gymnaste olympique. Mais c'étaient surtout ses yeux : leur rapidité de mouvement et la concentration, l'intensité du regard, rodées par des décennies de méditation.

Il n'y avait rien d'autre à faire que l'écouter parler de l'invasion chinoise : sa cruauté barbare, les Tibétains réduits en esclavage, forcés de participer au viol et au pillage de leur pays, tout cela au nom d'un socialisme glorieux, les jeunes femmes contraintes de se prostituer à Lhassa pour divertir les soldats chinois – pour la plupart des jeunes paysans mal dégrossis et eux-mêmes brutalisés, enfants et petits-enfants de l'holocauste de Mao Tsé-toung, la fameuse Révolution culturelle.

C'était loin d'être drôle, et pas le genre de choses que vos routards de base étaient venus entendre dans l'Himalaya. Mais ils semblaient parfaitement attentifs, sous l'emprise de ce héros estropié. Pour ma part, je crois que j'aurais été aussi captivé s'il avait donné une conférence sur le béton armé ; tout tenait à l'homme lui-même, et il le savait.

Au moment où me venait cette pensée, Tietsin m'a fixé du regard avec une telle intensité que j'ai ressenti un mal de tête passager. J'ai levé les yeux avec étonnement vers son visage taillé à la serpe, qui ne trahissait pas la moindre gentillesse. De fait, en cet instant, il ne paraissait pas du tout humain et peut-être ne l'était-il pas. Il a détourné les yeux.

Après ce résumé peu commun de l'histoire du Tibet, celui qu'il a fait des principes du bouddhisme m'a paru étonnamment ordinaire. Il nous a donné les explications habituelles sur le Bouddha, le dharma et le sangha, en simplifiant pour l'auditoire *farang*. À la fin, tout le monde a applaudi poliment et s'est apprêté à partir. Je les ai regardés, cinq femmes et trois hommes, tous des Blancs. Je n'aurais su dire s'ils étaient européens, américains ou australiens ; ils avaient l'air assez innocents, des voyageurs sans histoire. Peut-être Tietsin visait-il dans son laïus des personnes plus avancées d'une ou deux vies. Aucun d'eux ne semblait avoir l'intention de se faire ordonner moine ou nonne en sortant d'ici.

Je me suis brusquement retrouvé seul avec le docteur en personne, qui contemplait par la fenêtre les deux grands yeux du stupa et m'ignorait. J'ai toussoté.

Il s'est retourné vers moi en souriant, s'est approché et a fait pivoter une chaise de façon à pouvoir s'asseoir en me regardant droit dans les yeux. Finalement, il a tendu la main droite, celle à laquelle il manquait trois doigts, et a serré la mienne. J'ai dû tirer pour libérer ma main. Les doigts restants avaient une force peu commune. Il a levé le menton, m'intimant l'ordre de parler.

— Vous avez perdu vos doigts quand vous avez traversé les montagnes pour venir à Dharamsala ?

— Non, à Chamdo.

— J'ignore complètement où ça se trouve.

— Dans l'extrême est du Tibet. C'est par là que les Chinois ont commencé à envahir le pays.

J'ai hoché lentement la tête, tandis que l'information que j'avais vaguement absorbée des années auparavant commençait à filtrer à travers les cellules de ma mémoire. Mon ordinateur interne moulinait et j'ai fini par avoir un bref éclair d'inspiration :

— Vous étiez dans la résistance ?

Il a pris une profonde inspiration, puis a expiré.

— Des milliers d'entre nous ont quitté la robe de moine afin de pouvoir lutter pour notre pays. Ça ne semblait pas insensé ; après tout, nous avions l'Amérique de notre côté, je veux parler de la CIA.

— Oui, ai-je dit. J'ai lu quelque chose à ce propos. Vous avez été trahis.

Il a haussé les épaules.

— Vous pouvez l'exprimer ainsi. Ou qualifier ça simplement d'imperfection de la démocratie. Les États-Unis ont élu Nixon.

Je me souvenais, maintenant. Cette tête creuse de président voyait dans la Chine un contrepoids utile à l'Union soviétique... et au diable les droits de l'homme, auxquels il n'avait jamais eu de temps à consacrer, étant lui-même un pillard à temps partiel. Dès son arrivée au pouvoir, il avait ordonné à la CIA de retirer son soutien à la résistance tibétaine.

— Vous deviez être très jeune.

— J'avais quinze ans. J'étais déjà dans les ordres depuis sept ans. Lorsque j'ai appris que mon père et tous les hommes de mon village natal étaient allés se battre, je me suis joint aux autres moines qui quittaient la robe à ce moment-là. Les Chinois nous ont évidemment massacrés. Mais ce n'était pas ça qui comptait.

Il s'est tu et a attendu ma question.

— Vous avez fui à Dharamsala ?

Il a fait la moue.

— Il vaut peut-être mieux que vous ne sachiez pas ce que j'ai fait ensuite.

Nouveau silence, puis :

— Bien sûr, j'ai fini par aller à Dharamsala, j'ai présenté mes respects à Sa Sainteté, accepté son offre gracieuse de me trouver une place dans un monastère pour que je puisse continuer mes études religieuses.

Il s'est encore interrompu, comme s'il calculait avec précision quelle quantité d'informations il pouvait divulguer.

— Mais lorsque vint le moment de reprendre mes vœux, j'en ai été incapable. Dans mon âme, les Chinois avaient remplacé le Bouddha par de la haine. Il est difficile de surmonter ce qui vous arrive dans votre jeunesse, soupira-t-il avant de poursuivre, dans un sourire : Alors, j'ai trouvé une fille. Ou une fille m'a trouvé, devrais-je dire. Une Occidentale, naturellement. De ces gens qui sont par nature enclins à faire le bien, ce qui revient à dire qu'ils sont aveugles à leur propre malveillance. Elle avait dans l'idée que l'amour et le mariage me guériraient. Je l'ai crue. L'Occident était pour moi une telle nouveauté, j'étais si désillusionné de tout, j'ai supposé qu'elle avait la solution. J'étais naïf à ce point-là.

Il m'a regardé avec une expression comique.

— Comme j'avais l'esprit bien entraîné par mes études monastiques, j'ai collectionné les qualifications comme font les gens du tiers-monde. J'ai fini par décrocher un doctorat d'histoire tibétaine – quoi de plus utile pour se faire embaucher par les grosses entreprises américaines, n'est-ce pas ? L'amour et le mariage ont finalement abouti à un échec, comme toujours. Celle qui, au début, aurait donné sa vie pour moi songeait à me faire supprimer au bout de trois ans. On m'avait appris à prendre les vœux au sérieux et il était donc hors de question que je la quitte.

Il a laissé passer quelques instants en posant sur moi un regard contemplatif.

— Mais lorsque cette hypocondriaque infantile, satisfaite d'elle-même, uniquement apitoyée par son propre sort, animée d'un esprit de compétition meurtrier, qui avait peur de vivre et en voulait à tous les hommes, lorsque cette garce m'a largué, j'ai pleuré de soulagement. Bouddha merci, nous n'avions pas d'enfants.

Il a levé les deux mains, l'une déformée, l'autre intacte.

— *Et me voilà*, a-t-il conclu en français avant de dresser le sourcil.

— Vous êtes misogyne ?

— Non. Ça peut arriver à tout le monde. Disons qu'à la fin elle montrait presque toujours le même aspect de son humanité multifacettes.

— L'humanité est à ce point mauvaise ?

— En fait, j'y suis allé doucement avec elle. Et avec les autres. J'ai évité la prison pour meurtre.

Cette conversation se caractérisait par le fait que je me retrouvais dans le rôle du destinataire d'une sorte de révélation spirituelle alors que je croyais faire un brin de causette normal. Il s'est penché vers moi pour me murmurer :

— Croyez-vous vraiment qu'à l'avenir seuls les pays seront en lutte pour des ressources rares ? Ne soyez pas si naïf, nous nous battrons les uns contre les autres, tous contre tous, jusqu'au dernier centimètre carré de terre commercialement rentable. C'est d'ailleurs déjà ce que nous faisons. Sans aspiration spirituelle, nous régressons, ne le voyez-vous pas ? Pas seulement au stade simiesque, ce ne serait pas si mal. Non, jusqu'en bas de la spirale de l'évolution. Voilà ce qui est en jeu. Comment peut-on avoir envie d'être l'ouvrier numéro 10 000 012 dans un nid de termites ?

Quelque chose en Tietsin donnait l'impression qu'il n'était pas seulement une grande gueule ; c'était comme s'il lisait un texte dans le ciel. J'avais terriblement envie de changer de sujet.

— Vous parlez français ?

— Français, anglais, tibétain, hindi, un peu de thaï. Et chinois. Lorsque votre karma est celui d'un Sans Foyer, mieux vaut connaître les langues.

Je me suis souvenu que Sans Foyer était une expression consacrée pour désigner un moine bouddhiste.

C'est à ce moment-là que j'ai éprouvé pour la première fois une sensation qui devait se reproduire au cours de nos relations. J'ai eu la curieuse impression que j'allais m'évanouir, puis, juste à temps, une vague d'énergie a envahi mon esprit et je suis revenu à moi dans ce qu'on ne peut décrire autrement que comme une forme de conscience supérieure. Je savais deux choses : que l'effet était produit délibérément par Tietsin et que l'exercice de tels pouvoirs est formellement interdit aux bouddhistes authentiques.

Pendant ce temps, il m'avait regardé avec curiosité tandis que le point d'assemblage de mon esprit flottait quelque part au-dessus de ma tête et que les influx sensoriels se brouillaient agréablement, comme si les cinq sens ne comptaient plus.

Il s'est levé et m'a adressé un grand sourire bienveillant, qui a effacé sans peine la lourdeur du moment précédent.

— Sortons d'ici, a-t-il dit avant de me précéder en boitant dans l'escalier.

Je devais le suivre lentement pour ne pas perdre l'équilibre, mais la sensation est restée tout le temps plaisante.

— Nous vous avons observé hier, quand vous êtes arrivé avec l'hindou qui portait un chiffon autour de la tête. Nous avons été très favorablement impressionnés. Apparemment sans y penser, vous êtes parti du point le plus oriental du stupa, vous en avez effectué exactement trois fois et demie le tour, sans négliger de faire tourner chaque moulin à prières, ce qui vous a conduit à l'ouest, au point diamétralement opposé à celui d'où vous étiez parti. Lorsque la vieille femme vous a demandé l'aumône, vous n'avez pas suivi la règle à la lettre et avez montré de la compassion au-delà du strict dharma ; au contraire, vous lui avez donné une jolie somme. Vous êtes terriblement romantique et vous enfreignez donc la loi par amour. Résultat, d'une part vous représentez un gros risque pour la sécurité des affaires – vous êtes un gogo de première –, mais, d'autre part, cela fait aussi de vous un compagnon de voyage sympathique. Disons que vous avez déjà passé votre entretien d'embauche hier, nous n'avons pas à en savoir davantage. Aujourd'hui, c'est donc à vous de me faire passer un entretien. Ouvrez le feu.

J'ai essayé de répéter : « Vous faire passer un entretien ? », mais les mots n'ont pas voulu sortir. Nous étions arrivés en bas de l'escalier et avions tourné à droite vers le grand stupa. Tout le monde était parti. J'en suis resté bouche bée.

8

La télépathie n'a rien de magique ; c'est simplement l'une de ces facultés que nos ancêtres avaient développées dans une certaine mesure avant de les abandonner en faveur d'instruments plus fiables, comme les répondeurs téléphoniques. Je n'en avais fait l'expérience que sous sa forme la plus atrophiée – Chanya et moi communiquions de temps en temps par télépathie, lisant généralement dans l'esprit de l'autre des choses sans grande importance. Là, je n'avais jamais rien vu de pareil.

Tout d'abord, le stupa avait changé de couleur. Il était noir. Les yeux avaient pris une vilaine teinte rouge sang ; un éclair furieux jaillissait de la flèche dans une débauche d'énergie ; il faisait nuit, une pleine lune bouffie flottait dans le ciel à l'orient et, le plus bizarre de tout, il ne se passait rien. Je veux dire qu'on ne percevait pas le moindre mouvement. J'avais sous les yeux un tableau mental, un instantané interne transmis par Tietsin. Puis, après être revenu de ma stupéfaction initiale, j'ai perçu dans le phénomène un sens plus profond et encore plus perturbant : c'était ainsi que Tietsin voyait le bouddhisme, le monde, la vie. Ou bien, exprimé autrement, c'était une image de son âme qu'il me montrait.

Le moment passé, le soleil a refait son apparition, le stupa est redevenu d'un blanc éclatant, de nouveau entouré de pèlerins en robes bordeaux, de touristes en shorts et sandales et de boutiques de souvenirs accueillantes. Tietsin me regardait d'un air curieux.

— L'entretien est terminé ? a-t-il demandé avec une courtoisie exagérée. Marchons un peu. Nous allons faire comme les espions dans les films sur la guerre froide, qui mènent leurs négociations en plein air, là où il n'y a pas de micros et où quiconque vous file se fait remarquer.

Tout en le suivant, je lui ai lancé un regard fou.

— Ça ne vous ferait rien de m'expliquer comment vous avez fait ? Je veux dire, excusez-moi, mais vous venez à l'instant de vous emparer entièrement de mon esprit…

Il a haussé les épaules.

— Mettez ça sur le dos de mon maître en méditation. Avant de quitter la robe, j'étais un excellent élève. Il m'a montré certaines choses auxquelles il n'aurait certainement pas dû initier un adolescent. Je ne sais toujours pas s'il m'a transmis ces connaissances avancées parce qu'il pensait que j'allais devenir un lama, parce qu'il savait que les Chinois arrivaient et que le temps manquait pour faire dans la dentelle, ou encore parce qu'il était du genre à s'en foutre royalement, ce qui est censé faire de lui un maître de la meilleure sorte. Quelle qu'en soit la raison, il avait manifestement le sentiment de ne pouvoir faire autrement que de risquer de mettre en péril ma santé mentale.

Il m'a jeté un rapide coup d'œil.

— Rien n'est jamais aussi simple qu'il y paraît. Venez, allons accumuler du mérite.

J'ai suivi son pas claudicant autour du stupa et nous avons fait tourner les moulins à prières en cours de route. Il avait une technique particulière, un tour de main professionnel. J'étais moins habile. Après les neuf premiers moulins, il a dit :

— Celui qui est coléreux et haineux, qui a adopté des fausses vues et est trompeur, qu'il soit considéré comme un paria.

J'ai essayé de me souvenir où j'avais déjà entendu ces paroles. C'était certainement le Vasala Sutra. Nous avons alors entonné, en alternance :

— Est un être inférieur celui qui est coléreux et haineux, méchant et envieux, celui qui est habité par les illusions, ou qui est plein de fausseté…

— Celui qui fait du mal aux êtres vivants, mammifères, oiseaux, reptiles, poissons ou autres, celui qui ne ressent pas d'empathie envers les êtres vivants…

— Celui qui attaque et détruit des propriétés et des lieux d'habitation, qui se conduit en vandale…

— Celui qui, où que ce soit, s'approprie ce qui ne lui appartient pas, ou qui ne lui a pas été donné…

— Celui qui refuse de rembourser ses dettes…

— Celui qui fait du mal à un voyageur et le détrousse…

— Celui qui, par intérêt personnel ou pour satisfaire un autre, porte un faux témoignage…

— Celui qui a des relations incorrectes avec la partenaire d'un proche ou d'un ami, même si c'est à l'instigation de celle-ci…

— Celui qui, bien qu'il en ait les moyens, ne prend pas soin de ses vieux parents…

— Celui qui blesse en actes ou en paroles ses proches…

— Celui qui, alors qu'on lui demande conseil, sciemment en donne de mauvais, ou sciemment s'exprime en termes obscurs…

— Celui qui commet le mal en cachette et se comporte en hypocrite…

— Celui qui ne rend pas l'hospitalité…

— Celui qui ment à un religieux, prêtre, moine ou ascète…

— Celui qui brutalise par ses paroles un religieux, prêtre, moine ou ascète, et ne sait pas l'accueillir…

— Celui qui, bien que profondément ignorant, se permet de dire n'importe quoi, espérant en retirer quelque avantage…

— Celui qui, aveuglé par la vanité, se glorifie et abaisse les autres…

— Celui qui sème la zizanie, ou fait preuve d'avarice, celui qui a des désirs malsains, celui qui est envieux et égoïste, celui qui est sans scrupules et malveillant…

— Celui qui injurie le Bouddha ou son disciple, ou tout être consacré à une vie de simplicité et de pureté…

— Celui qui prétend avec imposture être un saint, celui-là est le plus grand des coquins, celui-là est l'être le plus bas qui soit…

— Ce n'est pas par sa naissance que l'on est un être inférieur ou supérieur, c'est par ses actes qu'on le devient…

Ce célèbre sutra nous avait emmenés de l'autre côté du stupa. Nous étions partis de l'ouest parce que, ai-je supposé, Tietsin voulait achever le circuit à l'est. Il a gardé le silence pendant tout le deuxième tour du stupa, puis, en faisant tourner les moulins à prières avec une vigueur particulière, il a dit :

— Il me semble que nous devons passer un accord.

— Il me semble aussi. Vous pouvez effectuer une expédition pour quelle somme ?

— Notre mouvement a besoin de quarante millions de dollars. Si cette somme nous est garantie, nous expédierons la marchandise correspondante.

— Votre mouvement ? C'est politique ?

— Bien sûr. Nous allons envahir la Chine.

— Avec quoi ?

Il s'est arrêté net, comme si la question l'avait surpris.

— Avec le pouvoir inexorable du tantrisme, évidemment.

J'ai cru à quelque plaisanterie tibétaine de mauvais goût ; nous parlions, après tout, d'une république communiste qui avait supprimé la religion partout où elle pouvait, et je me suis donc attaché à la question pratique :

— Comment pouvez-vous faire ce dont personne d'autre n'est capable et effectuer une expédition aussi importante en une fois ?

— Contacts et savoir-faire. La matière brute est envoyée d'Afghanistan au Waziristan, autrement dit dans la région tribale du Pakistan, où elle est traitée. De là, elle est expédiée au Ladakh, le « Petit Tibet », sous notre direction. On oublie trop souvent que les bouddhistes étaient actifs dans cette région du monde, mille ans avant Mahomet. Nos contacts sont antérieurs à l'islam. Du Ladakh, nous l'acheminons directement au Tibet occupé par les Chinois. C'est le plus important. Le Tibet est pour l'essentiel un espace vide et, quoi qu'il en soit, nos compatriotes sont les seuls à pouvoir supporter le climat – les Chinois s'affaiblissent beaucoup à cette altitude, surtout lorsqu'ils sont en poste hors de Lhassa, là où il n'y a ni hôpitaux ni bouteilles d'oxygène. Nous y avons les mains totalement libres. Personne ne peut s'opposer à nous.

— Le dalaï-lama est au courant ?

Tietsin s'est figé. C'était la première fois qu'il me regardait d'un air désapprobateur.

— Bien sûr que non. Sa Sainteté est le plus grand Tibétain vivant. En fait, c'est le plus grand être humain vivant ; il est la réincarnation d'Avalokiteshvara, mais il n'a pas pour mission de sauver le Tibet. Au lieu de ça, il a investi le monde. De toute façon, il a déclaré qu'il ne se réincarnerait pas, ou s'il le fait, ce ne sera pas au Tibet. Vous comprenez ce que cela signifie ?

— Il vous revient, à vous et à votre mouvement, de défendre le pays tout seuls ?

— Non, nous l'avons d'ores et déjà perdu. Nous allons en revanche le reprendre. Au nez et à la barbe de deux milliards de Chinois.

— Combien de vies cela va-t-il exiger ?

— C'est la seule inconnue dans toute la question. C'est aussi hors de propos.

Ma question suivante concernait la moralité, sujet évidemment épineux. Aussi louable qu'ait été la cause, Tietsin se livrait à la contrebande massive d'un poison. Je n'ai pas eu besoin de l'interroger à ce propos.

— Je suis mon dharma, a-t-il dit, presque en s'excusant. C'est tout ce que je peux vous dire. En définitive, le *je suis* est un mystère insondable.

Nous nous étions arrêtés après avoir accompli nos trois tours et demi du stupa et avions atterri à l'est.

— Nous effectuerons l'expédition à n'importe quelle adresse en Thaïlande, au Laos, au Cambodge ou en Birmanie, m'a-t-il dit tandis que nous nous serrions la main et qu'il agrippait la mienne avec ses deux doigts. Nous parlerons des comptes en banque offshore quand le moment sera venu. Nos préférences vont au Liechtenstein.

J'étais sur le point de prendre congé, mais il me pressait la paume de son pouce et a refusé de me laisser partir avant que je le regarde dans les yeux. Il avait naturellement encore un petit tour spectaculaire à me jouer ce jour-là. J'ai revu, dans ses yeux cette fois-ci, de manière très distincte et en miniature, le stupa noir, l'éclair, la rage.

— Content d'avoir fait votre connaissance, a-t-il dit avant de tourner les talons et de recommencer le circuit en faisant tourner les moulins à prières le long du chemin.

J'aurais dû le laisser partir, mais, dans mon ignorance, je l'ai regardé s'éloigner en souhaitant qu'il revienne. Ce qu'il a donc fait. Il était de nouveau face à moi en faisant les yeux blancs, comme s'il détestait prêcher mais sans pouvoir s'en dispenser.

— Il n'y a qu'une seule instruction à retenir. Oubliez l'Octuple Sentier s'il ne s'applique pas à votre situation. Soyez de ceux qui gagnent l'Autre Rive. Le Bouddha se fiche comme d'un bol à aumônes cassé de la façon dont vous y parvenez. Allez-y avant qu'il ne soit trop tard. Il ne reste plus beaucoup de temps. C'est tout ce que je peux vous dire.

L'instant d'après, il était reparti.

9

Lorsqu'une maison d'édition se décidera à publier un manuel pour les aspirants *consiglieri*, le bouquin devra insister, même lourdement, sur la sage nécessité de mettre les bouts dès que le principal marché est conclu. Tout bon mafioso aurait pris le prochain avion. Un *consigliere* à la petite semaine l'aurait fait. Même un voyou de troisième catégorie se serait précipité à l'agence de Thaï Airways dans Durbar Marg pour changer son billet d'avion de façon à partir le jour même et rentrer en vitesse apprendre au colonel Vikorn la bonne nouvelle, à savoir que nous pouvions nous attendre à recevoir plusieurs centaines de kilos de dope avant un mois, sans doute assez pour éliminer du marché notre principal concurrent, le général Zinna. Ai-je fait cela ?

Je me suis effectivement précipité, mais pas à l'aéroport. Au Pilgrim's Bookshop, dans le Thamel. Il faut te souvenir comment j'en étais arrivé là : j'étais un moine manqué qui s'était retrouvé pris dans un engrenage infernal, ce dont il n'était qu'en partie responsable ; si cela te paraît être une façon de se défiler, *farang*, essaie d'être un père de famille asiatique.

Maintenant, cher lecteur, permets-moi de marquer une pause dans ce récit haletant pour chanter les louanges de la « librairie du pèlerin ». Pour être bref, si tu es en quête de Dieu ou d'un de ses avatars, c'est vers le Pilgrim's Bookshop que tu dois diriger tes pas. La librairie du Congrès est sûrement préférable pour des questions d'ordre général, mais si c'est le prétendu non-existant qui t'intéresse ou, disons, les habitudes les moins connues de Shiva, Vishnou et Brahma, la couleur de Tara qui conviendrait le mieux au tanka exposé dans ton living, la grotte de l'Himalaya incontournable pour ta retraite estivale, ou la manière de devenir *sadhou* sans quitter ton travail quotidien, ou encore les plantes, champignons ou fèces de crapaud qu'on peut dénicher dans la vallée de Katmandou et qui font planer à tous les coups (un pan de mur entier leur est consacré), crois-moi, c'est le Pilgrim's Bookshop qu'il te faut. (Oui, oui, ils expédient les livres à l'étranger et ils sont sur le Net ; et non, je n'ai pas d'actions dans la maison.) Pour finir, j'ai acheté onze volumes traitant de la transcendance, sujet éminemment obscur, et cinq DVD, dont un seul s'est révélé directement pertinent. Intitulé *The Shadow Circus*, il décrivait en détail la rébellion financée par la CIA après l'invasion du Tibet par la Chine. Je me suis fait prêter un lecteur de DVD par la direction de la Kathmandu Guest House et j'ai passé la journée cloîtré dans ma chambre avec mes livres et mes disques. L'après-midi, j'avais le sentiment d'en savoir beaucoup plus sur le bouddhisme tibétain, autrement dit le tantrisme, le vajrayana ou le bouddhisme apocalyptique.

Je pensais avoir acquis une conception plus nuancée de l'Autre Rive, la nuance provenant du fait qu'elle échappe à toute conception.

Et je n'étais toujours pas allé à l'agence de la compagnie aérienne, ni ne l'avais appelée. Les yeux fatigués par la lecture, j'ai décidé de visiter la ville. Muni d'un plan de Katmandou, je suis arrivé, après beaucoup de tours et détours, à un sanctuaire consacré à Vaisya Dev, le dieu du mal de dents, dans une venelle près d'Asan Tole. Il y avait là une demi-douzaine de personnes, la mâchoire enveloppée d'un foulard, l'air mal en point ; le truc consiste à clouer une pièce d'une roupie dans le sanctuaire en bois avec un antique marteau qui y est accroché par une ficelle, à marmonner son mantra favori… et le tour est joué, la douleur a disparu. On a presque envie d'avoir un peu mal aux quenottes pour voir si ça marche. Je me suis dit alors que ce bon vieux Vaisya remplissait aussi sa fonction à titre préventif et j'ai sorti une roupie de ma poche pour la clouer dans le bois : O Vaisya, fais que je n'aie plus jamais mal aux dents. La superstition existe indéniablement. Elle fait partie de ce qui est, *thathagata*… comme le mal de dents.

Après quoi, j'ai marché dans le Thamel avant de descendre jusqu'à la rivière Vishnoumati, j'ai traversé le pont métallique près du temple hindou, puis ai suivi le long chemin menant au Temple des Singes. Même l'ascension de l'escalier n'a pas apaisé mon esprit tourmenté. Au sommet, j'ai payé avec impatience le droit d'accès excessif réclamé aux touristes et couru presque autour du stupa en faisant tourner les moulins à prières, puis j'ai contemplé la vallée en pensant, non, en criant dans mon for intérieur : Les montagnes, les montagnes ! Puis : Tietsin, ô Tietsin, je veux aller sur l'Autre Rive. Ce vieux sorcier tibétain avait appuyé sur mon bouton rouge réservé aux urgences. J'avais la fièvre.

Pourquoi n'ai-je pas été surpris quand un moine bouddhiste en robe prune, l'épaule droite découverte, m'a tendu subrepticement un prospectus annonçant un séminaire qui devait se tenir le soir même au dernier étage d'une maison de thé, au grand stupa de Bodnath ? Il avait disparu avant que j'aie eu le temps de lui demander s'il connaissait Tietsin personnellement.

Écoute, ai-je murmuré au bouddha de pierre noire d'une beauté sublime installé juste derrière le mausolée miniature, à côté du magasin Kodak (avant de s'engager dans le passage qui mène au Café du Stupa – la cuisine n'y est pas fantastique, mais la vue qu'on a du toit est transcendante), *je suis censé être un mafioso, un méprisable trafiquant de drogue international, un pauvre couillon parmi les six milliards de couillons irrémédiablement piégés dans le karma duquel il n'y a jamais eu moyen de s'échapper, raison pour laquelle je ne m'en sens pas responsable, même si tout est de ma faute. Je ne sais vraiment pas si je peux supporter trop d'air frais.*

Arrête tes conneries, a répondu avec brusquerie le bouddha noir. *Je me fiche comme de ma première robe de savoir comment tu vas faire, mais gagne l'Autre Rive, il ne reste plus beaucoup de temps.*

Le soir, je m'étais donné une heure pour aller du Thamel au Bodnath, ce qui aurait dû suffire amplement, mais il y avait un embouteillage sur le Thamel Chawk au carrefour de Tridevi Marg (je suis certain que tout le vacarme était le fait d'hindous énervés ;

les bouddhistes ne klaxonnent pas comme ça), aussi, lorsque mon chauffeur m'a déposé à Bodnath, m'attendais-je à ce que le séminaire soit presque fini. Il n'y avait aucune indication, aucun prospectus sur la porte, laquelle était fermée ; tout le monde était probablement déjà parti.

J'ai frappé doucement, une nonne bouddhiste m'a ouvert et regardé d'un air soupçonneux jusqu'à ce que quelqu'un derrière elle lui murmure quelques mots et qu'elle change d'attitude. Elle m'a fait entrer avec un grand sourire plein de bonté et indiqué un siège dans le fond de la pièce. Une fois votre serviteur installé, elle a refermé la porte à clé. Tietsin allait et venait devant son auditoire de sa démarche boiteuse tout en parlant et en agitant sans vergogne son moignon de manière théâtrale.

— … était en jeu n'était pas l'autonomie du Tibet, mais l'âme du monde. Or, le monde estima qu'il n'avait pas besoin d'âme ni l'usage d'un cœur. S'il y avait eu beaucoup de pétrole dans la région, les choses se seraient passées autrement. Si nous nous étions trouvés à un endroit stratégiquement intéressant pour les pays occidentaux, ç'aurait été différent. Mais il n'y avait pas de pétrole et nous n'étions pas à un point stratégique…

Il s'est tu un bon moment, puis a repris le crachoir :

— Vous pouvez dire qu'en l'an 2076 de notre calendrier s'est engagé un processus depuis longtemps prophétisé, à l'issue duquel la majeure partie de l'humanité – quatre-vingt-dix pour cent – sera piégée dans la spirale matérialiste et par conséquent détruite. Le chemin qui mène à la destruction finale est superficiellement agréable, jusqu'au moment où le piège se referme, et ensuite tout va très vite. Dans le meilleur des cas, trois mille ans d'une médiocrité particulièrement crasse nous attendent avant la venue du bouddha Maitreya. Ça vous dit quelque chose ? J'imagine que oui, sinon vous ne seriez pas ici, n'est-ce pas ?

Il a regardé son auditoire, apparemment sans me voir. Tous les sièges étaient pris et il m'est venu soudain à l'esprit que celui que j'occupais avait dû être réservé, parce que des gens étaient debout, appuyés au mur. La salle était comble et l'atmosphère chargée d'attention fervente, voire de passion. En embrassant l'assistance du regard, je me suis rendu compte qu'environ la moitié des personnes présentes étaient des moines et des nonnes bouddhistes en robe, des Occidentaux pour la plupart, qui, ai-je supposé, avaient été ordonnés ici, peut-être des jeunes qui s'étaient laissé prendre au piège dans l'intervalle entre leurs études secondaires et l'université – par Tietsin ? Les autres, des laïcs comme moi, venaient apparemment de différents pays et groupes ethniques, mais ils semblaient plus âgés et sérieux que ceux qui avaient assisté au séminaire de l'après-midi. J'avais l'impression qu'ils avaient été triés sur le volet, comme moi. Sans exception, nous étions tous fascinés par le géant estropié qui, vêtu de sa parka ouverte, faisait les cent pas devant nous de sa démarche heurtée, les mains dans les poches ou s'en servant pour souligner ses propos. Et la fixité de son attention donnait à ses paroles un pouvoir de pénétration terrible.

Une ou deux personnes ont toussé dans le silence et j'ai compris qu'il était maintenant permis de poser des questions. Un Noir adossé au mur au fond de la pièce, non loin de moi, a levé la main. Tietsin lui a fait un signe de tête.

— J'aimerais poser une question inacceptable, a déclaré le Noir en souriant, avec l'accent new-yorkais de quelqu'un d'instruit.

— Il n'y en a pas, a répondu Tietsin avec exactement le même sourire.

— Bien. En tout cas, une question politiquement incorrecte. Ce que vous disiez précédemment n'est pas exclusivement bouddhiste. Beaucoup de gens expriment la même chose. Aux États-Unis, on entend souvent de tels propos, mais généralement ce n'est pas de la bouche de Blancs, plutôt de Noirs, d'Asiatiques, de gens à peau brune ou rouge, de bouddhistes, d'hindous, de musulmans, etc. – d'ordinaire, ceux qui comprennent cela du fond du cœur n'ont pas de gènes caucasiens. Y a-t-il quelque chose qui ne va fondamentalement pas chez les Blancs ?

Petits rires de l'auditoire, surtout des moines et nonnes occidentaux.

— Non, a répondu Tietsin d'une voix étonnamment forte, c'est chez le reste d'entre nous que quelque chose ne va pas, car nous les avons laissés faire. Les Blancs, en particulier les Anglo-Saxons, ont une tâche spécifique. Sans leur technologie, la vie sur Terre serait désormais impossible pour les êtres humains. Mais ils paient le prix fort pour leur génie. Celui que vous venez d'évoquer. Leur chakra du cœur s'étiole et finit par disparaître. Non seulement cela tue tout désir de transcendance, mais le seul fait d'en parler suscite la fureur et l'hostilité – les dirigeants de la planète redoutent l'esprit, comme les victimes de la rage craignent l'eau. Le reste d'entre nous était censé leur venir en aide. Au lieu de cela, nous nous sommes laissé séduire par leur matérialisme. Nous avons tous attrapé la rage, maintenant. Ne leur jetez pas la pierre, jetez-la à vos frères noirs, bruns, jaunes et rouges, pour n'avoir pas pris la défense du chakra du cœur. Après tout, nous sommes huit fois plus nombreux qu'eux.

Le Noir a hoché la tête pensivement, puis levé les yeux vers Tietsin et souri derechef.

Deux ou trois autres questions ont été posées, l'une par une nonne américaine qui semblait vouloir faire étalage de son érudition bouddhique en interrogeant Tietsin sur le Digha Nikaya, ce à quoi il a répondu de façon tout aussi érudite. Puis le séminaire a pris fin. La nonne tibétaine a ouvert la porte et tout le monde est sorti, y compris Tietsin, qui est passé par une autre porte. Je suis resté seul une dizaine de minutes, plongé dans la contemplation du grand stupa de l'autre côté de la fenêtre, dont les yeux géants étaient éclairés de manière spectaculaire. Finalement, la porte de l'autre côté de la pièce s'est ouverte et Tietsin est entré en boitant. Il a paru surpris de me voir.

— Vous êtes encore là ?

— Vous saviez bien que oui.

Il a secoué la tête.

— En fait, non. Vous ne devez pas me surestimer. Je ne suis ni un bouddha ni un bodhisattva. Je ne suis même pas un *arhat*. Même pas un moine. J'ai appris quelques petits trucs en cours de route, c'est tout.

— Je ne vous crois pas. Je pense que vous savez ce que je veux.

Il fronçait maintenant les sourcils, comme s'il envisageait la possibilité que je sois un peu dingue.

— Je vous imaginais dans un avion, pour retourner à Bangkok réclamer votre prime au colonel Vikorn…

Temps d'arrêt.

— Alors, que voulez-vous ?

— Que vous m'initiiez. Je veux la même initiation que celle que votre maître vous a fait passer.

Si sa stupéfaction était feinte, elle était bigrement bien imitée. Il ne lui était apparemment jamais venu à l'esprit que j'allais lui réclamer ça : un petit mafioso thaï, avec lequel il aurait préféré sans doute ne rien à voir à faire, qui demandait à connaître le plus profond des mystères.

— Vous n'avez pas idée de ce que vous me demandez. Regardez-moi, vous voulez être comme ça ?

Il a exhibé son moignon et s'est mis à marcher en exagérant sa claudication.

— Vous êtes l'homme le plus accompli que j'aie jamais rencontré. Le seul que j'aie jamais rencontré.

— Non. Je suis flippé, pareil à quelqu'un qui a pris trop de LSD dans sa jeunesse et doit en supporter les effets psychotiques.

Je me suis laissé glisser de mon siège et mis à genoux sur le plancher.

— Je vous le demande.

— Levez-vous, espèce d'idiot. Vous avez une vie, une femme, un enfant.

— Vous en savez déjà pas mal sur ma famille. La famille n'est pas une solution, c'est un piège. J'aime ma femme et mon fils, évidemment, je les aime plus que moi-même, et c'est là le problème ; ils m'attachent de plus en plus à la chair, au point que je me sens parfois si lourd que je ne peux pas sortir du lit. La responsabilité est difficile à supporter et, le pire de tout, c'est la peur qu'il leur arrive quelque chose. Et ils veulent toujours plus. Toujours. C'est exactement ce qu'a dit le Bouddha : *Touk, Anija, Anata.*

— Redites ça ?

— *Touk, Anija, Anata*, ai-je répété avec une pointe d'impatience.

N'étaient-ce pas les principes de base du bouddhisme : souffrance, impermanence et manque de substance ?

— C'est ainsi que vous prononcez ces mots en Thaïlande ?

— Comment les prononcez-vous, vous ?

Il les a répétés à son tour et je suis tout juste parvenu à les reconnaître grâce aux racines palies.

— De toute façon, la réponse est non.

Il m'a dévisagé avec colère, puis ses traits se sont adoucis. Il était en train de me regarder dans les yeux quand une grande tristesse a paru l'envahir.

— Levez-vous.

— C'est parce que je ne suis pas tibétain ou que je suis fait d'une matière inférieure que la magie ne ferait pas d'effet sur moi ?

— Non, rien de tout cela. Il n'y a pas de magie. Seulement de la science de l'esprit. Je vous l'ai dit, de huit à quinze ans, j'ai passé sept années dans un monastère, soumis à des disciplines qui démoliraient des adultes. L'initiation que j'ai reçue dépassait mes capacités. Regardez ce qui est arrivé.

Il a agité son moignon.

— Vous venez de voir quelque chose ? Vos traits se sont altérés. Suis-je à ce point perdu ? Quelque chose de grave va m'arriver ? Peu importe. Je veux atteindre l'Autre Rive. C'est ce que vous avez dit.

— Ça m'apprendra à être aussi moralisateur. C'est un virus qu'on attrape dans les monastères, comme on attrape des staphylocoques à l'hôpital.

Il s'est tu, puis a repris, d'un ton patient :

— Pour aller sur l'Autre Rive, vous êtes censé prendre un ferry-boat lent, pas un kayak instable pour lequel vous n'avez pas appris à pagayer.

Ces paroles sont restées en suspens un moment dans l'atmosphère chargée d'électricité. Nous savions tous les deux pourquoi. Il existe une règle. Lorsqu'un candidat effectue trois fois sa demande, le maître ne peut refuser. J'ai fait un autre *wai*.

— Je vous le demande pour la troisième fois.

Il a gonflé les joues, secoué la tête, puis dit :

— D'accord, levez-vous. Vous avez gagné. Mais j'ai d'abord besoin de boire un coup.

Il a boité jusqu'à la porte et crié quelque chose en tibétain. Nous avons attendu en silence jusqu'à ce qu'apparaisse la femme qui tenait la maison de thé, vêtue d'une longue robe marron et d'un tablier à rayures, les cheveux tressés en grosses nattes ; elle a apporté du *chang*, un alcool à base d'orge.

Nous avons bu sans rien dire pendant un long moment. Le *chang* ne semblait pas très fort ; il avait un goût aigre-doux et pétillait, comme s'il était encore au stade de la fermentation. Puis Tietsin s'est mis à parler avec la voix d'un homme humble, tout à fait ordinaire :

— Ils m'ont torturé pendant sept jours. J'avais quinze ans et dix mois. Mes compagnons d'armes ont été torturés à mort sous mes yeux et je ne sais pas pourquoi j'ai survécu. Mes tortionnaires chinois non plus. Ils n'arrivaient pas à le croire. Moi non plus. Nous avions évidemment tous fantasmé sur la torture : comment allions-nous réagir ? Mes camarades m'avaient ordonné de ne pas résister : « Tu es encore un gamin, personne n'attend de toi que tu tiennes le coup. Tu ne sais rien d'important sur la résistance, tu ne peux compromettre aucune de nos opérations. Dis-leur tout ce que tu sais. Promis ? »

Court silence, puis :

— J'ai donc promis avec empressement. Je ne pensais pas supporter une heure de telles souffrances. Quand ils nous ont capturés et ramenés à Chamdo sous la menace des fusils, j'éprouvais une telle peur à l'arrière du camion que j'étais incapable de bouger. J'étais gelé. Mes camarades ont dû me porter jusqu'à la prison ; j'avais à ce point perdu toute maîtrise de moi-même que j'ai pissé et chié dans mon froc et vomi. Mais le lendemain, quand la torture a commencé pour de bon, il s'est passé quelque chose. Le mystère était aussi grand pour moi que pour les Chinois et tous les autres. Un autre corps que le mien semblait subir la souffrance qu'ils m'infligeaient. Je flottais au-dessus de tout cela et regardais mes mouvements convulsifs quand ils me touchaient avec leurs aiguillons à bétail. J'avais littéralement placé toute ma conscience dans une ampoule de soixante watts. Croyez-le si vous voulez, moi, je n'y arrive pas, mais c'est pourtant ce qui s'est passé. Le septième jour, je n'étais toujours pas mort et j'ai alors compris pleinement pourquoi mon maître m'avait donné une initiation aussi puissante. Il avait pressenti que j'allais en avoir besoin.

Une pause, à nouveau.

— Et c'est la seule raison acceptable pour la subir, mon ami. Je ne vous la transmets pas parce que vous avez suivi quelque règle obscure en me le demandant trois fois. Je vous la transmets parce qu'en faisant trois fois votre demande vous m'avez appris que vous alliez en avoir autant besoin que moi. Et puissent tous les bouddhas avoir de la compassion pour vous.

Il a détourné les yeux, comme s'il ne supportait pas de voir mes souffrances à venir. C'est naturellement une observation faite rétrospectivement ; sur le moment, je ne ressentais que de l'exaltation.

— Retournez à votre guesthouse. Demain matin, quelqu'un viendra commencer la préparation. Cela prend sept jours… vous savez combien les dieux tiennent au chiffre 7. Je ne sais pas si c'est nécessaire, mais autant respecter la procédure pendant que nous le pouvons.

Dans le taxi qui me ramenait à la guesthouse, j'ai appelé Vikorn pour lui annoncer que j'avais attrapé des parasites intestinaux et que je ne rentrerais qu'après le week-end.

Je ne peux te révéler en quoi a consisté l'initiation, *farang*, c'est contraire aux règles et ils m'ont fait jurer de ne pas le faire. Je peux cependant te dire quelques mots de la préparation. La nonne qui est venue me rendre visite dans ma suite de la Kathmandu Guest House, choquant ainsi tout l'établissement, était celle qui m'avait demandé l'aumône au stupa le premier jour. Elle paraissait tout aussi décrépite qu'alors ; elle avait le visage terriblement ridé, plein de poils, et il lui manquait plusieurs dents, mais elle avait l'esprit aiguisé comme un rasoir et parlait toujours anglais à la perfection, avec un accent onusien. La conversation s'est déroulée ainsi :

La nonne : Vous est-il arrivé de vous réveiller effrayé aux premières heures du jour ?

Moi : Presque toutes les nuits.

La nonne : Cette peur semblait-elle provenir de la région du nombril ?

Moi : D'au-dessus du nombril, quelque part entre le nombril et le plexus solaire.

La nonne : Que faites-vous pour vous en défaire ?

Moi : Mon mental trouve des sujets d'inquiétude précis et la peur est absorbée.

La nonne : Ces sujets d'inquiétude ont-ils un lien avec des déclarations, des actes récents, avec des événements que vous avez déclenchés ?

Moi : Toujours.

La nonne : Très bien. Nous voulons que vous développiez cela. Vous n'allez pas tarder à vous inquiéter de choses qui se sont produites il y a longtemps. Puis vous vous inquiéterez des atrocités innommables que vous avez commises durant vos vies antérieures. Vous ne le comprendrez pas immédiatement, mais cette zone vulnérable autour de votre nombril est la seule chose en vous pleinement humaine. Le reste est animal et diabolique. Nous allons intensifier la peur pour vous rendre plus humain. Elle se transformera en une roue du karma aux lames acérées qui tailleront en pièces votre ego. Nous ne nous attendons pas à ce que vous surviviez psychiquement sans aide extérieure. Vous risquez ensuite d'être sous médication pendant des années. Ne nous en rendez pas responsables. Vous avez insisté et le maître ne peut vous opposer un refus.

Moi : On dirait que vous allez me couper en deux et que les deux moitiés seront en guerre l'une contre l'autre. Ça fait penser à la schizophrénie.

La nonne : Exactement. Lorsque nous aurons fini, vous vivrez dans une terreur mortelle d'entretenir une pensée fondée sur l'ego, parce qu'une seule de ces pensées suffirait à vous conduire à l'hôpital psychiatrique pour le restant de vos jours. C'est pourquoi cette voie est réservée aux désespérés – aux fanatiques assoiffés de spiritualité, aux terroristes du monde intérieur. Il est encore temps de changer d'avis avant que le maître vous transmette le mantra.

Moi : Non.

10

Pendant le vol de retour vers Bangkok, tandis que le mantra de Tietsin résonnait dans mon crâne comme une cloche fêlée, je me suis posé cette question : Pourquoi suis-je un gangster ? Parce que ma femme, que j'aime, m'a persuadé que mon fils, que j'aime encore plus, avait besoin d'une éducation onéreuse pour ne pas finir comme son ripou de père, mais le noble sacrifice de mon intégrité me donnait l'impression de me noyer dans un égout. J'en rendais responsable la version du capitalisme qui est en train de détruire le monde : il faut être un salopard pour survivre, mais ton épouse et tes enfants te maudiront d'être devenu un salopard et de ne pas avoir réussi à les protéger… de toi. Naître riche est peut-être la seule solution, sauf qu'on trouve le moyen de vous avoir par le biais des impôts. Mais pourquoi se tourner vers le bouddhisme tibétain et, surtout, vers Tietsin ? Je n'avais pas de réponse, si ce n'est celle-ci, assez boiteuse : le bon vieux Theravada convient bien aux gens de la campagne, mais ne semble pas être un remède assez puissant pour les flics stressés. Je ne pouvais maintenant me plaindre de la puissance du remède.

J'avais demandé à l'enregistrement qu'on me donne une place près du hublot, du côté gauche. Les montagnes, les montagnes : je ne pouvais leur résister. Chacune pleinement réalisée, spectaculairement différente des autres, prenant sa place nécessaire parmi elles. Elles avaient de toute évidence été érigées par les dieux ; aucun être humain n'aurait atteint une telle harmonie dans le chaos. Elles étaient l'autorité suprême dans tout cela et je pensais qu'elles étaient probablement favorables à ma décision de miser sur la folie. N'importe quoi valait mieux que le cerveau de singe avec lequel j'étais né. Je n'étais pas impatient de retrouver le colonel Vikorn. J'avais maintenant un nouveau maître.

Vikorn était évidemment le gros problème. Je suppose, *farang*, que tu m'aurais conseillé de tourner la page sans états d'âme et de laisser tomber le gangster et flic corrompu façon tiers-monde qu'était mon patron. Je ne sais pas comment ça se passe dans les pays occidentaux, mais en Orient les choses ne sont jamais aussi simples. Tout d'abord, j'avais envers lui une *gatdanyu*, une sorte de dette de sang que tout Thaï a envers quelqu'un qui lui a sauvé la vie. Vikorn a sauvé la mienne et celle de mon frère spirituel, Pichaï (avant qu'il ne meure et se réincarne en mon fils), en nous donnant du travail après que Pichaï eut occis notre dealer de *yaa baa* quand nous étions tout jeunes. En Thaïlande, ne pas honorer sa *gatdanyu* est la plus infâme des transgressions, celle qui, plus que toute autre, vous mène au cercle inférieur de l'enfer. À cela s'ajoutait la question fâcheuse de mon assassinat : si je trahissais Vikorn d'une façon ou d'une autre, il me ferait certainement supprimer. Que deviendraient alors Chanya et Pichaï ?

Après m'être rongé les sangs pendant les trois heures et demie qu'a duré le vol, j'ai décidé d'adopter une voie moyenne. J'essaierais de persuader Vikorn de cesser de dealer de l'héro une fois que la cargaison à venir lui aurait donné le moyen d'éliminer le général Zinna du marché. Cette décision prise, tout est redevenu rose. Je savais que je pourrais convaincre le Vieux ; après tout, il en était à cette étape de la vie où les gens sains d'esprit se préparent pour leur incarnation suivante. Je suis descendu de l'avion la joie au cœur, confiant dans l'avenir.

— Qu'y a-t-il de mal à trafiquer de l'héroïne ? m'a demandé Vikorn, assis derrière son immense bureau. Pourquoi l'industrie pharmaceutique devrait-elle tout rafler ? Elle veut faire interdire toutes les drogues récréatives et transformer toute expérience humaine en une maladie susceptible d'être traitée. Des médicaments pour dormir, pour se réveiller, pour pisser, pour avoir une érection. Pour elle, le corps humain est un gisement de maladies à exploiter. C'est la plus grosse imposture de tous les temps. Tu trouves une drogue parfaitement inoffensive comme le cannabis, qui a en plus l'avantage d'être facile à produire, et qu'est-ce que tu fais ? Tu la criminalises, tu trouves un substitut impossible à produire en dehors d'un laboratoire, tu le fais breveter, et ta compagnie a son avenir assuré pour un siècle. Pendant ce temps-là, les gens meurent tous les jours pour avoir pris des médicaments délivrés sur ordonnance ou souffrent de maux pires encore. Tu n'as jamais entendu parler du Vioxx, de la thalidomide ? Ce merveilleux médicament qui déclenchait des mutations spectaculaires : des bébés naissaient avec les doigts qui leur sortaient des yeux ou le visage sur le dessus de la tête ? Et le Seroxat et le Prozac, qui provoquent des pulsions de mort ? Plus de cent mille personnes meurent chaque année aux États-Unis à cause de médicaments prescrits. C'est plus de victimes en un mois que n'en fait la blanche en dix ans. Et soit dit en passant, que dire de la drogue la plus mortelle de toutes, l'alcool ? Les brasseries et les distilleries ne nous aiment pas parce que nous vendons un produit supérieur aux leurs.

Vikorn s'est levé et s'est mis à faire les cent pas devant moi.

— Il y a bien sûr des victimes, mais tout individu sensé qui envisage de se faire un shoot pour la première fois n'a besoin que de se poser deux questions : le rapport entre la dose de drogue et le poids du corps est-il convenable, et l'aiguille a-t-elle été stérilisée ? C'est pourquoi je n'approuve pas la vente aux gamins, qui ont tendance à prendre des risques. Mais qu'y faire ? Les jeunes veulent tout essayer tout de suite. As-tu idée de la quantité de Xanax vendue sans ordonnance ? Et qu'est-ce que tu crois que c'est ? Un substitut de l'héroïne, évidemment, et le Prozac, un substitut coûteux de la marijuana, sauf que ça ne te fait pas planer et te met seulement dans les vapes. Tout ce que je fais, c'est fournir le produit d'origine à des clients doués de discernement. C'est comme ce que tu m'as dit à propos des fromages français : le camembert au lait cru est interdit à la vente en Europe à cause de l'ignorance des bureaucrates. Les amateurs doivent s'en procurer en sous-main.

Il ne bouillait pas de rage. Il n'était même pas en colère, ni même dédaigneux. Que Bouddha me vienne en aide ! Il était *amusé*. Ce vieux salopard était si satisfait du marché que j'avais conclu avec Tietsin que j'aurais pu cracher sur son bureau, il m'aurait pardonné. Nous étions dans son bureau au parquet en bois, l'affiche anticorruption au-dessus de sa tête. Il m'avait écouté avec une patience inhabituelle l'implorer de cesser de trafiquer l'héro après la prochaine expédition. Debout derrière moi, il me tapotait maintenant l'épaule.

— Prends un jour de vacances. Prends une semaine.

J'ai rougi et toussé en même temps, mon grand espoir de salut n'était plus qu'un ballon crevé et semblait soudain procéder d'un état d'esprit qui n'existait que dans l'Himalaya. Le pouvoir du quotidien, du familier, de l'irrémédiablement tordu, le terre-à-terre avaient entièrement éclipsé Tietsin et sa magie. J'étais manifestement une cruche, un allumé par trop vulnérable à n'importe quel petit truc qui indiquait le chemin de la transcendance.

— D'accord, ai-je dit d'une voix rauque, vaincu et déprimé. Je vais prendre une semaine. Peut-être plus.

Il n'a pas paru apprécier le « peut-être plus ».

— Parfait. Prends ton temps, mais si ça ne t'ennuie pas, une fois que tu auras tout arrangé avec le Bouddha, va voir cette mule, la nana australienne que ton pote tibétain a fait arrêter pour nous. Essaie de savoir comment il s'y est pris. Je n'arrive pas à croire que son système de renseignements sur notre général Zinna soit meilleur que le nôtre.

Je me revois sortant du bureau, les épaules voûtées, la tête basse, tout en me disant que ce n'était pas si terrible que ça. Dans la chaleur de la rue, tout semblait normal en dehors de moi. Les stands de nourriture toute préparée, les prostituées qui traînaient dans Soi 7, les éventaires où l'on vendait des imitations de fringues de marque au bout de Sukhumvit, l'air cynique des flics, la pollution, les embouteillages. Comment se faisait-il que, soudain, je ne me sentais plus à ma place ?

11

Je suis toujours là, *farang*, au Rose Garden. Je suis passé des toilettes au bar, mais beaucoup trop défoncé pour commander de l'alcool. Assis à une table, une *nam menau*, une citronnade, à la main, j'observe le déroulement des rituels du commerce de la chair tels que je les ai connus toute ma vie. Un Anglais bien habillé proche de la trentaine, style profession libérale, sonde les filles une à une à voix basse pour voir lesquelles acceptent la sodomie et à quel prix. Après avoir soigneusement dressé une courte liste, il choisit celle qui, je présume, lui plaît le plus. Il me donne l'impression de faire partie de ces citadins qui organisent leurs vacances à partir de leur ordinateur portable. La décision prise, double clic, et il escorte courtoisement sa fiancée d'une heure jusqu'à la porte, sans aucun doute vers l'un des hôtels de passe du quartier. Il se décide à partir, le calme retombe. La plupart des autres *farangs* sont absorbés dans leurs conversations, certains sont venus passer un moment là pour prendre un rapide déjeuner et lire les journaux en langues étrangères. Ce sont des habitués qui se comportent ici comme dans n'importe quel bar à bière et les filles leur fichent la paix. Je réussis finalement à me secouer pour aller jusqu'au petit autel consacré au Bouddha, comme font les filles quand elles arrivent. Je salue d'un *wai* l'arbre enveloppé d'une robe de moine et sollicite la force mentale nécessaire pour aborder le dernier chapitre de ce retour sur mon passé. Cette façon de revivre la catastrophe est une forme de thérapie par la souffrance qui s'impose à moi : plus c'est douloureux, plus longtemps je suis à même de conserver ensuite les signes extérieurs de la santé mentale… jusqu'à la crise suivante.

Après mon entrevue avec Vikorn, que j'étais allé voir dès mon arrivée à Bangkok ce jour-là, j'étais tout joyeux à la perspective de retrouver Chanya et Pichaï, qui revenaient de l'Isaan. J'avais commencé à rêver de mettre assez de fric de côté pour prendre une retraite anticipée – disons, cinq ans plus tard – et partir mener la vie simple de la campagne, où l'air est plus pur et l'herbe plus verte. J'aimais l'idée d'une existence presque silencieuse, ponctuée de visites au temple, de méditations, de consultations auprès des moines et des abbés à propos de mes progrès dans la voie de la spiritualité. J'aspirais à une vie réconfortante et propre consacrée au Bouddha. Lorsque Chanya m'a envoyé un SMS pour me dire qu'ils étaient à la gare routière et prenaient le chemin de la maison, je lui ai répondu que j'arriverais juste après eux. J'imaginais qu'il leur faudrait plus de deux heures pour effectuer le trajet car la circulation était bloquée sur Sukhumvit et Petchburi Road.

C'est alors que j'ai pris l'une de ces décisions insignifiantes qui peuvent avoir un immense effet sur le reste de votre vie. J'ai éteint mon téléphone portable. Je voulais profiter de ces deux heures pour me détendre : à mon arrivée à l'aéroport, je m'étais précipité au bureau de Vikorn et j'avais à peine pris le temps de respirer. Je me suis rendu au Wat Rachanada, un temple près du fleuve, et là, dans le silence, j'ai laissé le mantra de Tietsin tournoyer sans entrave dans ma tête. Je ne peux te répéter les paroles exactes, *farang*, car je suis tenu au secret, mais j'ai le droit de te décrire la roue karmique aux lames acérées, que l'on s'imagine pareille à une arme en forme d'étoile très semblable au *shiken*, l'épée utilisée par les ninjas, quoique, contrairement au *shiken*, elle ait une façon troublante de changer de forme. La roue karmique est l'ennemie de l'aveuglement, celui-ci désignant à peu près tout dans le domaine de la perception quotidienne normale, en particulier nos illusions les plus chères concernant nous-mêmes. Je n'ai pas rallumé mon portable avant que tout soit consommé.

En pareilles circonstances, les gens dans l'affliction affirment souvent : « Je savais que quelque chose n'allait pas. » Ça n'a pas été mon cas. Même lorsque j'ai vu l'attroupement devant notre appartement et quand j'ai remarqué que tout le monde fuyait mon regard, je n'ai fait le lien ni avec la tache sombre sur la chaussée ni avec la voiture garée tout à côté et le conducteur en larmes qui parlait aux flics en uniforme. Lorsqu'un jeune agent a bredouillé que je devais me rendre immédiatement à l'hôpital de Soi 49, je me suis rendu compte que la tache était une tache de sang et mon esprit a volé en éclats. À l'hôpital, Chanya et moi n'avons pu que nous regarder mutuellement pardessus le lit où Pichaï, âgé de six ans, était en train de mourir.

— C'est de ma faute, a-t-elle dit. Je l'ai laissé descendre du taxi du mauvais côté. Le conducteur de l'autre voiture n'allait pas très vite, il ne commettait pas d'imprudences. Tout est ma faute.

Hagard, j'ai secoué la tête.

— Non, ce n'est pas ta faute. C'est ma punition.

Elle a laissé passer quelques instants, puis, d'une voix morte :

— Pour être devenu *consigliere* ? C'est moi qui t'en ai persuadé. Si je ne l'avais pas fait, tu n'aurais jamais accepté le poste.

J'ai su alors que je l'avais perdue en même temps que mon fils. Son chagrin et son sentiment de culpabilité étaient de ceux qu'aucune intervention humaine ne peut apaiser. Les miens aussi. Affolé, je me souviens d'avoir pensé : Tietsin, Tietsin, toi seul peux m'aider maintenant.

Une semaine plus tard, après que les moines du *wat* local eurent enseigné à l'esprit de Pichaï comment éviter la réincarnation et brûlé son petit corps, Chanya m'a annoncé qu'elle avait pris des dispositions pour devenir une *mai chi*, une novice, dans un *wat* situé dans l'est de la Thaïlande, près de la frontière avec le Laos. C'était une secte radicale composée entièrement de femmes vouées à une vie méditative et contemplative du genre le plus extrême : quatre heures de sommeil par nuit, des rations de famine, pas d'électricité et absolument rien à faire si ce n'est cultiver sa vie intérieure. Elles n'étaient plus autorisées à méditer sur des vrais cadavres, mais les hôpitaux locaux leur en fournissaient des photos, dont elles se servaient pour se concentrer sur le caractère éphémère de toute chose. De mon côté, j'essayais par tous les moyens de joindre Tietsin au téléphone, mais il avait disparu de la circulation. Il ne me restait plus que son mantra.

Mais un mantra, après tout, n'est qu'un truc pour élever le mental à un niveau de conscience supérieur et je n'y parvenais que par intermittence. À certains moments, je planais dans les hauteurs où la mort ne semblait être qu'une mauvaise plaisanterie, comme le Bouddha le disait toujours. Je passais des nuits entières avec Pichaï dans sa forme spirituelle – je ne ferai pas semblant de croire qu'il s'agissait de simples rêves. Il me consolait et me disait qu'il avait décidé d'abandonner son corps précédent et que je ne devais pas me tracasser pour cela. Il me disait aussi qu'il n'y avait aucune possibilité d'évolution spirituelle pour les générations à venir, car elles étaient complètement asservies par le matérialisme, et son esprit avait donc préféré retourner sur l'Autre Rive. Il m'expliquait qu'ils étaient plusieurs millions comme lui à attendre là-bas qu'après quelques millénaires le bouddha Maitreya s'incarne sur Terre et que nous puissions tous redevenir humains.

À ce niveau, l'esprit ignore la peur et éprouve la joie de la liberté absolue. Le cannabis ne peut mener à de telles hauteurs, même s'il permet d'y rester plus longtemps, mais ensuite la chute est d'autant plus rude. Après le départ de Chanya, j'ai passé une semaine au lit à labourer le matelas de mes ongles, incapable de croire qu'un tel martyre fût possible. Lorsque je suis finalement retourné travailler, j'avais appris à alléger mon chagrin avec un mélange de dope et de méditation. La dernière chose dont j'avais envie de m'occuper était bien l'affaire du meurtre de Frank Charles, dite « du Gros *Farang* » ou « de Hollywood ». Qui se souciait de savoir qui était le coupable ? Les rituels routiniers et mornes de la vie quotidienne se poursuivaient péniblement, monochromes maintenant, sans le moindre intérêt pour moi, même si Lek m'assurait que j'allais m'en sortir tôt ou tard.

12

Que tu le croies ou non, parmi mes rares intimes, c'est Vikorn qui est le plus préoccupé par ma santé mentale. Il a insisté pour payer les funérailles de Pichaï et il est venu écouter les moines psalmodier autour du cadavre de mon fils avant de le brûler. Le colonel semblait vraiment ému ; il s'est essuyé les yeux deux ou trois fois et m'a serré dans ses bras quand personne ne pouvait le voir. J'ai observé son visage pendant qu'on poussait le petit cercueil monté sur roulettes de Pichaï dans le four crématoire et que la fumée commençait à s'échapper de la cheminée. Malgré tous ses défauts, Vikorn est thaï après tout. La superstition occidentale voulant que le karma cesse à la mort lui semble aussi douteuse qu'à moi ; je suis sûr que, comme nous tous, il s'est vu un moment rouler lui-même vers le four.

Après une dizaine de jours, il a cependant commencé à perdre patience. Sa technique consiste maintenant à éviter scrupuleusement de parler de mon chagrin ; peut-être croit-il que je vais le vaincre en faisant comme si de rien n'était. Ce matin, il m'a convoqué dans son bureau pour me donner ses ordres de la semaine.

J'arrive d'humeur morose et il tente aussitôt de m'égayer, stratégie qu'il n'a pas dû employer bien souvent jusqu'à aujourd'hui :

— Écoute, si tu veux, je te confie cette connerie d'affaire de meurtre dans laquelle Sukum s'est mélangé les pinceaux. Mets ton nom sur le dossier, tu en as la charge. Comme ça, tu seras sûr d'avoir une promotion à la prochaine réunion de la commission, même si tu es à moitié *farang*. Rappelle-moi les circonstances ; si je me souviens bien, ça avait l'air assez exotique.

— Un réalisateur riche et célèbre de Hollywood, éventré du plexus solaire à l'aine, me suis-je entendu répondre d'une voix morne. Un caillou dans la bouche, suggérant, sans doute fallacieusement, que c'est un coup de la mafia sicilienne, mais il avait aussi dans la bouche un sphinx à tête de mort et apparemment quelqu'un s'était récemment régalé de son cerveau : la partie supérieure du crâne avait été trépanée, probablement à l'aide d'une scie circulaire de type chirurgical, et enlevée. Une partie du cerveau a été mangée : on a trouvé une assiette en carton et une cuillère en plastique dans cette chambre sordide au fond de Soi 4/4. Tout cela désigne la main invisible de Thomas Harris.

— Pourquoi alors n'arrête-t-on pas ce Thomas Harris ?

— Ça n'est pas lui le coupable. Il a écrit les romans dont le criminel s'est inspiré. Celui-ci est aussi allé piocher dans *Le Puits et le Pendule* de Poe, et peut-être dans d'autres romans noirs… je ne serais pas surpris de trouver également du Baudelaire quelque part.

Voyant l'air dérouté de Vikorn, j'ajoute :

— Je crois qu'il faut être à moitié *farang* pour saisir.

— Exactement. L'affaire te revient donc.

— Je n'en veux pas. Je ne veux pas de promotion. Laissons les lauriers à Sukum. Je lui ai déjà dit que je l'aiderais s'il le souhaite.

Le visage du patron se fige en une expression de mépris.

— Tu as encore médité, hein ? Je vois toujours quand ton côté moine manqué réapparaît. Est-ce que ce sont ces fichues collines, là-bas, qui t'ont rendu si moralisateur ? Je savais bien que j'aurais dû envoyer quelqu'un avec toi.

Je pourrais lui dire : « Vous savez parfaitement pourquoi je suis dans cet état » mais ne le fais pas. Il retourne à son bureau en secouant la tête et affectant d'être sidéré.

— Les autres *jao paw* doivent faire attention à ne pas se faire arnaquer par leurs hommes, des choses normales de ce genre. *Toi*, je dois faire attention de ne pas te perdre à cause du Bouddha. Pourquoi ai-je mérité ça ? Allez, file. Et, je le répète, l'affaire Hollywood est à toi.

Je me lève pour m'en aller. À la porte, je dis, d'une voix éteinte et humble :

— Laissons l'affaire à Sukum, je la tirerai au clair pour lui… je ne veux pas avoir à m'occuper de la paperasserie.

Il fait une moue ambiguë et je dois m'en contenter.

De retour à ma table dans le grand open space que je partage avec les autres, je vais sur Yahoo ! pour regarder mon horoscope. Apparemment, je dois éviter les collectionneurs d'antiquités pendant deux jours et toute situation oppressante. Quant à mon horoscope chinois, il prédit aux Lapins de Bois comme moi une longue période de chance. Le Yi-king en ligne (je consulte toujours la traduction de Wilhelm) est moins positif :

Hexagramme 36
L'obscurcissement de la lumière

Six à la quatrième place signifie :
Il pénètre dans le côté gauche du ventre.
On parvient au cœur de l'obscurcissement de la lumière
Et l'on quitte la porte et la cour.

Ça semble plus conforme à la réalité. Je viens de finir la lecture du commentaire quand je vois Sukum, rouge de colère, au bord de la crise d'apoplexie, foncer vers moi, s'attirant des regards désapprobateurs de nos collègues bouddhistes. L'absence de cloison entre les bureaux permet de se préparer à une offensive lancée de loin. J'ai envie de me faire tout petit en le regardant slalomer entre les bureaux et les moniteurs, devant lesquels des flics, la plupart en uniforme, s'efforcent d'établir des priorités parmi les rapports criminels qui arrivent à jet continu. Il est trop thaï pour faire vraiment une scène devant tout le monde, aussi, en arrivant à moi, s'abstient-il de crier et c'est d'une voix sifflante qu'il me dit :

— Espèce d'hypocrite, de trou du cul, tu viens de forcer le patron à te donner l'affaire Hollywood parce que tu as conclu un gros marché de dope je ne sais où le mois dernier et que maintenant il te mange dans la main ! Tu me donnes envie de gerber. Tu ne mérites pas d'être flic. Tu devrais être en taule !

— Allez plutôt répéter cela au colonel Vikorn, Khun Sukum, vous voulez bien ? lui demandé-je à voix basse.

Le voilà maintenant tout penaud et il me fait pitié. Il a tellement envie d'une promotion, de montrer à sa femme et à ses amis qu'il est meilleur que moi en matière de chasse aux criminels, qu'il n'a pas respecté mon deuil, et ce sans même s'en rendre compte. Cela me désole de le voir à ce point sous l'emprise du troisième chakra, qui est la source de l'avidité, de l'agressivité et du besoin de dominer. (Je confesse que je le considère souvent comme le chakra *farang* par excellence, ce qui est terriblement injuste à ton égard ; il suffit de voir comment il est en train de réduire à néant la paix de l'esprit de Sukum et pourtant il n'y a pas plus thaï que lui.) Je soupire, décroche le téléphone, observe ses yeux pendant que je parle à Manny, la secrétaire de Vikorn, notre bête noire à tous.

— Khun Manny, pardonnez ma question, mais est-ce que vous venez d'appeler l'inspecteur Sukum pour lui annoncer qu'on lui a retiré l'affaire Hollywood à mon profit ?

— Oui.

— Veuillez dire au colonel Vikorn que je ne veux pas de cette affaire. Il peut me virer si ça lui chante, mais l'inspecteur Sukum a déjà consacré plus de trois semaines à cette affaire et il a fait du très bon travail.

— Qu'avez-vous dit ?

— Contentez-vous de retransmettre au Vieux ce que je viens de vous dire.

— Vous venez de l'appeler *le Vieux* devant moi ?

— Oui. Allez, faites ce que je vous demande, dis-je avant de raccrocher.

Non seulement Sukum, mais tout le monde me regarde en s'attendant à ce que le ciel nous tombe sur la tête. Le téléphone sonne maintenant sur le bureau de Sukum. Il me regarde, complètement ahuri, puis retourne précipitamment à son poste. Nous voyons tous son expression passer successivement de la fureur à l'obséquiosité en moins de deux secondes. Pour lui rendre justice, quand il a reposé le combiné, il revient vers moi, me gratifie d'un *wai* haut, les mains jointes à hauteur du front, et dit :

— Merci. Je vous serai reconnaissant de toute l'aide que vous voudrez bien m'accorder. Je sais que vous êtes très occupé et meilleur inspecteur que moi. Je vous demande humblement pardon de vous avoir agressé en cette période de deuil. Je reconnais ainsi avoir une *gatdanyu* envers vous.

J'agite la main en signe de dénégation.

— Je vous en prie, lui dis-je, ce n'est pas une *gatdanyu* – vous ne pouvez avoir une dette de sang envers un sang-mêlé. C'est tout simplement que je n'ai pas envie de recevoir une promotion cette année.

Il me lance un regard dérouté et secoue la tête. Au moment où il s'apprête à partir, je lui donne le nom de Thomas Harris et lui recommande la lecture du *Silence des agneaux* et de *Hannibal* – dans leur traduction thaïe évidemment. Il n'a jamais entendu parler de cet éminent écrivain ni de ces œuvres. Il ne lit jamais de romans. Je lui dis qu'il peut s'en faire aussi bien une idée en regardant les DVD, vendus en version piratée à cent cinquante bahts (il faut marchander, *farang ;* le prix affiché est de deux cents bahts) dans Sukhumvit, sur des stands en face du Starbucks, près de Nana.

Ma générosité le dépasse ; il est trop bouddhiste, trop peu flic.

— Il y a une minute, je vous détestais et luttais contre l'envie de vous faire descendre, murmure-t-il, l'air désorienté. Maintenant, je vous considère peut-être comme mon plus grand bienfaiteur. Ça doit être votre sang *farang* qui vous rend aussi incompréhensible.

— Sans doute, reconnais-je cordialement.

Au lieu de regagner son bureau immédiatement, comme il le devrait, il s'attarde près du mien, l'air de s'excuser encore.

— Qu'y a-t-il, Khun Sukum ? Si vous êtes coincé, j'essaierai de vous aider, je vous l'ai dit.

Il gigote en se dandinant d'un pied sur l'autre.

— J'ai effectué une petite recherche préliminaire…

— Oui ?

— La victime s'appelait Frank Charles. Il était propriétaire d'un appartement luxueux dans Soi 8.

— Et ?

— Mais si vous vous souvenez, on a trouvé son corps dans une chambre miteuse de Soi 4/4.

Je renverse ma chaise sur les deux pieds de derrière, les pieds posés sur mon bureau.

— Khun Sukum, ne vous l'ai-je pas déjà expliqué ? Lorsque les *farangs* ont de l'argent, peu leur importe le gaspillage. Là où je veux en venir, c'est que d'autres facteurs entrent en considération.

— Comme quoi ?

— Ça le gênait peut-être, par exemple, que le gardien de son immeuble le voie ramener une fille différente tous les soirs et peut-être plus d'une. Ou bien il craignait que quelqu'un n'en parle à ses connaissances de Hollywood.

— Il n'y a pas de prostituées, là-bas ?

— Bien sûr que si, mais les *farangs* souffrent beaucoup d'une maladie appelée hypocrisie. C'est peut-être la raison qui l'a amené ici. Que dit son passeport ? Venait-il souvent en Thaïlande ?

— Quatre fois par an depuis dix ans.

J'écarte les bras comme pour inviter l'inspecteur Sukum à partager mes compétences douteuses sur la question.

— Il est permis de supposer sans grand risque de se tromper qu'il faisait partie de ces *farangs* célèbres qui sont aussi des accros du sexe et viennent régulièrement en Thaïlande tout en faisant semblant de travailler chez eux sur leur ordinateur portable. Il y a pas mal de gens du monde littéraire dans ce cas et encore plus du monde du spectacle californien, ainsi que bon nombre de journalistes britanniques par ailleurs tout sauf avares en jugements catégoriques, sans parler d'avocats de Hong Kong. Cela étant, il se peut qu'il ait acheté son appartement en raison de sa proximité avec Soi 7.

— Qu'y a-t-il à Soi 7 ?

— Le Rose Garden.

— C'est un bordel ?

Comment décrire le Rose Garden ?

— Eh bien… pas exactement. C'est bourré de filles qui travaillent en free-lance. Cela fait bien l'affaire des jeunes mères, mariées ou non, qui sont dépensières, des filles qui doivent réserver leur soirée à leur petit ami, des femmes qui ont un boulot à temps partiel et peuvent s'échapper du bureau pour faire une passe ou deux avant de rentrer dîner à la maison.

Là, un sermon me semble de rigueur :

— La vérité désagréable à entendre est que la promiscuité rend les hommes heureux et quelques femmes aussi, surtout si elles sont payées.

— C'est plein de *farangs ?*

Des signes révélateurs montrent que sa timidité thaïe l'envahit.

— Voulez-vous que je vous y accompagne ? demandé-je.

Il hoche la tête, soulagé, et m'adresse encore un sourire. Avant de quitter mon bureau, j'envoie un e-mail à Kimberley Jones :

Toutes les infos que tu pourras dénicher sur Frank Charles, le réalisateur de Hollywood, seront les bienvenues.

13

Comme de nombreux Thaïs, l'inspecteur Sukum n'a jamais passé beaucoup de temps dans le secteur de Nana, même s'il l'a traversé souvent et en a entendu parler à la télé presque tous les jours depuis sa naissance. Peut-être avons-nous emprunté l'idée des écrans invisibles aux Chinois, avant qu'ils nous expulsent de leur pays il y a mille cinq cents ans de cela. Dans le cas présent, les écrans invisibles créent une sorte d'enclave psychologique destinée aux *farangs* – des hommes comme Frank Charles, par exemple – qui ne savent pas se montrer discrets ; nous devons donc l'être à leur place en les laissant mal se comporter en public dans une zone restreinte tout en espérant que cela ne corrompra pas nos jeunes.

J'arrête le taxi au carrefour de Sukhumvit et de Soi 4 et entraîne Sukum le long des stands alignés sur le trottoir, où l'on peut acheter les DVD des derniers films sortis, certains clairement signalés comme étant réservés aux regards avertis. (Non seulement des DVD, *farang*, mais aussi des imitations de vêtements de grandes marques, des fausses Rolex et toutes les armes d'arts martiaux interdites dans ton pays, y compris des nunchakus, des *boken*, des *tonfa*, des *focus mitts*[1], des boucliers et de superbes épées dans leur fourreau, que tu ne serais pas autorisé à transporter dans l'avion, même après contrôle des bagages… mais tu sais déjà tout cela ; tout ce qui est en vente là t'est destiné.)

Lorsque vient le moment d'acheter, Sukum et moi faisons un examen de conscience – non, pas de la façon à laquelle tu penses, *farang* (j'aimerais pouvoir baver comme toi devant les imitations de fringues de stylistes) : nous devons décider si nous nous présentons comme des flics pour obtenir les DVD gratos ou si nous injectons du bon karma dans l'affaire en laissant la pauvre commerçante de l'Isaan, en l'occurrence une jeune femme défigurée par un bec-de-lièvre, sourde et muette de surcroît, encaisser ses cent cinquante bahts. Pas de quoi se prendre la tête, car Sukum, quand il ne se laisse pas aller au vice de l'ambition, est un bon bouddhiste. Je lui fais acheter *Le Silence des agneaux* et *Hannibal*. Quand la femme au bec-de-lièvre lui montre les pochettes de son stock de films pornos, le bon inspecteur pique un fard. Les photos sont trop crues pour quelqu'un qui n'a pas l'habitude, j'imagine.

C'est à ce moment-là que ça se produit, comme je m'y attendais. Un jeune couple tout à fait ordinaire passe à côté de nous, elle thaïe, lui *farang*, comme on en voit souvent dans le quartier, avec leur fils, d'environ six ans. Il ne ressemble que vaguement à Pichaï, mais ça suffit à me foutre en l'air. Mes lèvres tremblent et ma mâchoire aussi. Sukum vient de payer les DVD et il est tout retourné en me voyant

1. Cibles rembourrées fixées à des gants et en général utilisées pour l'entraînement des boxeurs et autres adeptes d'arts martiaux.

changer de physionomie. Que Bouddha le bénisse, il fait le lien avec l'enfant et me touche gentiment le coude.

— Désolé, dis-je, j'ai besoin de m'asseoir un moment…

Au Starbucks, je commande un moka menthe froid et de l'eau minérale pour Sukum. Il évite poliment de me regarder et attend que je me remette. Comment lui expliquer que dans des moments comme celui-là ce n'est pas seulement le chagrin qui me ronge, mais aussi le mantra de Tietsin ? Je vois distinctement sa roue tailler en pièces l'illusion de l'identité et entends vrombir son bord acéré formé de minuscules pales tranchantes.

— Vous voulez rentrer chez vous ? me demande Sukum, soucieux.

La perspective d'aller seul au Rose Garden l'effraie visiblement.

— Ça va aller, dis-je, m'abstenant d'ajouter : « Je fumerais bien un pétard. »

La crise est passée, comme le font de telles crises, et je me retrouve purgé et étrangement exalté. Le soulagement procure même une sorte de joie timide. Sukum m'a regardé avec étonnement et a estimé, je crois, que je suis totalement psychotique. Je le comprends. C'est un homme simple, doué d'une capacité d'ascension sociale limitée dont il ne sait trop que faire. C'est le seul flic du District 8 à s'être acheté une voiture avec son salaire ; il la lave à peu près cinq fois par semaine. Personne ne l'a vue autrement qu'impeccable et elle occupe une grande partie de sa conversation. Il est aussi fameux pour son déodorant et ses trois brossages de dents quotidiens ; nous sommes au courant de tout cela parce qu'il fait ses ablutions dans les toilettes du commissariat. D'après

Lek, qui, quand il ne m'encourage pas à chercher à atteindre la bouddhéité, est parfois terriblement cancanier, Sukum a aussi un problème de flatulences, auquel il remédie grâce à un exercice compliqué qui fait intervenir les muscles du ventre et l'oblige inexplicablement à déglutir un grand nombre de fois. Lek a son bureau près du sien et il entend souvent des petits pets presque inaudibles venant de sa direction. Pour couronner le tout, Sukum a adopté l'habitude chinoise de commencer la matinée en rotant abondamment pour chasser les démons de la gorge. Je ne raconte pas tout ça par malice, *farang*, mais plutôt pour te montrer combien ma perception des choses est faussée, car voilà que Sukum m'étonne par son esprit pénétrant :

— J'ignore ce que vous ressentez. Je ne peux que l'imaginer. Si je perdais mon fils, je donnerais ma démission et entrerais dans un monastère.

Je le dévisage.

— Je sais ce que vous pensez de moi, je sais que vous vous moquez de moi, comme tous les autres, surtout votre assistant *katoey*. Je n'ai pas choisi cette vie étriquée. Ne croyez-vous pas que, moi aussi, j'aurais aimé avoir une vie plus méritoire ? Pourquoi croyez-vous que je tienne tant à obtenir une promotion ? C'est mon karma, qu'y puis-je ? Je regrette souvent de m'être marié et d'avoir eu un enfant.

— Votre vie familiale n'est pas telle que vous l'espériez, Khun Sukum ? lui demandé-je avec une certaine fourberie, les querelles de l'inspecteur avec sa femme étant légendaires.

— Vous savez bien que non. Voyons les choses en face, à notre époque la chatte est le grand attrape-couillons. Si je marche sur l'orteil de mon épouse, je suis violent. Si je donne une claque au gamin, je suis un sadique. Si je regarde une autre femme, je suis un obsédé sexuel et elle se met à parler du sida. Si je ne veux pas les emmener, elle et notre fils, à la plage crasseuse de Pattaya cinquante fois par an, je les brime. J'en prends pour mon grade si je ne prends pas sa défense quand elle se dispute avec les voisins ; par contre, si je ne lui fais pas l'amour de façon brutale et dominatrice, elle n'arrive pas à jouir. Et puis, si elle demande le divorce, plane toujours la menace de la ruine.

Il me regarde.

— Allez-y, riez.

Il secoue la tête et jette un coup d'œil circulaire dans la cafétéria. Puis, du coin de la bouche :

— Si j'avais été capable de résister un peu plus longtemps à l'instinct sexuel, j'aurais peut-être assez mûri pour devenir moine. Mais je n'y ai pas réussi ; alors, qu'y faire maintenant ? Tout mon esprit est bloqué ; je me fais du souci pour tout et j'ignore complètement d'où vient cette inquiétude permanente. Je n'aime pas mon identité sociale. Je n'aime pas avoir une identité. Je déteste être obligé d'être quelqu'un, c'est si pesant.

J'en reste bouche bée et, pendant un moment, ne parviens qu'à saluer sa sagesse d'un *wai* haut. Nous voilà maintenant en route pour le Rose Garden, Sukum tient une pochette en plastique contenant ses DVD piratés, et je pense : Résister à l'instinct sexuel… hum.

Je n'ai pas eu le temps de te décrire convenablement l'endroit, *farang*. C'est un grand bastringue semblable à ces locaux où s'installent des petites entreprises industrielles ou des supermarchés : en gros, un toit en fer-blanc supporté par une charpente métallique, les murs ajoutés après coup, et un grand bar oblong au milieu de l'enceinte. J'ai toujours admiré la façon dont les propriétaires, des bouddhistes de stricte observance, ont conservé un ficus sacré, qui a poussé à travers le toit. Il est la principale source de chance des filles, qui manquent rarement d'apporter des fleurs de lotus et de saluer l'arbre d'un *wai* avant d'aller s'installer au bar et de faire du charme aux clients. À notre arrivée, au moins la moitié d'entre elles, que je connais, me gratifient d'un « Hi ! » et d'un *wai*, ce qui me gêne un peu, mais le bon Sukum montre à nouveau son côté généreux :

— Je sais que vous avez des parts dans l'un des bordels du colonel Vikorn. Je sais également que votre mère le gère et possède aussi des parts. Vous devez en savoir long sur les filles qui travaillent là.

— Soyons francs, inspecteur… ma mère était du métier. C'est uniquement grâce à cela que j'ai pu faire assez d'études pour devenir flic. C'est la seule raison pour laquelle je suis encore vivant.

En entendant les mots « du métier », Sukum se détourne brusquement et me présente l'arrière de sa tête couverte de cheveux en brosse d'un noir de jais. Je suis en train de penser : Cette fois-ci, ça y est, il ne voudra peut-être plus travailler avec moi, je suis trop zarb pour lui, quand il déclare, le regard toujours tourné vers l'arbre sacré :

— Comment pouvez-vous dire cela ? Comment pouvez-vous sortir une chose pareille aussi simplement, comme si ça n'avait aucune importance ?

— Désolé, je ne voulais pas vous choquer. C'était seulement de la franchise.

— Non, non, non.

Il presse ses joues des deux paumes, puis me chuchote d'une voix sifflante :

— *Ma mère aussi était du métier*. C'est ce qui m'a rendu si minable. C'est parce que j'ai laissé se développer l'instinct sexuel dans une vie antérieure que ma mère s'est prostituée dans celle-ci. Je crois que je ne pourrai jamais exprimer qui je suis vraiment en cette vie. Même *moi*, je pense que la façon dont m'obsède ma voiture, une Toyota tout ce qu'il y a d'ordinaire, a quelque chose de bizarre. Comment faites-vous pour prendre aussi facilement de la hauteur par rapport à votre karma ?

Bouddha seul sait où cela nous aurait menés si Marli – nom de scène, Madonna – n'était pas venue se joindre à nous. Elle est bientôt suivie de Sarli, Nik, Tonni et Pong. Toutes ont travaillé naguère dans le bar de ma mère, où je fais toujours office de *papasan* de temps à autre. Ces filles ont dansé sur scène au début de leur carrière ; la plupart n'aiment pas continuer à le faire après vingt-sept ou vingt-huit ans, moment auquel elles passent à une forme moins éprouvante d'autopromotion, et elles viennent souvent travailler en free-lance ici, au Rose Garden. Je les présente à Sukum, qui, je le sais, s'efforce de son mieux de ne pas voir sa mère en les regardant.

— Ça fait un bail qu'on t'a pas vu, Sonchaï, qu'est-ce que tu fiches ici ? Tu cherches des filles pour l'Old Man's Club ?

— Sonchaï, notre cher *papasan*, tu m'offres un verre ?

Je commande des bières pour tout le monde.

— Je travaille, dis-je. Vous avez dû entendre parler du meurtre du *farang* à l'hôtel de Soi 4/4 ?

Elles baissent immédiatement les yeux – par respect pour la mémoire d'un précieux client ou par crainte de la malchance, c'est difficile à dire. Je fais un signe de tête à Sukum, qui sort un passeport à couverture bleu marine ornée d'un aigle. Il n'est guère nécessaire de leur montrer la photo.

— Ça nous a fichu un sacré coup.

— C'était un si bon client !

— Il venait quatre fois par an. Il payait bien. Un type vraiment sympa.

— Ce qui était super, c'est qu'il emmenait en général au moins deux d'entre nous. Comme ça, on se marrait bien.

— Il était gros mais prenait ça à la rigolade. Il disait : « Mets-toi sur moi, chérie. J'ai peur de t'aplatir comme une crêpe. » Il était pas, tu sais, de l'autre genre de *farang*.

— C'est vrai. Il était pas *nuaa*.

Nuaa veut dire « nord », mot dont nous nous servons aussi pour désigner les personnes qui souffrent d'un complexe de supériorité.

— Il vous emmenait dans son bel appartement ou à l'hôtel de passe ? demande Sukum.

Il n'arrive toujours pas à se faire à l'idée que quelqu'un puisse jeter l'argent par les fenêtres en louant une chambre dans un hôtel borgne tout en étant propriétaire d'un appartement de grand standing, où il n'a ni épouse ni maîtresse vivant à demeure.

— Ça dépendait. Il lui arrivait de craquer pour une fille pendant un mois ; alors il l'amenait dans son bel appartement de Soi 8. Mais la plupart du temps, quand il papillonnait, il allait à l'hôtel. Il ne voulait pas que les gens de son immeuble connaissent son appétit, j'imagine.

— Il était incroyable. Il prenait évidemment la pilule bleue. Il faisait partie de ces *farangs* qui doivent toujours fourrer leur bite dans une chatte ou une autre. Ça l'obsédait, c'est sûr.

— Si on faisait du bon travail, il nous donnait un double pourboire, des fois triple.

— Du bon travail, ça veut dire quoi ? demande Sukum avec une insistance soudaine.

— Oh, rien de particulier. Certains clients sont du genre sensible. Il était de ceux-là. Il faisait même un peu pitié, vous savez ? Il voulait toujours qu'on l'aime bien, peut-être même qu'on l'aime tout court, alors qu'on savait que c'était pour deux heures, puis il voulait être aimé de la fille suivante. Si on jouait le jeu, si on faisait comme si on était une vraie amante et non un simple coup de vingt minutes, il nous payait le double. Après un certain temps, toutes les filles d'ici étaient au courant, et quand il nous emmenait, on devenait toutes des amantes passionnées. En un sens, c'était marrant.

— Même en groupe, il était comme ça ?

— Oh, oui. Un jour, pour son anniversaire, il a enfreint sa règle et il a embarqué un tas d'entre nous à son grand appartement, on était une flopée. On est toutes entrées avec lui dans son jacuzzi géant. C'était l'empereur de Chine entouré de son harem d'adoratrices… On était une dizaine, le bar était presque désert.

Petits rires.

— Il a… fait ça avec toutes les dix ? veut savoir Sukum.

Marli fronce les sourcils en essayant de se souvenir.

— Je me rappelle pas très bien. Je sais qu'il m'a baisée, ce soir-là.

— Moi aussi.

— Moi aussi.

— Moi aussi.

— Ça fait quatre, dit Sukum, l'air soulagé.

— Mais on lui a toutes taillé une pipe. Comme d'hab.

— Il se livrait à des pratiques sadiques ou masochistes ? demandé-je.

Toutes les filles secouent la tête à tour de rôle.

— C'était l'obsédé sexuel tout à fait normal. Il ne parlait jamais de sa vie en Californie, mais on avait l'impression qu'elle était plutôt malheureuse. C'était le genre de type qui fait pitié, qu'on a envie d'aider, tu sais ? Pas du tout agressif.

— Les vrais obsédés sexuels ne le sont jamais. Je veux dire, ceux qui papillonnent de cette façon.

— Tout juste. C'est des mecs sérieux qu'il faut se méfier, ceux qui se branlent sans doute tout le temps, les passionnés qui font une fixette sur une fille. Ceux qui tombent amoureux sont toujours les plus dangereux. Je ne pense pas qu'il ait jamais eu besoin de se masturber dans sa vie. Il était si riche, il y avait toujours quelqu'un pour le faire à sa place.

Je laisse passer quelques instants pendant que nous buvons nos bières, sauf Sukum, qui s'en est tenu à l'eau minérale.

— Qui a été avec lui cette semaine-là ? demandé-je finalement.

Sukum et moi les observons avec attention pendant qu'elles échangent des regards et haussent les épaules.

— Aucune d'entre nous. Ça faisait à peu près deux mois qu'on l'avait pas vu ici, alors qu'on savait qu'il était à Bangkok parce qu'on le croisait dans la rue.

— Avec des filles ?

— Non, mais on peut parier qu'il fréquentait un autre bar. Il ne pouvait pas se passer de sexe.

Pendant tout ce temps-là, Pong avait tripoté le passeport américain, parce qu'elle était la dernière à l'avoir regardé et Sukum ne l'avait pas encore récupéré. Pour briser le silence, elle dit :

— Vous avez vu ce visa énorme, il occupe une page entière. Il est vraiment beau. Et il y en a un autre, ici. Et encore un, là. Je ne sais pas lire l'anglais. Il est pour quel pays ?

Je prends le passeport pour examiner le visa.

— Le royaume du Népal, dis-je.

14

Il n'y a aucune raison de faire le lien entre l'Américain assassiné et Tietsin, sous prétexte qu'il s'est rendu trois fois au Népal. Il faut saisir les nuances les plus subtiles de la superstition pour comprendre mon état d'esprit quand nous sortons du Rose Garden pour nous rendre à l'hôtel de passe de Soi 4/4. Ce fait circonstanciel met seulement en évidence mon propre rapport avec le Népal. Le cosmos me fait savoir qu'il n'y a pas moyen d'en sortir : je suis collé à Tietsin et à son mantra, que je le veuille ou non. Quoi qu'il en soit, j'entraîne Sukum hors du bar et le long d'un passage bordé de stands où viennent se sustenter les filles qui travaillent dans les bars du quartier. Quelques-unes, assises à des tables, nous lorgnent au passage comme d'éventuels clients. L'une d'elles, une nouvelle que je n'ai encore jamais vue, me dit même qu'elle m'aime. La sincérité est la première victime du capitalisme.

Nous débouchons dans Soi 5, connu pour son supermarché Foodland, qui héberge un petit restaurant ouvert vingt-quatre heures sur vingt-quatre et sept jours sur sept, sauf les jours de fête bouddhiste.

(Si tu veux rencontrer une fille quand tous les bars sont fermés, *farang*, tu sais maintenant où aller grâce à l'agence de voyages Jitpleecheep.) Nous arrivons dans Sukhumvit, tournons à droite après le Starbucks, devant lequel traînent des filles – c'est un des repaires favoris des *farangs* –, passons entre la librairie à notre droite et les stands de DVD pornos et d'arts martiaux sur notre gauche, puis attendons au fameux carrefour de Soi 4. Tous les commerces du coin – bars, stands de livres d'occasion et de vêtements, coiffeurs, éventaires de nourriture, hôtels – et les flics prospèrent grâce aux multiples opportunités offertes par le plus vieux métier du monde. Peut-être les filles qu'on y rencontre sont-elles regardées de haut par la population dans son ensemble, mais on constate que la plupart des gens du quartier se montrent polis avec elles. Pour quelqu'un de sensible aux nuances, il est hors de question de regarder dans la bouche d'un cheval doué pour voir s'il a des défauts.

Nous réussissons à traverser Sukhumvit, non sans courir des risques considérables, saluons au passage nos confrères qui règlent la circulation de l'autre côté, longeons les bars et les stands de nourriture de Soi 4 avant d'obliquer dans le Subsoi 4. Devant l'hôtel de passe, deux vigiles maussades jouent aux dames avec des capsules de bouteille sur une table de camping. Ils nous laissent entrer sans rien nous demander dans la zone de réception, qui occupe un espace exigu au rez-de-chaussée. Le *katoey* derrière le comptoir est grand, peut-être un mètre quatre-vingts, longs cheveux retenus en queue de cheval, mascara et rouge à joues ; il souffre d'une importante surcharge pondérale et fait partie de ceux dont le caractère ne s'est pas amélioré après s'être fait couper les roupettes. Il n'est pas bête, voit que nous sommes flics avant que nous ayons ouvert la bouche et décide de ne pas se montrer coopératif.

— Nous enquêtons sur le meurtre du *farang* Frank Charles.

Le *katoey* roule des yeux.

— Encore ! Je croyais que cette histoire était finie ?

— Elle n'est pas finie. Nous voudrions savoir à quelle fréquence il venait ici.

— La direction m'a dit que toute demande d'informations devait passer par les voies légales.

— Nous sommes les voies légales, explique Sukum.

— Les avocats, rétorque le *katoey* d'un air méprisant. Adressez-vous aux avocats.

Peut-être Sukum est-il timide quand il s'agit d'aller discuter avec les filles dans un bar pour *farangs*, mais là il est clair que nous avons affaire à un genre d'individus qu'il connaît bien.

— Vous tenez vraiment à ce qu'on se mette en colère ? demande-t-il sur un ton d'intimidation polie.

Cela a pour effet de hérisser le *katoey* et nous voilà dans une impasse. Je pose la main sur son bras.

— Nous verrons cela plus tard, lui dis-je avant de m'adresser au *katoey*, d'une voix que tous les flics savent prendre : Donnez-nous les clés de la chambre.

Il nous les tend avec un haussement d'épaules boudeur et nous nous dirigeons vers l'ascenseur. Derrière nous, un couple est arrivé à la réception : un *farang* proche de la soixantaine, une Thaïe d'à peine plus de vingt ans. Le *farang* loue une chambre pour deux heures et paie d'avance pendant que nous attendons. Ils nous rejoignent dans le petit ascenseur et toute la montée du rez-de-chaussée au quatrième étage s'effectue dans un silence précoïtal tendu. Ils descendent au même étage que nous et je ne peux m'empêcher de les observer à la porte de leur chambre, lui tentant maladroitement d'engager la clé dans la serrure, la fille regardant par terre.

— Venez, dit Sukum.

Pendant que nous longeons le couloir, je sors mon portable et appelle Lek pour lui demander de venir ici parler au *katoey* de la réception. Voilà que Sukum est jaloux parce qu'il n'a pas de négociateur *katoey* sous la main.

Dans la chambre où le gros *farang* est mort, la mare de sang a été nettoyée et le cadavre enlevé, mais à peu près tout le reste a été laissé en l'état. L'équipe de techniciens n'a pas trouvé de scie circulaire ni aucun autre instrument. Je me dirige machinalement vers les étagères à livres. Les bouquins et les scénarios sont toujours là, mais ont été époussetés pour relever les empreintes digitales. D'après les techniciens, ils ne portaient que celles de la victime. Quant au reste de la chambre, il y avait évidemment des empreintes partout. À quoi s'attendre d'autre dans un hôtel de passe ?

Ce sont les livres, bien sûr, qui m'intriguent, captivent mon attention et me déconcertent. S'ils n'étaient pas là, l'affaire pourrait être classée comme quelque meurtre oriental bizarre inspiré par une interprétation tiers-mondiste passablement littérale des romans noirs occidentaux. Les livres obligent à écarter cette hypothèse. Ils rendent le crime incompréhensible dès l'instant où on tente d'établir le profil psychologique du coupable. D'une part, nous avons là un crime du genre le plus ignoble qu'on puisse imaginer ; d'autre part, rien ne montre qu'il ait été perpétré sous l'empire d'une rage aveugle et la décision de mutiler la victime a été appliquée avec une maîtrise digne d'un chirurgien. L'Américain a été éventré d'une seule incision bien nette entre le plexus solaire et la partie inférieure de l'abdomen ; ses viscères se sont répandus parce qu'il était obèse. De même, tout le haut du crâne a été enlevé avec un soin et un savoir-faire considérables – selon le pathologiste, il n'est pas facile d'empêcher la scie de bouger si on manque de pratique. Plus significatif encore, il n'y a pas eu de coups de couteau administrés n'importe comment, qui auraient laissé supposer qu'on avait affaire à un psychopathe. Tout cela aurait pu s'expliquer si nous n'avions pas disposé d'assez d'informations sur le meurtrier, mais ce n'est pas le cas : nous avons les livres dont il (ou elle) s'est inspiré. Comment ? Certainement pas comme d'un manuel. Quelqu'un essaie manifestement de nous transmettre un message. Et puis, bien sûr, il y a la question subsidiaire du cannibalisme.

Maintenant que les livres ont été époussetés, je peux les prendre un à un : *Le Silence des agneaux*, *Hannibal*, un recueil de nouvelles d'Edgar Poe, qui comprend *Le Puits et le Pendule*, et – quelle coïncidence ! – *Le Parrain*, de Mario Puzo.

Je secoue la tête, perplexe face à ce mystère insondable, tout en regrettant qu'il n'y ait pas de fenêtre par laquelle on puisse voir dehors.

— Pas de fenêtre, dis-je à Sukum.

— Vous n'avez pas vu les tarifs ? Les chambres avec fenêtre coûtent deux fois plus cher que celles qui n'en ont pas.

— N'oubliez pas que nous avons affaire à un réalisateur hollywoodien à succès, la sous-espèce d'êtres humains la plus gâtée qu'il y ait sur terre. Ce ne sont pas les cinq cents bahts de différence qui ont pu motiver sa décision.

Sukum se gratte la tête et hausse les épaules : il n'est pas qualifié pour parler de cette question.

— Peut-être ne voulait-il pas de fenêtre ?

— En tout cas, il voulait une salle d'eau. Les chambres sans salle d'eau sont encore moins chères.

Sukum et moi jetons un coup d'œil dans la salle en question : minuscule, les W-C coincés contre la douche, dont le rideau est déchiré. Aucun indice à glaner là. Ce qui est en fait un autre paradoxe. Dans un meurtre extrêmement violent comme celui-ci, en général le coupable n'a pas la présence d'esprit de tout nettoyer aussi à fond. En dehors du sang sur le plancher, il n'y a aucun indice pour nous mettre sur la piste. C'est presque la marque d'un tueur professionnel, mais les pros ne s'autorisent pas une mise en scène aussi baroque. Ils ne mangent pas non plus la cervelle de leur victime : cela ruinerait leur réputation et ils auraient les pires difficultés à retrouver du travail.

Je sèche ! Je n'ai jamais rien vu de pareil. La violence est une forme de luxure, une sorte de consumérisme primitif, façon capitalisme à ses débuts, pourrait-on dire. Il t'est impossible d'acheter la maison de tes rêves sans avoir préalablement fantasmé dessus, et il en va de même des meurtriers avec les objets de leur amour. Ils sont mus par des images tout aussi irrésistibles que peut l'être pour toi, *farang*, celle du « chien en train de ronfler devant la cheminée pendant que les enfants jouent sur la pelouse » – n'ayant cependant pas ta retenue, ils se retrouvent avec un cadavre sanglant sur les bras alors que toi, tu t'es simplement collé un crédit excessif sur le dos. La rage se mue en panique. Mais je ne vois ni ne sens rien qui révèle une telle panique. Pour scier le crâne de la victime, le meurtrier a dû se concentrer au moins dix minutes, veiller à ne pas entamer le délicat réseau pourpre qui forme l'arachnoïde, la membrane protectrice du cerveau. Mais pourquoi se soucier de l'arachnoïde de quelqu'un qu'on vient de trucider, surtout si on a l'intention de piocher dedans pour son dîner ? Après avoir fini, le coupable a dû soigneusement ranger la scie rotative et le couteau dont il s'est servi pour trépaner et éventrer la victime et qu'on n'a pas retrouvés, avant de s'en aller tranquillement. Je ne suis pas mécontent que ce soit l'affaire de Sukum et non la mienne. Cul-de-sac : nous nous regardons l'un l'autre et haussons les épaules.

Au rez-de-chaussée, Lek ne semble pas s'en sortir mieux que nous avec le réceptionniste. Quand Sukum et moi sortons de l'ascenseur, nous nous retrouvons en plein concours de cris *katoey*. En Thaïlande, les gens expriment rarement leurs sentiments en public, mais nous sommes à Nana, ce sont des transsexuels et ils sont tous les deux originaires du Nord : ils hurlent dans leur dialecte lao, que ni Sukum ni moi ne comprenons. Finalement, Lek, qui, s'il méprise la violence physique, ne craint pas de se lancer dans une bonne prise de bec du style harengère, dit quelque chose qui a pour effet de faire sortir l'autre *katoey* de derrière son comptoir. Il est grand et gros ; nous nous interposons immédiatement, Sukum et moi. J'entraîne Lek dehors ; il continue cependant d'injurier l'autre tout en rejetant sans arrêt ses cheveux noirs en arrière, mais il se reprend rapidement.

— La victime, l'Américain venait ici tout le temps, au moins cinq fois par semaine, explique-t-il.

Il avait conclu un accord avec la direction. Il gardait la clé de la chambre et la louait au mois. Il leur avait fait changer la serrure, si bien que seuls les gérants avaient la clé, qu'ils laissaient au coffre. Il amenait généralement deux filles à la fois, parfois trois. Ils ne restaient jamais plus de deux heures. Par contre, il lui arrivait de venir jusqu'à trois fois par jour.

— À propos de quoi te disputais-tu avec ce *katoey ?*

Il rejette encore ses cheveux en arrière et s'ébroue.

— De salade *somtam.* Quoi d'autre, sinon ? Nous sommes de l'Isaan, tous les deux.

15

Je suis à mon bureau au commissariat, les yeux rivés sur l'écran de mon ordinateur, après avoir consulté le Yi-king en ligne pour la centième fois aujourd'hui. Je veux savoir si Pichaï s'est déjà réincarné, s'il attend que Chanya et moi fassions l'amour pour nous revenir (sait-il que sa mère est devenue nonne ?) ou s'il a l'intention, si mes visions sont justes, d'attendre dans des sphères supérieures l'apparition du bouddha Maitreya. (Soit dit en passant, j'ai tapé son nom sur Google – celui du bouddha Maitreya, évidemment – et je dois faire état d'un sérieux schisme cosmologique dans le Mahayana. Nous pouvons attendre sa venue au plus tôt dans trois mille ans, mais d'autres doutent qu'il se montre avant plusieurs centaines de milliers d'années – apparemment, ce qu'il restera de l'humanité se sera alors lassé des belles voitures et des appartements luxueux et aura une soif inextinguible de transcendance.) Cependant, le Livre des Transformations est aujourd'hui encore plus gnomique que d'habitude et le mieux qu'il ait à offrir est l'hexagramme 52, « Ken / L'immobilisation, la montagne ». Aucune ligne en mutation ne m'aide à saisir le jugement, mais le commentaire n'est pas dépourvu de résonance :

Le cœur est très difficile à calmer. Tandis que le bouddhisme s'efforce d'atteindre le repos par la cessation de tout mouvement dans l'état de nirvana, le point de vue du Livre des Transformations est que le repos constitue seulement un état polaire qui a toujours pour complément le mouvement. Il est possible que le texte contienne des allusions à des pratiques de yoga.

Il me vient à l'esprit, *farang*, qu'en raison de son insistance sur le mouvement constant le Yi-king pourrait bien être un meilleur guide pour toi que le bouddhisme. Franchement, avec toutes ces guerres en cours et tout cet argent qui circule sur la planète, je ne te vois pas encore ralentir l'allure pour accéder au nirvana. Quant au yoga, j'y croirai quand je verrai les traders faire la Chandelle à Wall Street. Ah ! Un signal vient de surgir, qui m'avertit de la réception d'un e-mail envoyé par Miss FBI :

La mission que tu m'as confiée est sûrement l'une des plus faciles de ma carrière. J'ai trouvé la plupart des infos sur Internet et le reste grâce à quelques contacts que j'ai à Los Angeles. Frank Charles était un réalisateur de TV et de cinéma qui a connu un succès phénoménal, si on mesure le succès en termes de fric. Il a absorbé la Patna Productions Inc. et s'est enrichi en tournant des séries B à l'eau de rose, puis en vendant les droits pour des feuilletons télé. Il a eu assez de jugeote pour que le sentimentalisme paraisse respectable aux yeux des spectateurs relativement cultivés sans perdre la clientèle du grand public. Apparemment, il a voulu d'abord faire des grands films d'art et d'essai inspirés de ceux des Français et des Italiens de sa génération : Truffaut, Bertolucci, Fellini et toute la clique.

Il a tourné un long métrage – son premier – dans le genre films noirs américains, intitulé *Mercredi noir*, qui a été salué par la critique mais n'a pas eu un grand succès commercial. Il semble qu'il ait entendu le message et conclu un pacte avec le diable. Ensuite, il a donné dans un sentimentalisme excessif et s'est rempli les poches en sortant un long métrage tous les dix-huit mois. Il s'est marié cinq fois avec des starlettes névrosées et a eu un enfant, une fille, avec l'une d'elles. Il s'est laissé plumer à chaque divorce, mais ça n'a pas paru entamer sa richesse. Après son dernier divorce, il s'est mis à fréquenter régulièrement des professionnelles, ce qui l'a amené dans ton pays il y a une dizaine d'années. Comme beaucoup, il a suffi d'un voyage pour qu'il ne puisse plus se passer de vos quartiers chauds. Il n'avait pas fait de travail sérieux dans le cinéma depuis dix ans et la société Patna Productions a été dissoute il y a six ans. Après cela, il semble s'être mis à l'immobilier en Asie (il aurait acheté des biens à Hong Kong, en Malaisie, à Taïwan), ce qui a encore augmenté sa fortune. Plus il avait d'argent, plus il était malheureux : dans une interview exclusive accordée à *Vanity Fair*, il avoue combien il a été déçu par le système, l'argent, etc. Il a enfreint presque tous les tabous américains, et surtout ceux de Hollywood, en disant à quel point l'argent et la réussite l'ont rendu malheureux et en affirmant qu'il aurait peut-être dû faire autre chose de sa vie, qui lui aurait laissé plus de respect de soi et moins d'argent. Sur le Net, il fait l'effet d'avoir été un type sympa, qui détestait son travail mais ne pouvait renoncer à sa fortune. Ce que je ne gobe pas tout à fait. Je veux dire, le sujet sous-jacent de son interview à *Vanity Fair* est que le mauvais goût notoire des Américains l'a blessé dans son for intérieur. C'est peut-être vrai, mais il a contribué amplement à faire de nous des philistins et, voyons les choses en face, quels que soient l'ironie et le cynisme qu'il ait mis dans son travail, pour être aussi bon en matière de happy ends sur fond de soleil couchant, il devait lui-même avoir une bonne dose de guimauve dans le cœur. Il disait aussi être dur en affaires. Casier judiciaire vierge, mais quelques engueulades avec les flics de Hollywood concernant la prostitution. Il a échappé aux poursuites, mais tout le monde savait ce qu'il faisait. Voici maintenant quelque chose que tu pourrais creuser : après avoir commencé à aller en Asie, il a essayé de ramener des Thaïes à Los Angeles pour qu'elles restent avec lui une semaine ou deux (parfois plus d'une fille à la fois). Il a commis l'erreur de s'afficher avec elles en public, à des réceptions, etc. Les mères de famille l'ont battu froid et il a dû arrêter. Il a effectué alors des séjours de plus en plus longs à Bangkok sans que personne le sache : il faisait tout simplement transférer ses appels à son hôtel ou à son appartement ; ensuite l'e-mail s'est développé et lui a encore facilité les choses. Dans les derniers temps, il semble avoir voulu améliorer son karma en s'orientant vers diverses formes de mysticisme. Il se serait tourné en ridicule pendant des dîners à L.A. en parlant d'hindouisme, de bouddhisme, de christianisme mystique... il ne paraissait s'être décidé ni pour l'un ni pour l'autre.

Franchement, avec un passé pareil, je suivrais la piste de l'argent. J'essaierais de savoir si quelqu'un connaît l'existence d'un testament... bref, à qui a profité le crime ? Je commencerais par regarder du côté de sa fille et de la mère de celle-ci. Je sais que ça ne cadre pas avec le cannibalisme, mais qui sait ? Peut-être que le macabre n'est qu'un écran de fumée ? L'argent produit des effets bizarres sur les gens.

Kimberley

Entre-temps, le patron m'a convoqué à son bureau. Crois-tu qu'il s'inquiète de la lenteur avec laquelle progresse l'enquête sur le meurtre de Frank Charles ? Non, et moi non plus.

— Il veut le fric la semaine prochaine, m'annonce Vikorn, l'air ahuri.

Debout à la fenêtre, il regarde en contrebas dans la rue les éventaires de restauration illégaux, qui se sont spécialisés dans les plats préférés des flics du District 8 : salade *somtam, satay* de poulet, *tom yung kung, pad* thaï, canard sauté pour Vikorn et ses deux adjoints, brocolis à la vapeur accompagnés d'une sauce aux cacahouètes pour Manny, sa secrétaire, riz frit, rouleaux de printemps, mangue au riz gluant, décoction de racines de lotus pour Lek, boulettes aux légumes, moules frites au beurre, bœuf grillé épicé… et ce ne sont que les principaux. Ces restaurateurs ambulants empressés à satisfaire la police royale thaïe sont si nombreux – chacun doit avoir ses propres tables et chaises – que cette cuisine en plein air s'étire sur près de huit cents mètres de chaque côté du commissariat ; tout flic assez bête pour se plaindre de l'engorgement de la rue se retrouve à régler la circulation au carrefour Sukhumvit-Asok.

— Qui ça ?

— Ton sorcier bouddhiste, dans ses putains de montagnes. Il me prend pour George Soros ou quoi ?

— Tietsin ? Mais il n'est payé qu'à la livraison…

Mon colonel me lance un regard furieux.

— Justement. Il veut effectuer la livraison la semaine prochaine. C'est le grossiste le plus diligent que j'aie jamais vu. Comment peut-on se procurer quarante millions de blanche aussi vite ? Tu as fait le calcul, pour voir la quantité que ça représente ?

Bien sûr que j'ai fait le calcul. Ne suis-je pas *consigliere ?*

— Grosso modo un peu plus d'une demi-tonne, cinq cent trente-trois kilos pour être précis… Vous n'avez pas la somme ?

Vikorn lève les bras en un geste d'impuissance.

— Non, dit-il d'un ton gêné.

J'attends la suite, qui ne tarde pas :

— Je peux me la procurer, évidemment, mais ça prend du temps. Personne ne déplace des sommes pareilles, de nos jours. C'est du jamais vu. Près de quarante millions en liquide…

Il se frappe le front, n'en revenant pas.

— Je m'attendais à recevoir la came en plusieurs fois, un million par ci, deux millions par là.

— Vous ne pouvez pas vendre quelque chose ? Par exemple, cet ensemble de bungalows à Phuket ? Ou ce superbe terrain sur la berge du Mékong, à Nong Kai ?

Ce sont là évidemment des solutions désespérées, mais je tiens compte de la carotte tendue par Tiet-sin : l'argent et la possibilité de prendre totalement le dessus sur le général Zinna, littéralement de le balayer.

— Ce n'est pas le bon moment, pour vendre de l'immobilier. De toute façon, on ne peut pas vendre des choses comme ça du jour au lendemain. Et je ne suis pas certain d'en tirer quarante millions. Les investisseurs vont maintenant à Phnom Penh et à Sihanoukville, sur la côte cambodgienne. Apparemment, le Cambodge est encore vierge et ouvert aux quatre vents, tout le monde se rue là-bas pour prendre le train en marche. Et puis il y a le Vietnam et la Malaisie. Selon une rumeur, on raconte même que le gouvernement socialiste du Laos est sur le point de s'effondrer ou de s'ouvrir complètement au capitalisme sauvage – imagine les plus-values que feraient ceux qui ont déjà investi là-bas…

— Pourquoi alors ne pas lui demander d'attendre ? demandé-je, les bras ballants.

— Je l'ai fait. Poliment. C'est potentiellement un partenaire en affaires d'une importance énorme et je ne veux pas le froisser. Mais il n'est pas content. Tu crois vraiment qu'il peut livrer toute cette dope la semaine prochaine ?

— Je n'en ai aucune idée.

— Pourquoi est-il si pressé ?

Je hausse les épaules.

— Il ne l'a pas expliqué. Il a seulement dit que son mouvement a besoin d'argent.

Vikorn plisse les yeux.

— Qu'est-ce qu'il a en tête, l'invasion de la Chine ?

Ça ne m'étonnerait pas de lui, me dis-je, mais je le garde pour moi.

— Tu as regardé les informations, ces temps-ci ?

— Non.

— Des moines tibétains ont organisé des manifestations en Inde et à Lhassa. Des centaines d'entre eux se sont fait descendre par les Chinois. Il n'y serait pas pour quelque chose ?

— Je n'en sais rien. Je crois que c'est inévitable. Ils tentent de mettre Beijing dans l'embarras avant les jeux Olympiques.

Vikorn me regarde.

— Oui. Je suppose que, pour les Tibétains, c'est l'occasion ou jamais.

— Ils ne connaissent pas le mot « jamais », dis-je avec l'un de ces sourires supérieurs qu'il déteste tant. Seulement « maintenant ».

— Fiche-moi le camp.

Lorsque j'arrive à la porte, il ajoute :

— Tu n'es pas encore allé voir cette mule australienne ? Ce n'est pas une question, mais un ordre.

De retour à mon bureau, j'appelle Lek pour lui demander de trouver un taxi qui nous conduise au centre de détention pour femmes de Thonburi, de l'autre côté du fleuve.

16

Je n'ai pas dit grand-chose à Lek de ma virée à Katmandou ; comme tout *katoey*, il est fasciné par la dimension spirituelle.

— C'est parce que tu es si élevé spirituellement que le Bouddha t'a donné la possibilité d'aller là-bas, dit Lek, installé à côté de moi à l'arrière du taxi, en rejetant des deux mains ses cheveux noirs en arrière.

Comme d'habitude quand nous sommes tous les deux, il a pris la liberté d'appliquer une touche de mascara en se servant d'un petit miroir à main.

— Tu dois être aux anges d'être ainsi *appelé*. À ta place, j'aurais eu l'impression d'être un pèlerin pendant son hadj.

— Lek, je t'en prie, je ne suis allé là-bas que parce que Vikorn m'a confié une sale besogne, essaie de comprendre ça.

— Mais c'est comme cela que fait le Bouddha, chéri, tu devrais le savoir depuis le temps. Peut-être es-tu un tantinet trop fier. Tu dois poser un genou à terre.

— Lek, je me sens aussi sale que des latrines à Thonburi. J'ai l'impression d'être plein de merde, qu'il ne reste plus qu'une faible lueur à mon âme. Le reste est si incrusté de corruption, d'avilissement, de culpabilité et de mauvais karma que si je commets encore une mauvaise action j'en mourrai, je le sais.

Lek se tourne vers moi et m'honore d'un *wai* haut.

— Pourquoi fais-tu ça ?

— Parce que tout ce que tu dis révèle l'homme parvenu au seuil du nirvana. Les gens normaux ne pensent pas ainsi. Les gens normaux ne se soucient pas de leur âme. Seuls le font les *arhats* comme toi et les *ladyboys* comme moi.

Je soupire et baisse pavillon. Peut-être n'est-ce pas une mauvaise chose qu'il y ait un être humain sur terre qui croie encore à mon intégrité.

Nous attendons sans mot dire, coincés dans l'embouteillage au carrefour Asok-Sukhumvit. Un gamin, un essuie-glace cassé à la main, le visage sale, fait mine de laver la vitre de mon côté. Je baisse la glace pour lui donner cent bahts, soit à peu près quatre-vingt-dix bahts de trop. Lek est d'abord choqué par cet excès de générosité, puis il m'adresse un grand sourire après avoir fait le lien entre le geste et mes progrès spirituels.

— Vous ne devriez pas faire ça, dit le chauffeur du taxi. Il va le dire à ses potes, ils vont tous rappliquer et l'un d'eux va se faire renverser par une voiture. C'est arrivé pas plus tard que la semaine dernière, exactement ici.

— Je ne l'ai pas fait pour *lui*, rétorqué-je, au grand plaisir de Lek.

Soit dit en passant, c'est l'un des grands avantages du bouddhisme, *farang* : il ne vise pas un résultat. Il n'y a pas moyen d'agir sur le karma de quelqu'un d'autre, seulement sur le sien.

L'influence de Vikorn au centre de détention pour femmes est moindre que dans la plupart des prisons pour hommes, et nous n'avons pas droit à un accueil particulièrement chaleureux de la part de la directrice. En Thaïlande, le personnel des prisons pour femmes entre dans deux catégories : les lesbiennes bâties comme des taureaux et les matrones douées d'une conscience morale, qui estiment avoir un devoir bouddhique à accomplir. Khun Kulakon appartient à cette deuxième espèce. Elle a aussi l'habileté d'un gangster. Elle me fait savoir qu'elle s'attendait à une visite des gens du clan de Vikorn et me chuchote en aparté :

— S'il lui arrive quelque chose après votre visite, ça va barder. Je m'en prendrai à Vikorn, même s'il m'envoie un tueur à gages. Peu m'importe de savoir comment vous allez procéder, mais ne la faites pas zigouiller pendant qu'elle est sous ma garde.

— Ce n'est pas ce que vous croyez, elle ne travaille pas pour nous ; c'est une des mules du général Zinna.

Elle me regarde en fronçant les sourcils. Ça me fait un drôle d'effet de lui parler de politique mafieuse, mais, piété mise à part, elle est fouineuse et ne cesse de m'inviter à parler en donnant des coups de menton.

— Un tiers l'a donnée. Ce n'était pas nous, mais Zinna va supposer que c'était le colonel Vikorn. Je dois essayer de tirer ça au clair avant que le général ne nous déclare à nouveau la guerre – vous savez ce que ça voudrait dire.

Khun Kulakon le sait. Elle appartient à cette génération qui se souvient très bien de la guerre civile secrète entre flics et militaires : elle a duré des décennies et atteint son paroxysme à Chiangmai, dans les années 1950, au moment où le Kuomintang a rapporté une cargaison d'opium de l'État shan avec la complicité de la CIA. Les deux camps se sont retrouvés face à face, armés jusqu'aux dents, devant un train chargé de drogue, jusqu'à ce que le chef de la police réussisse à sortir tout ce beau monde de l'impasse en concluant une paix bouddhiste : il a promis d'aller lâcher l'opium dans la mer. Personne n'a posé la question cruciale pendant des décennies, de crainte de remettre le feu aux poudres. Lorsqu'un journaliste a finalement demandé à un flic en retraite : « Vous l'avez jeté à la mer, oui ou non ? », celui-ci a répondu : « Oui, mais un bateau suivait. »

La directrice jette un coup d'œil inquisiteur à Lek, qui, maintenant que j'y pense, n'est jamais allé dans une prison pour femmes.

— Nous ne sommes venus ici que pour discuter avec elle, dis-je. Peut-être pouvons-nous lui sauver la vie. Bouddha sait ce que Zinna va faire si elle donne l'impression de vouloir parler.

Elle me regarde dans les yeux et esquisse un sourire.

— Merci, Sonchaï. Si je peux vous être utile, n'hésitez pas.

— Comment prend-elle ça ?

— Elle a parlé avec sa meilleure amie au téléphone hier.

Khun Kulakon hausse les épaules.

— Apparemment, en Australie, les meilleurs amis ont une importance particulière – plus grande que la famille, je crois.

Elle secoue la tête.

— C'est dur de voir des cas de ce genre, même après tant d'années. Ce n'est qu'une superbe idiote ; elle a subi un lavage de cerveau culturel, qui l'a induite à penser qu'elle méritait mieux que ce que la vie lui avait donné. Lui infliger un châtiment corporel serait faire preuve de beaucoup plus de compassion, mais les *farangs* ont jugé cela dépassé. Les choses étant ce qu'elles sont, même si le roi finit par la gracier, ce qu'il fera, elle sera complètement cinglée lorsqu'elle sortira d'ici. Mais on ne voit pas les cicatrices psychologiques à la télé, et tout sera donc pour le mieux dans le meilleur des mondes.

Comme dans les prisons pour hommes, les femmes passent la majeure partie de leur temps dans une enceinte rectangulaire à ciel ouvert entourée d'une rangée de cellules. Pour les Thaïs, *riap roy,* « tout bien rangé », est plus un mode de vie qu'une exhortation. Bien que de prime abord l'enceinte évoque un camp de réfugiés – serviettes et autres bouts de tissu servant à s'allonger dessus, détenues occupées à faire la cuisine sur des petits réchauds en terre à charbon de bois, femmes échevelées qui changent de position dans leur sommeil ou errent avec apathie d'un endroit à l'autre –, aux yeux de n'importe quel Thaï règne ici un ordre minutieux. En fait, chaque espace d'un mètre quatre-vingts sur un mètre vingt défini par des serviettes ou des journaux porte un numéro hiérarchique invisible, les détenues de longue durée ayant droit aux places les plus prisées. En revanche, on attend de celles qui sont là depuis longtemps qu'elles mettent au courant les nouvelles venues et leur apprennent les règles complexes que ces femmes s'imposent à elles-mêmes. C'est vrai en tout cas des Thaïes. Environ dix pour cent sont des étrangères. Je reconnais deux Nigérianes, très grandes, très fortes et très noires, qu'on a pincées avec des préservatifs remplis d'héroïne dans l'estomac, une Allemande qui a assassiné son mari thaï après l'avoir surpris au lit avec une prostituée, deux Anglaises prises en flagrant délit de contrefaçon de chèques, qui ont écopé de huit ans pour une histoire d'à peine cent dollars. Celles-là doivent se débrouiller pour découvrir toutes seules comment fonctionne le système. Tôt ou tard, même les gigantesques Nigérianes, qui sont en train de pleurer et de pousser des hurlements, apprendront à s'y conformer.

Rosie appartient cependant à une autre catégorie, car elle vient d'arriver. La matonne en chef nous mène jusqu'à elle : elle occupe l'une des places les plus recherchées au milieu de l'enceinte ; celles-ci sont d'autant plus cotées qu'elles sont loin des cellules, où les moustiques se reproduisent et harcèlent toutes celles installées à proximité. Les nuits dans les cellules sont un supplice, personne, à l'exception des plus coriaces, ne parvient à trouver le sommeil ; on le rattrape durant la journée.

En s'approchant d'elle, on ne peut s'empêcher de remarquer son postérieur avantageux ; les courbes de son corps sont cependant comprimées en position fœtale. À notre arrivée, nous constatons qu'elle suce son pouce gauche et semble inconsciente.

— Elle ne dort pas, explique la matonne. Elle s'est isolée du monde extérieur. Les femmes *farangs* le font souvent… c'est bizarre. Lorsqu'elle arrive ici pour la première fois, une Thaïe entreprend en général d'apprendre les règles, elle étudie la structure du pouvoir et cherche à se rendre utile pour obtenir des privilèges et se faire des amies. Les *farangs* ne voient pas la vie de cette façon. Elles se sentent ou anéanties ou supérieures. Il n'y a pas de milieu.

Apparemment, Rosie ne se sent pas supérieure. La matonne se penche et lui murmure quelques mots à l'oreille. Faute de résultat, elle lui secoue l'épaule de plus en plus énergiquement. Finalement, elle dit « Désolée », et lui tord l'oreille jusqu'à ce qu'elle ouvre les yeux.

— Tu as de la visite. Lève-toi… ou tu préfères te retrouver plus près des moustiques ?

La mention des moustiques produit, semble-t-il, l'effet désiré. Tremblante, Rosie paraît se forcer à déplier son corps, comme si elle allait entrer dans une mer glacée, et referme les paupières pour se barricader du monde extérieur. Elle réussit finalement à se lever. Elle a le visage blanc et défait d'une vieille femme. Une fois qu'elle a commencé à parler, elle semble incapable de s'arrêter, sans qu'on sache trop si elle s'adresse à nous ou poursuit simplement à haute voix un monologue qui lui trotte sans fin dans la tête :

— Je suis foutue, ma vie est finie, je suis dans une merde totale, ravagée, nase, je vais gâcher ma vie là, bousiller mon corps… je suis bouffée par les moustiques… quand je sortirai d'ici, je serai vieille et toute ridée, j'ai mon compte, je suis morte… c'est l'enfer, les moustiques sont l'enfer, l'enfer, l'enfer… je n'aurai jamais d'enfants, je ne me marierai jamais, ma mère va mourir de honte, mes amis vont me renier, je vais recevoir des lettres d'injures, je serai tellement affreuse que personne ne voudra me regarder, je serai piquée partout par les insectes, je dégoûterai les gens, moi ! Regardez, vous n'aimez pas mes nichons ? Vous voulez pas de moi ? Prenez-moi, vous pouvez me baiser ici devant tout le monde, je veux que vous le fassiez, c'est peut-être ma dernière chance de baiser un bon coup, je m'en fous, je m'en fous, je suis morte, vous ne voyez pas, je suis morte, clamsée, c'est fini pour moi, j'ai dix ans à tirer dans la vallée de la mort… je vais être changée en pierre, je ne serai plus qu'une ombre, une petite vieille qui n'osera pas sortir de chez elle, je le sens, je serai complètement cinglée… vous ne voulez pas m'aider, s'il vous plaît, j'ai un corps super. Vous faites minette ? Vous voulez une pipe ? Je serai votre esclave sexuelle jusqu'à la fin de mes jours, je peux faire des choses avec ma langue, vous ne le croiriez pas, j'adore qu'on m'attache, je peux vous attacher aussi, tout ce que vous voulez. AIDEZ-MOI ! LES MOUSTIQUES, LES MOUSTIQUES ME BOUFFENT VIVANTE, J'AI DES PIQÛRES SUR LE BOUT DES SEINS !

La matonne la gifle et elle se tait. Je regarde Lek en secouant la tête.

— Nous pouvons peut-être vous aider, dis-je à Rosie, mais il faut que vous repreniez vos esprits. Demandez des tranquillisants aux matonnes, quelque chose qui vous remette les idées en place. Tenez.

Je lui glisse une poignée de billets, un peu plus de mille bahts. Elle me regarde et éclate en sanglots.

— Je ne suis pas une criminelle, je suis une fille comme les autres. Je ne voulais pas me lancer là-dedans, tout ce que je voulais, c'est un appart avec vue sur la baie de Sydney ; c'était exceptionnel, je n'aurais pas recommencé, j'aurais ouvert un salon de beauté ; on construit un nouvel ensemble d'immeubles sur Rose Bay, je voulais un appartement plein sud, j'aurais été « Rosie de Rose Bay », c'est tout, je me serais fait prendre en levrette en admirant la vue. C'était mal, mais je ne voulais le faire qu'une fois pour avoir une vraie vie, c'était le seul moyen, vous comprenez ? Qu'est-ce qu'il y a de mal à ça ? Tout le monde fait pareil…

Elle s'arrête brusquement, comme si elle se souvenait de l'endroit où elle se trouve. Je lève une main tout en lui passant encore d'autres billets de l'autre et chuchote d'un ton sévère :

— Nous pouvons peut-être vous faire sortir d'ici dans huit ans. C'est long, mais vous n'aurez que trente-cinq ans. Si vous la fermez, vous pourrez obtenir quelques privilèges spéciaux, des crèmes anti-moustiques, une nourriture convenable avec des vitamines et des protéines… nous pouvons peut-être même vous faire bénéficier d'un vrai régime de faveur, vous permettre d'avoir une relation sexuelle de temps en temps. Rosie, nous sommes votre seule chance. Est-ce que je me fais bien comprendre ? Si le général Zinna pense que vous allez parler, il vous tuera, vous comprenez, Rosie ?

Je crois avoir réussi à pénétrer cette partie de son être qui a encore envie de vivre. La bouche ouverte, elle hoche la tête lentement, comme une demeurée. Elle pose une main sur mon épaule, s'appuie pesamment contre moi et regarde autour d'elle en clignant des yeux. Peu à peu, elle rassemble ses forces, s'oblige à se concentrer sur ce qui l'environne.

— Quelle merde ! dit-elle. Ces salopes de Nigérianes ne chialent que pour la galerie, dès que les matonnes tournent le dos, elles deviennent menaçantes… y a rien à faire, regardez-les, c'est des géantes…

Je suis son regard à travers la cour de la prison jonchée de serviettes en direction des deux énormes Nigérianes de près de deux mètres, qui, pour l'instant, sanglotent, chacune les bras posés sur les épaules de l'autre. Il est 13 heures et celles qui, comme Rosie, ont le privilège d'être installées loin des moustiques en paient maintenant le prix en étant en plein soleil. La peau délicate de la blonde Rosie commence à peler, sur son nez et son front.

— Rosie, je travaille sur votre affaire. J'y travaille vraiment. Nous pouvons peut-être vous faire gracier dans huit ans si vous coopérez.

— Coopérer comment ? Vous savez déjà qui est le grand patron, c'est ce général d'armée dont tout le monde parle. Un connard, apparemment ; la moitié des filles qui sont ici y sont parce que lui ou l'un de ses hommes a merdé. J'aurais dû me mettre avec les flics, ç'a été ma grande erreur.

— Rosie, regardez-moi. Répondez seulement à cette question : connaissez-vous un Tibétain nommé Tietsin ?

Elle bat des paupières et ça ne semble pas simulé. La question est, je crois, si extérieure au champ de ses connaissances qu'elle suppose que mon logiciel mental, comme celui de tous les gens du cru, est différent de celui des Australiens au point de rendre toute compréhension entre nous impossible.

— Non.

— Rosie, votre passeport est revêtu d'un visa népalais. Ça m'intéresse. J'aimerais en savoir davantage sur votre voyage à Katmandou.

Elle hausse les épaules.

— Ça fait partie du circuit, non ? Les routards vont là-bas. Certains pour faire du trekking, d'autres pour la dope, la plupart pour les deux à la fois. Moi-même, je ne fais pas de trekking.

— Vous avez fumé de la dope là-bas ?

— Bien sûr.

— Vous habitiez où ?

— Pourquoi vous voulez le savoir ?

— Rosie, si vous me cachez quelque chose, je ne reviendrai peut-être pas. Je représente votre meilleur espoir d'une grâce anticipée.

Elle me lance un regard exaspéré, comme si je l'avais persuadée de pécher contre son gré, mais le sacrifice n'est pas excessif.

— À la Nixon Guesthouse. Tout le monde la connaît. Elle est dans Freak Street.

— Je croyais que plus personne n'allait dans Freak Street.

— C'est trop typique. La nostalgie des années 60. Je suis vieux jeu.

— Je ne vous aurais pas rangée dans la catégorie des nouveaux hippies, Rosie. Je crois que vous aviez une raison de vous installer là.

Elle soupire.

— Bon, d'accord. C'est l'endroit où aller si on veut faire des affaires. Mais ne me demandez pas de noms, je n'en connais pas. Il suffit de rester là quelque temps en prenant un certain air, en adoptant le langage du corps qu'il faut – si on ne s'habille pas comme une caricature, un hippie au bout du rouleau, si on se maquille un peu, si on montre qu'on sait avoir l'air respectable, et qu'en même temps on traîne là, tôt ou tard quelqu'un vient vous aborder pour vous faire une offre. On dit que ce sont les circuits les plus sûrs. Les fournisseurs les plus sûrs. J'ai rencontré des gens qui finançaient leurs voyages depuis des années de cette façon, s'achetaient des maisons, des appartements, des bagnoles de sport… Je leur ai parlé, j'ai vu comment ils vivaient à Sydney. C'est dans ce milieu respectable que je croyais entrer. Et voyez où je suis, dit-elle en montrant du menton la cour de la prison.

— Ils vous ont donné des contacts en Thaïlande ? Et le choix entre travailler avec l'armée ou la police ?

— Ouais.

— Et les gens qui sont venus à vous étaient des Népalais, des Asiatiques, des Occidentaux... quoi ?

— C'est difficile à dire. Ça change tout le temps. Il se peut qu'un Occidental reste là deux mois et deale beaucoup pour le grand patron ; vous croyez que c'est un type important, puis il disparaît, rentre dans son pays ou part faire du trekking, et quelqu'un d'autre prend tout en charge ; ça peut être un Indien, une Népalaise, un réfugié tibétain... ou un Thaï. On ne rencontre évidemment jamais le big boss. Jamais. Personne ne le rencontre. Il n'y a même pas de rumeurs concernant son identité.

— Des Thaïs sont dans le coup ?

— Bien sûr. Il y en a pas mal qui ont des affaires là-bas, pour la plupart des restaurants. Et il y a beaucoup de Tibétains à la recherche d'argent. Tous les réfugiés ne sont pas des moines et des nonnes. Et les moines et les nonnes ne sont pas tous des purs.

— Merci, Rosie, dis-je en lui glissant encore mille bahts.

Elle retient ma main.

— Écoutez, il y a quelque chose d'important que vous pouvez faire. Procurez-moi un petit nécessaire de maquillage Chanel N° 5, vous voulez bien ? Je sais que ça paraît ridicule, mais c'est pour que je puisse me respecter. J'ai déjà prévu une cachette... C'est seulement pour que je n'aie pas l'impression de me transformer en sauvage, vous comprenez ?

Je jette un coup d'œil alentour, aperçois les deux Nigérianes baraquées et elle lit dans mes pensées.

— Ne vous inquiétez pas, je ne me maquillerai pas devant tout le monde. Uniquement quand je serai seule, la nuit. Regardez ce que j'ai dégoté, la semaine dernière, au cas où. Il faut que je puisse rêver un peu, sinon je finirai comme ces deux dingues.

La saine expression de triomphe que je lis sur son visage quand elle me montre un éclat de miroir à main me plaît. Je lui tape sur l'épaule.

— *On yer*, bravo, lui dis-je en espérant avoir l'accent australien.

17

Je demande à la secrétaire de Khun Kulakon d'appeler un taxi, qui nous ramène à Krung Thep. Dans la voiture, nous sommes tous les deux accablés par l'infamie de la prison et l'état de délabrement de Rosie McCoy, quoique, pensé-je, pour des raisons différentes. Le chauffeur ne cesse de regarder dans le rétroviseur, mais je n'y prête guère attention, tout en ayant quand même vaguement conscience de sa nervosité.

Lek, comme la plupart des Thaïs, suppose que les *farangs* forment une catégorie différente d'êtres vivants, des sortes d'extraterrestres, qu'il est ridicule de vouloir essayer de comprendre. L'idée de commettre un délit grave pour mieux vivre et améliorer sa condition sociale lui est également incompréhensible. En Thaïlande, on devient un criminel à cause d'un mauvais karma accumulé dans ses vies antérieures ; choisir volontairement de noircir son avenir karmique sans raisons impérieuses semble tout à fait inconcevable. Moi, en revanche, je ne le comprends que trop bien. Je me demande comment je réagirais si on m'annonçait que je dois passer les douze prochaines années dans une prison thaïe.

— Tu crois que Zinna va la faire supprimer ?

— Je ne sais pas. S'il apprend qu'elle a perdu la boule et ne tient plus sa langue, il va charger quelqu'un de glisser quelque chose dans son verre ou son assiette pour que ça ait l'air d'une overdose. Exactement comme ferait Vikorn.

— Excusez-moi, il faut que j'aille faire pipi, dit le chauffeur en s'arrêtant sur une aire de repos près d'un bouquet d'arbres.

Je le regarde s'éloigner vers les arbres, une main sur la braguette, puis se mettre à courir. Je réagis trop lentement. Le camion de l'armée qui nous a suivis, un véhicule de cinq tonnes utilisé pour le transport de troupes, s'arrête juste devant le taxi et nous voilà tout à coup entourés de jeunes gaillards en treillis. Un type énergique avec des galons de lieutenant se dirige vers nous, escorté de deux mômes armés de fusils d'assaut et prêts à faire feu. Ils les braquent maintenant des deux côtés de la voiture.

— Descendez, s'il vous plaît, ordonne le lieutenant.

Je ne peux m'empêcher de jeter un coup d'œil à Lek. Lui et les soldats ne font pas très bon ménage.

— Écoutez, dis-je. Je crois savoir de quoi il s'agit. Il ne sait rien. C'est seulement mon assistant, à peine plus qu'un élève agent. Pourquoi ne le laissez-vous pas rentrer en taxi ?

Le militaire l'examine de près, embrasse du regard son mascara, ses longs cheveux noirs, sa féminité indubitable, le lorgne maintenant avec concupiscence.

— Laissez-le partir, répété-je d'une voix sifflante, ce qui n'a pour effet que d'augmenter la convoitise du lieutenant.

Son esprit militaire a manifestement conclu que nous sommes amants. Ils vont s'amuser un peu en rentrant à la base.

C'est ce qu'ils ont fait. Pendant que j'attends devant le bureau du général Zinna dans l'enceinte militaire, mes oreilles résonnent encore des hurlements de Lek, en particulier de l'insoutenable « Qu'ai-je fait pour vous offenser ? », suivi d'un cri de douleur. Je décide de garder tout cela en mémoire.

Dès qu'on me fait entrer dans son bureau, il congédie les deux gardes armés. Il doit mesurer une dizaine de centimètres de moins que moi et avoir vingt ans de plus, mais il n'est pas douteux qu'il aurait facilement le dessus si nous nous battions. Il possède une musculature exceptionnelle et l'une de ces énormes poitrines avec lesquelles le Bouddha compense parfois sa petite taille. Je l'imagine tout jeune, en train de décider ce qu'il ferait plus tard et de réduire sa courte liste à deux possibilités : général d'armée ou baryton. Sauf qu'il n'aurait jamais envisagé la seconde. Ironie de tout cela, il a un penchant notoire pour les jeunes gens, mais il fait partie de ces adhérents de la communauté homosexuelle pour qui le membre en érection est une sorte de matraque servant à battre l'amant-victime, alors que Lek est tout amour, bien qu'il ne le fasse pratiquement jamais, et donc méprisable.

— Qu'ai-je fait pour vous offenser ? demandé-je.

Ses cheveux gris sont coupés si court qu'il semble presque avoir le crâne rasé ; du fait de sa taille, il ne peut s'empêcher de se donner un air important. Il se lève et contourne son bureau en faisant résonner les dalles avec ses bottes ferrées. Arrivé à trois centimètres de moi, il me pousse avec son index dans les côtes. Seule la fureur que j'éprouve à cause de ce qu'a subi Lek me donne le courage d'empoigner son doigt et de le tordre en arrière. Il me regarde dans les yeux sans broncher, attendant de voir si j'ai assez de cran pour le lui casser. « Allez, vas-y, dit son regard. J'aimerais voir ça. » Je lui fais aussi mal que possible sans lui briser l'index, avant de le lâcher. Je dois reconnaître que son seuil de douleur est beaucoup plus élevé que le mien. Il regarde sa main avec curiosité, puis me fait signe de m'asseoir sur une chaise en bois rudimentaire en restant lui-même debout.

— Expliquez-moi pourquoi vous êtes allé au centre de détention pour femmes avec votre *geek* et vous pourrez vous en aller.

— Ce n'est pas mon *geek*. C'est mon assistant et, quoi que vous vous prépariez à faire, il n'a rien à voir là-dedans. Tous vos hommes sont des pédés ? Ils semblent être tombés amoureux de lui.

La question paraît l'amuser. Des pattes-d'oie se dessinent aux coins de ses yeux.

— Supposons qu'ils le soient, c'est contraire à la loi ? Vous allez les arrêter ?

— Non, la force prime manifestement le droit, dis-je.

— Manifestement.

Il hoche la tête pour montrer qu'il est bien de cet avis.

— C'est grand dommage que votre patron, le colonel Vikorn, ne comprenne toujours pas ça après tant d'années.

Il recule de deux pas pour me jauger.

— Je crois que vous êtes allés voir cette salope d'Australienne.

Il a prononcé le mot sur un ton de mépris presque palpable.

— C'est vous qui l'avez arrêtée ?

Comme je ne réponds pas, il appelle son secrétaire. Un soldat dans la trentaine entre dans le bureau. Le fait qu'il mesure plus d'un mètre quatre-vingts et semble être de fer n'est pas aussi perturbant que l'esprit qui habite ce corps. Ce n'est pas une jeune recrue malicieuse, mais un tueur, de ceux qui aiment leur travail. Je toussote.

— Écoutez, je... je crois que je peux cou... couper court à tout ça, bredouillé-je. Vous pensez que le colonel Vikorn a fait arrêter votre mule pour se donner un avantage, maintenant que l'accord de dix ans que vous avez passé avec lui tire à sa fin et que vous manœuvrez tous les deux pour vous mettre en bonne position. Vous vous trompez. Vikorn ne montrerait jamais un tel manque de tact et, quoi qu'il en soit, ce n'est pas le genre de stratégie qui a des chances de porter ses fruits avec un homme comme vous. Tout le monde sait cela. Un tiers est intervenu.

J'ai suscité une lueur d'intérêt.

— Ah, vraiment ? Qui donc ?

— Un Tibétain.

Le mot produit un effet curieux. Le général échange un coup d'œil avec son exécuteur des basses œuvres, puis approche une chaise, s'assoit et me regarde. Plus de cinq minutes passent avant que l'un de nous dise quelque chose.

— Son nom ? finit-il par demander.

— C'est le docteur Norbu Tietsin.

J'ai l'impression très étrange qu'un nerf tressaute au même moment sur le visage de Zinna et celui de son homme de main. Le général se lève et arpente la pièce d'un pas énergique pour affirmer son autorité. Il congédie finalement l'autre.

— Parlez, dit-il quand la porte se referme.

— Non. Je ne parlerai pas tant que je ne verrai pas mon assistant en bonne santé de l'autre côté de votre fenêtre.

— C'est vous qui donnez les ordres, ici ?

— Vous pouvez obtenir les réponses que vous voulez en me torturant, mais ça demandera pas mal de temps et Vikorn se sentira obligé de prendre des mesures de représailles. Vous perdrez beaucoup moins de temps en faisant venir Lek. En outre, cela facilitera considérablement les négociations du traité décennal suivant, vous ne croyez pas ?

Zinna hausse les épaules et décroche le téléphone.

— Ça ressemble vraiment à de l'amour, me dit-il avec un regard mauvais avant de parler dans le combiné : Le *katoey* que les gars viennent de ramener, conduisez-le dans la cour, que je puisse le voir de ma fenêtre. S'il porte des marques visibles, quelqu'un va se prendre des coups de pied au cul.

En attendant l'arrivée de Lek, ne sachant que dire, nous nous retrouvons, Zinna et moi, de façon incongrue, à nous rappeler des souvenirs communs. Il est question de la réunion au sommet que lui et Vikorn ont eue il y a une décennie, quelques années seulement après ma sortie de l'école de police. Mon souvenir précis de l'événement me surprend, même si celui-ci n'est pas de ceux qu'on oublie facilement.

Les deux hommes avaient alors la cinquantaine ; à l'apogée de leur puissance, ils brûlaient d'impatience d'en faire la démonstration, comme deux gosses jouant à celui qui pisse le plus loin, et cela a occasionné la rencontre la plus extravagante à laquelle il m'ait été donné d'assister. Les négociations ont eu lieu de l'autre côté de la frontière birmane, où Zinna avait monté un labo capable de produire un million de pilules de *yaa baa* par jour, où travaillaient des femmes karen que les militaires birmans avaient réduites en esclavage et mises à la disposition de Zinna – en échange d'une grosse part des profits, évidemment.

Je revoie des fragments de la scène tout en en parlant avec Zinna. Je n'étais guère plus qu'un gamin : impressionnable, fasciné, tout excité et entièrement sous la coupe de Vikorn. Il m'avait envoyé dans la région, qui appartenait traditionnellement non pas à la tribu des Karen mais à celle des Hmong, pour reconnaître le terrain avant son arrivée en hélicoptère. Il a étonné tout le monde en arrivant non pas dans un hélico noir mais avec une escadre de treize appareils, qu'il avait loués pour la journée à un marchand d'armes installé au Cambodge. Zinna était furieux et intimidé, mais il a essayé de ne pas le montrer pendant que les deux hommes négociaient à une table de camping dans une vallée dédiée presque entièrement à la culture du pavot par les Hmong. Puis quelque chose est allé de travers et des soldats, l'air très en colère, des lance-roquettes à l'épaule, sont apparus sur la crête et ont foncé vers nous dans ce qui ressemblait fort à une attaque. Et nous voilà en train de cavaler comme des fous vers le dernier hélico resté au sol et, tandis que l'appareil décollait en catastrophe, de leur faire des bras d'honneur tout en espérant qu'ils n'auraient pas le temps de tirer avant que nous soyons hors de portée.

« Pas passé loin », a lâché Vikorn alors qu'un beau missile incandescent venait de nous frôler comme un éclair (ce qui m'a fait songer avec une pointe de jalousie à une âme pleinement réalisée retournant en trombe vers le nirvana).

Quand l'hélicoptère a viré de l'autre côté, j'ai vu certaines femmes hmong empiler leurs petits sachets d'opium et d'autres les porter jusqu'au village accrochés à un bambou posé en travers des épaules, comme elles le faisaient depuis des milliers d'années.

— De ma vie, je n'ai jamais vu Vikorn se dépêcher autant ! dit Zinna avec un petit rire.

Il croit manifestement l'avoir emporté sur Vikorn au cours des négociations tendues qui suivirent, alors que celui-ci avait ménagé dans l'accord des failles à travers lesquelles un char à bœufs aurait pu passer.

Zinna indique la fenêtre d'un coup de menton. Deux soldats ont escorté Lek jusque-là. Il a l'air complètement humilié.

Je suis si furieux que je fantasme de donner à Zinna un coup de pied dans les parties ; je sens même le coup, porté avec le bout de la chaussure. J'aimerais le voir se tordre de douleur par terre, ça vaudrait bien le passage à tabac qui suivrait. Puis quelque chose de bizarre se passe en moi. Le mantra de Tietsin commence à se répéter automatiquement dans mon esprit. J'éprouve la même sensation qu'à la maison de thé, une sensation de flottement dans laquelle la conscience est libérée de la tyrannie de l'ici et maintenant. Tout à coup, la souffrance de Lek perd sa réalité. Zinna me fixe des yeux.

— Alors ?

J'oblige mon attention à réintégrer les cinq sens.

— Le jour où l'Australienne Rosie McCoy a été arrêtée, nous avions été avertis. L'appel venait du Népal, de Katmandou. Nous en avons vérifié l'origine. En dehors du fait qu'il provenait de l'Himalaya, il était tout ce qu'il y a d'habituel. Dans quatre-vingt-dix-neuf pour cent des cas, c'est un trafiquant qui poignarde dans le dos un ancien collaborateur. Lorsque les tuyaux ont un caractère particulier, nous les signalons à l'Immigration. Comme celui-ci était très particulier, je suis allé à l'aéroport pour assister à l'arrestation.

— Mais vous êtes retourné la voir aujourd'hui.

— Bien sûr. Je voulais essayer d'obtenir plus d'informations. Je suis flic.

Zinna ricane.

— Vous n'êtes pas flic, vous êtes le chien de Vikorn. Vous obéissez à la voix de votre maître.

Il laisse passer une bonne seconde pour que l'insulte produise son effet.

— Mais vous saviez qu'elle travaillait pour nous, non ?

— Nous ne savions rien.

Je me gratte l'oreille, poursuis :

— Mais elle transportait une grosse quantité d'héro. Comme elle ne travaillait pas pour nous, nous avons évidemment pensé qu'elle le faisait pour vous.

J'attends que Zinna pose d'autres questions sur la filière tibétaine, sans trop savoir ce que je vais répondre.

— L'informateur vous a vraiment donné un nom ? Un certain *docteur* Tietsin ?

Je lève les mains au ciel.

— N'importe qui peut inventer un nom.

Le général fixe sur moi un regard d'une pénétration perturbante pendant plus d'une minute, puis il paraît se désintéresser de la question.

— Exact, n'importe qui peut inventer un nom. Même un nom comme celui-là.

— C'est peut-être une sorte de plaisanterie tibétaine, suggéré-je.

Devant son air sceptique, j'ajoute :

— Vous savez, comme quelqu'un pourrait se faire appeler Mickey ou Napoléon Bonaparte… une plaisanterie made in culture tibétaine, je veux dire. Locale.

— Que savez-vous de la culture tibétaine ? demande-t-il à brûle-pourpoint.

— Rien.

À ma grande surprise, il semble répugner à s'étendre sur le sujet.

— Bon, d'accord, vous pouvez partir.

Je me lève et remarque :

— Soit dit en passant, elle n'a pas parlé.

— Qui ?

— L'Australienne, Rosie McCoy. Elle n'a rien dit. Je ne crois pas qu'elle sache quoi que ce soit. Vos activités sont bien cloisonnées, non ? Rien ne permet de faire le lien entre elle et vous ou vos hommes, j'imagine.

— Rien ne permettait non plus de faire le lien entre elle et votre Tibétain avant que vous ne l'arrêtiez.

— Vous ne voulez pas que je parle à Vikorn, qu'on voie si on peut convaincre l'Immigration de laisser tomber l'affaire… à titre d'entente préliminaire avant vos négociations imminentes ?

Il réfléchit quelques instants avant de répondre :

— Non. Je vais régler ça moi-même.

Il m'adresse soudain un sourire factice.

— Je ne voudrais pas vous déranger.

Au moment où je lui tourne le dos pour m'en aller, il me surprend par un dernier commentaire :

— Toute cette histoire, au Népal, le prince héritier qui massacre sa famille en juin 2001, l'effondrement de la monarchie, le succès des communistes… vous savez ce qu'il y a derrière, n'est-ce pas ?

— Non.

— Dorénavant, vous le saurez. Cela fait vingt ans qu'ils acheminent de la came au Népal à partir du Tibet. Le trafic dépasse de loin ce que nous avons en Thaïlande. Qui dirige le gouvernement a la haute main sur ce trafic. Il est en fait bien plus important qu'en Colombie, mais c'est l'Himalaya et personne n'est au courant, pas même les Américains. La CIÀ n'a pratiquement pas de renseignements sur le Tibet, sauf ceux qu'elle obtient de l'entourage du dalaï-lama à Dharamsala et de quelques espions basés à Lhassa. Et tous se gardent bien de parler du business.

— Comment le savez-vous ? lui demandé-je en arrivant à la porte.

— Un Tibétain me l'a dit.

— Tietsin ? Il est venu ici ? Il vous a appelé de Katmandou ?

Zinna redresse le menton pour me faire savoir qu'il ne répondra pas à cette question.

— Mais pourquoi faire passer la marchandise par le Tibet ? Pourquoi pas par le Pakistan ou l'Inde ? Bombay, New Delhi et Calcutta sont des nœuds de trafic bien connus…

— Pour cette raison même. Ces endroits sont notoirement connus. Toutes les grosses agences de sécurité occidentales sont omniprésentes en Inde, pas seulement la CIA et la DEA[1], mais aussi les Français, les Allemands et les Hollandais, ainsi que les services de renseignements britanniques. Mais quand le produit disparaît au Tibet, il n'y a plus aucune trace. Aucune fuite. Et apparemment, des centaines de voies d'accès mènent du Tibet au Népal, voies que seuls les Tibétains, les sherpas et les Gurkhas connaissent. La marchandise est transportée à pied sans histoire. Les acheteurs inquiets préfèrent puiser à cette source.

Il me congédie d'un dernier regard.

Dans le taxi qui nous ramène à Krung Thep, Lek et moi gardons le silence la majeure partie du trajet.

Lorsque nous arrivons enfin dans la banlieue, il me dit :

— Tu veux savoir s'ils m'ont baisé ou non, n'est-ce pas ?

— Non. Je ne veux rien savoir de ce que tu n'as pas envie de dire.

— Il y a bien des façons de baiser quelqu'un comme moi. Peu importe de savoir comment ils l'ont fait.

Dix minutes plus tard, quand il descend du taxi, il ajoute :

— Je crois qu'il ne me reste qu'à rentrer chez moi et à pleurer un bon coup. J'imagine que ça ira mieux demain matin.

1. La Drug Enforcement Administration est un service de police fédéral dépendant du Département de la Justice des États-Unis et chargé de la mise en application de la loi sur les stupéfiants et de la lutte contre leur trafic.

18

Si je sais que je suis fou, cela veut-il dire que je ne le suis pas ? Je pose cette question parce qu'il est 3 h 22. C'est l'heure à laquelle je me réveille chaque nuit en gémissant : 3 h 22 précises. Et je sais que le bruit que je viens d'entendre, celui qui m'a réveillé, est un pur produit de ma psychose, même si on dirait que quelqu'un se déplace dans la cour. Mon cœur cogne contre ma poitrine, je transpire tellement de la tête que l'oreiller est trempé, et me voilà couché sur le dos, terrorisé. Suis-je bien certain de ne pas être encore assez fou pour ne pas entendre des bruits imaginaires pendant les heures de la journée où je suis pleinement conscient ? Non. Et ça recommence, pas dans la cour, mais à l'intérieur de mon crâne : un pépiement bizarre et terrifiant, comme celui d'un oiseau pris au piège qui avertit ses congénères : *Danger, n'approchez pas*. Tout se passe exactement comme l'a dit la nonne : je respire profondément, au niveau du plexus solaire, où un nerf en cavale fait des ravages. Fasciné, je baisse le regard vers ma poitrine, qui se soulève comme un soufflet de forge, et ferme les yeux. Maintenant, me dis-je, choisis ce moment pour regarder les choses en face, quelles qu'elles soient. J'avale ma salive. Allez, vas-y, regarde ce démon dans les yeux. Fais-les-lui baisser.

J'ai peur de revoir le petit corps de Pichaï glisser dans le four crématoire. J'ai peur de la profondeur de mon chagrin, de voir jusqu'où il va m'emporter, comme une rivière souterraine qui se précipite en grondant jusqu'en enfer. Sera-t-il possible de revenir en arrière ? Tel un plongeur qui entre, de nuit, dans une mer glacée, je force ma respiration à se régulariser, à dominer lentement mon esprit en feu.

OK, me dis-je, maintenant, regarde !

N'est-ce pas toujours ainsi ? Quand vous avez complètement rassemblé votre courage, le téléphone sonne. Il sonne vraiment, ce n'est pas un effet de mon imagination ; je suis encore capable de faire la différence. Ramené brusquement à la réalité, je cligne des yeux, cherche le téléphone à tâtons, réussis à appuyer sur le bouton adéquat et pose l'appareil sur l'oreiller près de mon oreille.

Mon correspondant ne se présente pas. Il n'en a pas besoin.

— Qu'est-ce qui se passe ?

Je laisse passer une seconde, puis :

— Où étiez-vous, bon sang ? J'ai essayé de vous joindre trente-six fois !

— Lorsque le chercheur de vérité est prêt, le maître vient.

— Vous avez passé beaucoup de temps en Californie ?

Il glousse de rire.

— Ça ne va pas si mal que ça, sinon vous ne seriez pas capable de sarcasme.

— J'exprimais seulement du dégoût. Je n'ai pas besoin d'une formation spirituelle de base pour le moment, merci.

Autre petit rire.

— Très bien. Vous devenez plus fort. Dites-moi seulement ce que vous étiez en train de faire à l'instant. Je vais vous dire l'impression que ça m'a fait de mon côté. J'avais l'impression que vous revêtiez une armure pour terrasser le dragon.

— Je déteste la façon dont vous avez cultivé vos dons télépathiques. Sans eux, je vous enverrais balader sur-le-champ comme un vulgaire charlatan.

— Vous pouvez, si vous le voulez. Allez-y, envoyez-moi balader comme un charlatan. Peut-être devrons-nous reporter votre illumination à une vie ultérieure, mais pourquoi pas ? Faites seulement en sorte de renaître dans un corps convenable et dans le cadre culturel approprié. Ça n'est évidemment pas facile. Dans le meilleur des cas, vous serez bon pour quelques centaines d'autres vies foutues en l'air dans une situation socio-économique désastreuse avant d'avoir à nouveau votre chance. Et je ne parle que des renaissances sous forme humaine. Pour le reste, je donnerais ma préférence à des mammifères à espérance de vie courte. Ça fait gagner du temps.

— Voilà que vous vous mettez à parler comme un VRP, grommelé-je.

— Je vous l'ai dit, j'ai essayé jadis de m'introduire dans l'univers des grosses entreprises américaines.

Je soupire.

— Dites-moi pourquoi vous m'avez appelé.

— En fait, c'est *vous* qui m'avez appelé. J'ai essayé de me mettre en contact avec vous de l'autre côté, mais la peur vous avait refermé sur vous-même. Si vous voulez le savoir, vous aviez l'air d'un fœtus aux paupières cousues.

— J'étais sur le point de faire face à ma peur la plus profonde.

Il s'éclaircit la gorge.

— C'est pourquoi je vous ai téléphoné. Vous êtes connu pour votre courage, mais le moment n'est pas venu.

— Pourquoi ?

— Vous êtes encore trop faible, il y a beaucoup de trous dans vos corps subtils… le démon aurait raison de vous si vous l'attaquiez de front. Détendez-vous, lâchez prise, c'est tout.

J'expire lentement.

— Pendant que vous êtes en ligne, profitons-en pour parler affaires. Une petite histoire d'import-export…

— Je n'ai pas appelé pour parler affaires.

Il prend soudain une voix très douce, celle d'une mère qui apaise un enfant inquiet :

— Vous êtes toujours au lit ? Si c'est le cas, tournez-vous sur le ventre et placez l'oreiller en travers de vos épaules… Ça y est ?

— Oui.

— Bon. Maintenant, je vais vous répéter le mantra sur un certain ton. Vous vous concentrerez sur le ton, pas sur les paroles. Détendez-vous. Peut-être ne le savez-vous pas, mais ce que vous avez fait cette nuit est bien. Vous avez trouvé le courage d'affronter le dragon. C'est très bien. Maintenant, il ne nous reste plus qu'à vous préparer pour avoir une chance de gagner le combat. Vous commencez à avoir sommeil ?

Quand je rouvre les yeux, c'est la fin de la matinée. En arrivant au commissariat, je trouve un nouvel e-mail de Miss FBI.

J'ai demandé aux mecs de Quantico de lancer une recherche sur ta victime, Frank Charles. Je me suis trompée quand je t'ai dit qu'il était sorti indemne de ses divorces. Les deux premiers ont passablement écorné sa fortune, mais il était encore jeune et possédait ce don étonnant de tirer de l'argent du système hollywoodien. Le troisième, lui, l'a pratiquement mis à sec – le féminisme avait le vent en poupe et il avait tous les torts (il avait sauté la bonne philippine pendant que sa femme était allée rendre visite à sa mère). Il s'est mis alors à chercher du fric. Quelqu'un l'a convaincu que le Népal restait méconnu en Amérique et qu'un long métrage ou un documentaire sur le pays serait peut-être une bonne idée. Il est allé là-bas en reconnaissance, ce qu'il a vu lui a plu, il y est retourné, puis il s'est passé quelque chose que personne ne peut vraiment expliquer. Écoute ça. Il trouve le financement pour son film. D'après les communiqués de presse, le film doit parler des Tibétains qui s'enfuient au Népal par des cols de haute montagne, des souffrances du tiers-monde, des enfants qui meurent, des hommes torturés en prison, des femmes qui doivent se débrouiller toutes seules avec leurs nouveau-nés, des engelures, etc. Mais il ne l'a jamais projeté ! Il ne l'a jamais sorti en public et n'a donc pas gagné d'argent, et le plus étonnant, cet homme, qui était si frimeur par nature, n'a jamais montré le film en projection privée non plus. Du moins pour autant que j'ai pu m'en assurer, et j'ai parlé avec des vrais mordus de cinéma, du genre à se souvenir qui était le second machiniste caméra dans *Autant en emporte le vent*... C'est tout pour le moment. La prochaine fois, appelle-moi sur Skype. Pour pouvoir rester si longtemps en Virginie, j'ai besoin de voir de temps en temps un authentique étranger.

Kimberley

Sukum ayant refusé de me retrouver à Soi Cowboy, je lui demande de m'attendre à la station Asok du Skytrain. Je prends moi aussi le métro aérien, pour gagner du temps. Effectuer le trajet de cette façon permet d'en apprendre beaucoup sur le pouvoir de régénération du système financier. Il y a huit ans, à la suite de la crise désastreuse de la fin des années 1990, quand on prenait le Skytrain on voyait des dizaines d'immeubles inachevés, condamnés à rester des squelettes de béton, habités uniquement par des squatters et des chiens. Le dieu du marché a maintenant changé d'avis et, boostées par la spéculation, les tours d'acier et de verre poussent comme des champignons.

Sukum m'attend à l'entrée de la station, vêtu de son pantalon noir et de sa chemise blanche génériques, ses chaussures noires aux pieds ; il a cependant osé laisser sa veste au bureau. Nous prenons le passage souterrain du métro pour traverser Asok et ressortons à quelques pas de Soi Cowboy. C'est l'une des plus anciennes rues chaudes de la ville, où venaient déjà les soldats américains en permission pendant la guerre du Vietnam. Les noms des clubs et bars sont évocateurs : Suzy Wong's, Rawhide, Country Road, Fanny's, Toy Bar, Vixens, Fire House... Nous commençons par le pub simili anglais qui fait le coin avec Soi 23, où un système extérieur d'air conditionné émet de superbes nuages de condensation. La vapeur diffracte la lumière et produit des arcs-en-ciel au-dessus de nos têtes pendant que nous sommes assis à la terrasse.

Nous sommes allés dans douze bars de la rue, dont le Fire House, le Vixens, le Rawhide et le Suzy Wong's. C'est dire que j'ai soigneusement évité l'Old Man's Club, celui de ma mère. Il est environ 18 heures, ce qui n'est pas un mauvais moment pour poser des questions. Seuls quelques bars sont officiellement ouverts et beaucoup de filles viennent tout juste de se lever. La plupart sont dans la rue, en short et tee-shirt, et mangent les plats à emporter qu'elles ont achetés aux éventaires qui bordent le *soi*, tous tenus par des gens de l'Isaan, souvent originaires des mêmes villages qu'elles, ce qui crée une atmosphère de foire campagnarde en plein Krung Thep.

En ce qui concerne l'affaire du Gros *Farang*, nous avons obtenu quelques informations nouvelles. Frank Charles est venu dans tous ces bars, assez récemment dans certains, mais il n'a jamais emmené aucune des filles, bien qu'il se soit montré généreux pour une bonne séance de pelotage. Au Pussy Cat, il s'est laissé faire une fellation dans un coin tranquille par trois professionnelles à tour de rôle.

« C'était un bon client, a dit la *mamasan* du Pussy Cat, très poli, bon payeur, il m'a offert un verre. D'après les filles, c'était un gentleman, un *farang* de la meilleure espèce, avec qui c'était un plaisir de travailler. Il a payé autant pour la pipe que s'il les avait emmenées à l'étage. »

De retour dans la rue, je vois que Sukum commence à avoir faim ; il n'est pas tout à fait de l'Isaan, étant originaire de la grande plaine au nord de Bangkok, mais son village se trouve assez à l'est pour qu'il aime le *somtam* et le riz gluant. Je dois dire que les beignets de nouilles au thon et la salade de gingembre sont fort appétissants ; je cède donc et nous commandons du *somtam*, du *tom yam kung*, du curry vert au porc et cinq petites barquettes en osier de riz gluant, que nous emportons à l'Old Man's Club, où Nong est aux commandes. Jusqu'à récemment, ma mère semblait s'être résignée aux coupes amples des jupes et des vestes destinées aux femmes d'affaires d'un certain âge, mais après avoir regardé une émission sur la vie de Tina Turner elle a de nouveau adopté les leggings collants et les tee-shirts très mode qu'elle portait du temps où elle-même travaillait. Elle est assez sexy, je dois dire, malgré les rides qui se creusent quand elle tire sur sa Marlboro Red et sort ses lunettes de lecture pour regarder la photo de Frank Charles.

— Il est venu ici, c'est sûr, dit-elle. J'avais flairé le bon client et je lui avais donc collé Sali dans les pattes. Elle a mis le paquet, je l'ai vue faire, mais il ne l'a pas emmenée là-haut. Je lui ai demandé pourquoi – ils étaient presque en train de faire la chose dans le bar et ce n'était pas comme s'il n'avait pas eu les moyens de payer la *bar fine*[1] –, il m'a répondu : « Elle est super, mais je cherche quelque chose d'encore plus pimenté. » Après, il est parti et, alors que je jetais un coup d'œil dans la rue, deux heures plus tard, devine avec qui je l'ai vu remonter le *soi*, bras dessus bras dessous ? Mad Moï !

Silence stupéfait, puis Sukum et moi lâchons à l'unisson :

— Le docteur Mimi Moï, *la pharmacienne ?*

Nong hoche la tête avec un sourire sarcastique dans un nuage de fumée de tabac.

Je me rappelle soudain que ma mère a fait la connaissance de Moï quelques années plus tôt à l'occasion d'une rencontre brève et houleuse au cours de laquelle Moï avait décidé d'essayer la prostitution pendant un temps – comme par réflexe, pour

1. Littéralement « amende de bar » : la somme à payer pour pouvoir emmener une fille hors du bar.

combattre l'ennui. Elle avait terriblement intimidé les clients bas de gamme qui fréquentent le bar de Nong sans consentir à coucher avec aucun d'eux. Lorsqu'elle n'était pas trop défoncée pour le faire avec les michetons velus au visage rouge en short de rando venus d'Europe ou d'Amérique du Nord, elle était complètement dégoûtée, ne serait-ce qu'à l'idée de s'asseoir près d'eux dans le bar. Par respect pour sa position sociale, Nong a attendu une semaine avant de la virer.

Ma mère regarde maintenant Sukum avec un de ses sourires suffisants et triomphalistes, car, comme tout le monde le sait, il a fait sa carrière sur le dos de Mad Moï.

— À vous de jouer, inspecteur, dis-je en me glissant derrière le bar pour prendre une bière.

(Je dois en boire au moins une par jour, sur les instructions de Lek.)

Quand je l'ai vidée, j'entends mon portable biper. Le SMS est de Manny.

Le colon est fou de rage. Venez ici.

Tout en me sentant blêmir, je tape sur l'épaule de Sukum.

— Si vous avez encore besoin d'aide, appelez-moi.

— Où allez-vous ?

Je lui montre le message de Manny, ajoute en grimaçant :

— Félicitations, Khun Sukum, votre promotion est en vue et l'affaire vous revient entièrement.

19

Le colonel Vikorn est une fois encore debout, mais pas à la fenêtre ; comme un dément, il se tape le dos contre le mur en cadence. Il est blanc comme un linge et secoué de tremblements périodiques, ce qui, chez lui, est l'indice le plus certain d'une rage homicide.

— Ce minus de général, ce soldat de plomb, ce dinosaure sodomite, ce petit salopard… tu sais ce qu'il a fait ?

— Non.

Il frissonne si violemment qu'il a du mal à articuler.

— *Il a balancé une des nôtres !* Fonce à l'aéroport, à l'Immigration, interviens ! Une certaine Mary Smith. Pourquoi je te paie un quart de million de bahts par mois, putain de merde ? Tu es censé t'occuper de ça, pas perdre ton temps avec une affaire de meurtre à la con dont tu as, en plus, refusé de t'occuper ! T'as pas expliqué à Zinna que c'est pas nous qui avons donné l'Australienne ? Qu'est-ce que t'as fichu, toute la matinée ? J'ai essayé de t'appeler sur ton portable, mais il était éteint. Les *consiglieri* n'éteignent pas leur portable… J'en suis sûr, c'est dans le film.

Je me garde de lui rappeler que les téléphones portables n'avaient pas encore été inventés quand Coppola a tourné *Le Parrain*, il y a une trentaine d'années de ça.

— Oui, chef, dis-je en me dirigeant vers la porte et me promettant de ne pas prendre un taxi-moto jusqu'à l'aéroport, même s'il y a une circulation infernale.

Dans l'escalier, je ne laisse pas de m'étonner de la façon dont la rage vikornienne a relégué l'affaire Frank Charles au second plan dans mon esprit. Maintenant, la colère de mon patron me concerne directement. Lorsque le Vieux entre dans l'un de ses états psychotiques, le commissariat se colore d'un vert maladif et tout le monde le sent. Vois les choses ainsi :

Tu es le P-DG d'une entreprise d'import-export exceptionnellement rentable que tu as créée à partir de rien grâce à ton talent et aux occasions qui se sont présentées d'améliorer ta donne de départ (en dehors de ton frère aîné qui est abbé, tous les autres hommes de la famille soit sont alcooliques, soit cultivent le riz, la plupart les deux à la fois) ; tu as officiellement arrêté l'école à quatorze ans, mais en réalité tu as surveillé le buffle d'eau et tes frères et sœurs plus jeunes dès l'âge de huit ans. Tu as néanmoins senti que tu étais appelé à un bel avenir et ta grande chance t'est venue évidemment de l'Amérique sous la forme de la guerre d'Indochine, pendant laquelle, en particulier dans le nord du Laos, une certaine marchandise – appelée *fin* dans la langue locale et *opium* par tes nouveaux collègues – était négociée deux fois plus cher que l'or grâce à l'appui sans faille d'Air America.

Tu as fait fructifier ce butin de guerre en entrant dans une commission de la police royale thaïe et tu as consciencieusement monté ton affaire tout en servant la population de manière désintéressée. La route a été longue et pénible ; dans les temps difficiles, beaucoup ont dû être mis sur la touche dans des circonstances qui rendaient la survie peu probable ; tu devais constamment garder à l'œil la concurrence. Néanmoins, tu as été bien inspiré et tes efforts héroïques, incessants, ont été récompensés : superbe exemple de courage et d'imagination dans la jungle capitaliste. Tu as tenu les rênes de ton organisation avec une poigne de fer et, grâce à cela, tu as finalement réussi, à l'approche de la soixantaine, à établir une domination sur le marché et sur ton environnement qui te faisait complètement défaut, compte tenu de ta situation, à la naissance. Tes rivaux te redoutent, tes gens te respectent en raison de ta bienveillance et rien ne t'empêche d'espérer un doublement annuel de tes profits jusqu'à la fin de tes jours, si ce n'est que quelqu'un a livré à ton pire ennemi ton secret commercial le plus important, grain de sable dans l'engrenage qui risque de ficher en l'air toute ton entreprise et de te valoir la prison à perpétuité si tu ne réagis pas. *Quelqu'un sait qui sont tes mules.*

L'ascension digne d'un conte de fées du colonel fait à ce point partie de moi que j'éprouve sa rage, son sentiment d'urgence et sa paranoïa comme s'ils étaient miens. Il ne me reste plus qu'à foncer au rez-de-chaussée pour prendre au passage Lek, qui est debout à côté de mon bureau, les sourcils froncés. Avant que j'aie eu le temps de lui dire que nous partons pour l'aéroport, il exprime sa colère :

— Tu sais ce que vient de faire Sukum ? Je l'ai vu.

Je réprime mon impatience, car Lek peut s'entêter dans son indignation.

— Quoi ?

— Il vient de te retransmettre une affaire, comme s'il avait déjà reçu sa promotion et que tu étais maintenant à sa botte.

Il montre l'écran de mon ordinateur d'un signe de tête. Un dossier portant les initiales de Sukum est en effet apparu sur ma liste. Lek est consumé de ressentiment à ma place ; j'estime que jeter un coup d'œil au dossier fera gagner du temps : je clique deux fois sur la pièce jointe, qui ne m'apprend pas grand-chose.

Le rapport est très bref. Il semble qu'un membre d'une délégation commerciale japonaise envoyée en Thaïlande se soit suicidé à la manière traditionnelle des samouraïs en s'ouvrant le ventre avec une épée, dans un hôtel trois étoiles de Silom, en face du temple hindou. Le résumé de l'affaire n'en dit guère plus, si ce n'est que la délégation japonaise en question se composait de membres importants du secteur commercial japonais des pierres précieuses. M. Suzuki avait à peine plus de cinquante ans et il s'était récemment fait financièrement éponger dans une escroquerie, laquelle faisait partie des sujets à l'ordre du jour lors de la rencontre de la délégation avec les représentants du gouvernement thaï. Après la réunion, la délégation était repartie au Japon… sans le défunt. M. Suzuki aurait décidé de mettre fin à ses jours à Bangkok car il tenait la Thaïlande pour la principale responsable de sa ruine. Aucune autre explication n'était donnée.

Je hausse les épaules. D'une part, Sukum a effectivement commis une grave entorse au protocole en m'expédiant le dossier sans avoir l'autorité requise ; d'autre part, c'est une affaire très mineure qui va de toute façon finir sans complément d'enquête au fond de la boîte électronique de quelqu'un. Est-il vraiment important qu'elle languisse dans la mienne au lieu de celle de Sukum ?

— Il a seulement voulu s'affirmer, Lek, expliqué-je. Il se sent éclipsé, relégué au second plan. Laissons courir.

Et nous revoilà en taxi, Lek et moi, coincés dans un embouteillage près de l'entrée de l'autoroute. Une douzaine de véhicules nous séparent du péage et il n'y a rien d'autre à faire qu'observer des spécimens d'êtres humains réduits à l'état d'automates : chaque conducteur tend un billet par la portière, l'employée du péage, la bouche et le nez protégés par un masque, lui rend la monnaie et la voiture démarre. Je songe à la termitière évoquée par Tietsin, au fait d'être le travailleur numéro 10 000 012 suivant mon karma sous-orwellien et je pense : Il a raison, mon maître spirituel, c'est bien le continuum dans lequel nous sommes enlisés, et pour quatre-vingt-dix pour cent d'entre nous, il n'y a pas moyen d'en sortir. Gardez cette pensée assez longtemps à l'esprit et vous serez pris de répulsion pour les insecticides ; jamais plus je n'écrabouillerai un moustique.

Je m'ennuie tellement que je remarque que mon assistant *katoey* a apporté une boisson glacée dans le taxi ; elle est à base de graines de soja génétiquement modifié, d'une teinte verte fluorescente évoquant immanquablement Tchernobyl et due aux crayons combustibles utilisés dans l'expérience menée dans le sachet en plastique transparent, où les glaçons sont en train de fondre rapidement. Bouddha seul sait ce qui va se passer quand le machin va atteindre la température ambiante. Lek tire sur une paille de gros calibre – conçue pour que les crayons combustibles ne restent pas coincés quand on les aspire –, transparente en dehors d'une spirale orange, si bien qu'on voit les graines de soja luisantes monter à toute allure dans le tube et disparaître dans sa bouche. Quand un glaçon bloque ce réacteur miniature, Lek souffle au lieu d'aspirer, le poing fermé autour du haut du sac pour empêcher le truc de lui péter à la figure.

Il est parfaitement dans le ton, dans ce taxi déglingué, avec le gamin – pas le même que la semaine dernière – qui arrive avec son essuie-glace et fait mine de laver la vitre de la portière, geste qui se muerait en une grande démonstration d'activité et d'empressement si l'un de nous semblait prêt à lui tendre vingt bahts. Ce qui n'est pas le cas. Il est 16 heures et la chaleur n'est pas du tout la même qu'à midi, alors que la température est équivalente. La journée s'est lovée en bâillant ; elle est lasse, épuisée, desséchée, alourdie par une quantité incalculable de tonnes d'oxyde de carbone et de frustration humaine, si bien que le gamin met fin à sa tentative au bout de trente secondes. Il bat en retraite à l'ombre d'un pilier sur le côté de la chaussée, sans même essayer de tirer de l'argent des autres milliers de boîtes métalliques qui vomissent leur pollution. Il fait trop chaud pour avoir faim.

— Pourquoi va-t-on à l'aéroport ? s'enquiert Lek.

Il a fini sa boisson, cherche un endroit où laisser son gobelet en plastique et le pose sur le dessus du caisson de l'arbre de transmission.

— L'une de nos mules a été balancée par le général Zinna, lui expliqué-je, sans mentionner la filière tibétaine.

Il émet un sifflement. Il y a beaucoup de choses qu'il ignore concernant les activités commerciales de Vikorn, mais il est une règle que tout le monde connaît : pas de blague avec les mules. Au fil des ans, Vikorn a réussi à enrôler les meilleures du genre : cadres moyens ayant besoin d'un petit paquet de fric pour régler un problème d'impôts passager, mères de famille *farangs* respectables qui voient là un moyen de financer une amélioration de la maison depuis longtemps désirée (cette nouvelle véranda pourrait être tienne pour à peine douze heures de tension en décollant d'un aéroport international proche de chez toi) et, le fin du fin, des hommes d'affaires sexagénaires ou encore plus âgés, pour la plupart des hippies sur le retour ayant réussi, qui voyagent toujours en première, ne sont jamais fouillés et transportent la dope pour se procurer des sensations fortes et par appât du gain. Et la raison pour laquelle le colonel a pu attirer des mules d'une telle qualité est la même que celle pour laquelle les entreprises prospères attirent ce qu'il y a de mieux en matière de ressources humaines : fiabilité et rémunération élevée. Des fantassins de moindre valeur complètent certes les effectifs, mais ils sont tenus à distance et même eux bénéficient d'une protection et d'une sécurité que les concurrents de Vikorn sont loin de leur assurer. Pour cette raison, l'arrestation de Smith constitue un cas d'urgence – il y va de l'image de marque de Vikorn –, en même temps qu'une blessure profonde infligée par Zinna, blessure qui tôt ou tard appellera une vengeance.

Sauf que Vikorn et Zinna vont peut-être devoir conclure une alliance temporaire s'ils veulent que le Tibétain cesse de mettre la pression. Tôt ou tard, il viendra à l'esprit de ses seigneuries, comme il est venu au mien, que les acheteurs potentiels ne manquent pas en Asie du Sud-Est, notamment quelqu'un de Phnom Penh, qu'on dit être très proche du chef de la police, et qui pourrait bien profiter de l'occasion et acheter tout le stock de Tietsin. Mais ces deux vieux barons sont-ils capables de conclure une trêve assez longue pour protéger la Thaïlande d'une OPÀ hostile lancée par un parvenu khmer ? Les requins se partagent-ils les gâteaux ?

— Nous devons seulement nous assurer qu'elle ne sait rien, expliqué-je. Apparemment, elle n'arrête pas de raconter qu'elle a les flics derrière elle, mais elle n'a aucun nom ni numéro de téléphone.

— Qui était son contact ici ?

— Un *farang* de Kaosan Road. Ce n'est qu'un petit chef de section – il n'a jamais plus d'une douzaine de mules qui travaillent pour lui en même temps et il ne connaît personne en dehors de son supérieur hiérarchique, un autre *farang* qui ne parle pas thaï.

— Comment elle s'est fait pincer, alors ? veut savoir Lek.

— Toute la question est là. Quelqu'un a infiltré notre organisation à un avant-poste hors de la Thaïlande.

— À Katmandou ?

— Oui.

— Vikorn a des gens à Katmandou ?

— Pas exactement. Ce sont de lointains sous-traitants, mais ils fournissent beaucoup de came aux mules de grade inférieur, comme Mary Smith.

— Pourquoi alors ne pas aller voir les sous-traitants de Katmandou ?

Je me gratte l'oreille.

— Tu as déjà eu affaire à des hindous ? Ils ont des familles incroyablement étendues. Tu crois d'abord traiter avec le fils aîné, puis il apparaît qu'il sert de façade à l'un de ses cousins, lequel sert de façade au patriarche du côté maternel, et ainsi de suite.

Je lève les mains au ciel.

— Nous ne savons pas vraiment qui ils sont.

— Vous n'avez pas de noms ?

— Si, bien sûr. Narayan, ou Shah. Soit la moitié de l'annuaire téléphonique.

— Pas d'adresses ?

Je tousse.

— C'est ce qu'on essaie d'obtenir. L'adresse de nos sous-traitants au Népal. Nos murs pare-feu sont si efficaces que seules les mules semblent la connaître.

Lorsque mon portable me lance « *Must be some way out of here*[1] », je vois que c'est Sukum qui appelle et j'échange un clin d'œil avec Lek. Je lui ai déjà dit que l'affaire du Gros *Farang* a pris une étrange tournure, qui pourrait bien amener Sukum et Mad Moï à travailler de nouveau ensemble.

— Elle a disparu, annonce Sukum d'un ton où perce l'excitation. Elle a fichu le camp. J'ai vérifié auprès de son contrôleur judiciaire. J'ai même appelé sa sœur, celle qui accepte de me parler, et la

1. Notre héros se fait annoncer ses appels sur son portable par la chanson « All Along the Watchtower » de Bob Dylan : ce sont les paroles de cette chanson qui ponctuent le récit.

pharmacie où elle va généralement chercher les médicaments qui lui ont été prescrits pour ses problèmes mentaux. Personne ne l'a vue depuis plus de cinq semaines.

— Cinq semaines ? C'est bien avant le meurtre. Ça ne me paraît pas être une preuve de culpabilité.

— Cinq semaines, trois semaines, deux jours, qu'est-ce que ça change ? Je suis mon intuition, je vais à l'essentiel et j'évite la paperasse, comme vous. L'important est qu'elle n'a pas donné de nouvelles à son contrôleur judiciaire et qu'elle risque donc la prison. C'est radical. Elle est en cavale. Écoutez, je la connais bien, non ?

— Personne ne connaît le docteur Moï mieux que vous, Khun Sukum, dis-je en échangeant un sourire avec Lek, qui s'est lancé dans une imitation dévastatrice de Sukum, sans oublier son lavage de dents compulsif et ses petits pets sonores.

Cela déteint sans doute sur le ton de ma voix et amène Sukum à soupçonner de la légèreté de ma part. Il déteste la légèreté car il ne la comprend pas, bien qu'il ait essayé toute sa vie d'y parvenir.

— Je sens chez vous une certaine légèreté de ton ? dit-il.

— Non. Pas du tout.

— Vous vous en tenez à la logique. Elle a disparu juste avant le meurtre ? Et après ?

— Bon, d'accord, Khun Sukum, j'accepte votre avis autorisé. Mais nous devons savoir exactement pourquoi elle a disparu, comprenez-vous ? Un suspect qui disparaît cinq minutes après le crime, ce n'est pas du tout la même chose qu'un suspect qui s'éclipse un mois avant l'événement.

— Quelle est la différence ?

— Si l'on suppose la culpabilité dans les deux cas, le second a un alibi en béton.

— Je vais chercher à savoir, dit Sukum avant de raccrocher.

Entre la journée qui s'assoupit sur nous et la circulation quasiment bloquée – bien que nous ayons franchi le carrefour crucial Asok-Sukhumvit, nous sommes maintenant coincés derrière le camion d'une entreprise du bâtiment sur la voie extérieure embouteillée que nous devons emprunter pour accéder à l'autoroute, et il semble que nous soyons là pour un bout de temps –, Lek et moi ne résistons pas au plaisir de nous rappeler quelques-unes des vieilles histoires de Sukum et Moï, et la façon dont elle a toujours semblé avoir le dessus sur lui.

Après une longue poursuite qui a duré la majeure partie de la carrière d'inspecteur de Sukum, il n'a réussi à l'arrêter que pour culture de cannabis et fraude fiscale, alors que tout le monde sait qu'elle avait commandité le meurtre de deux de ses quatre ex-maris et dirigeait sa propre unité artisanale de production de *yaa baa* depuis dix ans. Elle s'est vengée de Sukum en soudoyant une marchande de thé pour qu'elle glisse du LSD dans son thé citron glacé matinal ; Lek mime l'inspecteur en train de faire son mauvais trip avec une fidélité troublante : Sukum rampe sous son bureau, se recroqueville sur lui-même dans la position du fœtus ; il était resté là près d'une heure en frissonnant et en réclamant périodiquement sa Toyota à grands cris, avant que nous appelions les médecins pour qu'ils lui donnent un tranquillisant et l'emmènent. Le LSD venait certainement de Moï – cela se passait au milieu des années 1990, époque à laquelle l'acide avait presque disparu des marchés mondiaux, et personne, hormis un chimiste expérimenté comme elle, n'aurait été capable de le synthétiser.

Tandis que le taxi fonce vers Suvarnabhumi après avoir enfin franchi le péage, nous passons le temps en nous demandant comment le docteur Moï va monter le coup à Sukum cette fois-ci. Je dois le dire, il est parfois amusant de voir le côté obscur de Lek. Comme il le fait remarquer :

— Nous sommes tous bipolaires, chéri. Ce qui est stupéfiant chez elle, c'est qu'elle parvient toujours à avoir aussi bonne mine sur les photos de ces magazines style *Vogue*. Comment réussit-elle seulement à se faire inviter à ces réceptions fantastiques, voilà ce que j'aimerais savoir.

— Elle est de ces familles qui possèdent de vieilles fortunes, Lek. Ce sont des Teochew... Ils sont arrivés de Swatow, où ils étaient membres d'une des trois triades, il y a cent cinquante ans. Apparemment, sa famille a une position très élevée dans l'une d'entre elles. Quand elle était petite, son grand-père avait des liens avec la mafia et dirigeait à Bangkok le système bancaire secret de la triade, dont les tentacules s'étendent dans tous les pays riverains du Pacifique. Dans les années 30, la majeure partie du capital provenait du commerce de l'opium ; elle et ses sœurs ont donc été élevées comme des princesses. Son père l'a encouragée à suivre sa vocation et elle a fait des études de pharmacie jusqu'au doctorat. Il pensait qu'elle allait lancer une chaîne de pharmacies, financée avec son argent. Il ignorait qu'elle était tombée amoureuse des drogues quand elle était ado. Elle faisait partie de ces gens qui voient très tôt la vie en termes de produits chimiques et on n'y peut rien. Elle a ouvert une pharmacie au coin de Soi 23, qui restait fermée la plupart du temps pendant qu'elle expérimentait son stock. Après s'être montrées patientes pendant près d'une décennie, les respectables compagnies pharmaceutiques ont cessé de la livrer et elle a laissé le magasin faire faillite, alors qu'elle est immensément riche. Sa famille ne l'a pas reniée – après tout, elle n'a été condamnée que pour des délits mineurs et il n'est pas prouvé qu'elle ait tué deux de ses maris.

— Ils sont morts tragiquement, dans des circonstances mystérieuses.

— C'est exact. Pendant qu'elle était à l'étranger. Mais la haute société est ce qu'elle est. Tant qu'elle joue le jeu et se montre à ces réceptions dans ses robes de bal extraordinaires, sa famille la protégera. Peut-être même est-elle fière d'elle. Comment savoir, avec les Chinois ?

Lek et moi méditons ces paroles pendant que le taxi file maintenant à toute allure sur l'autoroute vers l'aéroport.

— Pourtant, lorsqu'on songe à l'affaire du Gros *Farang* et qu'on tient Moï pour suspecte, ça ne semble pas cadrer, estime Lek en bâillant.

— Mais si. Je me suis creusé la cervelle pour essayer de penser à quelqu'un qui puisse faire une chose pareille en Thaïlande, et Mad Moï ne m'est tout simplement pas venue à l'esprit. Maintenant que Sukum est à sa recherche, je me demande pourquoi je n'ai pas pensé à elle plus tôt.

— Il va s'attribuer tout le mérite, tu le sais ? Alors que c'est Nong qui a parlé du docteur Moï la première… si tu n'avais pas été là, il n'y aurait jamais pensé.

Je soupire.

— Peu importe, Lek. De toute façon, je ne veux pas de promotion. J'aurais encore plus l'impression d'être un imposteur que maintenant.

— Ne dis pas de bêtises, chéri. Dès l'instant où il aura reçu sa promotion, ils vont commencer à mettre la pression sur lui pour qu'il palpe. À ce niveau, le blanc vire au gris et bientôt au noir. Ils ne l'ont laissé conserver son innocence que parce qu'il est en bas de la hiérarchie. Tu verras, il arrivera un jour au travail au volant d'une Lexus, et tu sauras alors qu'une autre âme s'est vendue au diable.

Pendant que nous parlons de Sukum et de son triomphe imminent, il m'appelle de nouveau sur mon portable : son nom clignote en même temps que retentissent les mots de Bob Dylan, « *There's too much confusion...* ». Je lance un clin d'œil à Lek.

— J'ai retrouvé sa trace, annonce Sukum.

— Bien joué, inspecteur.

— Elle s'est installée dans la suite Somerset Maugham de l'Oriental.

— Ah ! Les vieilles fortunes ! Excellent, ne trouvez-vous pas ? Ces gens-là savent se cacher en restant au vu de tout le monde. Vous l'embarquez quand ?

— Quand êtes-vous disponible ? On m'a dit que vous étiez parti à l'aéroport régler une sale affaire pour Vikorn.

Je fronce les sourcils.

— Pourquoi avez-vous besoin de moi, inspecteur ? Appelez les médias, suivez l'exemple de Vikorn, faites-en un événement qui servira votre carrière.

— Supposez qu'elle nie toute participation ?

Je toussote.

— Inspecteur, vous allez devoir vous remuer. Il se peut qu'elle oppose une résistance, bec et ongles, afin d'échapper à la peine capitale… certains le font, vous savez.

— Je le sais, réplique-t-il sèchement. Je sais combien elle est maligne. Elle est instruite et pense comme une *farang*. Peut-être ne comprendrai-je pas de quoi elle parle. Je veux que vous soyez là.

— C'est le LSD de la dernière fois qui vous rend si nerveux, Khun Sukum ?

— Ne plaisantez pas. Ça vous est arrivé que quelqu'un glisse de l'acide dans votre verre et de croire que vous avez perdu la boule jusqu'à la fin de vos jours ? Et supposez qu'elle soit séropositive et qu'elle ait des pointes cachées dans ses cheveux comme dans le film que vous m'avez fait acheter…

— Vous voulez dire *Hannibal ?* C'étaient des épis fourrés au virus du sida ?

— Je l'ai regardé cinq fois. C'était une Noire américaine appelée Evelda Drumgo. Ça me dégoûte, je peux vous le dire. Je ne suis pas qualifié pour affronter des étrangères raffinées, je n'en ai jamais fréquenté. Je ne connais que des ménagères et des ouvrières thaïes, les autres sont plus de votre domaine.

Sa répugnance à intervenir me rend perplexe, étant donné qu'il a passé dix ans sur les dossiers de Mad Moï. Je regarde Lek et hausse les épaules.

— Il se peut que ça me prenne un bout de temps. Nous ne sommes pas encore à l'aéroport et il va y avoir beaucoup de circulation au retour, je le vois déjà : toutes les voitures ralentissent sur la voie opposée.

— J'attendrai.

— Et si elle prend la fuite ?

— Dans ce cas, je pourrai l'arrêter, non ? Mais elle est si astucieuse, je parie qu'elle ne va commettre aucun délit pendant que je la surveille.

Lek n'arrive pas à croire qu'il ait dit cela et il répète la phrase sans arrêt en secouant la tête tandis que nous arrivons à l'aéroport.

20

Les douaniers ne sont pas censés garder à vue les suspects plus de vingt-quatre heures avant de les remettre à la police. Ils ont fait une exception dans le cas de Mary Smith, car ils l'ont emmenée à l'hôpital pour qu'on lui administre un laxatif ; elle y est maintenue sous étroite surveillance à proximité de W-C spéciaux permettant de récupérer les préservatifs. Ceux-ci ont maintenant été envoyés au labo médico-légal à fin d'analyses, mais personne ne doute qu'ils contiennent de l'héro d'excellente qualité.

L'Immigration a profité de l'occasion pour mettre Mary Smith dans la même chambre qu'une autre délinquante, une Française qui s'est fait pincer avec une petite quantité de cannabis. La Française parle parfaitement anglais et l'Immigration a secrètement filmé et enregistré Mary pendant la nuit qu'elle a passée avec elle. Je regarde le passage de la vidéo où Mary glisse une main entre les cuisses de la Française et où elles se tournent l'une vers l'autre pour s'embrasser comme des amants.

— Des récidivistes, dit l'employée des douanes, toutes les deux. Ça se voit à leur allure. Ces filles aiment la prison, mais ne le savent pas.

Smith a entre vingt-cinq et trente ans, longiligne, les cheveux châtain clair en mal de shampooing, pantalon et chemise de routard chiffonnés. Une pâleur maladive hante ses traits par ailleurs ordinaires ; elle donne l'impression d'être souvent malade à cause de la came. Elle parle anglais avec un mélange d'accents, celui de la région de Londres et l'accent cockney.

Au cours de mon entretien avec elle, je comprends parfaitement ce qu'a voulu dire l'employée des douanes. Ça ne peut s'expliquer à quelqu'un qui n'est pas du métier, mais les flics rencontrent sans arrêt des cas de ce genre : des personnes qui éprouvent un besoin psychologique d'incarcération. C'est une propension comme une autre. Certains aiment la frousse et le vertige qui les prennent avant de faire un saut à l'élastique ; des jeunes gens en proie à une peur morbide de la violence s'engagent dans les marines et se font tuer ; il y a des léprophiles et des sidaphiles, dont la plupart finissent par succomber à leur maladie de prédilection ; et puis il y a les récidivistes, des gens qui, dès leur plus jeune âge, savent que la prison est leur destin. Mary Smith, par exemple, connaît tout des prisons thaïes, bien qu'elle ne soit jamais allée dans aucune d'elles. Elle sait qu'elle sera sans doute incarcérée dans le centre de détention pour femmes de Thonburi, où se trouve Rosie McCoy. Elle connaît aussi le nom de la prison où elle purgera sans doute sa peine. Elle est au courant des punitions, des agressions sexuelles occasionnelles commises par des lesbiennes bâties en force, de l'effet probable que huit ans de détention ou davantage produiront sur son esprit, et, derrière le choc provoqué par l'arrestation, on perçoit une joie tranquille, un soulagement : toutes les décisions importantes seront désormais prises par quelqu'un d'autre… et l'amour ne sera plus qu'une succession d'occasions volées de courte durée. Le monde vient grandement de se simplifier pour Mary Smith.

— Peut-être puis-je faire en sorte que votre condamnation soit réduite, dis-je. La différence est énorme entre huit et douze ans – croyez-moi, je l'ai vu.

— Quelle différence ?

— Après huit ans, il vous reste encore quelque chose, un vague souvenir de la façon dont on fonctionne dans une société libre, quelque chose sur quoi vous êtes encore capable de bâtir… et vous êtes encore jeune. Dans huit ans, vous aurez… laissez-moi voir…

— Trente-six ans.

— C'est ça. Trente-six ans. Encore en âge d'avoir des enfants. Encore avec un long avenir devant vous.

— Je ne veux pas d'avenir. Je déteste l'avenir. Et je me fiche complètement d'avoir des enfants.

Je hoche la tête avec componction.

— Mais douze ans, c'est tout à fait autre chose. Toute la programmation qui vous a été inculquée depuis la naissance sera effacée de votre esprit. Toutes vos réactions, même les plus élémentaires, seront remplacées par celles apprises en prison, jusqu'à la façon de se servir des toilettes… vous utiliserez les W-C à notre manière jusqu'à la fin de vos jours.

— *Votre* manière ? dit-elle en ricanant, pour exprimer qu'elle soupçonnait quelque hypocrisie de ma part.

Je me gratte l'oreille.

— Arrêtons les bêtises, Mary. Douze ans, c'est trop long. Comme vous serez la petite pute *farang* de la prison, peut-être arriverez-vous à vous en sortir avec huit ans. Au-delà, vous aurez perdu vos dents et serez un jouet entre les mains des gouines ; vous ne pourrez même plus choisir celle qui maniera le godemiché ni l'endroit où elle le mettra, encore moins ce qu'elles vous feront faire avec votre bouche. Vous feriez mieux de parler.

Ces paroles directes semblent avoir produit leur effet.

— Je ne sais rien. Si je savais quelque chose, je l'aurais déjà dit.

— Qui vous a indiqué où aller à votre arrivée à Bangkok ?

— Quelqu'un qui faisait la route.

— Où vous a-t-on dit d'aller ?

— À Kaosan Road. Une petite rue adjacente, derrière le camion Coca-Cola.

Le camion Coca-Cola est bien connu ; cela fait plus de trente ans qu'il n'a pas changé de place. En fait, c'est un camion Pepsi-Cola, mais on pense toujours *Coke*[1].

— Où étiez-vous quand vous avez entendu parler des affaires à traiter dans le quartier de Kaosan Road ?

Elle hausse les épaules.

— Tout le monde sait ça. C'est une des choses dont parlent ceux qui voyagent.

— Les routards ?

— Évidemment.

— Mais l'adresse exacte, où l'avez-vous eue ?

1. Les Anglo-Saxons appellent familièrement *Coke* un Coca-Cola. C'est aussi le mot qui désigne la cocaïne.

— Au Népal. À Katmandou.
— Qui vous l'a donnée ?
— Je l'ai apprise dans la guesthouse où j'habitais.
— Qui s'appelle ?
— La Newar Guesthouse.
Je laisse deux secondes passer.
— La Newar ? Où est-ce ?
— Tout en haut du Thamel, juste derrière l'endroit où l'on vend ces khukri.
— Pas à Freak Street ?
— Freak Street ? Bien sûr que non, plus personne ne va là-bas. La Newar est dans l'autre direction, je vous l'ai dit, en haut du Thamel, loin du marché, alors que Freak Street est tout à côté.
— Qui vous a donné le nom de la personne à contacter et son adresse à Kaosan ?
— Une routarde.
— Une *farang ?*
— Oui, une *farang*. Mais elle servait seulement de façade à quelqu'un d'autre, qui avait des parts dans la guesthouse. Quand je suis arrivée, elle faisait des affaires. Elle est partie avant moi. Je n'ai jamais plus eu de nouvelles d'elle.
— Et qui est le propriétaire de la guesthouse ? Qui est le véritable fournisseur ?
Haussement d'épaules. Une fille comme elle n'a évidemment aucune chance de le savoir.
— Vous avez entendu parler de la Nixon Guesthouse ?
Elle me lance un regard vide.

Sur le chemin du retour, les voitures avancent comme des tortues et il est près de 23 heures quand je dépose Lek au croisement Asok-Sukhumvit pour qu'il puisse prendre le métro jusqu'à Klong Toey, où il sous-loue depuis peu une petite maison pour un prix défiant toute concurrence. Je crois qu'il a enfin trouvé l'endroit qui lui convient pour se préparer à l'opération qui fera de lui une femme.

En arrivant chez moi, je commence par jeter un coup d'œil à mon guide de Katmandou. Impossible de trouver ni la Newar ni la Nixon Guesthouse, mais ça n'est pas forcément significatif, si ce n'est que les deux établissements sont peut-être trop bas de gamme pour avoir droit ne serait-ce qu'à être rangés dans la catégorie « Petit budget ». À moins qu'ils n'aient pas besoin de faire de publicité.

J'ai maintenant une bonne raison de retourner à Katmandou pour mener l'enquête, et quand Vikorn appelle, l'idée l'enthousiasme :

— Oui, il faut que tu réussisses à savoir qui mouchardé là-bas.

Je remercie immédiatement d'un *wai* le petit bouddha électrique rouge qui trône sur l'autel miniature que j'ai installé dans ma chambre après la mort de Pichaï, me roule un joint et essaie d'empêcher mon esprit de partir à la dérive. Trop tard, l'image d'un petit corps agonisant relié à un respirateur surgit, l'accablement s'empare de moi et j'entends le vrombissement de la roue aux lames acérées. Puis les mots *« Businessmen, they drink my wine »* : mon portable est en train de sonner. J'ai oublié de l'éteindre avant de me rouler mon pétard. C'est Sukum. Il a une voix lugubre.

— J'ai finalement réussi à lui parler au téléphone.

— À qui ?

— À Mad Moï. Au docteur Death.

— À l'Oriental ? Elle vous a parlé ?

— Oui. Uniquement pour me faire savoir qu'elle a un alibi en béton. Au moment où l'Américain a été tué, elle assistait à une grande réception – il y avait des photographes partout. Je n'ai pas eu à interroger des témoins, une pleine page web est consacrée à la fête, avec des photos d'elle quasiment nue, dans une de ces robes de bal décolletées jusqu'au nombril que portent les femmes de la haute. J'imagine qu'elle garde la ligne grâce à son régime médicamenteux. Elle a dit que les photographes doivent avoir la date et l'heure enregistrées sur leur appareil ; je pourrai sans doute trouver où elle était à la minute près et à qui elle a parlé pendant toute cette nuit.

— Pourquoi est-elle descendue à l'Oriental ?

— Parce qu'elle est en train de faire rénover sa maison au bord du fleuve. Elle a réservé la suite Somerset Maugham pour deux mois. Ça représente plus d'un an de mon salaire à moi.

Peut-être suis-je trop susceptible, mais je n'aime guère le « à moi ». Je crois que cette précision vise des flics dans mon genre, qui disposent d'autres sources de revenus. Je sens un de ces petits pincements qu'on a lorsque quelqu'un active le chakra de la culpabilité.

— On peut évidemment commanditer un meurtre à distance, ajoute Sukum.

— Bien sûr, mais l'hypothèse est difficilement soutenable quand l'homicide est aggravé de cannibalisme sur le lieu même du crime.

Sukum glousse.

— Je crois vraiment que vous devriez lui parler. Elle ne me prend pas au sérieux. C'est très vexant.

— D'accord. Je vais voir ce que je peux faire.

En Thaïlande, tout passe par des intermédiaires ; ça tient à notre côté chinois. Lorsque j'appelle ma mère pour lui dire que j'ai besoin de joindre le docteur Moï, j'entends des *farangs* ivres, des filles en train de rire et *California Dreamin'* en fond sonore. Nong me répond qu'elle n'a aucun moyen d'entrer directement en contact avec la tristement célèbre aristocrate, mais qu'elle va laisser des messages partout en ville pour que Moï me rappelle si elle daigne le faire. À ma grande surprise, Nong reçoit une réponse du docteur avant l'aube : elle se fera un plaisir de me rencontrer pour discuter de l'affaire.

Après m'être douché et rasé, je me retrouve dans un autre état d'esprit. Je me rappelle que je suis d'abord *consigliere* et ensuite flic ; voilà que je recommence à me mépriser. Maintenant que Pichaï est mort et Chanya au couvent, pourquoi diable suis-je dans ce pétrin ? Parce que c'est mon karma. Je pense : La roue. J'ai besoin de la roue à lames.

Mais quand mon téléphone sonne, je vois sur l'écran que l'appel vient de Vikorn et je ne peux m'empêcher de répondre.

— Alors ?

— Smith ne parlera pas, réponds-je. Elle ne sait rien.

J'entends un soupir de soulagement.

— Tu es sûr ?

— Oui.

— Sonchaï, c'est le *jao paw* qui te le demande. Tu sais ce qu'il me faudra faire si t'y vas trop mou.

— Je n'y vais pas trop mou. C'est la mule de base typique ; à mon avis, compte tenu de son attitude, de son sous-développement affectif et de son manque général d'idées ou de capacités, elle vient probablement d'une famille monoparentale et elle a grandi dans une HLM, sans aucune perspective d'avenir. Si elle avait eu de l'entregent, elle aurait sans doute déjà monté sa propre affaire pharmaceutique, mais comme c'est en gros une paysanne, elle est devenue le genre d'animal bâté idéal pour vos activités. Elle ne pourrait rien dire, même si elle le voulait.

— Merci, *consigliere*, dit Vikorn.

21

Vêtu d'un blazer croisé à quatre boutons de chez Zegna, d'une chemise en lin à col ouvert Givenchy, d'un pantalon tropical en flanelle, chaussé de mocassins en cuir verni Baker-Benjes, parfumé d'une touche d'eau de toilette de derrière les fagots, je passe nonchalamment devant les vigiles à la grande entrée de l'hôtel Oriental. Ils parlent la bouche en coin dans le micro fixé au revers de leur veste ; la sécurité est l'un des atouts commerciaux de l'établissement. Un autre est l'atmosphère « Empire britannique » nostalgique qui règne dans l'aile des Auteurs, où des bambous en pots s'élancent vers la verrière du solarium inondé de lumière tandis que les membres du personnel, vêtus de costumes traditionnels en soie thaïe, s'évertuent à vous chouchouter, surtout à l'heure du thé.

Je suis maintenant installé sur l'un des trônes en rotin à haut dossier sous l'escalier en fer forgé, devant une table également en rotin à dessus en verre, au milieu d'une débauche de teintes pastel et de membres de la haute société incroyablement prétentieux, la plupart d'origine chinoise, mais j'aperçois aussi quelques dames anglaises, apparemment assez âgées pour avoir connu l'Empire britannique des Indes. Elles gagnent sur les deux tableaux, ces *mem-sahibs*, qui non seulement sont trop vieilles pour se soucier de leur ligne mais ont aussi renoncé à s'inquiéter de leur santé, puisqu'elles sont à quelques jours de la perdre, et ont donc toute liberté pour se goberger avec insouciance de crème fraîche, de confiture de fraises et de scones, en faisant passer le tout avec des litres du meilleur darjeeling. Je regrette de ne pas avoir pensé avant à me rouler un joint pour le fumer dans les toilettes messieurs au lieu de traîner ici comme une souris prise au piège.

Elle me fait lanterner quarante minutes, parce que c'est moi, mais la voilà enfin : elle effectue son entrée en haut de l'escalier dans un tailleur-pantalon en soie noir et blanc qui tombe à la perfection sur son corps émacié. En tant que connaisseur des mœurs criminelles, je ne peux m'empêcher d'admirer la façon dont elle réussit encore à faire son numéro, le sang-froid typique des gens de la haute avec lequel elle semble affirmer : « Oui, je suis un mauvais sujet, mais essayez donc de m'avoir », alors même que son foie, qu'elle n'a pas dû ménager, doit se rappeler à elle plus souvent qu'à son tour.

Le docteur Moï a quarante-trois ans et deux mois ; bien que certains de ses organes présentent sans doute les caractéristiques de ceux appartenant à des personnes ayant le double de son âge, elle a néanmoins suffisamment appris dans les « écoles de bonnes manières » suisses pour accorder un soin particulier aux parties de son anatomie exposées aux regards d'autrui : elle n'est pas mal du tout. Elle a la peau blanche des Han, aussi translucide que le jade, et ses traits – un fin visage de Chinoise aux lignes délicates qui respire l'intelligence sur un long cou à la Modigliani – reflètent le fin du fin en matière de bonne naissance. Elle est grande pour une Chinoise de sang teochew, près d'un mètre quatre-vingts, et elle sait profiter de sa taille pour présenter une image élégante d'elle-même. De ses cheveux aussi : longs, noirs, épais, ils flottent en lignes sinueuses et ondulent doucement tandis qu'elle s'approche de moi en attirant tous les regards et en jouant négligemment avec son long collier de grosses perles. Elle porte aussi autour du cou un collier de chien en velours noir orné d'une pierre précieuse, nichée dans le creux au-dessous de sa pomme d'Adam. D'un rose orangé, elle est taillée de mille facettes qui reflètent la lumière. Naturellement, je me lève et la salue d'un *wai* haut, digne de sa position sociale, puis prends la main qu'elle me tend pour la baiser.

— Quel plaisir de vous revoir, Sonchaï ! Je ne crois pas que nous nous soyons rencontrés depuis cette mésentente stupide avec votre mère.

— Vous êtes superbe.

— Vraiment ? Peut-être, mais je crains d'être née trente ans trop tôt. Vous n'avez pas idée du genre de médicaments qu'on trouvera en ligne dans les dix ans à venir. Toute fille qui aura suffisamment de jugeote pour y recourir assez tôt ne paraîtra jamais avoir plus de vingt-deux ans. Incroyable, n'est-ce pas ?

— Vous voulez dire qu'elle sera immortelle ?

Elle sourit. J'avais oublié comment ses lèvres se retroussent quand son démon se manifeste.

— Mieux que ça. Elle sera encore parfaite à mon âge. Et même plus vieille. Des femmes pourront faire croire qu'elles ont vingt-cinq ans jusqu'à leur mort, à quatre-vingts. Imaginez donc !

De la main, elle montre les orchidées, le fer forgé, le balcon dont elle vient de descendre.

— C'est splendide, mais ça m'ennuie. J'ai hâte que les travaux de rénovation de ma maison s'achèvent pour pouvoir rentrer chez moi. Ma domestique me manque. Ses ancêtres viennent du même village que les miens, dans la province de Swatow. Je l'ai toujours eue à mon service. Sans elle, je ne suis que la moitié de moi-même.

— Vous continuez donc à vous tenir au courant des dernières avancées de la pharmacologie ?

Nous avons commandé le thé complet, avec scones, crème et confiture, mais maintenant qu'il est servi aucun de nous deux ne sait trop quoi en faire. Moï étale un soupçon de crème sur un scone, en trempe une extrémité dans sa tasse et le grignote, puis le repose. En ce qui me concerne, je n'ai jamais apprécié les laitages extrêmes, je ne mange plus de confiture et autres sucreries depuis une dizaine d'années et les scones me donnent l'impression d'être gavé plutôt que nourri. Je conçois aisément que les gens qui ont inventé cette sédentarité décadente aient été les plus gros trafiquants de stupéfiants que le monde ait jamais connus.

— Bien sûr que je me tiens au courant, dit le docteur Moï. Si seulement on me rendait ma licence, vous verriez de quoi je suis capable.

Je savais qu'elle allait tôt ou tard mettre la question de sa licence sur le tapis.

— On ne vous l'a pas rendue ? Après tant d'années ?

— Non. Cela n'a rien à voir avec mes condamnations. Elles sont si mineures que personne ne s'en souvient, en dehors de la police.

— Pourquoi alors ne vous la rend-on pas ?

— À cause de flics comme vous qui crient sur les toits que j'ai assassiné deux de mes maris. C'est la société thaïe : ce n'est pas la loi qui vous détruit, mais les commérages.

— Ah !

— C'est tout à fait injuste. Vous ne comprenez sans doute pas, mais les produits chimiques sont l'avenir, qui est déjà là. L'important pour tout pharmacien intelligent est que peu de gens ont compris que nous sommes en position de dominer le monde.

Elle boit une gorgée de darjeeling ; le geste est si parfait que deux ou trois Thaïes assises à proximité l'imitent et se mettent immédiatement à boire leur thé le petit doigt en l'air.

— Vous ne croyez pas que le pétrole, la crise économique, l'environnement, les guerres, l'eau et l'islamisme radical retiendront davantage l'attention que les produits chimiques ?

— C'est exactement ça : la chimie est le seul moyen de faire face à tout cela. Plus de cinquante pour cent des Occidentaux prennent des psychotropes d'un genre ou d'un autre. Nous savons maintenant que tout – l'amour, la guerre, l'argent, l'environnement, les attitudes, le travail –, que tout est question d'interactions chimiques. En fin de compte, la félicité est affaire de dopamine et la colère de déséquilibre dans la composition du sang. Les gens sont déjà sous la dépendance de l'industrie pharmaceutique, le sont depuis plus de cinquante ans, mais nous sommes des scientifiques, nous ne savons pas comment utiliser le pouvoir que nous avons maintenant entre les mains.

Le sujet l'excite. Ses longs doigts maigres tremblent légèrement quand elle lève sa tasse. Je me demande quel produit chimique sur mesure elle a pris aujourd'hui.

— Ne le voyez-vous pas, l'avenir n'a rien d'incertain, il est tout tracé, et si je récupérais ma licence je pourrais jouer mon rôle. Dans moins de dix ans, l'homme de la rue sera incapable de regarder le journal télévisé sans avaler un tranquillisant. Lorsque la population se sera habituée aux supermédicaments qui arrivent sur le marché, elle sera entièrement dépendante d'une famille de molécules dont seule une infime minorité aura la maîtrise. Notre pouvoir sera absolu, comme si nous avions le monopole de l'air respirable.

Je comprends qu'elle espère se servir de moi pour persuader les autorités de lui rendre sa licence. Je la regarde dans les yeux et hausse les épaules.

— J'ai besoin d'un flic haut placé qui intervienne pour moi. Il lui suffira de dire que je n'ai tué aucun de mes maris.

— Aucun flic ne dira jamais cela. Tout ce qu'on peut affirmer, c'est qu'il n'y a pas de preuves.

— Vous pourriez convaincre Vikorn d'écrire ça ?

Je pense : Sûrement pas pour conclure une petite enquête criminelle qui ne l'intéresse pas le moins du monde. Et je dis :

— Je vais le lui demander, si vous voulez.

Pour tenter de détourner son attention, j'ajoute, en regardant la grosse gemme rose orangé à son cou :

— Quelle pierre magnifique !

Elle la touche un instant de ses longs doigts, ne sachant trop si elle a envie de me laisser changer de sujet.

— Hum, c'est un pad.

Devant mon incompréhension, elle précise :

— Un padparadscha. Une variété rare de saphir.

— Il est aussi cher qu'il en a l'air ?

— Il permettrait d'acheter la salle entière, dit-elle sans insister, en montrant toute l'aile de l'hôtel d'un geste languissant. Mais laissons cela. Je la porte pour m'amuser. Il n'y a ici personne qui mérite qu'on l'impressionne.

Je lorgne la pierre en pensant : Acheter la salle entière ! Mais c'est sans doute vrai ; elle est bien trop fière pour mentir à propos de ce genre de choses et l'hôtel, protégé par son armée de vigiles, est peut-être le seul endroit en ville où elle peut le porter sans risque.

Elle pose les yeux sur moi un moment, puis les détourne.

— Alors, pourquoi vouliez-vous me voir ? Votre petit collègue Khun Sukum semble penser que j'ai quelque chose à voir avec le meurtre du *farang*. Je me demande bien pourquoi.

— Khun docteur, est-ce que Frank Charles était pour vous un bon client ?

La question la fait sourire, comme si elle lui donnait sept sur dix pour son ingéniosité.

— Un client ? Que voulez-vous dire ? Je crois que votre mère m'a vue marcher avec lui dans Soi Cowboy peu avant sa mort. Qu'est-ce que ça prouve ?

— Marcher bras dessus bras dessous. Vous ne laissez aucun homme vous prendre par le bras à moins qu'il ne soit un membre de la haute société ou quelqu'un d'important à d'autres égards. Je suppose donc qu'il était votre client. Et puis il venait de passer quelques heures dans Soi Cowboy à faire la tournée des bars. Il semblait être dans un drôle d'état d'esprit – peut-être était-ce du désespoir, de la dépression, de la paranoïa typique des quinquagénaires. Il était en quête d'excitation, puis, quelques heures après, on vous aperçoit dans le *soi*, où on ne vous avait pas vue depuis des années. Je crois qu'il vous a appelée. Il avait besoin de vous.

— Vous voulez dire qu'il voulait que je lui vende mon corps ?

— Non. Vous savez bien que non.

— Mais je n'ai pas de licence pour faire mon métier de pharmacienne. Comment aurait-il pu être mon client ?

— Vous avez des contacts dans la profession. Vous vous êtes passée de licence pendant plus de dix ans. Cela veut dire que quelqu'un de haut placé vous a épaulée. Vous vous flattez souvent de pouvoir vous procurer des médicaments dernier cri dont peu de gens connaissent le nom. Il vous était certainement possible de faire un peu de revente sous le manteau pour un ami du même milieu que vous.

Je me penche vers elle et chuchote :

— Khun docteur, nous ignorons les détails, mais nous savons que vous utilisez les canaux et le fleuve pour le transport. Faut-il vraiment que nous postions la police fluviale dans tout votre secteur ?

Elle boit une autre gorgée de thé, jette un coup d'œil à la crème et aux scones puis repose la tasse en porcelaine sur sa soucoupe.

— Vous persuaderez Vikorn de coucher par écrit qu'il n'existe aucune preuve que j'aie tué qui que ce soit ? Dans le cas de mon troisième mari, c'est une simple crise cardiaque provoquée par des médicaments qui a mis la petite commission disciplinaire dans un tel état d'effervescence.

— Je le lui demanderai. Je ne puis toutefois vous promettre qu'il le fera.

À ma grande surprise, cela semble lui convenir et elle dit :

— De toute façon, ce n'était pas le genre d'hommes qu'on aurait eu envie de maintenir en vie si l'on avait pu y faire quelque chose.

Je secoue la tête. Elle est connue pour ce style de réflexions ; personne ne sait si, à de tels moments, elle cherche à choquer ou dit simplement ce qu'elle pense. À moins qu'elle ne soit tout simplement cinglée. Elle détourne à nouveau la tête et regarde le bambou qui pousse dans un gigantesque pot à côté d'elle.

— J'ai fait la connaissance de Frank Charles il y a des années. Ça doit faire plus de dix ans. Il ne connaissait pas très bien la Thaïlande à l'époque et il a mis à profit des contacts qu'il avait à Los Angeles pour s'introduire dans la bonne société d'ici. Je l'ai rencontré à un bal organisé dans le cadre d'un festival du film.

Elle me jette un coup d'œil, poursuit :

— Je savais évidemment qu'il était fabuleusement riche et j'ai donc passé un certain temps avec lui. Il était très bel homme – c'était avant qu'il grossisse. Nous n'avons jamais été amants, si c'est ce que vous souhaitez savoir. Je n'ai pas de rapports sexuels. C'est un attrape-nigaud, si vous voulez mon avis.

— Mais vous l'avez revu de temps à autre après le bal ?

— Oui. Pendant quelque temps, il s'est montré à un tas de réceptions, des bals et des dîners pour la plupart. C'était avant qu'il ait estimé que les quartiers chauds étaient plus intéressants, je crois. Ensuite, il a quasiment disparu de la circulation.

— Mais vous êtes restés amis ? Permettez-moi de vous parler franchement, Khun docteur. Vous êtes intelligente, spirituelle, cultivée et charmante. De plus, vous parlez ouvertement de la drogue. Pour un *farang* nouveau venu en Thaïlande qui avait certainement pratiqué ce genre de distraction, vous étiez une bénédiction.

Elle fait la grimace, puis balaie la pièce du regard inquisiteur de quelqu'un qui ne trouve pas grand monde intéressant parmi ses congénères, mais n'a pas pour autant perdu tout espoir.

— Il faut que vous me garantissiez l'immunité si vous voulez que je parle.

— Si vous songez à l'immunité contre d'éventuelles poursuites pour avoir partagé quelques-unes de vos molécules favorites avec lui, oui. Mais aucune en dehors de cela.

Elle réfléchit, boit une autre gorgée et hausse les épaules.

— Il est allé à beaucoup de fêtes à Beverly Hills. Il connaissait le nom d'un grand nombre de produits chimiques. Je lui ai dit que je pouvais lui procurer tout ce qu'il pouvait avoir à Los Angeles, en général à vingt pour cent du prix. Les pharmaciens d'ici savent vraiment comment dégager un bénéfice. Je n'ai cependant jamais gagné d'argent là-dessus. Je lui ai laissé la marchandise au prix coûtant.

Je me penche un peu en avant pour souligner mes propos.

— Khun docteur, je vais aller voir le colonel concernant ce que vous m'avez demandé. Mais vous savez comme tout le monde qu'il y a bien des manières de solliciter une faveur. Si vous voulez que je demande au colonel de vous aider de façon efficace, si vous souhaitez que je donne à ma supplique l'importance et le caractère insistant qu'elle mérite, vous devez m'en dire davantage. Pour l'heure, vous ne me facilitez pas la tâche, Khun docteur.

Elle me regarde avec curiosité, comme si cela faisait longtemps que quelqu'un n'avait pas fait pression sur elle et qu'elle trouvait l'expérience originale. Une autre gorgée de thé et elle se remet à parler :

— Il n'avait rien de particulièrement inhabituel, pour un *farang*. Il était très intelligent, sensible, habile en affaires, mais frustré, désabusé et complètement égocentrique. Dans sa jeunesse, il avait voulu être un grand artiste du septième art, peut-être même une sorte de Shakespeare du cinéma. Il était convaincu de son talent, mais il n'a, semble-t-il, tourné que des films très banals. En fait, son problème était l'éternelle adolescence de l'Amérique – sur le plan affectif, il n'est jamais allé au-delà du style baise sur fond de soleil couchant.

Elle prononce ce mot vulgaire avec un parfait aplomb.

— Vous voyez ce que je veux dire : tirer un bon coup doit donner un sens à la vie. Alors, évidemment, il était en proie à un désordre psychologique permanent. Les filles des bars n'étaient peut-être pas très futées, elles étaient à l'échelon le plus bas de l'échelle sociale et économique, mais plus heureuses que lui. Il avait assez d'intelligence pour en comprendre la portée : des putes asiatiques pauvres comme Job étaient, psychologiquement, en meilleur état que la fine fleur de l'Amérique. Sa quête du bonheur incroyablement coûteuse, constitutionnellement garantie, l'avait conduit au cœur du tiers-monde. Il avait besoin de béquilles chimiques et je les lui ai fournies par amitié.

— Vous deviez bien y trouver votre compte, Khun docteur ?

— En dehors des invitations incessantes à des projections privées à Los Angeles, auxquelles je ne suis jamais allée ? Oui. Nous étions amis. Nous étions différents l'un de l'autre, mais aussi tous deux des parias d'un genre inhabituel. Le genre riche et réputé. Nos conversations auraient été jugées dangereuses et subversives si elles avaient été entendues. Nous nous donnions mutuellement la possibilité de nous servir de notre intelligence sans contrainte. Il pleurait sur mon épaule en se plaignant de son malaise mental et affectif permanent, je me lamentais de ne plus avoir de licence, de ne plus pouvoir exercer mon métier et jongler avec les médicaments. En quelque sorte, nous nous comprenions.

— Cela ressemble beaucoup à une véritable amitié, Khun docteur.

Elle hoche la tête.

— Je ne l'avais pas vu de cette façon. C'était en tout cas plus amusant de parler avec lui qu'avec n'importe laquelle de mes amies.

— Cela a duré jusqu'à sa mort ?

Elle secoue la tête et parle lentement, de manière réfléchie :

— Non. Pas vraiment. Rien n'était jamais prévu, régulier, dans notre amitié. Si j'entendais parler d'un nouveau médicament qu'il voulait essayer ou s'il voulait de la cocaïne ou du LSD de qualité industrielle, je les lui procurais. C'était un enfant des années 60 : il aimait l'acide et trouvait son effet profitable. Quand il avait besoin de parler, nous nous rencontrions. J'avais parfois l'impression d'être une sorte d'infirmière.

Elle hausse les épaules.

— Pour être franche, j'avais dans l'idée qu'il pourrait peut-être un jour faire intervenir pour moi l'ambassadeur des États-Unis, avec qui il était ami, auprès des autorités thaïes. Mais nos rencontres étaient intermittentes. Il faisait des allées et venues entre ici et Los Angeles. J'étais moi-même souvent à l'étranger. Et quand il a cessé d'assister à des réceptions, nous n'avons plus eu de relations en commun.

— Vous a-t-il parlé de ses voyages au Népal ?

Bref regard perspicace de ses yeux noirs.

— Bien sûr. Je crois que c'est le Népal qui l'a fichu en l'air. À votre place, je chercherais la raison de sa mort de ce côté-là.

— Pourquoi ?

— Il y a connu une fille. Ça paraît ridicule. C'était une réfugiée tibétaine qui connaissait un peu le jargon mystique et, parce que c'était l'Himalaya, il s'est laissé prendre. J'ai alors perdu le respect que j'avais pour lui. Il sentait bien qu'il ne pouvait me parler de ses nouvelles idées mystiques parce que j'en aurais ri. Lorsque je lui ai dit que tout cela était affaire de chimie – avec le précurseur adéquat de la dopamine, je peux faire connaître Dieu à n'importe qui –, il s'est enflammé, s'est mis à faire du prosélytisme et je ne me suis pas attardée. Ensuite, plus d'un an s'est écoulé avant qu'il ne me rappelle. Il avait commencé à devenir terriblement gros. Le voir grossir ainsi sans arrêt, c'était comme assister à une catastrophe au ralenti… il avait également cessé de se raser et je déteste les barbes. Je lui ai enjoint de prendre de l'orlistat ou de la sibutramine, mais il avait une attitude étrange face à son obésité. C'était comme si elle avait fait partie intégrante de la nouvelle voie dans laquelle il s'était engagé, de son calvaire.

— Ça se passait il y a combien de temps ?

— Nous nous sommes éloignés l'un de l'autre progressivement. Il n'y a jamais eu de brouille, il s'est seulement créé une distance. Comme nous n'avions jamais été amants, ça s'est fait simplement. Je n'ai pas eu besoin de le tuer ! ajoute-t-elle avec un sourire qui remonte les commissures de ses lèvres.

— Vous avez donc été étonnée quand il vous a appelée ce soir-là de Soi Cowboy ?

— Pas vraiment. Je ne croyais pas qu'il pourrait se passer de moi définitivement. Je subvenais à deux besoins *farangs* dont il ne pouvait s'affranchir : les produits chimiques et une conversation intelligente en anglais.

Elle boit une autre gorgée de thé et promène son regard sur la pièce.

— Il était cependant dans un drôle d'état. Son rêve tibétain avait très mal fini et il avait besoin de mes services de pharmacienne. Je n'y suis pas allée de main morte. Je lui ai donné du Depo-Provera pour calmer ses pulsions sexuelles, du THC cristallisé pour qu'il puisse trouver Dieu sans mandala et de la cocaïne parce qu'il y était habitué. Et un peu d'acide.

— Comment vous êtes-vous procuré le LSD ? Voilà dix ans que je ne n'en vois plus sur le marché. Vous en avez encore synthétisé ?

Inutile de mentionner Sukum à ce propos, elle sait de quoi je parle. Pour la première fois, elle semble mal à l'aise. Elle tire sur ses longs cheveux noirs à la manière d'une petite fille et prend un air contrit.

— Il m'a suppliée. Et ça n'a pas été facile d'en trouver. Je n'ai pas osé en faire moi-même, alors je me suis tournée vers les réseaux clandestins. Il a été envoyé de Goa dans la couche sale d'un bébé, si je me souviens bien.

— C'est la dernière fois que vous l'avez vu ?

— Il a fallu que j'attende l'arrivée du produit, qu'il me paie et nous avons dû faire semblant d'être encore amis… nous nous sommes revus plusieurs fois en quelques semaines.

— Environ deux mois avant sa mort ?

— Oui, à peu près.

L'entretien est terminé. Elle me demande des nouvelles de ma mère et de l'Old Man's Club. Elle ignorait que mon fils était mort et que Chanya était entrée dans un couvent. Lorsque je le lui apprends, elle ne me témoigne aucune sympathie et se contente de me conseiller quelques médocs pour m'aider à apaiser mon chagrin.

22

L'entrevue avec le docteur Moï a propulsé mon esprit agité dans une nouvelle direction et un résidu de fierté professionnelle me pousse à creuser un peu plus profondément l'affaire du Gros *Farang*. Par ailleurs, quelque chose en Moï, la criminelle la plus bizarre de Thaïlande, m'empêche de concentrer vraiment mon attention sur qui que ce soit d'autre. Je décide de reporter de quelques jours mon deuxième voyage au Népal.

L'initiative suivante la plus évidente consiste à visiter l'appartement de l'Américain dans Soi 8. Sukum n'est jamais allé dans un bel immeuble habité par des *farangs*. Il est surtout interloqué par le vaste et somptueux espace vide du rez-de-chaussée. Il imagine combien d'appartements thaïs pourraient y être aménagés. Je montre ma carte de police à la réception, puis vais récupérer Sukum, maintenant pris d'une fascination mystique pour des plantes tropicales de six mètres de haut qui se dressent jusqu'au plafond en verre diaphane. Dans la province d'où il vient, on n'héberge pas de plantes dans des bâtiments de plusieurs millions de dollars. Les ascenseurs sont au fond du hall.

Une réceptionniste d'une trentaine d'années, accompagnée d'un vigile, monte avec nous dans l'ascenseur et nous ouvre l'appartement de Frank Charles. Aucun de nous deux n'est surpris qu'il soit situé au dernier étage. Elle et le vigile doivent se séparer pour nous suivre, Sukum et moi, car nous commençons la visite par des pièces différentes. Sukum a droit à la réceptionniste, assez séduisante, et j'écope du vigile, un quinquagénaire bougon.

Sukum s'intéresse surtout à l'immense pièce de réception alors que je suis attiré par l'impressionnante cinémathèque installée dans ce qui était à l'origine la cinquième chambre. Une porte permet de communiquer avec la quatrième, convertie en salle de cinéma privée équipée d'un projecteur et d'un écran à enrouleur d'environ trois mètres sur un et demi. Je jette un coup d'œil aux étagères qui couvrent la majeure partie des murs.

Alors que Frank Charles avait une vie sexuelle chaotique, il maintenait sa collection de films dans un ordre méticuleux. Elle est divisée en vidéos, plusieurs milliers apparemment, et en DVD, rangés dans des boîtiers plus petits, sans doute des films plus récents. Empilés dans un coin, certains boîtiers n'ont pas encore été ouverts. Je commence maintenant à apprécier Frank Charles. Parce qu'il traitait bien les filles et étalait son désespoir à petites doses, si bien qu'il n'en heurtait aucune à l'excès, mais j'avoue que mon opinion est influencée par la collection de films classiques que je trouve parmi les vidéos. Il avait tout Bertolucci, Fellini, Truffaut, Altman, mais surtout des copies, très souvent utilisées, semble-t-il, de mes quatre films préférés : *La Strada, Satyricon, Les Enfants du paradis* et *La Règle du jeu.* (Au cas, *farang*, où tu te demandes comment il se fait qu'un flic thaï doublé d'un maquereau possède un tel goût et une telle érudition en matière cinématographique, c'est grâce à l'un des anciens clients de ma mère, un Français qui s'appelait par hasard lui aussi Truffaut et qui m'a appris beaucoup de choses. Sexagénaire, il s'est fendu d'une crise cardiaque, ce qui nous a obligés à retourner en vitesse à Bangkok, ma mère et moi, au moment où nous nous habituions à faire de Maxim's notre cantine. Grâce à ses leçons, j'ai par la suite écrit des critiques de films pour *Thai Rath* afin de toucher quelques bahts de plus, à l'époque où j'effectuais mes débuts dans la police.) Je ne peux me résoudre à croire qu'un homme ayant un goût pareil ait pu être entièrement mauvais. Puis j'arrive à la section porno et j'appelle Sukum.

Nous n'avons pas le temps de regarder tous les membres en érection pénétrer tous les orifices ni toutes les langues explorer chaque zone érogène et nous passons donc en avance rapide une douzaine de DVD à la recherche d'indices. Du moins *suis-je* en train de rechercher des indices, car il me semble que l'attention de Sukum s'égare quelque peu. Après une douzaine de fornications rapides comme l'éclair au cours desquelles les partenaires nus tournent les uns autour des autres avec les gestes saccadés des acteurs dans un court métrage de Chaplin, il paraît quasiment certain que Frank Charles avait des goûts sexuels tout à fait normaux. À en juger par la collection, il n'était même pas amateur de sodomie, ce qui, à mes yeux, lui donne un charmant côté un peu vieux jeu. Mais tous ces films ont été tournés par d'autres réalisateurs. Ne taquinait-il pas la caméra lui-même, à l'occasion ? Je ne vois aucune trace de films tournés par lui et laisse Sukum seul dans la pièce. J'admire la façon dont il négocie un changement de la garde. La séduisante réceptionniste m'emboîte maintenant le pas tandis que le type chargé de la sécurité est bien installé avec Sukum et sourit comme un singe qui a trouvé une banane.

Je trouve ce que je cherche dans la chambre principale, près du lit, du côté opposé à la baie panoramique qui donne sur toute la partie nord de la ville et d'où, la nuit, la vue doit être spectaculaire. C'est un coffre couvert d'une pièce de soie thaïe, camouflé en table de nuit. La clé a été laissée dessus, mais elle est superflue car on ne peut l'ouvrir si on ne connaît pas la combinaison. J'essaie la date de naissance de Frank Charles et son numéro de passeport, en vain. N'ayant pas de meilleure idée, je gonfle les joues, perplexe, puis mon regard tombe sur une petite pile de DVD posés sur la table de l'autre côté du lit. Ils traitent tous du Népal, peut-être achetés au magasin même où j'ai fait l'emplette de ma collection, deux semaines plus tôt ; il y a même celui que j'ai regardé sur la résistance tibétaine à l'invasion chinoise en 1950 et la trahison de la CIA. Tous les autres films parlent du Tibet, la plupart de la cruauté des agresseurs chinois et de la lutte des Tibétains pour survivre sous la domination d'un envahisseur barbare, bien que quelques-uns soient consacrés au bouddhisme tantrique. Je décide d'aller jeter un coup d'œil au jacuzzi.

Il est tel que les filles l'ont décrit : gigantesque et conçu pour des orgies à la romaine. Il occupe une pièce sans fenêtre d'environ dix mètres sur dix recouverte de mosaïque ancienne style Pompéi. Une partie des murs s'ornent des profils d'hommes ressemblant à César et de femmes évoquant Messaline. Un buste trône sur un piédestal. C'est incontestablement celui de Frank Charles. Le travail est d'excellente facture, jusque dans le moindre détail. Aussi kitsch que soit l'idée, l'exécution la rachète et la porte à un haut niveau de raffinement : on se croit presque dans une salle de bains de Pompéi.

Pendant ce temps-là, la réceptionniste est de plus en plus irritée par le temps que Sukum passe dans la salle de projection en compagnie du garde. Les cris et gémissements de synthèse qui s'échappent de temps à autre dans le couloir n'arrangent rien. Je frappe à la porte et demande à Sukum de venir examiner le buste de la victime près du jacuzzi. Il sort de la pièce, l'air honteux, en se frottant les yeux, incapable de me regarder en face. Le porno semble avoir produit chez lui un dérèglement cérébral. Je crois savoir où il a la tête.

Lorsque le capitaine Cook est entré dans la rade que les Britanniques allaient baptiser avec impertinence « baie de Sydney », les aborigènes qui se trouvaient sur le rivage n'ont pas vu les bateaux car ils n'en avaient pas d'image mentale. Ils n'ont compris ce qui se passait qu'à leurs dépens. Je crois qu'un phénomène de ce genre s'est manifesté dans le cas de Sukum. Il voit l'appartement de Frank Charles avec un regard neuf et ses soupçons se confirment quand je lui fais remarquer la ressemblance du buste avec la photo du passeport de l'Américain. Ce qu'il avait pris pour la résidence respectable d'un homme éminent et talentueux – représentative d'un niveau de vie si élevé qu'il ne prend même pas la peine de s'en former une opinion et suppose que le décor est tout ce qu'il y a d'habituel pour les membres de la tribu des milliardaires, dont il ne sait rien, autrement dit le mode de vie le plus haut de gamme, peut-être le seul Graal auquel aspirent les Occidentaux –, la résidence de Frank Charles, lui apparaît maintenant comme l'expression la plus élaborée de la futilité qu'il puisse imaginer.

— Ce n'est que de l'avidité, dit-il en fixant sur le buste un regard noir, avant, en bon bouddhiste, de tourner sa colère contre lui-même : C'est là que nous mènent les *farangs*, hein ? Comme moi avec ma Toyota. Si j'avais de l'argent, je tomberais dans le même piège. Et je finirais peut-être comme lui, perdu dans un rêve égotiste.

Je souris parce qu'il est allé beaucoup plus loin que moi dans ses conclusions. Je n'établis pas un lien direct entre le narcissisme de l'Américain et la manière bizarre dont il est mort. J'ai trop de sang *farang* pour ça ; mais aux yeux de Sukum, qui n'a d'autre vision du monde que la bouddhiste, l'action de la loi de l'enchaînement des causes et des effets est évidente. Il semble ne plus être motivé du tout pour le moment par la recherche du meurtrier, car, après tout, celui-ci était victime lui aussi de l'inexorable loi du karma. De même que, pour l'instant en tout cas, le démon de l'ambition l'a quitté, ne lui laissant que du dégoût. Je vois maintenant le luxueux appartement avec les yeux de Sukum. Ce sont les détails, l'application extraordinaire d'ouvriers et d'architectes d'intérieur de talent, la perfection de l'endroit, d'un coût scandaleux, qui représentent un gaspillage d'énergie et de temps blasphématoire pour tous les intéressés.

Puis son esprit, tendu au maximum, reprend son mode de fonctionnement ordinaire. Il se tourne presque agressivement vers la réceptionniste.

— Le défunt avait une voiture ?

— Oui, une Lexus.

— Quel modèle ?

— La LS 460… le plus haut de gamme.

Elle a manifestement attrapé elle aussi le virus de la bagnole qui sévit à Bangkok.

— Quelle couleur ?

— Gris métallisé.

— Il vous a fait monter dedans ?

— Il m'a déposée un jour au bout de la rue. J'avais l'impression de flotter sur un nuage.

Sukum hoche solennellement le menton, jette encore un coup d'œil au buste et secoue la tête. Sa réaction m'a cependant inspiré et je me mets à parcourir l'appartement.

— Qu'est-ce que vous cherchez ? me demande-t-il.

— Quelque chose d'incongru.

Sukum m'a dévoilé sans s'en rendre compte un défaut de l'appartement : il est précisément sans défaut. Ce n'est pas normal ; il doit bien y avoir quelque chose qui ne colle pas, qui révèle ce qu'il y a derrière l'extravagance de l'Américain, quelque chose qui a suscité la haine de soi à l'origine de son obésité. Je le trouve avec une facilité déconcertante, à l'endroit le plus évident : sous un oreiller dans la chambre principale. *La Nuit obscure*, de saint Jean de la Croix. Je tiens le livre à l'envers pour voir quels passages le défunt lisait le plus. Il s'ouvre à la page 46 de la traduction de Peers. Un gros trait de crayon attire l'attention sur le dernier paragraphe du livre I, chapitre III :

Évidemment, l'âme ne peut pas se purifier complètement de ces imperfections dont nous parlons, ni des autres d'ailleurs, jusqu'à ce que Dieu la place dans la purification passive de la nuit obscure dont nous allons parler sous peu.

Lorsque j'essaie de voir quelle résonance ces mots ont pour moi, je trouve la roue aux lames tranchantes de Tietsin cachée dans les ténèbres de mon esprit. Au dos du livre, quelqu'un a noté, au crayon : *Ce fardeau est très difficile à porter*. Curieusement, une date est indiquée : le 21 septembre 2007. Pourquoi a-t-on pris la peine de dater un cri du cœur ? Parce que (je jette à nouveau un coup d'œil au passeport) c'est l'anniversaire de Frank Charles. Il était Vierge, à un jour de la Balance, et il avait soixante ans quand il a écrit ces mots. Dans le système chinois, il était né l'année du Cochon de Feu ; les Cochons de Feu sont portés sur la chose et ont de la chance avec l'argent.

Nous n'avons pas encore examiné l'ordinateur installé dans la pièce qui servait de bureau. Je constate qu'il faut un code d'accès. Je suis surtout intéressé par les e-mails qui n'ont peut-être pas encore été téléchargés sur le PC mais peuvent très bien se balader dans le cyberespace et exiger un autre code d'accès. Je décide de laisser l'ordinateur aux spécialistes du labo.

Au rez-de-chaussée, Sukum résiste à la tentation d'aller voir la Lexus et demande au gérant de l'immeuble de réclamer à la société responsable des caméras de surveillance de fournir un double des vidéos montrant toutes les personnes qui sont entrées chez Frank Charles depuis six mois.

À mon côté, Sukum, apostat, observe les allées et venues des occupants de l'immeuble. La plupart ne sont ni des *farangs* ni des Thaïs, mais des Taïwanais et des Chinois de Hong Kong ; il y a aussi beaucoup de Japonais. La majorité des *farangs* qui habitent ici ne semblent pas être américains, mais plutôt des Suisses et des Allemands fortunés. Ils ont tous cette insouciance et ce sang-froid des gens d'une richesse insondable, le seul club auquel Frank Charles ait peut-être appartenu. Je réfléchis à cela et demande au gérant de fournir également des rapports de son personnel nous permettant d'identifier ses visiteurs réguliers pendant tout le temps où il a habité là. Le gérant consulte ses archives et nous informe que le *farang* a acheté l'appartement il y a cinq ans et passait à peu près la moitié de l'année ici par périodes de deux mois. Un interrogatoire rapide des membres du personnel donne à penser que l'Américain avait très peu de visites, peut-être même aucune en dehors des fois où il ramenait des filles à son appartement, ce qu'il faisait rarement. Un soir, il était cependant arrivé fin soûl à la tête d'un convoi de trois taxis transportant dix jeunes femmes, que le personnel de nuit a automatiquement rangées dans la catégorie des prostituées en raison de leur accent de l'Isaan. Conformément aux règles de sécurité strictes de l'immeuble, des copies de leur carte d'identité ont été conservées et seront mises à notre disposition dès qu'elles auront été exhumées des archives.

— Dix… dis-je.

Le nombre, qui ne m'avait pas paru extraordinaire au Rose Garden, me semble maintenant énorme.

— Ça va avec l'appartement et la Lexus, remarque Sukum.

23

Oubliez les spécialistes aux longs doigts de fée, à l'écoute des bruits subtils des mécanismes de verrouillage avec une concentration mystique, oubliez aussi les explosifs. Il n'y a qu'un seul moyen de forcer un coffre-fort chez un particulier : le chalumeau oxyacétylénique. Pour cela, il faut des bouteilles en acier – une pour l'oxygène, l'autre pour l'acétylène –, une feuille d'acier destinée à protéger le plancher, un type en combinaison de cuir équipé d'un chalumeau géant, le visage entièrement couvert par un masque, et il faut aussi éloigner tous les meubles.

La moitié du personnel de la réception est venu assister à l'opération et je ne pouvais décemment pas empêcher Sukum et Lek d'être présents. Les femmes poussent des cris perçants et les hommes des grognements à la vue de l'oxygène qui ronge l'acier en faisant jaillir une cascade d'étincelles. Le technicien découpe un cercle autour de la serrure qui rougeoie. Le coffre est de ceux qu'on peut acheter n'importe où et n'est pas particulièrement solide. N'empêche, la plaque d'acier trempé ne cède pas facilement et je me demande s'il restera à l'intérieur autre chose que des cendres quand la porte s'ouvre finalement de quelques centimètres. L'odeur particulière du métal chaud flotte dans l'air chargé de particules. Tout le monde me regarde, maintenant. Le technicien me tend un épais tampon de cuir pour que je ne me brûle pas en touchant la porte chauffée au rouge. La chaleur est intense mais localisée. C'est le boîtier de DVD posé dans le coin en bas à droite qui m'intéresse le plus. Je plonge la main avec précaution dans le four et en sors le boîtier. Il n'est fondu que par endroits, mais le DVD qu'il contient s'est gauchi sous l'effet de la chaleur. Il est hors de question qu'il entre dans un lecteur de DVD et les gravures microscopiques dans le plastique ont certainement été détruites. Il n'y a pas d'étiquette sur le disque, mais on y a écrit, au feutre : *Népal/Tibet 2001/2*. Il n'y a rien d'autre à l'intérieur du coffre, si ce n'est une feuille de papier sur laquelle semblent notés à la main des codes d'identité personnels, mais elle est maintenant trop brûlée et brunie pour qu'on puisse les déchiffrer.

Lorsque je montre le disque aux techniciens du labo, ils secouent la tête. Les DVD ne sont pas comme les unités de disque dur des ordinateurs, on ne peut pas les reconstituer.

— Bon, jetez au moins un œil sur l'ordinateur et voyez si vous pouvez en trouver l'accès ainsi que celui du Net, dis-je.

Nous sommes maintenant dans le bureau du *farang*, devant la tour PC générique et le moniteur de dix-sept pouces ; l'un des techniciens a apporté un ordinateur portable équipé d'un logiciel spécial conçu pour forcer les codes d'accès ; il est tout excité car il ne s'en est encore jamais servi. Nous le regardons brancher le portable au PC avec un câble, allumer le PC, et des lumières rouges et vertes se mettent à clignoter sur le portable à une vitesse stupéfiante. Puis l'écran Windows XP apparaît.

Nous remercions consciencieusement – *khôopkhun* – le jeune informaticien, qui sourit jusqu'aux oreilles. L'ennui, c'est que nous ne connaissons pas le code d'accès à Internet et, bien que nous sachions que Frank Charles passait par Gmail, Yahoo ! et un ou deux autres moteurs, nous ignorons lequel il préférait pour ses affaires personnelles, ainsi que son code d'entrée. L'informaticien déclare que son logiciel ne permet pas de forcer les accès à Internet car les sécurités sont trop efficaces. Je ne dis rien, mais note mentalement de demander de l'aide à Kimberley : elle a à sa disposition en Virginie tout un tas de fous d'informatique et, comme le défunt est américain, l'excuse me paraît suffisante pour violer son droit à la vie privée, dont il n'a plus besoin. Pendant que je réfléchis, le jeune informaticien jette un coup d'œil au carnet d'adresses sur Windows.

— Regardez, me dit-il.

Et je vois mon nom, mon titre, mon adresse…

Sonchaï Jitpleecheep, inspecteur de la police royale thaïe, District 8

… accompagnés de mon numéro de téléphone portable et de mon adresse e-mail.

Tout le monde me regarde et je sais que Sukum et Lek pensent tous les deux que cela tient à ma position privée dans l'organisation de Vikorn. Je suis ahuri.

Mais aussi piqué au vif. L'embarras et la peur me poussent à agir. (S'il connaissait mon nom et mon adresse, que savait-il d'autre ?) Il est certaines choses que l'on apprend en dix ans de métier, qu'on garde dans un coin de son esprit, des techniques que l'on a déjà oubliées vingt fois mais qui vous reviennent en mémoire lorsque vous vous êtes persuadé que l'affaire en cours mérite un effort supplémentaire. C'est vrai, je ne m'occupais pas de celle du Gros *Farang* comme si elle avait été mienne… jusqu'à maintenant. Je retourne à grands pas dans la chambre et empoigne le tampon de cuir pour ouvrir de nouveau la porte du coffre. Elle a beaucoup refroidi mais est encore trop chaude pour être touchée à main nue. À l'aide du morceau de cuir, je déclenche l'ouverture d'un tiroir à demi secret dans la partie supérieure du coffre et parviens à en extraire une petite boîte métallique, qui atterrit sur la feuille en acier utilisée pour protéger le sol et s'ouvre d'un seul coup. Tous les regards sont braqués dessus. Elle contient apparemment des petits cailloux rugueux et grisâtres. L'une des réceptionnistes est allée dans la salle de bains et revient avec un verre d'eau, que je verse doucement sur les pierres. Elles sont étonnamment dures au toucher, mais d'apparence peu attrayante, du gris translucide des crevettes avant qu'on les fasse bouillir. Je hausse les épaules. Il est difficile de voir quel peut être leur lien avec le meurtre spectaculaire de Frank Charles. On dirait des galets ramassés sur la plage pendant des vacances au bord de la mer, rangés dans le coffre puis oubliés là. Elles sont trop petites, moches et incolores, pour être précieuses.

Je secoue la tête et annonce à Sukum que j'ai vu tout ce que je voulais voir.

— Où allez-vous ? me demande-t-il.

— D'abord au Rose Garden, puis à Katmandou, dis-je en lançant un bref coup d'œil à Lek tout en sortant de l'appartement.

De Soi 8, on n'est qu'à huit cents mètres à pied du Rose Garden, dans Soi 7. Tout en marchant, j'appelle mon agence de voyages. En même temps, je pense que Frank Charles a effectué lui aussi ce trajet à pied, sans doute quotidiennement, car il n'y a pas d'endroit où garer la Lexus à proximité du Rose Garden – à moins que son obésité ne l'ait obligé à prendre un taxi. Quand j'arrive au bar, j'ai réservé un vol pour Katmandou dans l'après-midi.

Il est 10 h 30, ce qui est tôt dans ce quartier de Bangkok. Deux filles assises au bar lisent des journaux thaïs et s'accordent un moment de détente avant de se préparer mentalement à l'action. Beaucoup de femmes qui viennent ici se font un devoir de boucler une journée de travail entière : elles arrivent à 10 heures et rentrent chez elles à 18 heures, que la pêche ait été bonne ou non. Je commande une bière et attends en surveillant l'entrée.

Une fille d'allure chinoise va droit à l'autel du Bouddha sous l'arbre de la Bodhi, allume son encens, salue d'un *wai*, s'incline, prend place au bar et commande un café. Elle n'est pas de l'Isaan mais de Phuket, où sa famille possède une supérette. Elle en a eu assez de réassortir les étagères, de tenir la caisse, et trouve la prostitution plus excitante. La fille qui la suit, très sombre de peau, les traits presque indiens, est de Nong Kai, sur le Mékong, près de la frontière du Laos. Elle a été mariée à un Anglais, qui l'a quittée pour une autre, de six ans plus jeune.

Elle me salue d'un signe de tête ; son sourire révèle son appareil dentaire orné de diamants. Voilà maintenant Sarli : toute la famille, y compris elle et ses deux enfants, vivait aux dépens de son frère, un conducteur de taxi-moto stakhanoviste, jusqu'à ce qu'il soit tué dans un accident. N'ayant aucune assurance-vie, la famille a convenu que Sarli vendrait son corps. D'un bon naturel, elle n'a pas fait d'objection ; elle avait travaillé dans un atelier de confection en se demandant pourquoi le Bouddha l'avait faite si belle et cherchait avec impatience un prétexte pour se lancer dans une activité plus intéressante, mais la prostitution lui était interdite tant que le karma et le désespoir ne lui faisaient pas signe. Si son père n'obtenait pas régulièrement ses médicaments pour le cœur, il serait incapable de travailler dans les rizières, et si cela advenait, même le corps de Sarli ne sauverait pas la famille de la faim.

Voilà qu'un grand Indien maigre proche de la quarantaine franchit le seuil d'un pas décidé ; je sais par des témoins oculaires qu'il est extrêmement bien doté et seules quelques filles (fières, elles aussi, de leurs prouesses) sont disposées à endurer de nouveau le « supplice du membre » après le premier essai. Cela n'entame en rien son ardeur et, l'œil brillant, il cherche du regard avec qui faire sa partie de jambes en l'air de 11 heures. Il est suivi d'un Anglais assez jeune et replet, dont la profession de chaudronnier est si bien rémunérée dans l'Essex qu'il passe trois mois par an ici, séjour dont le coût est facilement compensé par des dégrèvements fiscaux. Ses vacances commencent par de modestes accès de lubricité et s'achèvent dans un abus d'alcool effréné. Certains signes me donnent à penser qu'il est au début de celles-ci ; quand il arrive au bar, il prend un exemplaire du

Daily Mirror et lance de temps en temps de timides coups d'œil vers l'entrée. Pong, suivie de Nik, Tonni et O, arrive enfin.

J'entraîne Pong à une table à l'écart et lui paie un verre.

— Le jour où le *farang* Frank Charles a emmené une dizaine d'entre vous à son appartement, tu te rappelles quand c'était ?

Elle fronce les sourcils.

— Je ne sais plus très bien. C'était pendant Khao Phansa ; je m'en souviens parce que mon frère est moine et nous allons toujours passer une journée avec lui pendant la saison des pluies.

Son visage s'éclaire.

— Mais tu peux vérifier avec son passeport. C'était son anniversaire, je m'en rappelle maintenant. Voilà pourquoi il a tenu à ce qu'on prenne toutes les dix un bain avec lui dans le jacuzzi.

— De quelle humeur il était ?

— Il buvait du petit-lait, nous caressait, nous embrassait, nous disait combien il était heureux, que nous étions sa seule famille et qu'un homme ne pouvait rien désirer de plus : avoir dix belles maîtresses comme famille. Ensuite, l'effet du Viagra s'est estompé, il a fondu en larmes et nous sommes toutes parties. Il ne semblait pas tenir très bien l'alcool et il s'était envoyé une bouteille de champagne à lui tout seul parce qu'aucune de nous n'aimait ça. D'après lui, c'était le champagne le plus cher de Bangkok, plus de trois cents dollars la bouteille, et il en avait rempli le réfrigérateur en prévision de la fête, mais je trouve que ça a un sale goût ; on a l'impression d'avaler du parfum et aucune des autres filles ne boit d'alcool non plus.

— De manière générale, était-il sujet à des sautes d'humeur ?

Pong réfléchit, puis hausse les épaules.

— Comment le saurais-je ?

— Tu couchais avec lui régulièrement, non ? Plus souvent que les autres ?

Elle hoche la tête.

— Oui. Du moins j'ai été sa favorite pendant un certain temps. C'était par périodes, comme s'il cherchait une épouse mais ne pouvait se passer de chasser.

— Après avoir fait l'amour, est-ce qu'il était mélancolique ?

Pong se concentre. Elle semble vouloir s'assurer qu'elle parle du bon *farang*.

— Je travaille ici depuis cinq ans et je n'ai jamais rencontré un *farang* qui soit en paix. Sans doute parce qu'ils ne sont pas bouddhistes comme nous. Je me demandais parfois…

— Quoi ? S'il était homo ?

— Non, non, pas du tout. Je me demandais s'il n'était pas à la recherche d'une mère.

Elle me lance un regard gêné : la psychologie amateur n'est guère prisée par nos prostituées.

— Il a un jour parlé d'un film qu'il était en train de tourner. Dans l'Himalaya. Selon lui, c'était la chose la plus importante de sa vie. Mais il n'a pas pu le terminer. Il m'a dit qu'il avait une copie de la version inachevée dans son coffre et la regardait tous les jours pour essayer de trouver l'inspiration. Il a ajouté que s'il réussissait à le finir, il se sentirait de nouveau entier et trouverait sans doute une épouse thaïe avec qui vivre. Je crois qu'il voulait me donner espoir. Mais quand j'ai discuté avec d'autres filles qui avaient été ses favorites, elles m'ont dit qu'il leur avait parlé de la même façon. Tout dépendait apparemment du fait qu'on soit ou non la coqueluche du moment. Je crois que ce film était vraiment la chose la plus importante de sa vie. Mais parfois il laissait échapper quelque chose à propos d'une Népalaise…

Elle hausse les épaules.

— Tout ça était très vague. Après l'amour, les hommes deviennent vagues… quand ils ne s'endorment pas.

Je lui demande si Frank Charles lui avait parlé de moi ou demandé le nom d'un flic thaï, ou, si de manière générale, elle était au courant d'un lien quelconque entre lui et moi. Elle secoue la tête avec la dose appropriée de confusion – pourquoi aurait-il eu quoi que ce soit à voir avec moi ? Je la prie alors de me trouver toutes les filles qui ont assisté au soixantième anniversaire de l'Américain et toutes les autres qu'elle sait être allées avec Frank Charles. Je les fais venir une à une, leur glisse un billet de cent bahts et leur pose les mêmes questions. Cela prend toute la matinée et ne donne aucun résultat : aucune n'est au courant d'un lien entre le défunt et moi ; elles s'en souviendraient certainement si l'Américain avait un jour prononcé mon nom. J'éprouve un sentiment de culpabilité par association, comme si j'avais été désigné comme suspect. Il faut que je parle encore avec le docteur Mimi Moï. J'appelle l'agence de voyages pour annuler mon escapade au Népal.

24

Le docteur Moï a quitté l'Oriental et regagné son domicile, près du fleuve. (Sukum a reconnu à contrecœur qu'elle n'était sans doute pas en cavale et se bornait à jouer avec lui à un de ses petits jeux compliqués, à moins qu'elle n'ait vraiment fait rénover sa maison.) Je pourrais prendre rendez-vous pour la rencontrer, mais son aptitude à se défiler est légendaire et j'ai l'impression qu'elle n'est pas disposée à m'accorder une deuxième entrevue. Tout le monde sait que c'est de nuit, sur l'eau et sans crier gare, qu'on s'approche le plus facilement des sorcières, n'est-ce pas ?

Ce qui, dans le cas du docteur Moï, est justement possible. Je connais son adresse parce que, il y a quelque temps, j'ai passé plusieurs jours sur le lieu d'un crime à Thonburi, non loin de chez elle. Après avoir ramassé un paquet de fric à la suite du décès de ses époux qu'elle nie avoir assassinés, elle a enfreint un autre interdit propre aux gens de son milieu en achetant un bout de terrain sur le côté peu chic du fleuve, près d'un *khlong*, un canal, le long duquel a poussé un important bidonville qui s'étend sur quatre cents mètres au moins à l'intérieur des terres : cabanes en bois branlantes montées sur pilotis, gamins crasseux et ateliers de mécano vivant tout juste au-dessus du seuil de subsistance. La propriété de Mad Moï est contiguë au bidonville. Peu à peu, elle s'est acquis une position de parraine vis-à-vis de ses habitants. Elle est connue pour fournir gratuitement des médicaments aux nécessiteux, organiser des banquets communautaires les jours de fête et même donner des conseils juridiques à ceux qui ont maille à partir avec les flics. Tous ont une dette envers elle, tous la vénèrent et aucun de ceux qui ont l'intention de continuer à vivre là ne la trahira. Bouddha seul sait combien de petits paquets contenant d'étranges produits chimiques sont transportés de là et jusqu'à sa maison par des petites vieilles qui traversent le fleuve et remontent le *khlong* à la pagaie sur leur sampan.

Je prends un taxi jusqu'à Klong Toey, descends en arrivant au fleuve, puis une rampe sur le côté du pont m'amène sur la berge, où attendent deux ou trois canots à moteur. Je conviens d'un prix avec le passeur – un alcoolique émacié qui approche des soixante-dix ans et ne s'est pas rasé depuis trois jours –, il lance le minuscule moteur en tirant un bon coup sur la corde. Nous nous dirigeons maintenant vers l'amont afin de compenser le courant ; les hautes proues noires des cargos, la plupart chinois et coréens, se dressent, menaçantes, au-dessus de nous quand nous passons devant les docks.

Bien que la propriété du docteur Moï donne directement sur le Chao Phraya, elle est située dans un méandre du fleuve qui forme une sorte d'anse et la protège des vagues soulevées par les gros navires. En traversant le fleuve, nous ralentissons pour laisser passer un bateau-mouche bruyant et éclairé a giorno qui se dirige vers le Grand Palais et mettons le cap sur une zone sombre sur l'autre rive. Le passeur coupe presque les gaz et nous glissons sur ce qui pourrait être un lagon noir.

Lorsque nous virons vers la berge, j'aperçois la maison. Quoique construite avec des matériaux modernes, elle est de style strictement traditionnel : montée sur de hauts pilotis, terrasse d'environ six mètres de large sur tout le devant de la bâtisse et donnant sur le fleuve, pignons évoquant des becs de Garouda[1]. À mesure que nous approchons, il apparaît avec évidence que le docteur Moï a le coup d'œil ; elle a abouti à une sorte de perfection de forme : une douce lumière dorée éclaire une grande baie à travers des rideaux de gaze ; on aperçoit de temps en temps des meubles chinois classiques en bois d'amourette ainsi que des chaises longues équipées de toile pastel. Une multitude de plantes pendent du balcon, des orchidées pour la plupart, ce qui produit une atmosphère sylvestre, et une domestique en livrée apparaît un instant pour servir une boisson à la femme aux épaules nues moulée dans un cheongsam[2] en soie blanche à motifs (col mandarin, dragons en perles ondulants) en train de fumer un cigarillo et de lire un magazine sur un rocking-chair. En entendant le moteur du canot, elle lève les yeux languissamment. Elle ne me reconnaît qu'au moment où nous arrivons à la jetée, mais ne montre aucun signe de surprise. Elle envoie même sa domestique au débarcadère pour m'accueillir et

1. « L'Oiseau solaire », personnage de la mythologie bouddhique.

2. Robe moulante de style chinois fendue sur le côté.

m'escorter jusqu'à la maison. Le Petit Chaperon rouge devait éprouver ce que je ressens maintenant.

La domestique, qui a une dizaine d'années de plus que sa maîtresse, autrement dit la cinquantaine, est très grande, mince comme Moï, silencieuse – elle ne me dit pas un mot – et très chinoise. Je doute qu'il y ait un seul gène thaï dans sa chair de porcelaine. Elle porte un bonnet, un chemisier, un tablier blancs et une jupe noire, comme si elle était au service d'une duchesse anglaise.

Le docteur Moï se lève pour me faire bon accueil pendant que je monte l'escalier menant au balcon. Je la gratifie d'un *wai* haut. Ma visite impromptue ne semble pas la contrarier ; au contraire, un vague sourire erre sur ses lèvres minces.

— Quelle surprise, inspecteur ! s'exclame-t-elle néanmoins.

Elle est trop cool pour me demander pourquoi je n'ai pas téléphoné d'abord.

— Voulez-vous vous joindre à moi ? Je viens juste de demander à la bonne de m'apporter un cacao cognac.

— Je croyais que vous ne buviez pas d'alcool.

— Mon mari britannique m'a rendue accro au cacao cognac avant de mourir tragiquement. Il y a dans le cognac quelque chose qui donne l'impression d'être riche.

Je m'assieds sur un fauteuil en osier doté d'un coussin recouvert de soie disposé exactement comme il faut pour soutenir le bas du dos ; le silence accroît la sensation de détente immédiate. La lune dans son troisième quartier flotte au-dessus du fleuve noir, le repos est vacuité ; je comprends pourquoi Moï aime cet endroit. La bonne revient, suivie d'un gros chat roux qui saute pesamment sur les genoux du docteur.

— Je m'attendais plutôt à une persane, marmonné-je, ne trouvant rien de mieux à dire.

Pendant que la domestique sert le cocktail – ses membres sont longs et pâles, ses doigts maigres, elle porte à l'index de la main droite un curieux anneau d'argent dans lequel ont été serties huit minuscules pierres rose orangé –, Moï s'éclaircit la gorge.

— Je ne l'ai même pas fait castrer. C'est le chat le plus heureux de Thaïlande. Il va s'encanailler dans le bidonville, baise vingt fois par nuit, puis il revient ici pour profiter des draps de soie et du poisson pour gourmet.

— Comment s'appelle-t-il ?

— Hofmann, en souvenir du chimiste qui a synthétisé le LSD pour la première fois. Mais Hofmann préfère la blanche, n'est-ce pas, chéri ?

Hofmann donne la réplique en ronronnant et en enfouissant la tête sous le bras de sa maîtresse. Je laisse passer quelques instants. Comme elle ne fait rien pour entamer la conversation, je prends l'initiative :

— Docteur, j'ai ici un document signé du colonel Vikorn…

À ma grande surprise, elle lève la main pour m'interrompre.

— Je vous en prie, nous parlerons affaires plus tard. Les hôtes de marque sont si peu nombreux à arriver par le fleuve que je tiens à vous faire faire le tour du propriétaire. Mais nous avons le temps, ce moment de la soirée est si agréable…

Sourire gracieux dépourvu de toute ironie.

Nous restons donc là un moment à siroter notre cocktail, suspendus dans la nuit comme si nous nous balancions dans des hamacs accrochés aux étoiles. Moï semble être dans une sorte d'extase et peu disposée à faire l'effort de se relever. Il me vient à l'esprit qu'à cette heure de la soirée elle a peut-être déjà pris quelque chose de plus fort que de la liqueur de cacao et du cognac. Je place ma première question avec autant de délicatesse que possible en espérant qu'elle a baissé sa garde :

— Frank Charles venait-il vous voir souvent ici ?

— Mmm.

Le murmure est à peine audible.

— Très souvent. Il adorait l'endroit. Il a même essayé de m'acheter la maison. J'ai refusé. De toute façon, il n'aurait jamais survécu à proximité du bidonville – ils l'auraient mangé tout cru. C'était un bourgeois, il ne savait pas s'y prendre avec les esclaves. Il se serait montré trop gentil avec eux.

Elle s'interrompt quelques secondes.

— Quand il venait ici, il fumait du cannabis que je faisais venir pour lui du comté de Humboldt. Il fumait, ça le déprimait – son besoin d'amour refaisait surface – et, évidemment, il ne profitait pas de la belle soirée. Il fallait voir son esprit se rétracter jusque dans ses testicules, qu'étant *farang* il confondait avec le cœur.

Grimace.

— Je ne consentirais jamais à être un homme, vous savez. Je me ferais couper tout le fourbi et deviendrais un *katoey*.

— Vous n'avez jamais eu envie d'avoir des enfants ?

Elle frissonne en guise de réponse.

— Les animaux de compagnie meurent. Les enfants sont une plaie à cause de leur durée de vie.

Elle ne semble pas vouloir quitter la terrasse ni perdre du temps à bavarder et j'éprouve à peu près la même chose. J'essaie de me mettre dans la peau de Frank Charles : au début, cela avait dû lui paraître exotique de paresser sous une lune tropicale en compagnie d'une authentique meurtrière chinoise – belle de surcroît, quoique d'une beauté austère –, qui parlait anglais mieux que lui et dont la conversation était plus spirituelle que la sienne ! Et en plus, pharmacienne de profession ! Il n'avait pas dû manquer vouloir nouer une relation plus étroite. Pas sexuelle, bien sûr – Moï ne plaisantait pas quand elle affirmait mépriser l'amour charnel –, mais je crois qu'il recherchait cette sorte d'amitié dont rêvent les *farangs* de nos jours : plus fiable que la famille et bien plus amusante.

— Parlait-il beaucoup de son film ?

J'ai marmonné, d'une voix à peine audible même pour moi, mais j'ai remarqué que Moï a l'ouïe fine.

— Mmm.

— Vous savez duquel je parle, docteur ?

— Mmm.

— Qu'en disait-il ?

— Je ne me souviens pas. La plupart du temps, il jouait les artistes qui s'apitoient sur leur sort. Il parlait de tout l'argent, de toute l'énergie qu'il avait investis dedans. Ça le rongeait, disait-il, mais il n'arrivait pas à le finir. Il voulait être certain que je comprenne qu'il ne s'agissait pas d'un machin à l'eau de rose comme les autres, que c'était sérieux, qu'il y mettait tout son talent, que chaque détail devait être parfait.

Elle aspire une bouffée du cigarillo et rejette la fumée si lentement que je n'espère plus d'information supplémentaire, quand elle ajoute :

— Il semblait incapable de l'achever comme il faut.

Peut-être sent-elle qu'elle en a trop dit, car elle se met debout lentement et m'invite à la suivre dans la maison. Nous traversons le grand balcon en teck ciré et elle entre la première pour m'accueillir cérémonieusement à l'intérieur avec un *wai*.

Table de temple taoïste en bois d'amourette finement sculpté, volutes d'encens qui montent autour de deux portraits d'un homme et d'une femme en costume de la dynastie Qing, les cheveux ramenés en queue de cheval, qui nous fixent du regard depuis les profondeurs du passé. Je jette un coup d'œil au docteur Moï.

— Mon arrière-grand-père du côté de ma mère, avec sa troisième épouse, la mère de mon grand-père. S'il n'y avait pas eu Mao et la révolution, j'aurais probablement été élevée dans la propriété familiale dans la province de Swatow, au milieu de ses jardins ornementaux et de ses pavillons d'été. On m'aurait bandé les pieds et je serais certainement devenue opiomane.

Elle me regarde.

— Je regrette cette élégance perdue. Après tout, j'adore l'opium et je ne marche jamais.

Elle a ôté le cigarillo de sa bouche et redressé le dos, comme si les portraits étaient à ses yeux plus réels que les vivants et méritaient davantage de respect. Pendant ce temps-là, j'embrasse du regard le reste de la pièce. On perçoit une masculinité sous-jacente dans l'austérité de la décoration, mais les couleurs sont subtiles et belles.

— Je ne vois pas de nounours, dis-je.

Elle hoche la tête pensivement, comme pour acquiescer.

— Je sais. Depuis vingt ans, je les ai remplacés par des seringues.

Elle m'emmène dans une petite bibliothèque cosy et me laisse même jeter un coup d'œil à la chambre principale. Je me demande pourquoi elle se montre aussi hospitalière quand je sens que quelque chose décolle dans la région de mon front. De surprise, je me tourne vers elle.

— Ce n'était pas du cognac dans la liqueur de cacao, docteur.

— J'ai parlé de cognac ? J'ai dû avoir un moment d'absence. Ne vous inquiétez pas. Vous n'avez rien bu que je n'aie bu aussi.

Elle pousse un grognement.

— De toute façon, nous ne sommes pas mariés, je n'ai donc pas besoin de vous tuer.

— Je peux au moins savoir ce que c'est ?

— Non, c'est trop rare et excitant, et puis le nom ne vous dirait rien.

— Quel effet ça va produire ?

— Cela va élucider l'affaire à votre place. N'est-ce pas ce que vous voulez ?

Je ne sais pas si je suis incapable de me concentrer parce que la drogue a commencé à agir ou parce que j'ai peur qu'elle commence à le faire.

— On peut retourner sur le balcon ?

Aussitôt dit, aussitôt fait. Je me laisse glisser avec un soupir dans le fauteuil en osier et la lune m'hypnotise. Je commence à comprendre dans quel état elle était à mon arrivée.

— Vous aviez déjà pris de ce truc quand j'ai débarqué, n'est-ce pas ?

— Mmm. Vous aimez ça ?

— C'est trop bon. Vous êtes une vraie sorcière.

— Mmm. Alors, que disiez-vous à propos d'une lettre du colonel Vikorn ?

— Ça ne marche pas, docteur. Je ne vous la donnerai pas avant que vous m'ayez expliqué un tas de choses. C'est ce que je suis venu vous dire.

— Un cocktail à la liqueur de cacao contre la lettre ?

— Non.

Elle laisse passer quelques instants.

— Vous rendez-vous compte que sans mon aide vous ne vous sentirez plus jamais aussi bien que cela ?

— Oui, grommelé-je.

— Mais contrairement aux précédentes variantes de cette famille de molécules, avec celle-ci vous vous souvenez de chaque minute d'extase le lendemain, de manière magnifiquement colorée, mais sans l'extase, remplacée par une nostalgie de l'ivresse perdue si insupportable qu'elle vous fera grimper au mur.

— Je vois.

— Mais le pire, c'est que vous n'êtes encore qu'au début du trip. Ça va devenir encore meilleur… si bon que vous n'arriverez pas à le croire. Et puis ça se terminera. Jusqu'à ce que je vous en redonne.

— Je vois le tableau, docteur Moï.

— Et ne songez même pas à m'arrêter. Ce produit m'a été prescrit par mon médecin traitant à Amsterdam et ce n'est pas ma faute si vous êtes venu ici sans y être invité et avez bu ma liqueur de cacao avant que je vous avertisse de ce qu'il y avait dedans.

— Je sais déjà en quoi consisterait votre défense.

— Vous avez une résistance inhabituelle, dit-elle, un peu chagrinée.

— Quoi que cela puisse être, je doute que ça soutienne la comparaison avec la roue à lames…

— La roue à lames ?

Elle répète l'expression comme si elle l'avait déjà entendue et pousse une exclamation désapprobatrice.

— Elle passe à travers tout. Même vos produits chimiques.

Suit un long silence languissant.

— Je vois. Bon, qu'est-ce que vous voulez savoir ?

Je suis incapable de répondre, non parce que j'ai un blanc, mais parce que mon esprit a acquis une clarté si cristalline, une telle précision aussi bien de la pensée que des sens, que je n'ai pas envie de perdre ces précieux moments en parlant boulot. D'autant plus que je peux lire le dossier comme à livre ouvert dans le ciel. Le temps passe, mais j'en ai perdu la notion.

— Vous avez déjà tout résolu ? demande-t-elle.

— Oui.

— Il n'y a jamais eu de problème, n'est-ce pas ?

— Non.

— Encore un peu de liqueur de cacao ?

— Oui.

— La lettre d'abord.

— Non.

— Inspecteur, je crois que cette lettre m'est adressée.

— Elle est adressée « À qui de droit », et qu'elle vous soit remise ou non ne dépend que de moi.

Nous restons là sans dire un mot pendant deux bonnes heures. C'est vraiment de la bonne came.

— Dites-moi exactement ce que vous voulez de moi, murmure-t-elle finalement.

— Un signe, docteur, un mot, n'importe quoi confirmant que ce que je viens de lire dans le ciel est entièrement vrai. Que je n'ai pas le cerveau ravagé par vos produits chimiques.

Pour souligner ces paroles, je lève la tête et vois qu'elle réfléchit profondément. Elle agite une petite cloche pour appeler la bonne, qui lui apporte un autre cigarillo, l'aide à l'allumer, puis rentre dans la maison sans un mot. Moï se met debout pour regarder le fleuve, qui est noir et luisant comme une nappe de pétrole sous la lune montante. Je la vois de trois quarts, ses longs cheveux noirs à peine retenus par un clip en écaille incrustée d'argent, la soie blanche de son cheongsam accrochant le clair de lune fil par fil.

— La vie d'un paria n'est pas facile, inspecteur, même quand on a la chance d'être riche. Nous nous comprenions, lui et moi. Nous en parlions, même. Il m'a dit que lorsqu'il tournait ses films – pas le bon, mais les deux douzaines à l'eau de rose – il gardait toujours à l'esprit un membre typique du public. Pour lui, cette personne était une bibliothécaire quinquagénaire qu'il avait rencontrée une fois, une seule, dans l'Arkansas, quand il sillonnait le pays pour faire la promotion de son premier film. Elle avait un diplôme universitaire, mais son goût était resté si conventionnel, un goût de péquenaud, elle était le produit d'une tribu et d'une culture si stéréotypées, elle était si suffisante et si convaincue de sa bonté – parce que tous ses voisins s'accordaient à dire qu'elle était bonne – qu'il a vu en elle le parfait ersatz d'une muse. À son insu, elle a été l'inspiratrice de ses films. Et c'est elle, dans sa médiocrité sans bornes, qui a fait sa fortune.

Moï se tourne vers moi un moment pour me montrer son visage hilare.

— Lorsqu'il m'a expliqué cela, j'ai trouvé ça si drôle – et si *intelligent* de sa part – que je ne pouvais m'arrêter de rire. Mais il ne voyait pas les choses de cet œil-là. Il m'a dit que cette bibliothécaire de l'Arkansas en était arrivée à dominer sa vie entière. Il croyait qu'après avoir gagné ses dix premiers millions il se ficherait complètement du public, mais ça ne s'est pas passé ainsi. La bibliothécaire avait des avatars partout, surtout dans sa tête et parmi les matrones de Hollywood. Il avait conclu un pacte avec le diable, vous comprenez ? Voilà qui elle était, cette bonne bibliothécaire raisonnable, à la vie irréprochable, cette péquenaude de l'Arkansas. Pour n'importe quel paria, en particulier pour un artiste, elle représentait l'opposition. Ce pauvre Frank avait conclu un pacte et le diable avait honoré sa partie du contrat. Frank Charles était très riche. Et complètement perdu. Il lui était impossible de redevenir l'autre Frank Charles, le jeune, celui qui allait stupéfier et enchanter le monde entier par son originalité et son génie. Tout cela n'existait plus. Adjugé, vendu.

— Il n'arrivait pas à en sortir ?

Le docteur Moï hoche lentement et profondément la tête.

— Il m'a suppliée, il n'a pas arrêté de me supplier de l'aider, jusqu'à ce que je cède.

— Oui, dis-je. Je vois ça.

Et c'est vrai. La peine éprouvée par Moï pénètre en moi comme si son aura avait complètement éclipsé la mienne. Je n'analyse pas ce qu'elle a pu vouloir dire par « aider » ; je le ressens avec une telle intensité qu'aucune analyse n'est nécessaire… ou possible. Je vois réellement Frank Charles, morose, sur ce balcon, suppliant Moï, et celle-ci, élégante et gracieuse à l'excès, faisant tout ce qu'elle peut pour l'aider ; c'est comme voir une scène d'une pièce, mais le balcon tient lieu de théâtre et un échange visible d'émotions remplace le dialogue. Son « aide » me fait l'effet d'être plus proche d'une sorte d'humeur d'une abondance infinie que de quoi que ce soit de pratique. Il me vient à l'esprit que la drogue est peut-être en train de compromettre mes facultés mentales, mais je rejette instantanément l'idée, trop ridicule pour être exprimée.

— Vous me dites la vérité, docteur ? dis-je tout en me demandant si j'ai vraiment prononcé ces mots.

En même temps que je lui parle, je lui tends la lettre de Vikorn par-dessus son épaule.

— Faites-moi un signe de tête, juste un. Vous êtes beaucoup trop défoncée pour mentir.

Elle hoche la tête, mais je retire la lettre.

— Dites-moi seulement quelque chose de vrai, docteur.

Elle me regarde fixement. Elle semble un peu contrariée de me voir encore résister.

— Il existe un film, dit-elle, comme si cette déclaration lui avait beaucoup coûté. Il a fini par le terminer. J'en ai une copie.

— Qu'allez-vous en faire ? demandé-je en lui donnant la lettre.

Elle se mord la lèvre.

— Le regarder encore, quelques fois, puis le détruire. Je suis en possession de la seule copie qui existe au monde. Ce n'est pas le genre de film qui pourrait sortir au grand jour. Bien que ce soit un chef-d'œuvre. Il m'a confié le soin de le détruire… mais il fallait qu'il ait au moins un spectateur, vous comprenez ?

— Vous en étiez la spectatrice idéale ?

— Exactement. J'étais le diable auquel il avait affaire pour cette œuvre-là. J'étais sa vraie muse. On peut dire qu'il l'a tourné uniquement pour moi. La première fois que je l'ai vu, je n'arrivais pas à croire qu'un homme ait pu représenter la vie avec une telle justesse.

Elle se retourne, comme pour parler à la lune.

— Il s'est évadé de sa prison intérieure, comprenez-vous ? Il s'est finalement évadé. Vous pouvez ne pas me croire, mais c'est la seule raison pour laquelle je l'ai aidé. Si j'avais voulu son argent, j'aurais pu l'épouser, vous ne croyez pas ?

Elle laisse passer quelques instants.

— C'était une sorte de relation amoureuse que nous avions. Pas sexuelle, non, beaucoup mieux que ça. Artistique, pourrait-on dire.

— Docteur, s'il vous plaît, puis-je voir le film ?

— Non. Jamais. Je le lui ai promis. Je ne manque pas aux promesses faites aux morts.

Je fais mine de vouloir partir, puis demande :

— Khun docteur, pourquoi avez-vous donné mon nom à Frank Charles ?

La question l'a fait tressaillir et elle cligne des yeux rapidement.

— Je ne suis évidemment pas certain que ce soit vous, mais je ne vois vraiment pas qui d'autre aurait pu lui fournir mon nom et mon adresse. Vraiment pas.

Elle tourne la tête d'un côté en fronçant les sourcils, puis sourit.

— Ah ! Vous êtes un peu trop malin pour votre bien, inspecteur. Je me souviens, maintenant. Non, ce n'est pas moi qui lui ai fait connaître votre nom, c'est vous. Vous étiez un mordu du cinéma, non ? Je crois que vous avez écrit il y a bien longtemps une critique sur le seul film dont il était fier, son premier.

Quel en était le titre ? *Mercredi noir*, non ? Vous l'avez, semble-t-il, accusé de plagiat.

— Ah oui ?

— Ça remonte à très loin. Vous deviez tout juste sortir de l'école de police.

Cela me revient, maintenant. D'un coup. Ça fait des années que je ne mets plus un point d'honneur à me rappeler le nom du réalisateur et le scénario des vieux films. Cependant, je me souviens vaguement d'un film noir présenté à un festival. Si ma mémoire est bonne, il était bien ficelé mais décevant en ceci qu'il semblait imiter d'autres films. Pas très original. Avais-je vraiment parlé de plagiat ? Je faisais partie de ces jeunes passionnés qui prennent le cinéma pour une religion. Moï hoche la tête.

— Il m'en a parlé un soir où nous avions pris de la cocaïne. Il disait en se moquant que ça l'avait contrarié, qu'un flic eurasien du tiers-monde ait l'effronterie, etc., etc. Tout cela sur un ton ironique. Ne me demandez pas où il a trouvé vos coordonnées, je suis certaine qu'il n'y a rien de sinistre là-dedans. Il avait sans doute l'intention de vous inviter un jour à boire un verre et il n'a jamais trouvé le temps de le faire. Il était très raffiné, vous savez, un bon vivant, très courtois lorsque sa chimie intérieure était convenablement équilibrée. Dommage que son premier amour l'ait bousillé.

Je prends congé, mais au lieu de lui demander d'appeler un taxi je décide de rentrer par le fleuve. Elle appelle un passeur. Arrivé chez moi, tout en me préparant à me mettre au lit, je me rappelle sa menace : la descente sera infernale et je vais me retrouver hanté par le souvenir insupportable d'un nirvana perdu.

En me réveillant, au matin, je n'ai aucun symptôme. Je me sens même parfaitement bien. Il me vient à l'esprit qu'elle a menti. Non seulement à propos de la drogue, mais aussi de tout ce qu'elle a dit la veille au soir. Frank Charles a-t-il réellement tourné ce film ? En a-t-elle vraiment une copie ?

25

Me voilà finalement dans un avion pour Katmandou, assis près du hublot (sur la droite), équipé de mon appareil photo cette fois-ci et disposant d'un peu de temps pour laisser mon esprit se détendre. Je lâche prise en faisant appel à la technique de la roue à lames de Tietsin et alors seulement je remarque une question que mon subconscient semble avoir retournée sans m'en avertir. Quelque chose de suspect que quelqu'un m'a dit au cours des dernières vingt-quatre heures ? Ah oui, j'y suis, la pensée émerge comme un ver tiré de son trou. Figure-toi les choses : tu es un réalisateur qui a réussi financièrement et tu es pris en flagrant délit d'adultère par ta troisième femme en un temps où, en pays *farang*, une bonne partie de l'énergie émotionnelle ambiante, dans la police comme ailleurs, est consacrée à épingler des types comme toi ou Bill Clinton. En conséquence, tu te retrouves soudain en manque de fric. Est-ce que tu vas te précipiter au Népal pour tourner ce qui ne sera guère qu'un documentaire ou un film d'art et d'essai plus ou moins condamné à faire un bide même si tu le destines à une sortie grand public, ce qui n'est pas le cas ? Cela a-t-il un sens ? Si tu es le roi des films à l'eau de rose et si ce sont eux qui t'ont amené aussi loin, ne vas-tu pas tout simplement ouvrir le robinet de la machine à distiller de l'eau de rose jusqu'à ce que tu aies payé tes dettes ? Si tu avais un petit remords de conscience et voulais venir en aide au peuple asservi du Tibet ou aux Tibétains libres mais pauvres exilés au Népal, ne vas-tu pas laisser ton projet dans les cartons jusqu'à ce que tu te sois rétabli financièrement ? Tout cela me rend sceptique. Et en aucun cas le film n'expliquerait tous ces visas népalais : un tournage en extérieur ne prend généralement pas plus de trois mois ; Frank Charles n'aurait donc eu besoin que d'un seul visa, peut-être de deux, alors que son passeport en est recouvert, pas moins d'une dizaine, qui couvrent une période de six ans. Il semble avoir cessé de se rendre régulièrement dans le pays il y a environ neuf mois. À peu près au moment de son soixantième anniversaire.

Au fur et à mesure que je me détends, un autre fait étrange affleure ma conscience et s'échappe à l'air libre comme une guêpe prise au piège : aucun des films tournés par Frank Charles ne faisait partie de sa collection dans l'appartement de Soi 8, pas même le tout premier, *Mercredi noir*, qui, d'après d'autres critiques que moi, était une tentative tout à fait honorable de transposer le genre noir français et italien dans le style américain. Aucun de ses films à l'eau de rose non plus, sur les étagères. S'il avait été sensible à l'opinion d'autrui, on pourrait en déduire qu'il avait honte de son œuvre et répugnait à l'exhiber devant des amis doués de discernement. Mais pour autant que je le sache, Charles recevait peu d'invités dans son immense appartement et c'était généralement des prostituées thaïes qui ne savaient pas lire l'anglais et ignoraient tout du snobisme occidental. Peut-être était-ce surtout à lui-même qu'il ne voulait pas montrer ses films ?

Je repense tout à coup à son obésité. Il est impossible de se haïr complètement ; mais qu'une moitié de soi-même haïsse l'autre est parfaitement possible, particulièrement chez les *farangs*. Je n'arrive cependant pas à creuser l'idée davantage car je m'endors. Je suis réveillé par les passagers qui se précipitent çà et là dans l'avion pour prendre des photos. Revoilà les montagnes. Je tripote un moment mon appareil photo, puis décide de me contenter de les *voir* vraiment. Elles seront encore là au retour.

À la Kathmandu Guest House, je prends une suite à l'un des étages, près de la pièce où sont exposées des antiquités. Avant de défaire ma valise, je commence par rendre hommage à la ville en montant sur le toit en terrasse pour la contempler. Le Népal a deux heures de retard par rapport à la Thaïlande et le jour tombe : indigos et violets translucides peignent le peu qui reste des montagnes et, sur d'autres toits, des gens rentrent la lessive et préparent le repas du soir. De là-haut, j'appelle Lek.

— Je voudrais que tu téléphones à la Chambre de commerce thaïe à Katmandou, s'il y en a une, ou à la personne de l'ambassade qui se charge de ce genre de choses. Si ça ne donne rien, demande à Kimberley de se mettre en contact avec la Chambre de commerce américaine. J'aimerais connaître le nom de toutes les sociétés de services népalaises susceptibles de s'occuper d'un tournage de film, tu vois ce que je veux dire ?

— Bien sûr que non, je ne vois absolument pas de quoi tu parles. Mais j'imagine que je vais y arriver. De quoi est mort ton esclave précédent ?

J'essaie naturellement d'appeler tous les numéros que Tietsin m'a donnés pour le contacter. Tout aussi naturellement, aucun ne répond, soit parce qu'il a éteint ses téléphones, soit parce que le réseau ne fonctionne pas en ce moment. Je vais dans la chambre défaire ma valise, puis descends nonchalamment vers le Thamel par l'allée, bien que le portail métallique soit gardé par d'impressionnants moustachus en tenue militaire.

26

Une fois dans le Thamel, je ne peux pas résister à l'envie d'aller au Bodnath, bien que je n'aie pas pu joindre Tietsin.

À mon arrivée, lorsque je commence mon tour rituel du gigantesque stupa, il fait presque nuit et il ne reste plus qu'un léger rougeoiement au couchant. Son sein d'un blanc étincelant disparaît avec les derniers rayons du soleil, mais les deux grands yeux sont éclairés par des projecteurs. À cette heure tardive, les pèlerins et les touristes qui font tourner les moulins à prières en laiton ne sont pas très nombreux et les yeux ont un aspect intimidant. Sans la certitude qu'apporte la lumière du jour, il est facile d'imaginer en maître de la nuit l'esprit qu'ils cachent.

Le trajet autour du stupa prend beaucoup plus de temps que pendant la journée. Des pensées étranges m'assaillent ; mon esprit change. Il me vient à l'idée qu'un stupa était à l'origine un moyen d'entrer en contact avec les morts, que c'est à un tumulus néolithique que je suis venu rendre hommage. Il me vient à l'esprit que l'Autre Rive ne serait jamais très loin si nous n'avions pas été programmés pour faire comme si elle n'existait pas. Je me dis que nos ancêtres, bien avant que le Bouddha n'arrive avec ses éclaircissements, en savaient davantage à propos de la mort que nous n'en savons sur le mouvement des étoiles. Comme ils avaient une vie courte et difficile, ils devaient être confrontés chaque année à la disparition mystérieuse de leurs proches ; il devait leur sembler que tout le courant de la vie humaine les ramenait tout droit au stupa – à la sépulture, pourrait-on dire – et au monde plus durable des morts. Et il me vient à l'esprit que rien n'a changé, si ce n'est que les vingt ou trente années supplémentaires que nous pouvons de nos jours nous attendre à passer sur cette planète paraissent nous avoir rendus aveugles à une vérité qui, pour nos ancêtres, était d'une évidence brutale.

Cette méditation me prend un tour complet. Je commence exprès à l'ouest afin de me retrouver à l'est après trois tours et demi. En entamant le suivant, je pense : Je sais qu'il m'observe. Il sait que je suis ici. Pendant tout le deuxième tour, je suis dans un état de transe où la pensée, bien qu'elle existe toujours, a été réduite à une fonction secondaire et remplacée par une forme de vide, une *absence* d'une beauté indescriptible. C'est donc seulement à la dernière étape, le demi-tour qui m'amène d'ouest en est pour achever le périple, que je me rappelle à quoi ressemble le stupa quand je le vois avec les yeux de Tietsin. Et soudain, le voilà : noir sous la pleine lune, complètement silencieux, sans personne nulle part, seulement moi, minuscule à côté de cette énorme montagne sombre des morts, d'où s'échappe un éclair empourpré qui semble fendre les cieux.

Mais cette fois-ci la vision ne s'estompe pas. Elle ne m'a pas quitté dans le taxi qui me reconduit à la guesthouse, et lorsque je m'allonge en fermant les yeux, il apparaît évident que c'est là que la roue à lames de Tietsin m'a mené. Toutes ces histoires que j'ai faites à propos de mon état d'esprit ne sont rien en comparaison de ce qui va suivre. Et ce n'est pas le nom de Tietsin que je prononce avant de m'assoupir. Je m'entends murmurer : *Pichaï, mon frère, mon autre moi-même. Pichaï, dis-moi, qu'est-ce qui arrive vraiment après la mort ?*

Bon, que s'est-il passé à ce moment crucial de mon développement spirituel ? Je me suis endormi. C'est un affreux cauchemar qui me réveille maintenant, avant l'aube ; non, attends, c'est en fait *All Along the Watchtower* que j'entends dans mon sommeil. Je constate que je n'ai pas modifié l'heure de l'horloge de mon portable et, d'un coup d'œil, je vois qu'il est 6 heures du matin à Bangkok.

— Ici ton service de secrétariat *katoey*. J'espère que tu as pris des vêtements chauds, j'ai entendu dire qu'il faisait un froid de canard là-haut. J'ai une courte liste. En fait, il n'y a que *trois* sociétés qui méritent d'être retenues, dont *deux* seulement font du tournage en haute altitude – je suppose que c'est cela que tu cherches – et une seule semble être le genre de boîte à laquelle Charles a pu s'adresser : personnel qui parle anglais, contacts à Los Angeles, etc.

— De quoi parles-tu ?

— Des sociétés de services, des gens qui aident les équipes de tournage étrangères, surtout américaines, à faire un film dans le pays. Excusez-moi, vous êtes bien l'inspecteur Sonchaï Jitpleecheep, « L'Homme-

Qui-N'a-Jamais-Laissé-Une-Affaire-Non-Élucidée », de Bangkok et Katmandou ?

Je cligne des yeux. Le sarcasme et le travail exigent deux modes de conscience différents et, pour l'instant, je ne peux m'en sortir qu'avec un seul à la fois.

— Il n'y a qu'une société ? dis-je avec soulagement, n'ayant aucune envie de passer la journée à parler à des Asiatiques à lunettes de soleil et tee-shirt noir rêvant de devenir producteurs à Hollywood. Quelles sont ses coordonnées ?

— Je t'ai envoyé un e-mail. Tu ne vas pas pouvoir le lire de si bonne heure. Tu as fumé ?

— Non. J'ai oublié de me procurer de l'herbe. Pas eu le temps. Je vais essayer aujourd'hui, merci de me l'avoir rappelé.

— Sonchaï ?

— Oui ?

— Maître ?

— Oui ?

— L'amour n'existe vraiment pas ?

Je suis un instant tenté de répandre mon amertume dans le téléphone. Puis je perçois l'ironie inhérente à la question. On peut dire qu'à sa façon Lek a été toute sa vie à la recherche de l'amour : chaque matin il a poussé son rocher en haut de la colline et chaque soir il l'a regardé dégringoler à nouveau jusqu'en bas ; ainsi seulement peut-il arriver au bout de sa journée. Son calvaire est incommensurablement plus long que le mien.

— Plus pour moi, Lek, je suis moins résistant que toi. Je me suis retiré définitivement. On m'a amputé de mon cœur… je n'y peux rien.

Déclic : il a refermé son téléphone.

Lorsque la guesthouse ouvre enfin son service de secrétariat, à 8 heures du matin, heure de Katmandou, je fais imprimer l'e-mail de Lek. Il comporte l'adresse de la société, qui occupe un bureau au premier étage du quartier commerçant qu'on traverse pour aller au Yak & Yeti. Je dois, semble-t-il, m'adresser à un certain Atman.

Je prends mon petit déjeuner dans le jardin de la guesthouse. C'est le truc typique pour routards : œufs au bacon, pain grillé, tomates frites, autant de yogourt et de muesli qu'on est capable d'en ingurgiter, fromage Goodyear. La clientèle d'ici prend souvent la montagne et le trekking au sérieux, mais ce n'est pas la bonne saison pour se lancer à l'assaut de l'Everest, car c'est le printemps dans l'Himalaya : partout dans le pays, la neige fond et les rhododendrons fleurissent. Grâce à mon guide de voyage, je sais quoi faire et où aller ; quand je me sens suffisamment d'attaque pour affronter le Thamel, je vais jusqu'à la file de taxis et prends le premier. Comme d'habitude, il n'y a pas de poignées pour remonter les vitres, ce qui permet de ne rien perdre du concert de klaxons, des embouteillages et de la pollution. Mais il faut moins d'une demi-heure pour arriver à un gros arbre, sanctuaire consacré à Ganesh, le dieu éléphant, dans un bois près d'une rivière. Ici, les rhododendrons sont les *arbres* de la forêt. On a l'impression de se trouver dans une peinture à l'huile représentant l'abondance : un million de fleurs mauves, rouges et blanches, pareilles à des éclairs de conscience dans un âge des ténèbres.

C'est exactement ce qu'il me faut : dix minutes de santé mentale… mais peut-être ne puis-je supporter cela plus longtemps. Après avoir rendu hommage à

Ganesh avec une guirlande de soucis pour laquelle le gardien du sanctuaire demande une fortune, nous retournons en ville, dans le quartier du Yak & Yeti. Arrivé là, on m'annonce qu'Atman participe à un tournage en extérieur. Heureusement, le lieu du tournage est Bhaktapur, qui n'est pas à plus d'une demi-heure en voiture. Je soupire, trouve mon deuxième taxi de la matinée et négocie un prix à la journée.

À Bhaktapur, on me dit d'aller au Durbar Square, qui est plus grand que celui de Katmandou. Il y règne une atmosphère charmante évoquant la Grèce : plates-formes de pierre désertes où des chèvres noires attendent d'être nourries et photographiées par les touristes. Mais pas aujourd'hui : un ruban de plastique jaune interdit l'accès de la place pour les besoins du tournage et les chèvres ont été chassées.

— Il s'agit d'une mystérieuse affaire de meurtre dont le cadre se situe au XVe siècle, m'explique Atman.

Il montre d'un signe de tête un groupe d'acteurs debout dans le champ des caméras sur la principale plate-forme de la place, qui semble magnifiquement restaurée grâce à quelques trucs cinématographiques. Les acteurs portent des costumes assez semblables à ceux des pièces de Shakespeare, les femmes en robe longue traditionnelle et tablier, coiffées d'un bonnet, les hommes en pantalon fuseau, épée et couteau au côté : le père, la mère, l'amoureux, le cousin félon, la fille et la sorcière.

— Nous avons un budget convenable – la mise de fonds initiale vient d'un fonds à capital risque américain. Ce n'est pas énorme, mais suffisant pour un bon essai dans les règles de l'art, déclare Atman.

On lui avait apparemment dit de s'attendre à ma visite et il a dû se demander qui je suis.

Son anglais est parfait, mais pas occidental. Il a dû l'apprendre en Inde. Comme il fallait s'y attendre, il porte une veste en cuir noir sur un tee-shirt noir, mais pas de lunettes de soleil. Il m'explique qu'en ce qui concerne l'intrigue il n'a pas beaucoup de liberté avec les thèmes de base : jalousie sexuelle qui déclenche une guerre des clans, suivie d'une illumination soudaine puis, comme il se doit, d'une danse exprimant un chagrin inconsolable, et enfin d'un pardon miraculeux. Ce sont des données culturelles et il doit faire avec ; il lui faut mettre les gens du cru de son côté parce qu'il a bénéficié d'une subvention supplémentaire accordée par une ONG liée à l'ONU, qui s'efforce de cultiver les talents parmi les populations autochtones. Atman essaie donc d'aborder ces thèmes avec finesse et d'adopter un style susceptible d'attirer l'attention du sous-comité des nominations aux Oscars du Meilleur Film étranger.

— Je suis sur la corde raide, m'explique-t-il encore, avant de se décider à me regarder en face. Vous êtes envoyé par les producteurs, n'est-ce pas ?

— Non. Je suis un flic de Bangkok. J'enquête sur un décès.

Il opine du chef, comme si le nombre approprié de hochements de tête allait lui permettre de s'accommoder de ce changement de programme radical.

— Ah ! Frank Charles ? On en a parlé sur CNN pendant dix secondes. Ils ont dit seulement qu'il était mort à Bangkok. Ils n'ont pas précisé comment.

— Son décès est la seule chose qui ait été révélée, jusqu'à présent. Je vous le dis parce que nous allons devoir revenir auprès des médias dans un jour ou deux. C'était un meurtre.

Atman hoche de nouveau la tête.

— Ah bon ! Dommage. C'était un chic type.

— Vraiment ?

— Bien sûr. Très sensible. Très généreux. C'est ce qu'on raconte, en tout cas. Je veux dire, c'est ce qu'affirment tous ceux qui ont travaillé avec lui. Je ne l'ai rencontré qu'une fois. À l'époque, je ne travaillais pas pour cette boîte.

— Y a-t-il ici quelqu'un qui l'ait fait ?

Les hochements de tête semblent plus réfléchis, cette fois-ci.

— Oui. Tara. Elle a travaillé avec lui. Elle est tibétaine.

Il indique du menton la sorcière debout sur la plate-forme. Elle doit avoir cent ans et, bien qu'elle ait retiré son chapeau noir pointu, ses affreuses bajoues, son long nez crochu, sa bosse dans le dos et sa peau ratatinée ne laissent planer aucun doute sur son aptitude à jeter des sorts.

Je remarque qu'Atman ne l'appelle pas mais monte sur la plate-forme pour lui dire quelques mots, ce qui l'amène à regarder dans ma direction. Elle hoche la tête et descend me voir. Lorsque nous sommes face à face, elle glousse et ôte son masque.

Les Français appellent ça un *coup de foudre*[1]. Je pense, de manière très objective : Je n'ai vraiment pas besoin de ça maintenant. Tout se passe comme si je regardais mon cœur badigeonné à l'éther sur le billard et attendant de subir l'opération qui va prolonger ma vie.

1. En français dans le texte.

27

La beauté engendre un état mental bien particulier. On a le choix : en accepter les effets ou détourner le regard. Voilà plus d'une heure que je n'ai pas détourné le mien. Tara est la seule personne qui n'en est pas gênée dans cette partie du restaurant où nous sommes installés. Inutile de le dire, sans son masque et son costume, Tara est plus jeune – beaucoup, beaucoup plus jeune. Je n'arrive pas à croire ce qui m'arrive, mais ne parviens pas à détourner les yeux.

Les serveurs l'ont tous remarqué et échangent des signes de connivence, qui vont du « Comme c'est charmant ! » au carrément vulgaire, et un jeune Français (dont la compagne n'est pas jolie) assis à la table voisine a émis une remarque sarcastique particulièrement désobligeante, sans se douter que je l'ai comprise. Mais qu'est-ce que j'en ai à foutre ? Je ne quitte pas des yeux ma source d'oxygène. Elle me rappelle un peu Chanya – mêmes pommettes hautes, visage large et généreux –, mais Chanya est de souche paysanne alors que cette femme a quelque chose d'altier. Elle parle un parfait anglais onusien. Elle ne se sert presque jamais de sa main gauche, qu'elle laisse sur son giron, sauf quand elle la porte à son visage en un geste curieux, légèrement nerveux. Elle ne boit pas d'alcool et je ressens un peu de gêne au moment de me commander une autre bière. Plus pour me calmer les nerfs que par souci professionnel, je décide de parler un peu de l'affaire qui m'occupait l'esprit jusque-là :

— Alors, comment c'était, de travailler avec le fameux Frank Charles ?

— Fameux ? Il est célèbre dans votre pays ? Nous pensions que c'était un grand homme, parce qu'il était très gentil, très réfléchi, et nous prodiguait toujours des encouragements. Nous disions de lui qu'il était un bouddhiste-né. Il avait manifestement connu le bouddhisme dans une vie antérieure.

Elle a la voix douce, une intonation où transparaissent de l'indulgence et de la compassion envers tous les êtres vivants. Je pense qu'elle a déjà atteint l'Autre Rive et me sens d'autant plus intimidé.

— Il était célèbre, en tout cas. Et très riche. Un réalisateur à succès.

— Oui. Il était toujours très professionnel.

— Vous voulez bien me dire de quoi parlait le film ?

Elle exprime ses doutes avec une simplicité enfantine :

— Comment se fait-il que vous ne le sachiez pas ?

— Parce que le film n'est jamais sorti et que je n'ai pas pu m'en procurer la moindre copie. Vous en avez une, vous ?

Elle sourit.

— Non. Personne n'en a.

— Pourquoi ? Qu'a-t-il de si secret ?

— Rien. Il n'y a rien de secret. Il n'est jamais sorti parce qu'il n'a jamais été terminé. Après le tournage en extérieur, il nous a dit qu'il achèverait le travail dans un studio de Los Angeles. C'était il y a cinq ou six ans. Au début, certains d'entre nous lui ont écrit pour lui demander quand le film serait terminé. Il répondait qu'il était désolé, qu'il n'avait plus de financement, mais qu'il parviendrait tôt ou tard à trouver de l'argent et il nous demandait d'être patients. Il avait fait en sorte que nous soyons tous payés. Il veillait à nous traiter honorablement. Il savait combien nous étions vulnérables, qu'il nous aurait été impossible de faire appliquer légalement le contrat.

Elle lève les yeux et sourit. Ce n'est pas un sourire séducteur ni malicieux. C'est un sourire venu de l'autre côté, plein de légèreté et de liberté, un sourire totalement insouciant.

— Alors, en quoi consistait l'intrigue ?

Elle fronce les sourcils quelques instants, puis sourit de nouveau.

— Je ne vous le dirai pas. Nous avons promis de ne pas le faire. Nous avons dit que nous attendrions la version définitive avant de parler de l'intrigue en public.

— Mais il est mort. Assassiné. Est-ce que ça ne change rien ?

Autre sourire. Je m'accroche :

— En plus, je suis flic.

— Vous allez m'arrêter parce que je ne réponds pas à vos questions ?

Je rougis.

— Excusez-moi. Je crois que je me montre trop insistant. Non, je n'ai aucun pouvoir d'investigation dans ce pays. Je trouve seulement curieux que vous ne vouliez pas parler de l'intrigue d'un film sur lequel vous avez travaillé pendant des mois. Vous aviez le premier rôle féminin ?

Elle a un geste de dénégation.

— Il n'y avait pas de premiers rôles. Ce n'était pas ce genre de film. C'était expérimental, artistique. À mille lieues du star-system.

— Pouvez-vous me dire qui d'autre a travaillé dessus ? Peut-être pourrais-je en discuter avec quelqu'un d'autre ?

— Oui. Quelqu'un d'autre se sentira peut-être à même de parler.

— Vous pouvez me mettre en contact ? Vous avez des adresses e-mail, des numéros de téléphone... y a-t-il quelqu'un à Katmandou en ce moment à qui vous pourriez me présenter ?

Elle réfléchit longuement. À en juger par le langage de son corps, elle passe soigneusement en revue tous ceux qui ont travaillé sur le film avec elle, puis elle secoue la tête.

— En dehors de quelques membres du personnel technique, nous étions presque tous tibétains, vous comprenez ? Dans les scènes himalayennes, tous les acteurs étaient des Tibétains comme moi. Mais la plupart étaient immigrés illégalement – Frank Charles avait insisté là-dessus. Ce sont eux qui connaissaient quelque chose à propos du film. Mais peut-être pas.

Elle glousse.

— Quelques-uns ne savaient rien du tout et, évidemment, ils ne parlaient ni l'anglais ni aucun des dialectes népalais ; il fallait que je traduise. Je ne crois pas qu'ils aient vraiment su non plus de quoi parlait le film ; ils ne comprenaient pas comment on tourne un film. Ils faisaient ce qu'on leur disait et c'est tout ; pour l'essentiel, c'était de l'improvisation selon l'inspiration du moment.

— Ça n'a pas dû être facile, même pour un réalisateur chevronné, de travailler avec des gens qui ne parlaient pas sa langue…

— Oh non ! Je crois que pour quelqu'un d'autre ç'aurait été impossible. Mais Frank Charles était très doué. Très passionné. Il était facile de suivre son inspiration.

— Il ne fait pas l'effet d'avoir été un réalisateur hollywoodien, dis-je en secouant la tête.

— Comment le saurais-je ? Il est le seul avec qui j'aie travaillé.

— Mais ça ne vous paraît pas bizarre qu'un réalisateur doué, qui était de surcroît passionné par son film, n'ait pas réussi à le terminer ?

Ma question semble la laisser perplexe.

— Il l'aurait certainement terminé, tôt ou tard. Nous avons cessé de tourner il y a seulement sept ans.

— Vous connaissez un certain Tietsin ? demandé-je.

Je ne pense pas avoir prononcé le nom avec une emphase particulière, mais à mes oreilles, c'était comme si j'avais laissé tomber un bout de fer sur un sol carrelé : il a résonné dans ma tête.

— Je connais cinq cents Tietsin, c'est encore plus courant que Rinpoché.

— Pardon, c'est un certain docteur Tietsin.

Elle n'essaie pas de cacher son rire.

— Un Tibétain sur trois est docteur en quelque chose ; beaucoup obtiennent ce titre dans les monastères.

— Il donne des séminaires sur l'histoire et le bouddhisme tibétains au dernier étage d'une maison de thé, à Bodnath.

— Je ne vais plus très souvent à Bodnath. J'ai décidé d'essayer de m'assimiler davantage aux Népalais, qui se sont montrés si hospitaliers envers nous.

Je prends une profonde inspiration. Aucune raison de pousser l'enquête plus loin et de me la mettre à dos ; il n'y a guère de raison non plus de faire comme si l'affaire était la seule chose que j'avais en tête. C'est parti !

— Vous êtes très belle, dis-je.

Éculé ? Sans doute, mais franc et direct. Je lui ai laissé le choix. Soit elle met fin à l'entretien de façon charmante, ce qu'une femme comme elle sait faire, soit elle accepte que je lui fasse la cour, de la manière qui lui plaira.

Je regarde son expression changer un peu. Pendant un long moment, je suis persuadé qu'elle est la seule personne présente dans le restaurant à ne pas s'être rendu compte que j'avais des vues sur elle. Elle me regarde maintenant dans les yeux, m'offrant une vision claire de son âme limpide. Puis elle contracte légèrement les lèvres en un petit mouvement non dénué d'humour, avant de lever la main gauche devant mon visage, puis, avec la droite, elle en retire les premières phalanges des trois doigts du milieu. Elle laisse tomber les petites prothèses sur la table dans un cliquetis métallique et me laisse contempler les moignons noirs de sa main gauche, avec lesquels elle pianote ensuite sur la table. Lorsque notre voisin français se tourne pour regarder, elle les agite devant lui ; il a l'air furieux, probablement parce qu'elle lui a gâché le repas.

— Vous avez toujours envie de coucher avec moi ? demande-t-elle d'un ton entièrement dépourvu de duplicité, avant d'ajouter, en riant : Je vous promets qu'il ne me manque rien d'autre.

28

Je ne peux pas te dire tout de suite ce qui s'est passé, *farang*. Cela a quelque chose d'à la fois sacré, embarrassant et comique. Et cela ne me montre pas sous un jour particulièrement favorable. Quoi qu'il en soit, c'est toujours bien vivant, là, au fond de mes entrailles, ça envoie des signaux contradictoires à travers tout mon système nerveux et ça me coupe entièrement l'appétit et toute envie de travailler. Et puis, tout ce que tu veux savoir, c'est si nous avons couché ensemble, Tara et moi, n'est-ce pas ? Nous y reviendrons. En attendant, j'arpente Freak Street à la recherche de la Nixon Guesthouse. Si tu as oublié ce qu'est Freak Street, *farang*, voici de quoi te rafraîchir la mémoire : Janis Joplin et Jimi Hendrix étaient encore de ce monde ; leur musique formait le fond sonore d'une expérience commencée à San Francisco mais beaucoup mieux tolérée ici, où le marché de la dope représentait un secteur important de l'économie. Pour être pleinement initié, il fallait avoir fait le voyage jusqu'à ces étonnants pays exotiques que la fin du XXe siècle a transformés au nom de la civilisation en champs de bataille inaccessibles. Les pèlerins qui survivaient étaient reconnaissables à leurs poux, leurs cheveux longs, leur dysenterie, leur mysticisme de base, leur toxicomanie et leur amour du rock.

Je n'arrive pas à trouver l'endroit et mes pas me ramènent toujours au marché, où des femmes en châle sont assises sur leurs talons devant des melons, des carottes, des radis et d'autres légumes d'une taille si gigantesque que c'est à se demander si toute la vallée de Katmandou n'a pas été magiquement modifiée. L'abondance d'oxyde de carbone dans l'air ne ralentit en rien la croissance des produits locaux, pas plus que la présence de poules, de vaches, de singes et de chiens en liberté au marché du matin ne dérange les ménagères consciencieuses. La principale attraction du jour est un seau rempli de poissons que quelqu'un a attrapés dans l'une des rivières, peut-être la Bagmati, sur les *ghâts* de laquelle des cadavres grésillent en ce moment avec des petits bruits secs. Après avoir longuement erré, je trouve un écriteau écrit à la main accroché à un réverbère : *FREAK STREET THIS WAY*.

La Nixon Guesthouse est une grande maison élisabéthaine en mitoyenneté de quatre étages, à moitié en bois, convertie en hôtel ; on peut sans doute y prendre son petit déjeuner dans la cour entre les draps en train de sécher sur des fils à linge si l'on n'a pas oublié de s'approvisionner en yogourt et en muesli la veille au soir. J'arrive au moment des ablutions ; il n'y a aucun client en vue et je bats en retraite dans la rue pendant que deux femmes de ménage en sari solidement charpentées jettent sur le sol carrelé des seaux d'eau, laquelle s'écoule vite dans la cour. Je décide d'attendre une dizaine de minutes qu'elles aient fini et retourne au marché. Je suis en train d'examiner une carotte de près de quarante centimètres de long – dont la symbolique phallique n'a pas échappé à la vendeuse édentée qui mâchonne du bétel – quand Lek m'envoie un SMS.

Je dois retourner à la guesthouse chercher un document qu'il m'a faxé. Brusquement, il n'y a plus un seul taxi à l'horizon, mais un conducteur de rickshaw apparaît miraculeusement et se présente comme la seule alternative possible. J'oublie bêtement de négocier à l'avance le prix de la course et quand il me dépose au Thamel et à la Kathmandu Guesthouse, après avoir pédalé héroïquement, un sentiment de culpabilité semble avoir paralysé mon pouvoir de négociation et je lui donne la petite fortune qu'il me réclame en gémissant et se massant les mollets et les cuisses avec ostentation. Je me rends compte à quel point il m'a entourloupé à ses yeux exorbités lorsque je lui tends l'intégralité de la somme demandée comme juste prix de ses souffrances. Il me remercie maintenant avec force gestes, pour lui avoir permis de prendre une retraite anticipée ; il me considère apparemment comme un avatar de Krishna.

À la guesthouse, on a mis le document faxé par Lek dans une enveloppe en papier kraft, attention délicate à laquelle je ne m'attendais pas. Je tire de l'enveloppe le document : une photo de groupe, et au centre de celui-ci pose un homme proche de la cinquantaine que je ne reconnais pas. À en juger par la différence de taille avec ses voisins – six Asiatiques –, on voit qu'il est très grand, plus d'un mètre quatre-vingts. Il est très bel homme, un peu empâté mais pas trop, et semble américain. Il est aussi rasé de près. J'appelle Lek.

— Tu ne vas pas me dire que c'est lui ?

— C'est une *authentique* photo de Frank Charles, chéri.

— Elle a dû être prise il y a un siècle ?

— Non. Il s'agit d'une photo diffusée auprès des médias, prise au moment du tournage dans le nord-ouest du Népal, il y a sept ou huit ans.

— Il avait donc à peine plus de cinquante ans. Mais il semble plus jeune. C'est étonnant. Même pour un Américain, la rapidité avec laquelle il a grossi est stupéfiante.

— Mmm, c'est vraiment un beau mec. Je suppose qu'ils finissent tous par se laisser aller.

Je raccroche et médite un moment sur la photo de Frank Charles. Il arbore un grand sourire, les bras autour de deux femmes, dont l'une est Tara. Je suppose que les autres membres du groupe sont des acteurs ou font partie de l'équipe de tournage. La plupart sont en costume tibétain et au moins deux hommes ont l'air très farouches, la tête enveloppée de chiffons, comme des voleurs de yaks des hauts plateaux. Je plie la photo de manière à ne pas déformer son visage, la glisse dans une poche et retourne au Thamel.

Il y a maintenant des tas de taxis, probablement parce que j'ai décidé de marcher. Lorsque je suis enfin de retour à la Nixon, je constate avec plaisir que les écuries d'Augias ont été nettoyées par les femmes de ménage herculéennes et qu'on peut de nouveau fumer un joint au milieu des draps ondulants.

Et à quoi suis-je en train de penser pendant que le THC commence à faire son effet ? Tu connais déjà la réponse, *farang*, parce que tu te poses la même question que moi depuis que je t'ai parlé de la photo de Frank Charles, un bras passé autour de la taille de

Tara : a-t-il couché avec elle ou non ? Suis-je le seul à déplorer la façon dont le karma hérité de nos incarnations reptiliennes continue de nous empêtrer dans le bourbier de la jalousie sexuelle ?

Bon, voilà comment ça s'est passé.

Comme tu t'en souviens forcément, Tara a lâché sa bombe : « Vous avez toujours envie de coucher avec moi ? », peu après avoir montré à l'odieux Français non pas un mais trois doigts amputés par les engelures. C'est évidemment le moment où, produit raffiné de l'ingénierie sociale de l'ONU, presque du genre européen du Nord, elle se mue en belle chienne tout à fait partante. Évidemment, j'ai répondu oui. Trois fois : « Oui, oui, oui », non pas comme un jeune homme pris de désir, mais avec tout le désespoir de celui qui approche à grands pas de la quarantaine, dont la femme s'est retirée dans un couvent, dont le fils unique est mort et qui voit vraiment en elle, en cet instant, sa dernière chance de salut.

Elle m'a expliqué que nous devions aller chez elle plutôt que chez moi. Malgré les apparences, Katmandou est une ville du tiers-monde très conservatrice et une fille ne peut vraiment pas se permettre d'être vue se rendant dans la chambre d'hôtel d'un *farang*. En tant que réfugiée tibétaine, elle risquait tout bonnement de se faire expulser pour prostitution. Il me semblait indiscret de lui demander en quoi il était préférable que j'aille chez elle, mais je l'ai compris quand nous sommes arrivés devant ce qui devait être une sorte de cité inachevée sur la route de l'aéroport. À en juger par les costumes des hommes et des femmes, leur rudesse de montagnards, leurs vêtements en haillons et une atmosphère indéfinissable de *fais ce que voudras*, j'en ai conclu que c'était un lieu exclusivement tibétain habité par des jeunes de vingt à trente ans, qui semblaient squatter les bâtiments en béton armé brut à moitié terminés. Des tanka, la version tibétaine des mandalas hindous, étaient omniprésents, car il semblait que ce fût une communauté d'artistes ; quelqu'un soufflait dans une énorme corne tibétaine de trois mètres de long, les murs répercutant le son nostalgique vers la ville en une vague interminable. Des enfants, qui paraissaient appartenir à tout le monde et à personne, jouaient à l'intérieur d'une maison inachevée dans le jour crépusculaire. Il y avait aussi partout des drapeaux de prière tibétains accrochés à des câbles tendus en amples paraboles entre la terre et les toits. Quand nous sommes entrés dans sa petite chambre – les toilettes communes étaient à l'extérieur – et qu'elle a fermé la porte au verrou, elle s'est approchée de moi, a souri et, de sa bonne main, a rapidement trouvé mon sexe. Cette caresse de reconnaissance avait un côté étrangement familier qui me laissa perplexe. Le ton avec lequel elle m'a dit d'aller me doucher dehors avec le tuyau d'arrosage m'a encore plus étonné. J'ai obéi, je suis retourné dans la chambre et ai attendu pendant qu'elle se douchait à son tour. Nous ne nous étions pas encore embrassés.

Puis, quand elle est revenue vêtue seulement d'une serviette, est arrivé le moment de la révélation. Ma gêne l'a fait sourire, puis elle a écarté les pans de la serviette en un geste théâtral. J'ai souri moi aussi et rendu hommage à ses seins. Après m'avoir entraîné jusqu'au matelas installé à même le plancher et fait allonger, elle a examiné mon pénis soigneusement du regard et du toucher, comme si elle cherchait quelque chose. Je riais maintenant intérieurement.

— Ne t'inquiète pas, je suis réglo, ai-je dit.

Elle n'a pas paru comprendre pourquoi je disais cela, mais les signes étaient trop nombreux pour que je sois dupe plus longtemps.

— Écoute, je comprends très bien, ai-je ajouté. Tu es tombé sur le seul type au monde qui ne va pas te juger. Ma mère était au turbin, je donne un coup de main dans le go-go bar qu'elle dirige, on peut me qualifier à bon droit de maquereau à mi-temps. Je n'ai aucune objection morale à opposer à une jeune femme issue d'un milieu pauvre qui fait un extra pour quelques dollars… surtout si elle est une réfugiée.

Je croyais dire ce qu'il fallait, mais n'ai réussi qu'à lui faire froncer les sourcils. Elle a secoué la tête, puis m'a dit de me détendre et de fermer les yeux.

— J'espère que ça ne te dérange pas, a-t-elle dit. Je vais procéder un peu différemment. Tu me poseras des questions ensuite. Tout ce que tu as à faire, la première fois, c'est de rester allongé. Essaie de ne pas jouir trop vite.

Comme je m'apprêtais à parler, elle m'a bâillonné la bouche de sa main gauche – j'ai senti les extrémités rugueuses de ses moignons sur mon front –, puis, avec l'index de la main droite, elle a cherché un point d'énergie entre l'anus et le scrotum et l'a pressé avec force. Comment n'aurait-elle pas été une pro ? Et douée d'un savoir-faire qui m'était inconnu jusqu'alors. Elle s'est penchée sur moi, ses seins pendillant de chaque côté de mon menton, et a murmuré :

— Ne te laisse pas émouvoir, ça gâte l'extase.

Je n'avais encore jamais entendu une telle injonction ; je ne pouvais même pas l'imaginer venant de ma mère, Nong, qui pouvait pourtant se montrer assez aventureuse avec le client adéquat, et j'ai pensé : Waouh ! Ces Tibétaines ne sont vraiment pas comme les autres, tout en la laissant jouer de moi comme d'un flûtiau.

Sauf que la musique était passablement plus élaborée. Elle réglait mes réactions avec précision au moyen de la technique manuelle décrite plus haut ; lorsque j'étais vraiment sur le point de jouir, elle se penchait en avant et me chuchotait : « Imagine une roue en train de tourner, une roue aux lames tranchantes… »

Le reste du temps, elle me chevauchait, les reins cambrés, la tête haute, les yeux fermés, une claire lumière (presque visible) émanant de son front lisse ; elle portait autour du cou – elle avait dû le mettre en prenant sa douche, car elle ne l'avait pas pendant le dîner – un médaillon d'argent en forme de *vajra*, le symbole himalayen de l'éclair.

Il n'y avait pas l'électricité dans sa chambre ; le clair de lune, qui entrait dans la pièce par une fenêtre sur la droite, projetait en ombres chinoises sur le mur de gauche son corps nu animé d'un mouvement sans fin ainsi qu'un morceau de ferraille qui dépassait d'un des bâtiments inachevés et m'apparaissait maintenant pareil à un tronçon de bambou, gros comme le poing, noir comme un moignon, découpé sur le fond clair.

Je suis prêt à jurer sur l'ensemble du canon pali que, grâce au doigt de Tara, j'ai tenu pendant quarante minutes. Après quoi, je me suis dit qu'elle avait eu son compte et que, si elle en voulait encore, il faudrait qu'elle me paie…

Un préservatif usagé plus tard, nous étions couchés dans les bras l'un de l'autre. J'ai laissé quelques secondes passer avant que ces paroles bougonnes s'échappent de ma bouche :

— Tu n'as pas joui.

Elle a tendu la main pour couvrir une des miennes ; j'ai été tenté de la retirer, mais ai opté pour les bonnes manières et l'ai laissée là.

— Ça fait très longtemps que je n'ai pas joui, inspecteur. Mon partenaire est reparti au Tibet, et les Chinois l'ont jeté en prison.

Ma gorge s'est serrée.

— Je suis désolé. Vraiment. C'est stupide de ma part.

— Ce n'était pas mon amoureux. C'était mon partenaire.

J'ai pris une profonde inspiration.

— Qu'est-ce que ça veut dire ?

— Ne me dis pas que tu n'as pas deviné ? Tu crois toujours que je suis une prostituée ?

J'ai secoué la tête.

— Oh non. Je commence à me faire une idée des Tibétains. La prostitution serait une explication beaucoup trop simple… et matérialiste.

— Mais, toi, tu es vraiment… maquereau à mi-temps ?

J'ai toussé.

— Tu es yogi ? Tu pratiques le tantrisme ?

— Bien sûr. Ça ne t'a pas plu ?

— C'était fantastique, mais ç'aurait été sympa de te rappeler de temps en temps que j'étais là.

Elle a souri.

— Je crois que les personnes ayant des origines occidentales ont du mal à comprendre à quel point la béatitude est impersonnelle.

À ses yeux, j'étais donc complètement occidental ? J'ai songé un moment à sa vision du monde révolutionnaire avant d'en revenir au niveau pratique.

— Tu *connais* Tietsin.

Elle a froncé les sourcils.

— Pourquoi dis-tu cela ?

— La roue à lames. Il n'y a pas plus révélateur.

Elle a détourné la tête ; quand elle l'a ramenée vers moi, elle riait à gorge déployée.

— Qu'est-ce qu'il y a de si drôle ? Ne me dis pas que les roues à lames se vendent comme des petits pains à Lhassa ?

— Bien sûr que si. La roue aux lames acérées est un élément central de notre culture, comme les embouteillages à Bangkok.

Elle a trouvé cela très spirituel et gloussé encore un moment, ce qui faisait trembloter ses seins.

— Vous avez gagné, ai-je dit. Vos roues à lames font mal, mais pas autant de dégâts sur l'environnement.

Elle a hoché la tête, comme en présence d'un enfant arriéré qui commencerait à comprendre.

En hôtesse bien élevée et un peu vieux jeu, elle ne m'a pas laissé chercher seul un taxi. Lorsque nous en avons trouvé un, elle a tenu à m'accompagner afin de s'assurer que j'arriverais sans encombre à la guesthouse. En fait, elle avait envie de parler. Je sentais qu'elle éprouvait à mon égard une responsabilité dont elle voulait soulager sa poitrine.

— Tout cela est lié à l'histoire du Tibet. Le bouddhisme est arrivé chez nous assez tard, vers le VIIIe siècle, mais il n'a vraiment pris de l'ampleur qu'au XIe. Les Tibétains étaient alors un peuple sauvage qui vivait dans la région la plus inhospitalière du globe. Seuls les hommes les plus forts, les plus virils, et les femmes les plus résistantes, les plus fécondes, survivaient. C'étaient des gens très robustes et belliqueux. Et manger de la viande était le seul moyen de subsister – et l'est toujours. Il y avait beaucoup d'énergie sexuelle à canaliser. Nous n'allions pas suivre la voie du brahmane et réprimer entièrement cette énergie en faisant le poirier et en nous nourrissant d'herbes folles. Il fallait la détourner vers les chakras supérieurs. Nous avons donc développé le tantrisme, appelé aussi bouddhisme vajrayana ou bouddhisme apocalyptique.

C'était, je crois, une manière de se justifier devant moi. Mais elle a ajouté :

— Je ne connais pas ce docteur Tietsin personnellement, mais j'ai entendu parler de lui. Il est très connu de certains Tibétains et même vénéré par eux. Il aide beaucoup de gens, surtout les réfugiés récemment arrivés. Il leur donne de l'argent. D'aucuns disent qu'il est une sorte de parrain lié au gouvernement népalais. D'autres affirment qu'il nous ramène à notre passé atavique. D'autres encore qu'il est la réincarnation de Milarepa…

— Milarepa ?

Mon guide de voyage m'est revenu en mémoire : le saint patron du Tibet.

— Oui. Tu sais, dans chaque religion, il y a l'orthodoxe et le spirituel. Milarepa était un homme indomptable, fou, excessif. Il a commencé par pratiquer la magie noire et a massacré des tas de gens avant de trouver le dharma. C'est peut-être pour cela que nous l'aimons tant.

— Tietsin n'est même pas moine.

— C'est sa force. Il n'est lié par rien. Certains disent qu'il a dépassé la Voie… qu'il est déjà affranchi de toute souffrance. Il se sert seulement de son corps estropié comme d'un véhicule pour aider le Tibet en ces temps de crise.

— Et que disent les autres ?

— Qu'il est complètement dément et retarde de sept cents ans.

Elle a gloussé.

— Il t'a donné un mantra, n'est-ce pas ?

J'ai acquiescé.

— C'est cela qui est secret, pas la roue à lames.

Elle s'est tue, quand nous sommes arrivés à la guesthouse. Je suis descendu du taxi et lui ai demandé, au moment de refermer la portière :

— Il m'a donné un mantra… qu'en penses-tu ?

— Oh, seulement que grâce à Tietsin tu peux être pleinement éveillé en sept ans… les femmes ne t'intéresseront plus du tout…

Elle a laissé quelques secondes passer.

— Ou bien tu te retrouveras dans un hôpital psychiatrique jusqu'à la fin de tes jours. Il va droit au but. Ce que tu appelles psychose est pour lui un chemin qui mène à la santé. Ou bien, on peut dire qu'à ses yeux nous sommes tous psychotiques et donc que le risque n'est pas trop grand.

Lorsque je lui ai tendu de l'argent pour payer le taxi, elle s'est penchée par la portière et m'a dit :

— Je crois qu'il serait malavisé qu'on se revoie. J'ai trop ouvert ton chakra du cœur et tu risques fort de tomber amoureux de moi. L'asservissement sexuel est bien la dernière chose dont j'aie besoin. Il crée un karma tellement lourd ! Désolée si je t'ai induit en erreur. Adieu.

Que penses-tu de celle-là ? J'étais en train de me gratter la mâchoire quand une de ces questions mesquines, purement théoriques, m'est venue soudain à l'esprit, comme elles le font toujours en des moments pareils. Je suis retourné au taxi, qui était en train de faire demi-tour, et, avec le sentiment d'être plutôt un agent de la circulation qu'un amant, j'ai tapé à sa portière et lui ai fait signe de baisser sa glace.

— Par curiosité… pourquoi es-tu venue avec moi ce soir ?

Elle a détourné les yeux et pris une profonde inspiration.

— Pour l'énergie masculine. La force qui émane de tout ce sperme bouillonnant. Une fille en a besoin de temps en temps et, maintenant que mon partenaire est en prison, je n'ai pas souvent l'occasion de satisfaire ce besoin. Tu as rétabli l'équilibre, régénéré ma force, je n'ai plus l'impression que je vais attraper la grippe… et puis tu es joli garçon.

Et voilà, *farang*. Mon unique aventure depuis que j'ai épousé Chanya et il se trouve que la dame est une yogi accomplie. J'ai fini mon joint il y a deux heures et suis resté depuis au milieu des draps en train de sécher dans la cour de la guesthouse déserte, plongé dans une rêverie plaisamment ironique. Lorsque j'en sors, je me rends compte de ce qui aurait dû me paraître évident. Il n'y a pas de direction et l'établissement n'est pas ouvert. Les femmes de ménage sont parties. Au coin de la rue, un flic m'apprend que la Nixon Guesthouse a été fermée la semaine dernière pour trafic de drogue et ne rouvrira pas tant que les propriétaires n'auront pas payé la police. Il donne l'impression que cela n'a rien d'exceptionnel et sous-entend qu'un réseau de trafiquants de quelque importance ne peut survivre un certain temps qu'avec l'approbation du gouvernement.

29

Je suis censé aller jeter un coup d'œil à l'autre guesthouse en haut du Thamel, où l'Anglaise Mary Smith prétend être entrée en contact pour la première fois avec le réseau thaï dirigé par notre colonel Vikorn en personne.

Mais je n'arrive pas à rassembler le courage de crapahuter encore dans le Thamel et renonce à suivre cette piste. J'en suis bien conscient, la majeure partie de mon énergie psychique va me servir aujourd'hui à résister à la tentation d'appeler Tara sur son portable ou, pis, d'aller la voir sur le lieu du tournage à Bhaktapur. L'adolescent en manque ? Ce qui m'ennuie vraiment, c'est le ton avec lequel elle a dit : « L'asservissement sexuel est bien la dernière chose dont j'aie besoin » – un ton *maternel*. C'est comme si elle m'avait mal habillé pour aller à l'école et que j'allais être mal à l'aise toute la journée. Me voilà écartelé entre indignation rageuse et fascination érotique. Je n'ai jamais rencontré une femme comme elle. J'ai évidemment envie de la revoir. Le mieux serait bien sûr qu'elle soit *elle* aussi en manque, mais c'est trop espérer dans cette ville himalayenne où l'attention est dirigée vers le ciel. Le plus simple serait d'avoir un face-à-face avec Tietsin : il est hors de question que nous le laissions balancer nos mules au général Zinna. Mais lorsque je retourne à Bodnath et jette un coup d'œil à la maison de thé où il donne ses séminaires, il n'y a pas trace de lui. Il semble bien que je vais avoir la journée à moi et, chose curieuse, mes gènes asiatiques superstitieux refusent de me laisser partir tant que je n'aurai pas fini mes trois tours et demi du stupa.

J'en suis à la moitié du premier et fais tourner les moulins à prières comme s'il n'y avait pas de lendemain – il n'y en a jamais –, en suivant deux nonnes tibétaines qui ne cessent de jacasser et rattrapent peu à peu deux routards scandinaves inexpérimentés qui s'arrêtent à tout moment pour s'assurer qu'ils n'ont pas manqué un seul moulin, quand je commence à éprouver une sensation de lourdeur dans les jambes. C'est ahurissant, mes forces m'abandonnent d'un coup et il me semble que j'ai cent ans. La façon dont mon environnement mental se met à changer est encore plus angoissante. Le stupa blanc devient noir, les gens disparaissent. Pris d'un accès d'extrême faiblesse, je m'appuie contre le stupa et mon portable sonne. J'ai oublié de l'éteindre.

— Fichez le camp, illico.

— Quoi ?

— Vous êtes beaucoup trop faible pour rester ici. Le stupa vous vide de vos forces. Si vous ne me croyez pas, regardez-le bien.

J'obéis et j'ai brusquement l'impression d'être à même d'en voir l'intérieur : la petite rivière miteuse, les goules qui prennent en charge les cadavres, la pyramide de l'illumination, ceux qui ont le karma le plus noir à la base, les plus purs au sommet. Je me rends compte à quel point je suis aspiré par tout cela.

— À quoi bon aller sur l'Autre Rive si vous n'en revenez pas ? Éloignez-vous du stupa.

Je dois faire un effort pour m'en écarter et je m'en éloigne en titubant de trois bons mètres ; mes forces commencent à revenir. Je tiens toujours le portable à mon oreille.

— Où êtes-vous ?

— Regardez en haut. Je suis au sommet du stupa.

Je lève les yeux. Il n'y a personne en haut du stupa ; la pente à proximité du sommet est trop forte et il n'y a pas de place où se tenir. Ce serait tout à fait insolite de voir quelqu'un là.

— Non, vous n'y êtes pas. Vous êtes en train de me prendre la tête, c'est tout.

— Vous êtes sur le point de vous laisser aspirer par la mort sans protester, mais vous êtes incapable de voir au-delà du conventionnel, rétorque-t-il sur un ton exaspéré. Regardez encore.

Je fixe le téléphone en faisant la grimace et lève à nouveau les yeux. Je vois maintenant des marches taillées dans le tumulus blanc, qui mènent à son sommet. Et il est là, tout en haut, et agite son moignon à ma seule intention. Pour moi seul aussi, il se tourne, baisse son pantalon et me montre son cul. À mon grand étonnement, je trouve cela hilarant et éclate de rire. Je passe rapidement du rire aux larmes.

— Vous êtes hystérique, dit Tietsin, le pire état d'esprit qui soit. Mieux vaut être déprimé ou même carrément d'humeur suicidaire. Je ne peux rien faire en pareil cas. Calmez-vous. Allez boire une bière.

— Vous allez me dire où vous êtes ? demandé-je, soudain irrité.

Il n'est pas réellement en haut du stupa ; j'ai encore jeté un coup d'œil et il n'y a personne à cet endroit.

— Peu importe où je suis… si vous le saviez, vous n'en reviendriez pas. Et si je vous disais que je suis au lit avec Tara, qu'est-ce que vous pensez de ça ?

J'en ai le souffle coupé, comme si on m'avait donné un coup de pied dans le ventre.

— Elle ne travaille pas pour vous, alors ?

Exclamation désapprobatrice.

— Absolument pas. Je n'avais encore jamais entendu parler d'elle. Elle m'a téléphoné parce que c'est une yogi responsable ; elle s'est inquiétée pour vous quand vous lui avez dit que vous étiez l'un des miens. Elle craint que vous ne soyez beaucoup trop ouvert en ce moment et que ces petits ébats d'hier soir avec elle ne vous tuent. Vous êtes déjà terriblement affaibli. Vous devez le savoir, les yogis ont quelque chose de plus que nous et elles ne sont pas responsables de l'effet qu'elles exercent sur nous. Vous ne savez tout simplement pas à quelles forces vous avez affaire. Vous ne disposez pas de la protection dont bénéficient les gens ordinaires – vous l'avez perdue quand je vous ai initié – et vous n'êtes pas assez fort pour vivre le dharma tout seul.

— Je ne comprends pas un mot de ce que vous dites.

— Voilà que vous mentez. Vous ne voulez pas comprendre parce que les implications sont trop énormes pour votre fragile vision du monde. Vous pensiez pouvoir vous accorder un peu de bon temps hier, vous glisser dans le premier utérus venu, jouer les sentimentaux et les amoureux, exactement comme un fantôme errant en quête d'un corps, n'importe quel corps, pour échapper à l'angoisse spirituelle… et recommencer tout le processus psychotique de la naissance et de la mort. Cessez de vous faire des illusions. Vous avez laissé une bonne partie de vous-même entre ses cuisses. Si elle le voulait, elle pourrait vous écraser comme une punaise. Au lieu de cela, elle est venue à moi, inquiète à votre sujet. À votre place, j'essaierais de me racheter auprès d'elle.

— Mais je n'ai rien fait ! Elle s'est servie de moi…

— À vous de juger. L'étiquette a cependant son importance. Les protecteurs aiment les bonnes manières. Et puis, qu'est-ce que vous fichez à Katmandou ? Vous vous rendez compte à quel point c'est manquer de professionnalisme : nous deux dans la même ville alors que la transaction est en cours ? *Nous effectuons la livraison la semaine prochaine.*

— Votre comportement n'est pas des plus professionnels, lui non plus, marmonné-je. Je veux savoir qui sont vos informateurs, ceux qui vous disent qui est la mule de qui, c'est la principale raison de ma présence ici. Zinna et Vikorn sont extrêmement contrariés.

— Mes informateurs ? Pourquoi ne me l'avez-vous pas demandé plus tôt ? L'un s'appelle Narayan, l'autre Shah.

À mes grands dam et étonnement, il a brusquement coupé la communication. Je fixe mon portable des yeux un moment, puis consulte la liste des appels reçus pour voir à partir de quel numéro il a téléphoné, mais le fichier montre un appel anonyme. Je ferme le portable et le fourre dans ma poche. Cela a pour effet de déclencher un autre accès de paranoïa, parce que sans le gadget dans la main je me sens diminué.

Je me remets et reprends de l'énergie. Je sais que Tietsin a raison : je dois m'éloigner du stupa. Sa masse blanche sépulcrale et menaçante, c'est trop ! Quand je la regarde, je recommence à me sentir mal. Bien décidé cette fois-ci, je prends un taxi pour l'agence de Thai Airways à Durbar Marg, où je réserve une place sur le premier vol pour Bangkok.

Lorsque l'avion atterrit à l'aéroport de Suvarnabhumi, il est environ 18 heures. Comme je n'ai pas de bagages à récupérer, je saute immédiatement dans un taxi et ferme les yeux, épuisé. En arrivant chez moi, je me rappelle de rallumer mon portable avant de me coucher.

30

Après avoir été tiré de mon sommeil fragile par l'ineffable Bob, j'entends une petite voix émettre des bruits d'insecte dans les profondeurs du micro miniature de mon portable :

— Alors, comment ça va ? Vous vous sentez mieux ?

Je tiens le téléphone près de mon oreille. Cette nuit, il ne prend pas son accent onusien ; il a des intonations venues tout droit de New York et sa voix pénètre l'obscurité avec une pointe de Brooklyn.

— Vous savez l'heure qu'il est ?

— Bien sûr. Pour vous, il est 4 heures du matin, pour moi deux heures plus tôt, mais je ne dors pas beaucoup. C'est à 4 heures du matin que se lèvent tous les bons moines pour commencer leurs pratiques quotidiennes.

— Je ne suis pas un moine.

— Qui essayez-vous de tromper ?

Je laisse passer quelques instants. Puis :

— Mon fils est mort. Je ne vous l'ai pas dit. Je croyais que, étant illuminé et tout ça, vous le verriez.

Je vous mettais à l'épreuve. Il a été tué dans un accident. Vous ne le saviez pas, n'est-ce pas ?

Nous gardons le silence un moment.

— Non. Je suis désolé. Tout à fait désolé. Je l'ignorais.

— Mais vous saviez que j'allais recevoir un coup foudroyant. Vous l'avez dit.

— L'esprit est toujours foudroyant lors de sa première visite. Lorsque vous avez insisté pour être initié, je savais que vous alliez prendre un coup. Comme moi. Je n'ai pas inventé le dharma. Vous avez du sang d'Occidental et vous vouliez que le karma de dix mille vies soit effacé d'un seul coup pour prendre la voie rapide de l'illumination et obtenir la médaille d'or avant tout le monde. Enfin... Mais je suis quand même désolé. Quoi qu'on dise, le premier coup dur que l'on reçoit est le plus terrible. Je suis seulement content que ça soit arrivé à vous et pas à moi... vous éprouverez un jour le même sentiment.

— Merci.

Je décide de changer de sujet :

— Nous avons un petit problème : une Anglaise, une certaine Mary Smith, une mule proche de la trentaine... quelqu'un l'a balancée. Elle a un visa népalais sur son passeport. Vous savez qui l'a balancée ?

— Bien sûr, c'est le général Zinna. Vous le savez.

— Je veux dire : qui l'a donnée à Zinna ?

— Moi.

Cet aveu franc et direct me laisse sans voix un moment.

— Vous êtes fou ? Vous savez ce que va faire Vikorn lorsqu'il l'apprendra ? Il est de mon devoir de le lui dire.

— Eh bien, dites-le-lui. Peu m'importe. En fait, je tiens à ce que vous le fassiez. Je ne veux pas que vous tentiez de me rendre responsable d'un manquement à votre devoir.

— Mais je croyais que vous aviez un accord avec lui… avec nous. Vous pensez qu'il va encore traiter avec vous après ça ?

— J'en suis certain. Il sera même encore plus empressé de traiter.

Je n'y comprends plus rien.

— Pour quelle raison ?

— Vikorn n'a pas les fonds. Il me l'a dit. J'ai besoin de quarante millions et il ne peut en réunir rapidement que vingt, tout au plus.

Il me faut un certain temps pour comprendre tout ce que cela implique.

— Vous essayez de lui mettre la pression. Écoutez, premièrement, il ne se laisse pas mettre facilement la pression, en fait pas du tout. Deuxièmement, il n'est vraiment pas en mesure de réunir une telle somme en une semaine. Il en est incapable.

— Je le sais.

— Alors ?

— Son pote, le général Zinna, est dans le même bateau.

Je suis si atterré que j'ai du mal à parler. Je suis également déçu : Tietsin me donne l'impression d'être un dangereux amateur.

— Vous avez pris contact avec Zinna alors que vous aviez déjà un accord avec nous ?

Je marque un temps d'arrêt et prends une bonne inspiration pour me calmer.

— Écoutez, vous êtes peut-être un éminent gourou, yogi ou je ne sais quoi, mais ça, ça ne se fait pas. Chez nous, je suis désolé de vous le dire, c'est se comporter de manière tout à fait stupide. Vous avez tout fichu en l'air. Vous feriez peut-être bien de chercher quelqu'un d'autre pour conclure l'affaire, à Amsterdam, par exemple, n'importe où, pourvu que ce soit à dix mille kilomètres d'ici au moins.

— Non. Je vous aime bien. Je vous reste fidèle. Je vous l'ai dit, les Tibétains sont des gens loyaux. Nous ne laissons pas tomber ceux que nous prenons en sympathie… du moins au cours d'une même vie. Je me serai peut-être lassé de vous avant la venue du bouddha Maitreya, mais ça nous laisse pas mal de temps.

— Comment pouvez-vous être aussi impudent ?

— Je ne suis pas impudent. Réfléchissez-y. Pensez tout haut, que je vous entende.

— D'accord. Je pense que vous avez doublé le plus puissant baron de la drogue de Thaïlande après avoir balancé cette mule australienne qui travaillait pour le deuxième baron le plus puissant du pays. Cela vous fait deux grands ennemis, et aucun ami en dehors de moi ; du point de vue des affaires, je commence par ailleurs à avoir des doutes. Vous devriez peut-être vous en tenir à enseigner la voie de l'illumination par la psychose volontaire.

Il a l'audace de soupirer, comme si j'étais lent à la comprenette.

— Votre perspective est trop occidentale, trop manichéenne. Les gens sont mus par la psychologie. Que nous en dit le bouddhisme ? Quelles sont les trois motivations des hommes ordinaires ?

— La peur, le désir sexuel et l'agression.

— Tout juste. Pourquoi votre colonel tenait-il tant à traiter avec moi ?

— Parce que l'affaire que vous lui proposez est si juteuse qu'elle lui permettrait d'écraser Zinna. Agression.

— Et pour quelle raison le général Zinna verrait-il en moi un cadeau du ciel ?

— Parce qu'il deviendrait assez puissant pour écraser Vikorn, d'accord, mais…

— Vous êtes trop dans l'ici et maintenant. Faites fonctionner un moment la roue à lames. Il n'est pas nécessaire de la faire tourner à plein régime à chaque fois, vous pouvez moduler un peu. Accordez-vous une minute pour laisser les choses pénétrer dans votre esprit, les laisser remonter de votre subconscient, où vous les avez soigneusement enfouies.

Je ferme les yeux et me détends. Bon sang, ça commence à marcher. Mais je ne comprends toujours pas comment il espère en être quitte après s'être mis à dos son principal associé.

— Alors, jusqu'où êtes-vous allé ? demande-t-il.

— Comme je l'ai dit, tout est question de peur, de désir sexuel et d'agression. Il n'est pas nécessaire d'être bouddhiste pour le savoir.

— Et que se passe-t-il lorsque l'agression n'aboutit à rien, comme c'est inévitable ?

— La peur reprend le dessus. C'est le cercle vicieux représenté au milieu du mandala : le serpent, le cochon et l'aigle, généralement.

— Et en l'occurrence, qu'est-ce que Vikorn redoute le plus ?

— C'est évident. D'être écrasé par Zinna.

— Exact. Et qu'est-ce que Zinna redoute le plus ?

Je commence à y voir clair. Son audace me fait bégayer :

— Vous… vous les jouez l'un contre l'autre ? Mais comment… ?

— Lorsque j'ai parlé à Zinna, il a dit la même chose que Vikorn. Il ne peut réunir rapidement que vingt millions. J'ai su à ce moment-là que le dharma était de mon côté. Deux et deux font quatre, non ?

J'en ai le souffle coupé.

— Vous croyez vraiment pouvoir les amener à collaborer ? À former une association pour rassembler les quarante millions ? !

Autre soupir intimidant.

— Vous venez de me dire qu'ils le feront. La peur. Quel choix ont-ils ?

Et moi, toujours éberlué :

— Chacun est obligé d'entrer dans le jeu parce que l'autre y est ? Vous êtes stupéfiant. Mais je ne crois pas que ça se passera comme vous le prévoyez. Ils commenceront par s'entre-tuer. À supposer qu'ils ne viennent pas à Katmandou pour *vous* tuer.

Il marque une pause pour laisser parler la nuit, puis :

— Hum, vous avez peut-être raison. Je ne sous-estime pas les difficultés. C'est pourquoi je tiens à votre présence.

— Je travaille uniquement pour Vikorn, pas pour Zinna.

— Vous êtes un *consigliere* de temps de paix… après votre départ, j'ai regardé le DVD. Brando est excellent, Pacino aussi, et vous êtes un parfait Hagen. Faites donc la paix. Après tout, votre but est d'enrichir votre patron.

Je trifouille dans mon oreille gauche avec le petit doigt.

— Je n'arrive toujours pas à comprendre pourquoi vous avez dû balancer l'Anglaise.

— Ce n'est pas moi qui en ai eu l'idée. Zinna a insisté. Il devait partir sur un pied d'égalité, a-t-il dit, et j'avais déjà balancé une de ses mules. L'ennui, c'est qu'il est psychotique, et avec les psychotiques il faut accepter l'idée qu'il y a en eux un mur qu'ils sont incapables de contourner. Il ne peut se défaire de sa jalousie envers votre patron. Vikorn a meilleur esprit ; il n'est pas psychotique.

— Qu'est-ce qu'il est alors ?

— Allez comprendre ! Je n'ai encore jamais rencontré quelqu'un comme lui ! Lorsque j'étais au monastère, nous avons passé une année entière sur le *citipati*, une sorte de démon du feu extrêmement spécialisé, et il se pourrait que Vikorn en soit une sous-espèce, mais je n'en suis pas sûr. Il faudrait un expert en la matière. C'est aussi difficile que de déterminer le sexe d'un chaton. Quoi qu'il en soit, je crois que vous comprenez l'idée d'ensemble et le général attend votre visite. À votre place, je n'emmènerais pas Lek ; il met les soldats dans tous leurs états.

— Comment êtes-vous au courant de…

Il a coupé la communication. J'ai oublié de lui demander s'il avait rencontré Frank Charles ; après tout, l'Américain n'avait pas qu'un seul visa népalais sur son passeport, mais une douzaine. Il est 4 h 30. J'ai aussi oublié de lui demander comment il avait eu le nom de ces deux mules. Il est temps de me rouler un pétard.

Ça va mieux. Loin de moi l'idée de t'inciter à enfreindre la loi, *farang*, mais, à moins que tu ne sois en train de préparer ta prochaine virée à Amsterdam et dans ses étonnants cafés-fumoirs (c'est drôle de voir combien d'entreprises d'informatique y organisent leurs fêtes du personnel), ou dans ce bon vieux comté de Humboldt, pays de l'herbe médicinale (on dit qu'un pour cent au moins de la population est vraiment sous chimio), ou encore dans les monts du Riff au Maroc, à moins que tu ne fasses déjà partie de quelque autre manière que ce soit de la communauté mondiale des fumeurs (sais-tu que le nombre de personnes qui ont voté aux dernières élections présidentielles américaines ne représente qu'une infime fraction du nombre de ceux qui fument de la marijuana sur le globe ? La mondialisation est à double tranchant), à moins donc que tu n'y touches déjà toi aussi (peut-être tout simplement pour faire comme tout le monde, ainsi qu'il est maintenant de rigueur pour tous les candidats à la présidence – si le dernier président avait fumé une taffe avant d'aller se coucher, combien de vies humaines auraient été épargnées ?), permets-moi de te recommander l'humble beu, pour favoriser non seulement la méditation, mais aussi les enquêtes policières. Elle n'est pas efficace pour les détails, mais procure une vue d'ensemble fantastique. Ainsi, qu'avons-nous exactement pour l'instant ? Un sacré imbroglio. Sous l'influence apaisante de l'herbe vivifiante, voilà ce que je trouve :

J'enquête sur le meurtre le plus haut en couleur et photogénique de ma carrière au nom de mon rival professionnel le plus sérieux, qui en retirera tout le mérite lorsque j'aurai élucidé l'affaire – ce que je ne vais pas manquer de faire, car j'ai vraiment le coup pour ce genre de choses –, tout en essayant d'organiser une énorme livraison d'héro avec une fripouille de yogi tibétain, qui se trouve être également mon gourou, malgré un conflit d'intérêts mortellement dangereux lié à mon patron, le colonel Vikorn, dont l'objectif n'est pas tant de vendre de la blanche que de ruiner le général Zinna, qui tient tout autant à provoquer la ruine de Vikorn et se fiche pas mal du commerce à condition que Vikorn écope au final d'une peine de prison plus longue que la sienne. À ce stade, la tâche de ton inspecteur-*consigliere*-reporter consiste à convaincre les deux vieux mammouths de se donner gaiement la main dans le but d'acheter ce poison chargé de mauvais karma à l'être le plus désintéressé et éveillé que j'aie jamais rencontré au cours de mon éternelle quête, personnage qui m'a mis la tête à l'envers grâce à une technique magique hyper-efficace inspirée par l'école bouddhiste du vajrayana, appelée aussi tantrisme ou bouddhisme apocalyptique, hyper-efficace lui aussi mais pas très connu. Ne me jette donc pas la pierre si je m'en roule un autre.

31

Le fait que ce soit l'aube ne signifie pas nécessairement que je sois à jeun. Ma méditation assistée par cannabis a déraillé un peu vers 5 heures et à ton intention, *farang*, j'ai un peu gambergé sur la question du Big Bang, de cet univers à démarrage manuel que j'ai du mal à me sortir de la tête. Pour l'amour de Bouddha, quelle sorte de cosmologie est-ce là ? Le gars qui l'a imaginé est-il aussi à l'origine de l'Immaculée Conception ? Et voilà que cet univers est maintenant composé de « cordes » … Sais-tu que, d'après Wikipédia (qui ne se trompe jamais), le rapport entre la masse d'une corde et celle d'un atome est approximativement le même qu'entre une pomme et le Soleil ? Franchement, je préfère la version sanscrite d'origine.

N'en parlons plus. Je suis dans ma salle de bains en train de regarder le type pas rasé qui est dans la glace et de contempler mon image de lui, qui est en fait l'image qu'il a de moi, de plus en plus étoffée à mesure que la mémoire me revient. Je me reconnais de mieux en mieux, d'instant en instant. As-tu remarqué que l'être humain a deux façons de se réveiller ? L'une quand il est heureux, l'autre quand il ne l'est pas ; elles ne sont pas comparables. Ces temps-ci, la Culpabilité et l'Horreur montent la garde à mon chevet chaque matin. Leurs origines karmiques semblent interchangeables : la mort de Pichaï peut susciter en moi un sentiment de culpabilité ou d'horreur, cela dépend du démon qui a le dessus. Il en va de même avec l'héroïne : je peux être paralysé d'horreur ou envahi par la culpabilité selon mon humeur du moment. Pour l'instant, je suis à peine capable de bouger. Cloué sur place, je suis stupéfait de ce qui est arrivé au type qui me regarde dans le miroir, celui-là même qui, de temps en temps au cours de sa vie, a paru vraiment près d'atteindre le plein éveil spirituel promis par le Bouddha. Pas ce matin, en tout cas. Et voilà que le supplice reprend de plus belle sous l'effet de la roue à lames de Tietsin ; de ma vie, je n'ai jamais eu encore à me connaître aussi bien. En conséquence, cela donne l'impression de se réveiller dans une tombe peu profonde et de devoir se secouer pour ôter la terre entassée au-dessus de soi avant de se mettre au travail.

Aujourd'hui, je dois faire office de modérateur lors d'une rencontre entre Vikorn et Zinna, qui ont impatiemment attendu mon retour de Katmandou afin de pouvoir aller de l'avant et former une association temporaire grâce à laquelle ils pourront mettre leurs ressources financières en commun et acheter à Tietsin pour quarante millions de dollars d'héro. Les questions à examiner ne manquent pas. Vikorn en a couché quelques-unes par écrit à mon intention, mais je m'en pose aussi de mon côté, la plus élémentaire étant de savoir comment faire parvenir le fric à Tietsin.

C'est cela, remplir pleinement les fonctions de *consigliere*, dont l'exercice n'est pas dépourvu d'une certaine dignité. J'imagine que le président de la Banque mondiale doit souvent s'atteler à des tâches de ce genre, sans cependant courir de risque aussi évident pour sa santé. Vikorn a laissé à Zinna le choix du lieu de la rencontre, en l'occurrence le QG de l'armée, en échange de ma nomination comme secrétaire de la réunion. Zinna me tolère car je semble savoir m'y prendre avec le fournisseur ; c'est du moins l'argument invoqué par Vikorn. Quoi qu'il en soit, je suis le seul de l'équipe thaïe à avoir jamais rencontré Tietsin, et maintenant que Lek a raconté partout que le Tibétain est un sorcier terrifiant, qui a quasiment fait de moi son zombie et son esclave, personne d'autre n'a envie de briguer le poste de négociateur en chef auprès du Tibet libre. L'inconvénient étant que mes collègues commencent à me regarder bizarrement ; j'ai l'impression qu'ils répugnent à se retrouver seuls avec moi. Je suis parfois à deux doigts de les changer en grenouilles. (Je blague, *farang.)*

Ayant sans doute encore à l'esprit la mise en scène extravagante de Vikorn lors du précédent sommet il y a dix ans – rappelle-toi qu'il s'était pointé avec treize hélicoptères noirs, loués pour la journée à un proche du gouvernement cambodgien –, Zinna a mis le paquet, nous a-t-on dit. Vikorn aussi. Son goût pour les uniformes militaires voyants (bien qu'il soit de la police) m'a souvent amené à me demander s'il n'était pas une réincarnation du maréchal Goering. (Les dates ne collent pas : Goering a avalé sa pastille de cyanure le 15 octobre 1946, soit quatre mois avant la naissance de Vikorn ; l'occultisme laisse cependant entrevoir d'autres moyens d'investir un corps en recourant à des moyens infâmes, style magie noire, pour expulser son occupant légitime et planter sa tente à la place… Ce serait bien dans la manière de Vikorn, non ?) Aujourd'hui, il arbore ses épaulettes or de colonel sur sa veste blanche amidonnée à galons dorés et boutons en cuivre, un ceinturon en cuir superbement ouvragé, des bottes noires si bien cirées qu'une fille pourrait s'en servir comme d'un miroir à main, une splendide casquette blanche à visière noire et brillante vissée sur la tête, une cravache en ébène pour la parade, sa Rolex – pas une imitation – en or massif incrustée de diamants réservée aux grandes occasions et des lunettes de soleil enveloppantes Wayfarer : l'archétype du mafioso moderne. Une fois installé à l'arrière de sa Bentley, il remonte son pantalon blanc pour ne pas en effacer le pli tranchant comme une baïonnette : oui, aujourd'hui le patron ne fait pas dans la dentelle. Dès que nous avons démarré, il ordonne à son chauffeur de passer « La chevauchée des Walkyries » sur la chaîne hi-fi.

Le QG de Zinna est à une trentaine de kilomètres de la capitale, mais la présence du général se fait déjà sentir à mi-chemin. Des camions de l'armée bourrés de soldats en treillis apparaissent, stationnés sur les bandes d'arrêt d'urgence, puis des escadrons de motards suivent de près *notre* escorte de motards, tels des coupe-jarrets du Moyen Âge en mal d'escarmouche ; enfin, à cinq kilomètres du QG, des chars d'assaut commencent à s'aligner au bord de l'autoroute, garés perpendiculairement à la chaussée, leurs canons levés de manière ambiguë. Est-ce une marque d'hostilité ou un comité d'accueil ? Peut-être Vikorn ne s'attendait-il pas à un aussi grand nombre de tanks, car il fronce les sourcils un moment et demande à son chauffeur de monter le son. Lorsque nous arrivons à l'entrée de l'enceinte militaire, les chars sont alignés chenille contre chenille, produisant un effet d'entonnoir qui nous entraîne comme le gibier dans le filet des chasseurs, tandis que les hurlements des Walkyries saturent l'air.

Et le voilà ! À voir comment il a tenté d'imiter le côté théâtral de Vikorn, je dois reconnaître qu'il n'y a pas trop mal réussi, et j'en éprouve une certaine admiration. Il est là dans son uniforme de cérémonie, avec ses épaulettes de général d'armée et tout le bataclan, entièrement astiqué, une épaisse sangle de cuir en travers de sa poitrine massive, ses hommes – des centaines – l'entourent, au garde-à-vous, le regard fixé droit devant. C'est l'incarnation même du type investi d'un immense pouvoir, qui s'apprête à accueillir avec la dignité résolue des hommes de petite taille notre propre *capo di tutti capi*.

Vikorn est cependant taillé pour ce genre de rôle. À preuve, sa façon de sortir de la Bentley en un mouvement fluide, un peu dandy – légèrement efféminé pour mettre en relief la rigueur militaire de Zinna et s'en moquer avec malice, puis, juste au moment où le général est incité à afficher un sourire rayonnant et à s'avancer de deux pas pour accueillir son invité, Vikorn décide de jouer les têtes en l'air – « Oh, j'ai oublié le champagne ! » dit son expression – et au lieu d'ordonner à son chauffeur de le prendre, il replonge dans sa limousine pour en sortir une unique bouteille de veuve-clicquot 1986, certainement symbolique (il y en a d'autres au frais dans le coffre), tandis que Zinna reste planté là en ne sachant que faire de ses mains, qu'il vient de lever en un *wai*.

— Pour huiler d'autant mieux nos négociations, dit Vikorn avec un sourire débonnaire en lui tendant la bouteille et en lui rendant enfin son *wai*.

Sentant que Vikorn lui a peut-être soufflé la vedette, Zinna rougit en prenant la bouteille, mais il est évident qu'il entend bien nous renvoyer sa prodigalité en boomerang. Comme prévu, après que Vikorn a inspecté les troupes d'un pas nonchalant pendant que Zinna trottait en bondissant à son côté, le général déclare qu'il est l'heure de déjeuner et nous entraîne au mess, où un banquet a été préparé. Celui-ci est cependant destiné aux seconds rôles ; sous une importante escorte militaire et policière, Zinna nous conduit, Vikorn et moi, dans une pièce plus petite réservée aux officiers de haut rang ; nous ne sommes que tous les trois à y entrer, accompagnés de l'ordonnance de Zinna, un homme digne de confiance qui fait partie du cercle rapproché, originaire du même village que le général.

Zinna prouve maintenant qu'il a pris de l'envergure, gagné en civilité au fil des ans, car le festin consiste en plats traditionnels du village natal de Vikorn, dans l'Isaan. Un simple coup d'œil à la table me montre que nous sommes partis pour nous régaler : nouilles, poisson-chat du Mékong, poulet grillé, salades de viande ou de poisson émincé, poisson bouilli aux feuilles de menthe, aux piments, à l'ail, à la citronnelle, au jus de citron vert et au galangal. Canard désossé enguirlandé de longs haricots verts. Crabe salé et couenne de porc croustillante. *Num tok* de boulettes de bœuf moelleuses, de tranches de porc, de morceaux de foie et de tripes, calmar en *gal kua*. Curry vert, aubergines et feuilles de basilic au porc (également au poulet, au bœuf et aux fruits de mer, mais moins appétissant) en sauce épaissie au lait de coco. Curry rouge à la cannelle et aux piments rouges. J'ai appris par Lek – qui, depuis la rude épreuve que lui ont fait subir les militaires, est au courant des potins de l'armée les plus salaces (il prétend qu'un de ses persécuteurs, en proie à un sentiment de culpabilité, lui a envoyé un e-mail d'excuse assorti d'une demande en mariage lorsqu'il se sera fait opérer ; ils sont restés depuis en contact épistolaire) – que Zinna s'est entretenu personnellement avec plusieurs chefs de cuisine pour obtenir la variante de *somtam* favorite de Vikorn, qui exige une journée entière de préparation et reste incomplète si le chaman local ne prononce pas quelques bénédictions et incantations.

La mine grave et respectueuse, mon colonel incline la tête pour goûter au *somtam* tandis que Zinna retient sa respiration. Il repose la fourchette et la cuillère avec une expression encore plus solennelle, se tapote les lèvres avec une serviette et déclare, l'air vaincu, que le plat est parfait, presque aussi bon que celui préparé par sa grand-mère. Non, il ne déformera pas la vérité uniquement pour marquer un point et il avoue devant Zinna et moi qu'il est encore meilleur que celui de sa grand-mère, sans doute grâce à la touche plus subtile de basilic et de feuille de citron vert apportée par le chef. Satisfait et soulagé, Zinna relâche lentement son souffle ; comment, désormais, ne pourraient-ils pas aboutir à un accord ? Des deux, c'est Zinna qui a le plus besoin d'argent et personne ne doute que Vikorn, le civil cousu d'or, est le patriarche suprême question fric.

Le reste du champagne de Vikorn est apporté du coffre de la Bentley avec son seau à glace en argent. Zinna propose tous les cocktails, alcools, vins et bières possibles et imaginables. Nous plongeons en silence dans le veuve-clicquot. Des serveurs apportent maintenant des pannequets de légumes en pâte filo, des crabes cuits à la vapeur, du satay de poulet, du *dim sum* thaï, des croquettes de poisson, des travers de porc au barbecue, des rouleaux de printemps, des fruits de mer grillés à l'ananas, des potages aux germes de soja et au tofu, des salades d'œufs de caille et de crevettes, des vivaneaux en sauce aux trois saveurs, du *turia* au porc… je ne cite que les plats les plus rares, *farang ;* les classiques n'ont pas été oubliés.

Au bout d'un moment, je cale devant cette avalanche de nourriture, mais l'estomac des deux vieux mammouths semble pouvoir ingurgiter le tout sans un borborygme. Le repas s'achève enfin. Zinna fait apporter des cigares et de l'armagnac pour Vikorn, du whisky single malt pour lui-même, pendant que je desserre subrepticement ma ceinture de quelques crans. Les deux hommes me regardent soudain, attendant la suite. Il me vient à l'esprit que quelque protocole tacite leur interdit de prendre la parole en premier ; en fait, pendant tout le repas, personne n'a dit un mot depuis le *somtam* – pas même un « Voulez-vous me passer la *nam pla* ? ». Zinna tousse. Vikorn tousse aussi et fixe sur moi un regard presque furieux. Je me dis que dans les entretiens de cette nature l'absence d'écrit est l'une des grandes obsessions – il n'y a ni ordre du jour ni minutes –, que la dernière fois on avait ouvert les hostilités avant le début des négociations, et qu'il n'y a donc aucun précédent sur lequel se fonder. Pour ne rien arranger, je crois qu'aucun des deux n'a la moindre idée de la procédure à suivre en la matière. Légèrement pompette, je me lève.

— Messieurs, dis-je avant de décider de faire preuve de toute l'autorité d'un *consigliere* en arpentant un peu la pièce. C'est une rencontre historique…

Ils hochent la tête pour m'encourager. Je poursuis donc :

— Pendant trop longtemps, notre grand pays bouddhiste a été divisé entre l'armée et la police. Comment est-ce possible ? Le Bouddha n'a-t-il pas préféré le commerce à la guerre ?

Nouveaux hochements de tête d'encouragement des deux vieux bonzes, comme si je répétais mon rôle dans une pièce de théâtre scolaire.

— Et toute l'Asie n'a-t-elle pas bénéficié d'une religion favorable aux échanges qui a transformé notre moitié de la population mondiale en hommes et femmes d'affaires si doués ?

Je marque un temps d'arrêt pour lancer un regard furibond empreint d'une juste indignation.

— Et n'est-ce pas un fait avéré qu'après trois siècles de militarisme planétaire inauguré par Clive en Inde, militarisme dont notre peuple n'a jamais voulu… n'est-ce pas un fait avéré, disais-je, que l'Occident commence seulement maintenant à prendre conscience de la nécessité de la paix, nécessité que le bouddhisme expose à tous ceux qui veulent entendre depuis deux mille cinq cents ans ?

Je marque une nouvelle pause, les sourcils froncés comme Beethoven.

— Le caractère fondamentalement sociopathe des transnationales modernes s'explique aisément si l'on se rappelle qu'il a pour origine les besoins de trafiquants d'opium professionnels, autrement dit de la Compagnie britannique des Indes orientales dirigée par Clive. Y voir autre chose que l'expression d'une mentalité criminelle est d'une naïveté catastrophique. Quel en est l'effet à long terme ? Le destin de la planète a été confié à des joueurs invétérés.

Les deux vieillards ont troqué leur enthousiasme pour un intérêt encore circonspect.

— Et si nous nous demandons ce qui a permis à des primitifs à visage rougeaud originaires du Nord-Ouest de dominer et de militariser le monde entier pendant plus de trois cents ans, on ne peut vraiment donner qu'une réponse : l'opium. Des millions et des millions de tonnes d'opium. Ils l'ont cultivé en Inde et expédié en Chine sous escorte armée jusqu'à ce que vingt millions de Chinois ne puissent plus s'en passer.

Je m'interromps encore car j'ai droit maintenant à toute l'attention des deux mammouths, qui se sont penchés en avant, captivés.

— Au XIXe siècle, l'Empire britannique tout entier aurait couru à la ruine sans le stupéfiant. Les Français se montraient tout aussi actifs en Indochine, les Hollandais vendaient n'importe quoi à n'importe qui, les Allemands essayaient de rattraper leur retard alors que les Américains s'en tenaient pour l'essentiel à l'esclavage. Qu'est-ce que tous ces pays ont en commun ? Uniquement ceci : grâce au trafic des stupéfiants et à la traite des esclaves, ils ont pu investir dans l'industrie lourde et prendre deux cents ans d'avance sur leurs concurrents, qui commencent maintenant seulement à rattraper leur retard. Mais une telle stratégie macroéconomique ne peut être appliquée que par une nation unie. Messieurs, pour l'économie mondiale, la paix et l'évolution de notre espèce, vous devez aujourd'hui joindre vos forces dans cette vaste entreprise commerciale… sinon, les

Cambodgiens ou les Vietnamiens ne manqueront pas de le faire à votre place.

Je crois que j'ai trouvé les mots justes pour placer tout ça dans une perspective historique ; du moins, ce que je fais ne me met plus aussi mal à l'aise. L'affaire semble leur procurer la juste dose d'auto-satisfaction et l'expression de leurs vieilles bouilles de durs à cuire signifie : « En tout cas, ce ne sera pas moi qui romprai le contrat le premier. »

Je me rassois et adopte un ton moins officiel :

— La structure est un peu compliquée, mais c'est le mieux que nous puissions faire dans d'aussi brefs délais. Vous conviendrez tous deux de posséder à parts égales une société commerciale domiciliée au Liechtenstein. Les banquiers de la société – évidemment basés à Zurich – vous enverront les documents, qu'examineront vos avocats. Si tout est en ordre, vous les signerez devant notaire à une date et une heure approuvées par vos astrologues, mais dans un délai qui n'excédera pas cinq jours à partir de la réception des documents. Par souci de simplification, la valeur de chaque part sera d'un million de dollars. Chacun de vous achètera vingt parts et vous supporterez à égalité les frais administratifs et autres débours. Dès que les quarante millions de dollars seront déposés sur le compte de la société, les banquiers émettront une lettre de crédit irrévocable de ladite somme à l'ordre de toute personne physique ou morale désignée par le Tibétain. La lettre de crédit sera déposée entre les mains d'un mandataire en qui vous avez tous les deux confiance. J'accepterai cette responsabilité si vous souhaitez me faire l'honneur de me la proposer. Quoi qu'il en soit, la lettre de crédit sera apportée sur le lieu où la marchandise doit être analysée. Lorsque les chimistes agréés par vous auront examiné le produit et attesté qu'il correspond à quatre-vingt-dix-neuf pour cent à la quantité convenue, la lettre sera remise à Tietsin ou l'une des personnes désignées par lui. Vous êtes d'accord ?

32

Comment la réunion s'est-elle terminée ? Réponse : je n'en sais rien. Dès que j'ai abouti à un accord substantiel sur tous les termes de l'association et du marché envisagés, les deux vieux pythons se sont remis à picoler et à se rappeler de vieilles batailles. Zinna n'avait encore jamais été actionnaire d'une société commerciale et c'était donc pour lui une toute nouvelle aventure dont son ego pouvait s'enorgueillir. Vikorn a dû le dissuader gentiment de concevoir le papier à en-tête ; l'opération n'était pas du genre à nécessiter une correspondance importante. Quant à lui, Vikorn est à la tête de centaines de sociétés dans diverses régions du monde où la corruption a cours, mais ses compétences dans ce domaine ne s'étendent pas aux lettres de crédit – la plupart de ses ventes s'effectuent uniquement en espèces – et ce nouvel instrument commercial a également titillé son ego : il brûlait de l'essayer avec ses partenaires de Miami, qui lui achètent la majeure partie de son *yaa baa* et se plaisent à le taquiner en le traitant de primitif. Ils étaient donc de plus en plus ivres et familiers ; au bout d'un moment, ils ont sorti le gadget favori des *jao paw* : la calculatrice de poche. Si le Tibétain était à la hauteur, ils feraient deux fois la culbute sur le produit en le vendant en Europe et en Amérique. Zinna voyait déjà une succession sans fin de beaux jeunes gens dociles lui rendant visite dans sa superbe villa avec vue sur la mer d'Andaman. Vikorn, lui, contemplait un empire financier mondial : lorsqu'un premier plan quinquennal aurait augmenté sa fortune, il ne serait pas trop vieux pour se lancer dans des affaires légales, peut-être les jeux vidéo. En bref, *farang*, ils s'étaient laissés aller à cette forme de masturbation mentale propre au capitalisme, que tu connais, j'en suis sûr, tandis que je me sentais de plus en plus mal. Je ne pouvais m'empêcher de penser à tous les gens que nous allions empoisonner et à quel point cela allait noircir mon karma. Lorsque tous deux ont été trop soûls pour le remarquer, j'ai convaincu l'un des subordonnés de Zinna de me chercher une voiture pour retourner à Krung Thep. Il a trouvé une limousine Toyota blanche et un sergent en treillis pour la conduire. Puis, pour faire honneur à l'entrain de son chef, il a ajouté une escorte de motards. L'intention était bonne, mais cela a eu pour effet d'accroître le dégoût que je m'inspirais à moi-même. J'étais en train de fouiller dans mon esprit pour tenter d'y trouver une facette de moi que j'aimais encore quand mon portable a sonné.

— Rappelle-moi, je n'ai pas un centime, a dit une voix de femme en colère à l'accent onusien.

Le numéro affiché sur mon téléphone commençait par 977, l'indicatif du Népal. Même sans cela, je n'avais aucun doute sur l'identité de mon interlocutrice. J'ai appelé le numéro ; elle a laissé sonner un bon moment avant de répondre.

— Où étais-tu passé, bon sang ? a-t-elle demandé d'un ton rauque et dur.

— Hein ?

— Tu as profité d'une pauvre fille quand l'occasion s'est présentée, puis tu l'as larguée comme on jette un Kleenex, c'est ça ?

Elle avait réussi à mettre dans le ton de sa voix une telle dose d'apitoiement sur soi-même et de sentimentalité que, les sourcils froncés, j'ai regardé le téléphone, n'arrivant pas à en croire mes oreilles.

— Tara ?

— Les Chinois ont massacré toute ma famille. Je suis orpheline et infirme. Quel genre d'homme es-tu pour user et abuser d'une fille qui ne cherchait qu'amour et protection ? Si j'avais encore eu mon frère, il serait venu t'apprendre le respect à coups de poing…

A suivi ce qui ressemblait fort à un flot de larmes.

— Tara, je n'arrive pas à croire que c'est toi.

Elle a laissé passer quelques instants, puis, d'une voix normale :

— Tout va bien, ne t'inquiète pas, j'exorcisais un démon. C'est un bon exercice, tu devrais essayer. Comme ce démon venait de toi, j'ai pensé que tu serais content de le récupérer. Tu t'es un peu senti violé après notre séance de tantrisme, non ? Depuis, j'ai dû affronter une vague de farfadets mineurs venus du Sud-Ouest. C'est toi. Il a fallu que tu aies l'impression d'être un ado victime d'abus sexuels pour les pondre… tu n'imagines pas combien certains sont affreux.

— Tara, arrête tes conneries. C'est de l'occultisme de bas étage que tu pratiques là.

— Ah oui ? Comment se fait-il alors que je sache que tu as rêvé de moi la nuit dernière et que tu as eu une éjaculation ? C'est la vérité, non ? Et je peux te dire exactement ce que tu m'as fait dans ce rêve. Écoute…

Je ne rapporterai pas ce qu'elle m'a dit ensuite, *farang*, c'est trop embarrassant. J'en ai encore des sueurs froides.

— Tara, reconnais au moins que tu es de connivence avec Tietsin, afin que je puisse tenter de m'expliquer tout ça rationnellement…

— Tu sais très bien que je ne l'avais jamais rencontré avant que tu entres dans ma vie comme un petit orphelin abandonné sur le pas de ma porte. Et, à ce stade, pourquoi cèdes-tu au besoin d'avoir des explications rationnelles ? Tu n'es plus censé être un novice.

— Tara, je n'ai jamais eu un rapport sexuel aussi fantastique, ai-je dit après une hésitation. Je le pense vraiment. Sur le moment, je n'ai pas compris ce que tu faisais, je l'admets, mais j'y ai réfléchi et je commence à comprendre. Une telle sublimation est l'essence même du bouddhisme… ça paraît seulement un peu contre nature, au début.

— Quoi donc ?

— Se résigner à n'avoir qu'un orgasme par an.

Elle a eu un petit rire.

— Si tu avais été un réfugié, tu comprendrais… au bout d'un certain temps, on s'habitue aux privations.

Je n'ai pu m'en empêcher, la question m'a échappé :

— Tara, as-tu atteint l'éveil ?

— Qui répondrait oui à une telle question, si ce n'est un charlatan ? Disons que j'ai conscience d'être affranchie de la souffrance.

— Un anesthésique en guise de vie ? Félicitations. Ça doit faire des ravages sur tes amants qui ne sont pas à ton niveau.

— C'est toi qui as pris l'initiative, qui m'as fait des avances, ne l'oublie pas.

— Je l'admets. S'il y en a un qui devrait connaître les risques d'une partie de jambes en l'air quand ça urge, c'est bien moi. Mais disons que tu me dois une réponse à une question.

Silence. Puis :

— D'accord.

— Tu as couché avec Frank Charles ?

Long silence.

— Je dois prendre ça pour un oui ?

— Oui.

— Et tu as fait ça de la même façon qu'avec moi ?

— Nous avons dit « une question » …

— Sauf que tu ne t'es pas distanciée assez vite, tu n'as pas coupé court à la liaison dès le début.

— Arrête.

— Tu étais plus jeune et tu n'étais peut-être pas aussi disciplinée, pas assez au-dessus de la vanité féminine pour qu'un célèbre réalisateur américain tombant à tes pieds n'ait pas encore représenté une certaine tentation. Je ne crois pas qu'il soit revenu au Népal parce qu'il voulait y tourner un film. Je crois qu'il a décidé d'y faire un film après t'avoir rencontrée.

— Je vais raccrocher…

— Il est tombé amoureux de toi, hein ? Oh oui ! Tu n'es pareille à aucune femme qu'un homme autre qu'un Tibétain a pu rencontrer. Tu es la fusion de la sauvagerie primitive et de l'avenir éclairé, sans électricité entre les deux. Pour cet Américain élevé dans la croyance que le remède à toute anxiété est à rechercher entre les cuisses de la femme parfaite – la

Madone dont ils sont tous en quête –, dans la baise géniale qui vous conduit au nirvana sans avoir à passer par la méditation, tu étais le port, le havre. Tu étais tout pour lui, ce pauvre homme affamé et en colère venu du tiers-monde spirituel…

— Inspecteur, je ne réponds pas, tu as remarqué.

— Il n'arrivait pas à te sortir de sa tête. Mais il a dû y avoir autre chose pour qu'il se délabre de cette façon. Quelque chose que tu lui as fait, qui a dû aller bien au-delà de ce que tu m'as fait à moi, et qui l'a amené à revenir sans arrêt à Katmandou… pour te retrouver ? Se languir pitoyablement de toi ? Afin que tu lui remettes la tête à l'endroit ? Il t'a demandé de l'initier, n'est-ce pas ? Il savait que s'il insistait tu ne pourrais le lui refuser. Et alors même qu'il ne pouvait y être moins préparé, coincé à l'âge d'à peu près treize ans sur le plan affectif, tu es allée de l'avant et lui as fait connaître ton mantra. C'est la seule raison pour laquelle tu as eu des craintes à mon égard, la raison pour laquelle tu as téléphoné à Tietsin. Tu ne voulais pas que ça recommence.

Silence. Elle avait refermé son téléphone.

Elle ne l'a cependant pas tué, me suis-je dit. Même si cela avait pu se tenir psychologiquement, ce qui n'est pas le cas, elle n'aurait jamais pu quitter le Népal. J'ai vu son laissez-passer ; avec un document de ce genre, elle avait déjà des difficultés pour sortir de Katmandou, sans parler de se rendre à l'étranger. *Dakini* de l'Autre Rive, elle est ici une exilée apatride, mutilée par le gel et soupçonnée de temps à autre de prostitution. Tout cela me rend évidemment d'autant plus fou d'elle.

33

Ce matin, Vikorn et Zinna m'ont tous les deux envoyé un e-mail pour me demander de télécharger un portrait de Clive des Indes. Et pendant un moment, l'enfant du Shropshire, ce perfide trafiquant de stupéfiants, opiomane, alcoolique, débauché, suicidaire, raciste, cet ambitieux qui a amorcé la mondialisation, a orné mon moniteur de sa perruque poudrée et de sa fraise. Je crois que les deux larrons vont faire encadrer le portrait pour l'accrocher au mur et l'honorer quotidiennement d'un *wai* comme n'importe quel gourou oriental.

Quelqu'un m'appelle maintenant, un numéro à indicatif 977 s'affiche sur mon portable. Je le fixe des yeux, ne sachant trop en cet instant qui je redoute le plus à Katmandou, Tietsin ou Tara.

— Alors, comment s'est passée la réunion ?

Tietsin.

— Parfaitement bien. Tout est arrangé. Ils ont décidé de me confier la lettre de crédit irrévocable ; vous avez intérêt à être sympa avec moi.

— Pas de danger ! Si vous preniez la tangente avec le fric, on vous transformerait en pou dans l'anus d'un chien galeux. Et la date ? Nous avons une date ?

— Celle que vous vouliez.

Pour la première fois, je perçois chez Tietsin une émotion humaine ordinaire, pareille au soulagement.

— Merci, inspecteur. C'est parfait. Cette date convient bien.

— Vous êtes certain que vous pouvez acheminer une telle quantité de marchandise en une fois sans vous faire prendre ?

— Bien sûr. Je suis un mage, non ?

— Où est le lieu de livraison ?

Grognement.

— Vous continuez à me prendre pour un niais descendu de ses montagnes qui ne connaît rien au transport de la came, hein ?

— Bon, bon, ne me le dites pas. Mais comment allons-nous savoir où vous rencontrer ?

— Je vous le dirai exactement dix minutes avant la livraison. Faites en sorte d'avoir un moyen de transport rapide, car nous ne vous attendrons pas plus de cinq minutes. Avec ce genre de poison, on peut toujours trouver un acheteur.

— Docteur Tietsin, j'ai seulement une question à vous poser, une question personnelle. En tant que bouddhiste pieux, n'y a-t-il pas place dans votre esprit pour le moindre doute…

— Non.

— Qu'allez-vous faire de l'argent ?

— Combien de fois dois-je vous l'expliquer ? Mon mouvement et moi allons envahir la Chine.

Je soupire.

— C'est une connerie de la plus belle eau et je sais que vous n'y croyez pas. Vous êtes peut-être fou mais pas stupide. Comment pourrait-on envahir le pays à l'économie la plus dynamique du monde, doté d'une armée d'un million d'hommes, avec quarante millions de dollars ?

— Vous n'avez jamais entendu parler de Gandhi ? Et il y a aussi un certain Jésus, qui est censé avoir transformé le monde, bien que le reportage soit sujet à caution. Ils n'avaient pas d'armée ; à la place, ils se servaient de mots… *et ils n'étaient même pas bouddhistes*. Le Theravada a fait de vous une poule mouillée, dit-il avant de raccrocher.

Furieux, je rappelle, ça sonne occupé. J'essaie le numéro de Mimi Moï, occupé également. Ça doit être mon eau de Cologne. Je suis si déprimé que je prends un taxi pour aller à la morgue.

Je déteste les autopsies et les évite chaque fois que je peux. Si je n'avais pas donné maintenant la priorité à l'affaire Frank Charles, je n'aurais pas songé à me trouver là, à la morgue, pendant que le Dr Supatra est au travail sur le cadavre. En fait, la plupart des flics sont comme moi ; les seules personnes qui aiment vraiment les autopsies sont les pathologistes. Pour eux, c'est une quête merveilleuse qui, dans quatre-vingt-dix-neuf pour cent des cas, aboutit à une conclusion favorable : ils trouvent la cause du décès. C'est une aventure où se mêlent science, art, instinct et beaucoup de drame, qui ne dure généralement qu'une journée. Ne te laisse pas abuser par leur allure de croque-mort, les pathologistes sont des gens très heureux, des seigneurs de la mort auxquels les flics comme moi rendent hommage à contrecœur.

La bonne doctoresse vêtue de vert est en train de montrer à deux étudiants, eux aussi portant blouse et masque, comment retourner un cadavre. Facile ?

Essaie donc chez toi, tu verras. Dans la mort, même le citoyen le plus droit se mue en personnage insaisissable. Si cela peut t'être utile un jour, voici comment on procède : on enroule un bras autour de la cuisse opposée à soi, on place l'autre main sous le cou, que l'on soulève et tourne, puis on se sert de son poids pour faire rouler le corps. Dans le cas présent, le défunt est une jeune Thaïe, mais j'ai déjà vu le Dr Supatra soulever des morts trois fois plus massifs.

— À ton tour, essaie, dit-elle à l'un de ses étudiants, avant de se tourner vers moi pour la première fois.

Son masque couvre l'ensemble de son visage.

— Je suis venu pour l'affaire Frank Charles, lui dis-je.

— Lui ! Il était gigantesque. Je ne suis pas parvenue à le retourner. J'ai dû demander de l'aide.

Cri venant des étudiants, qui ont réussi à mettre le cadavre en fâcheuse posture : la tête et le buste ont glissé sur le côté de la table d'autopsie ; on a l'impression que la jeune Thaïe essaie de se suicider. Le Dr Supatra secoue la tête et va leur prêter mainforte.

— Si vous êtes si pressé, vous allez devoir mettre un masque et me parler pendant que je continue mon travail. Mieux vaut enfiler aussi une blouse, je ne veux pas être responsable si le cadavre vous refile un microbe.

Me voilà maintenant tout en vert, masqué, à quinze centimètres du cadavre, et je n'arrive toujours pas à croire que la gamine soit morte. Elle n'a pas le visage bouffi ; elle est assez jolie, vingt ans tout juste passés. Quand Supatra prend son couteau et pratique la grande incision en Y à partir du haut de la poitrine jusqu'au plexus solaire puis jusqu'au bas de l'abdomen d'un seul mouvement en coupant les chairs jusqu'à l'os, je me détourne. Lorsque je regarde à nouveau, Supatra a soulevé le morceau de peau supérieur et l'a rejeté de travers sur le visage de la fille, comme si le vent avait rabattu un coin de draperie écarlate sur sa tête. Après avoir décollé la chair dans la région de la poitrine, elle ouvre maintenant la cage thoracique à l'aide de sécateurs.

— C'est au sujet des drogues et des médicaments que le toxicologiste a trouvés dans le corps de l'Américain, dis-je.

— Hum, une longue liste. Des traces de cocaïne, cannabis, opium et de quelques stimulants délivrés sur ordonnance, répond Supatra, un peu essoufflée après le maniement des sécateurs. Mais ce ne sont pas des drogues qui l'ont tué, ni l'ablation de la moitié supérieure du crâne. C'est la perte de sang consécutive à l'éventration pratiquée par le meurtrier. Il va de soi, cependant, que pour survivre, à long terme, il aurait eu besoin d'un crâne, même si on lui avait laissé les boyaux intacts.

Je la regarde avec une fascination teintée de révolte plonger les mains dans le cadavre et en retirer le cœur.

— Voyez s'il n'y a pas d'anomalies, dit-elle aux étudiants en le leur tendant. Servez-vous de vos mains. Mettez des gants plus fins si vous en ressentez le besoin ; vous devez développer votre sens du toucher, surtout avec les cœurs, les foies et les reins, pour essayer de détecter des indurations, des protubérances, des zones rugueuses, des excès de graisse…

— Qu'en est-il du morceau de cerveau que le meurtrier a prélevé pour son déjeuner ?

— Comment savez-vous que ce n'était pas le petit déjeuner ou le dîner ? demande-t-elle en penchant la tête. Je n'ai pas pu préciser l'heure du décès. Et pour répondre à votre question, non, le prélèvement du morceau de lobe gauche a pu diminuer quelques fonctions, mais n'était pas mortel.

— Bon, si ce ne sont pas des drogues qui l'ont tué ni le trou dans le cerveau, on a bien dû utiliser un produit quelconque pour le mettre KO pendant qu'on le trépanait ? Vous avez écrit dans votre rapport qu'il n'y avait aucun signe de lutte…

— C'est exact. J'ai demandé au toxicologue de rechercher la présence de tous les anesthésiques, les sédatifs et autres habituels, et il n'en a trouvé aucun. Il n'existe pas de test général pour détecter la présence de médicaments ; il faut effectuer un test spécifique pour chaque produit chimique et avoir déjà une bonne idée de ce qu'on recherche, car beaucoup de médicaments ne laissent presque aucune trace après quelques jours, soit parce qu'ils se sont décomposés, soit parce qu'ils se sont combinés avec d'autres produits corporels pour former de nouvelles substances…

À ses étudiants :

— Tenez, voilà le foie. Il est en bon état. Contentez-vous de le garder en main quelques minutes, commencez à vous faire une idée de l'impression procurée par un foie sain, oui, palpez-le, c'est ça.

Elle regarde faire l'étudiant un moment, puis ajoute :

— Je savais évidemment que quelque chose l'avait fait tenir tranquille pendant l'opération du cerveau. J'estimais cependant que, compte tenu de sa taille et de ses habitudes de vie, un peu d'opium et de cocaïne n'aurait pas eu un effet sédatif suffisant. J'ai donc demandé qu'on recherche divers nouveaux médicaments apparus récemment sur le marché, et devinez quoi ? Le toxicologue a trouvé du chlorure de tubocurarine dans son sang.

— C'est là-dessus que j'aimerais en savoir davantage.

— Il s'agit d'un produit tout ce qu'il y a de plus exotique, utilisé surtout aux États-Unis et au Japon comme anesthésiant neuromusculaire.

Elle me regarde.

— C'est à base de curare, obtenu d'une plante sud-américaine dont les Indiens se servent pour confectionner des flèches empoisonnées.

— Quel est son effet ?

— Il provoque une paralysie sans perte de conscience.

— Comment peut-on s'en procurer ?

— Il faut à tout le moins connaître un pharmacien dans le coup. Et de toute façon il faudra, à un moment ou un autre, rendre des comptes à quelqu'un concernant son utilisation.

Nous échangeons un regard.

Elle interrompt son travail quelques instants, comme si elle venait de se souvenir d'un détail intéressant mais mineur.

— Quelque chose m'a paru inhabituel : le soin apporté au travail. Un pathologiste n'a pas à faire particulièrement attention quand il manie la scie circulaire, mais la personne qui a trépané Frank Charles était experte. Même les chirurgiens du cerveau ne travaillent pas avec autant de précision.

Elle se retourne vers ce qui reste de la jeune femme. La cage thoracique est entièrement ouverte et la plupart des organes ont été enlevés. Les fluides corporels qui se sont répandus sur la table en acier inox s'écoulent par un tube dans un trou.

— Donc, tout est sain. Je m'y attendais. Regardez, voici comment on tient la scie circulaire. Toujours des deux mains, sinon elle vous échappe.

Elle est semblable par la taille et la forme à n'importe quelque petite scie circulaire de bricolage, quoique un peu embourgeoisée. Elle fait un bruit perçant qui s'atténue à peine quand elle attaque l'os du crâne.

— Ah ! s'exclame Supatra quand elle a retiré le cuir chevelu. Exactement ce que je pensais. Une grosse hémorragie subarachnoïdienne provoquée par une rupture d'anévrisme, elle-même probablement causée par une importante overdose de méthamphétamine. Il devait exister une prédisposition due à une faiblesse de l'artère cérébrale, sans doute congénitale. Le *yaa baa* a sans doute entraîné une accélération terrible du rythme cardiaque et déclenché la rupture en augmentant la pression sur l'anévrisme. Quel dommage ! De toute façon, elle serait probablement morte jeune – tout exercice physique intensif, surtout sportif, aurait provoqué la rupture.

Elle sourit.

— Vous saviez qu'*autopsie* veut dire « voir par soi-même » ?

— Merci, docteur, dis-je en remarquant son air heureux (une recherche couronnée de succès de plus). C'est un beau métier, si on n'est pas incommodé par la vue du sang.

Après s'être lavé les mains, elle m'emmène dans son bureau, où nous examinons sur son ordinateur le rapport qu'elle a consacré à Frank Charles. Nous avons presque fini quand je dis :

— Qu'est-ce que c'est que ça, là, au bas de la page 21 ?

— « Fragment de diamant », lit-elle avant de se frotter les yeux. C'est vrai. J'avais oublié. On a apparemment trouvé un fragment de diamant industriel, mais nous ne sommes pas certains de sa provenance et, quoi qu'il en soit, il n'a strictement rien à voir avec la cause du décès.

— Et ça, sur la page 3 du rapport du toxicologue ? « Béryllium » … Qu'est-ce que c'est ?

— Je n'en sais rien, si ce n'est que ça se présentait comme une sorte d'huile qu'on a trouvée sous ses ongles. Là encore, ça n'a rien à voir avec la cause du décès, donc on n'a pas perdu de temps dessus.

Ce n'était pas l'héro, me dis-je dans le taxi qui me ramène au commissariat. J'ai presque oublié Frank Charles, je pense à la jeune morte anonyme sur la table d'autopsie de Supatra, vidée de ses organes internes, sa personnalité pour ainsi dire définie par sa mort, d'où elle tire un certain pouvoir sur moi, alors que je n'ai rien à voir avec son décès. C'était sans doute une petite idiote à qui on avait refilé du *yaa baa* et qui n'avait pas de raison de ne pas le prendre. Mais elle était de toute façon appelée à mourir jeune et est-elle donc morte par la faute de quelqu'un ? Métaphysique mise à part, je ne me sens pas bien du tout. Et je sais exactement quel genre de cauchemar je vais faire cette nuit.

34

As-tu déjà essayé d'appeler tes banquiers du Liechtenstein en dehors des heures de bureau ? Je veux dire, trente secondes seulement après 17 heures un jeudi ? On comprend pourquoi les Suisses sont bons horlogers. J'appelle la personne qui s'occupe du fidéicommis créé au Liechtenstein pour une petite affaire de quarante millions de dollars, lui dire d'aller de l'avant et d'expédier les documents dont nous avons parlé la première fois que je lui ai téléphoné à propos de mon envoi de thé lapsang souchong destiné à la vente en gros en Europe et de la nécessité de mettre en place un fidéicommis dans ce but – excuse transparente qui ne l'a pas fait tiquer – et apparemment il a déjà mis les bouts. Son portable ne répond pas non plus et son assistante est elle aussi réglée comme une horloge : elle est partie. Finalement, en passant par le standard, j'ai au bout du fil une secrétaire qui fait des heures supplémentaires et sait de quels documents je parle ; elle accepte de les envoyer, souligne qu'elle le prend sous son bonnet, risque une réprimande et est une réfugiée éthiopienne dont l'anglais n'est pas très bon. Cela fait, il ne reste plus qu'à attendre un jour ou deux. Maintenant que je n'ai plus à courir à travers la ville, mon esprit commence à creuser un de ces dangereux trous noirs.

Pourquoi fais-je cela ? *Pourquoi ?* Mon fils est mort, je n'ai plus à me préoccuper de ses frais de scolarité, et ma compagne m'a quitté pour se retirer dans un couvent. *Je n'ai pas besoin de fric !* Mais je suis embringué dans ce cercle vicieux. Je ne crains pas particulièrement de mourir. La nuit dernière, j'ai rêvé des futures victimes, qui toutes ressemblaient à la fille étendue sur la table d'autopsie : visions pénétrantes d'ados avec des aiguilles hypodermiques plantées dans le crâne. Je ne suis pas taillé pour ce genre de boulot, même si tout le monde semble penser le contraire, y compris Vikorn, Zinna et Tietsin.

Pourquoi ne pas me concentrer sur l'affaire du Gros *Farang*, te demandes-tu ? En dehors du fait que je suis d'humeur sombre et dégoûté de moi-même, j'ai décidé de laisser le docteur Moï mijoter dans son jus quelques jours. En outre, j'ai besoin de repenser toute ma stratégie. Je me rends donc au temple.

Cette fois-ci, je vais au Wat Bowonniwet, un lieu hyper-sacré. En cours de route, dans le taxi, je pense que je suis trop tendu, trop nerveux et effrayé pour bien méditer. Mais lorsque je suis à genoux et salue le bouddha d'un *wai* haut, je sens que la roue de Tietsin se met à tourner. Elle se présente toujours sous un aspect différent : cette fois-ci, c'est une grande roue aux lames tranchantes qui avance pesamment vers moi. Je sais que je ne dois pas me laisser aller à la terreur, que je dois tenir bon. Et il apparaît que l'état mental extrême induit par l'hallucination révèle ma vraie nature : l'amertume. Au fond de moi, on ne trouve ni le bon vieil appât du gain, comme chez Vikorn, ni le désir sexuel, comme chez Zinna – ces deux vices témoignent au minimum d'une aspiration au bonheur, aussi faussée soit-elle. Non, dans mon cas, se complaire dans l'amertume a toujours été le fin mot de la réalité – comme un thriller moderne qui exclut toute émotion positive et finit en une chaîne de fabrication de la mort. Mais une amertume suscitée par quoi ?

À chaque tour, la roue à lames s'enfonce d'un micron. À dire vrai, cette amertume semble toujours avoir été présente, une sorte de répugnance, même à mon âge, à venir pleinement au monde, à prendre une place dans cette catastrophe appelée la vie. Cette répugnance perverse a toujours été là, a été le moteur de toute chose. Tu vois ce que je veux dire, *mon semblable, mon frère*[1] ?

Les documents sont arrivés de Zurich deux jours après. Waouh ! Ces avocats spécialisés dans les opérations bancaires savent vraiment délayer ! Les deux vieux renards doivent le signer en quatre exemplaires et parapher chaque page, si bien que tout le paquet – que je renvoie dans des enveloppes A4, avec des autocollants rouges ornés de flèches jaunes aux endroits où ils doivent apposer leurs signatures – est à peu près de la taille d'un gros roman et tout aussi lourd. Quand j'envoie Lek porter à Vikorn ses exemplaires à l'étage, puis expédier l'autre jeu à son pote de l'armée pour qu'il les fasse suivre à Zinna, ses longs bras maigres de *katoey* ploient sous le poids. Puis je dois aiguillonner et cajoler Vikorn et Zinna

1. En français dans le texte.

pour qu'ils signent les papiers ; ils sont impressionnés par l'épaisseur des liasses et tous ces petits caractères. Pis, ils rechignent à l'idée de présenter leur carte d'identité au moment de signer chez le notaire. Et puis Vikorn est nerveux. En vérité, il n'a jamais conclu une opération de cette envergure. Le marché proposé par Tietsin a poussé les deux vieux à la fanfaronnade, et maintenant qu'est venu le moment de passer la monnaie, nos parrains deviennent fébriles ; ils n'ont encore jamais eu affaire à un Tibétain. Si, par un coup de malchance imprévisible, ils perdaient leurs quarante millions de dollars, ils seraient tous les deux dans un sacré pétrin, Zinna particulièrement, essoré pour le compte.

Finalement, tout est réglé et je renvoie les papiers à Zurich pour que la société puisse être enregistrée au Liechtenstein. Je ne suis pas sûr qu'on voie beaucoup de monde au Liechtenstein ; il ne s'y trouve peut-être qu'une importante population de sociétés domiciliées là, avec un robot qui se charge d'envoyer le courrier. Tu connais quelqu'un qui y soit déjà allé ? Quand on a affaire à l'univers de la haute finance, on en arrive à douter de sa réalité. Puis, de façon tout à fait inattendue, un paquet arrive chez moi. Il semble avoir été expédié par avion de Hawaï en courrier ordinaire. De Hawaï ? Mes cheveux se dressent sur ma nuque : l'enveloppe à bulles est de celles qui ont été conçues exclusivement pour l'envoi des DVD. J'éprouve une étrange réticence à l'ouvrir. Je le laisse même sur la table basse en teck que Chanya et moi avons achetée au marché de Chatuchak un jour où nous sommes allés y faire du shopping le cœur léger, il y a environ mille ans, quand le monde était encore innocent.

Je pars travailler, puis la pensée que je suis complètement idiot commence à prendre ses aises dans mon crâne et, après avoir regardé pendant dix minutes l'écran de mon ordinateur et consulté le Yi-king et la page astrologique de Yahoo ! en ligne, je soupire et appelle un taxi pour rentrer à la maison. En prenant l'enveloppe sur la table basse, j'éprouve la même sensation qu'avant : mes cheveux se dressent en une réaction paranoïaque, un frisson sinue dans mon dos, une nette prémonition de mort. De qui ? Bon, bon, je l'ouvre. Elle contient un DVD Sony sans titre, brillant d'un côté, noir de l'autre. Je gonfle les joues et me gratte l'oreille avant de le glisser dans le lecteur. Je crois d'abord à une plaisanterie, car rien n'apparaît sur l'écran. Mais les chiffres qui clignotent sur le compteur indiquent que c'est un long métrage. Pour finir, l'écran s'anime… et le voilà.

35

Le Frank Charles qui se tient devant la caméra n'a pas tout à fait autant de kilos en trop que son cadavre. Il a dû filmer l'introduction de son film au moins un an avant de mourir. Il semble me regarder directement quand il dit :

« Bonjour, inspecteur Sonchaï Jitpleecheep. À moins que quelque chose ne soit allé de travers, c'est vous qui regardez ce film et, d'après ce que je sais de vous, vous êtes probablement seul. J'imagine que vous ne vous attendiez pas à avoir de mes nouvelles, hein ? Je suppose que vous êtes celui qu'on a chargé d'enquêter sur mon meurtre, parce que les meurtres de *farangs* commis dans le 8e District vous reviennent toujours. Mais même si je me trompe, vous avez certainement entendu parler de moi et de mon décès spectaculaire. Vous êtes au courant de l'existence d'un film. Si vous avez trouvé le DVD dans mon coffre, vous avez également constaté qu'il s'agit seulement d'un ensemble de prises de vues préliminaires au Népal – ce n'était pas du tout ce que vous cherchiez. Vous et vos collègues n'avez pas non plus réussi à trouver le coupable. Tout vous sera expliqué au cours des deux heures suivantes. Il vous faut cependant savoir dès maintenant pourquoi je vous ai choisi. »

Ce qui m'intéresse maintenant, c'est que la caméra suit Frank Charles qui fait les cent pas en se tenant la mâchoire ; il n'est pas seul, contrairement à ce que laisserait supposer son attitude foncièrement égocentrique. Il porte bien son poids, comme peut le faire un homme grand et fort, et ne se tient pas le ventre en avant avec arrogance ; on imagine aisément de quoi il avait l'air quand il était encore dans la peau d'un superbe mâle américain plein d'énergie. On comprend à son langage corporel qu'avant que tout parte à vau-l'eau le monde lui appartenait. Il fourre les mains dans les poches de sa salopette en jean trop grande, à l'une des bretelles de laquelle est fixé un micro.

« Il y a là une certaine ironie, car une autre personne est persuadée d'être la muse qui a inspiré ce travail. Disons qu'elle se trompe. Elle n'est pas une muse, mais joue le rôle d'un régisseur : celui qui s'assure que les principaux accessoires sont à portée de main. Non, j'avais besoin de quelqu'un ayant votre coup d'œil, inspecteur, de quelqu'un que je ne pouvais pas rouler dans la farine, même en faisant de mon mieux. »

Il s'interrompt et a un geste comique de défaite plein d'humilité.

« Je le jure devant Dieu, inspecteur, pour autant que je le sache, il n'y a que deux personnes au monde qui n'ont pas eu une très bonne opinion de mon premier long métrage. Vous et moi. Vous y avez vu un plagiat… comme moi. Et dans votre critique, vous ne m'avez pas épargné. La petite scène que j'ai piquée à Truffaut, les longues prises de vues en intérieur amenées à leur perfection par Bertolucci, le jeu sur les couleurs à la Robert Altman, les plans en extérieur inspirés de John Ford, le suspense à la Hitchcock et des tas d'autres emprunts, vous avez tout vu. Vous avez dû avoir un sacré prof à l'école de cinéma. Sauf que vous n'êtes jamais allé dans une école de cinéma, n'est-ce pas ? Cela aussi m'a convaincu que vous étiez le bon : votre position permanente de paria dans votre société. Non seulement vous êtes un *leuk kreung*, un sang-mêlé, mais les illustres amants de votre mère vous ont donné une éducation bien supérieure à celle de votre rang. L'un d'eux devait être un mordu du cinéma à l'ancienne mode, un abonné des *Cahiers du Cinéma*. Je ne saurai jamais ce que vous penserez de ce que vous allez voir. Ça n'a pas d'importance. L'important est que vous compreniez. »

Il laisse passer quelques instants.

« Vous savez ce qui est dur pour quelqu'un qui fait entendre sa voix du royaume des morts ? La jalousie. Si vous enquêtez sur l'affaire, inspecteur, êtes-vous déjà allé au Népal ? Avez-vous fait la connaissance de Tara ? Avez-vous couché avec elle ? Ou tout cela n'est-il pour vous que du charabia ? Je ne le saurai jamais. Mais ce que je sais, c'est que vous êtes bouddhiste, un vrai bouddhiste. Cela aussi a pesé sur ma décision de vous montrer mon cher chef-d'œuvre. Mon autre muse est trop cynique, voyez-vous ? Elle comprendra l'objet du film, mais pas la souffrance. Vous, en revanche, avec cette intelligence et cette sensibilité étonnantes que tout le monde vous attribue, vous êtes le spectateur idéal. Je parie qu'en regardant mon film vous aurez l'impression que tout cela vous arrive. »

Il sort les mains de ses poches et les croise dans le dos.

« Le genre de bouddhisme auquel j'ai presque été initié ne ressemble guère au vôtre. Les Tibétains l'appellent le *vajra*, la foudre, ce que l'on traduit habituellement par bouddhisme tantrique ou apocalyptique. C'est du solide et le mantra que m'a transmis Tara m'a vraiment pris la tête. Mais, en définitive, un homme comme moi ne se satisfait pas de mantras et de mandalas ; je ne suis pas assez cérébral. Et, quoi qu'il en soit, j'appartiens à la grande tradition occidentale de l'expression dramatique et, pour autant que je le voie, il n'y a pas de drame dans le bouddhisme. Non, voilà comment cela s'est passé pour moi. »

Il semble hésiter, comme s'il changeait mentalement de vitesse et cafouillait un peu… il se peut qu'il ait eu les larmes aux yeux, c'est difficile à dire.

« J'étais revenu au Népal, à la recherche de Tara, qui avait disparu de la circulation une fois de plus ; j'étais si atteint par cette maladie que nous appelons l'amour que je pensais qu'en méditant, en passant du temps à Bodnath et, de manière générale, en me transformant en Tibétain, je pourrais peut-être la faire revenir à moi. Et ce n'est pas un état d'esprit dans lequel on peut méditer ou tourner un film, mon ami. J'ai donc renoncé, en bon Yankee gâté, et me suis contenté d'errer autour de Katmandou un certain temps. Ça m'est arrivé le jour d'une fête religieuse, ce jour d'octobre où on sacrifie un tas d'animaux. Parmi une foule d'hindous, je regardais le brahmane tuer une chèvre en lui appuyant la tête sur le billot pour la couper avec son grand couteau. Il a jeté ensuite de la viande dans le feu allumé à l'intérieur du sanctuaire. Et tout cela était évidemment en Technicolor, les grandes flammes orange, l'énorme *tikka* vertical écarlate au milieu du front du prêtre, sa superbe robe, les psalmodies, l'encens. Lorsque je me suis retourné, toute la place s'était muée en un gigantesque abattoir ; je ne voyais que sanctuaires, prêtres, fumée et chèvres. Pendant un moment de vertige, je me suis rendu compte que *surréaliste*, ce mot très bourgeois, n'allait pas suffire ; les bêlements des chèvres n'autorisaient pas une telle échappatoire. »

Il réfléchit un moment.

« Il y avait près de moi un de ces hindous comme on en rencontre tout le temps là-bas, de ceux qui portent des lunettes démodées, parlent un anglais parfait avec l'accent gallois et ne se lassent jamais de vous expliquer leur culture, que cela vous intéresse ou non. Et il me dit que, si l'on comprend correctement, le prêtre qui pratiquait le sacrifice était Brahma. Le feu aussi était Brahma. Et le dieu auquel l'offrande était faite également. Et aussi l'animal sacrifié, la chèvre. Brahma était la vie elle-même, le cycle complet. »

Il ferme les yeux pour se concentrer, puis déglutit et reprend :

« En cet instant, j'ai compris. J'ai compris combien il est aisé pour un Occidental de jouer le rôle du prêtre, du dieu, du feu… de tout en dehors de la chèvre. Autrement dit, nous ne sommes pas d'authentiques Brahma ; le plus drôle, c'est que tout le monde le sait, sauf nous. Voyons les choses en face, nous préférons de beaucoup sacrifier les autres. Notre aversion extrême – nous pourrions presque dire homicide – pour la douleur et la souffrance fait de nous les pires des apostats dans la conduite de la vie et c'est ce qui m'a rendu si malheureux en tant qu'artiste et en tant qu'homme. Je n'ai jamais vraiment connu ce moment *ecce homo*, où j'aurais pu m'extraire de cette pierre dont j'ai été pétri. Je crois qu'énormément de gens sentent cela dans leur cœur au coucher du soleil, mais je n'ai pas pu renoncer à la lutte, bien que j'aie essayé pendant trente ans tout en tournant un tas de conneries à l'eau de rose. Ainsi, pour le meilleur ou pour le pire, me voilà. Amusez-vous bien. »

C'est un de ces films qui commencent par la fin de l'histoire, puis vous montrent comment on en est arrivé là. Après le début, qui est aussi la conclusion, on se retrouve à Katmandou il y a sept ou huit ans. On peut déterminer l'époque des séquences en se basant sur le poids corporel du réalisateur, qui a aussi le premier rôle masculin. Ici, il a la cinquantaine mais, sans barbe, le visage lisse, bel homme, il a en lui le dynamisme, l'enthousiasme de quelqu'un de bien plus jeune. Nous le suivons à travers Katmandou ; il sourit beaucoup. Son air rayonnant pourrait traduire une forme de folie ; les montagnes semblent avoir produit sur lui le même effet que sur moi : le sentiment d'avoir atterri dans le berceau même de la conscience. Il ne fait aucun doute que c'est un homme très séduisant ; il émane de lui une sorte de *metas*, ou « bonté aimante », qui n'a rien à voir avec le bouddhisme mais participe de sa nature même. Peut-être ne le sait-il pas, mais c'est ce rayonnement intérieur qui lui a valu sa réussite – et l'a amené jusque dans l'Himalaya.

Je suis surpris de voir Tara faire son apparition si tôt dans le film. Elle semble être l'agent de liaison de la société de services à laquelle il a recours pour le tournage. Elle joue le rôle d'interprète et, avec son accent onusien, traduit en népalais et tibétain ce que dit le célèbre réalisateur de Hollywood. Un *vajra* en argent est suspendu à son cou par un simple fil de nylon. Le réalisateur déclare qu'il veut effectuer un tournage près de la frontière nord, peut-être même la franchir pour entrer au Tibet s'il parvient à obtenir un visa chinois. Elle explique que les conditions de vie sont très dures à la frontière, située à cinq mille mètres d'altitude, où on souffre du mal des montagnes. Vient s'y ajouter le problème avec les Chinois : ils n'ont guère envie de voir des Américains équipés de caméras lâchés à travers le Tibet.

Changement de décor. Nous sommes maintenant dans les montagnes, en haute altitude, près de cette frontière tibétaine. Le paysage est d'une aridité implacable : d'immenses plateaux de schiste argileux mauve se fondent dans des glaciers gris, puis dans les neiges. Hormis ces étendues plates, rien n'est horizontal ; où que l'on regarde, les montagnes dominent. Et là-haut, notre réalisateur-héros n'a pas l'air en grande forme. Quand il ne se tient pas la tête, il se tient le ventre. Il n'a quasiment pas d'énergie et parle lentement. Le seul remède consiste à redescendre de quelques centaines de mètres. Mais il est américain et impatient ; il ne veut pas attendre. De toute façon, il a un budget limité et ne peut se permettre d'interrompre le tournage.

Ces scènes se déroulent en présence des seconds rôles et des autres membres de l'équipe. De temps en temps, la caméra s'arrête sur les autres acteurs, qui tous semblent être des montagnards tibétains dépenaillés. Contrairement au réalisateur, ils ne sont affectés ni par l'altitude ni par le retard et paraissent avoir une capacité illimitée de rester à ne rien faire. Tara n'est pas seulement une interprète des mots, mais aussi des hommes. Elle est soudain devenue le personnage central, aide les Tibétains à comprendre le réalisateur et insiste en même temps pour que celui-ci comprenne les Tibétains. « Mais ils sont d'une si haute spiritualité dans leur fichue façon de penser qu'il est difficile de faire passer une idée concrète », se plaint-il. Tara lui fait alors la leçon et déclare qu'il n'arrivera à rien s'il ne se montre pas plus respectueux et sensible avec eux. *Bien sûr que nous ne pensons pas comme vous*, semble-t-elle dire, *et il y a à cela une sacrément bonne raison : nous avons davantage de bon sens.* Les choses en arrivent au point où le réalisateur est trop affecté par le mal de l'altitude pour travailler. S'il ne descend pas des montagnes dans les douze heures qui suivent, il risque des dommages cérébraux et la mort. Nous l'accompagnons maintenant alors qu'il est sur le dos d'un yak mené par les Tibétains, Tara marchant à son côté.

Les prises de vues rappellent ici délibérément Jésus en route pour Jérusalem monté sur un âne. Nous voyons à son visage et à sa posture qu'il est vraiment malade et c'est dans cet état paranormal que se déroule pour l'essentiel le reste du film. Nous effectuons des retours en arrière au sein du principal flash-back, mais le montage est habilement fait, si bien que le procédé n'est pas gênant ; au contraire, le cinéaste mêle d'une façon extrêmement intelligente des scènes de son enfance à des plans le représentant dans l'Himalaya.

Mais c'est une forme curieuse d'intelligence ; on peut dire que tout le film est le résultat d'un plagiat poussé jusqu'au génie. À un certain stade du montage, il a dû décider que le film ne ferait pas l'objet d'une sortie grand public et il n'était donc plus contraint de respecter la législation en matière de droits d'auteur. En conséquence, non seulement il imite mais aussi insère sans vergogne des scènes entières tirées d'autres films ; ainsi, les montagnes sont souvent évoquées par des plans rétro de James Stewart suspendu en l'air dans *Sueurs froides*. Il réussit même à chiper à Truffaut des scènes en version originale sans heurter le spectateur et on ne peut nier là l'excentricité de son talent. On pourrait dire que l'un des sujets secondaires du film est son obsession quasi pathologique du cinéma.

À mesure que se poursuit la descente des montagnes, Tara marchant sans effort à côté de Frank Charles écroulé sur l'encolure du yak, nous nous rendons compte, de la manière la plus subtile, que l'incomparable Tara (nous l'avons déjà vue enlever les prothèses de ses doigts, l'une des multiples choses la concernant, comme le *vajra*, sur lesquelles la caméra revient sans cesse se fixer) est en train, lentement mais sûrement, de remplacer le film au cœur des préoccupations de l'Américain.

Il doit être très difficile de décrire un homme se libérant de son obsession de toujours pour la reporter sur une femme qu'il a rencontrée depuis peu. Frank Charles n'y réussit que parce qu'il dit la vérité : c'est exactement ce qui s'est passé, personne n'en doute. Mais son problème est que l'appétit charnel le dispute à une soif spirituelle : il la désire de tous ses chakras, mais surtout du deuxième (le chakra du sexe, *farang)*. C'est donc dans cet état de fragmentation proche de la mort, sur une étroite piste de l'Himalaya, qu'on nous montre les divers fils de l'histoire personnelle de notre homme. On voit la monotonie de sa jeunesse dans le Middle West, où ses parents étaient propriétaires d'une quincaillerie. Son père est quasiment ignoré ; il concentre son attention sur sa mère italienne, dont il a hérité la beauté et le caractère passionné ; il la peint comme un oiseau chanteur méditerranéen enfermé dans la cage de l'utilitarisme. Nous le voyons, gamin, en train de se masturber en signe de protestation contre le vide absolu d'un monde empli d'écrous, de boulons et de vis, de matériel de plomberie et de bricolage, de lampes à souder et d'énormes trémies à grains en inox. Nous le voyons se replier dans l'univers fictif des films, qu'on ne pouvait voir à l'époque qu'au cinéma. Il avait presque élu domicile dans la seule salle de la ville.

Je ne vais pas te gâcher le plaisir en te racontant le film, *farang*. Sait-on jamais, peut-être finira-t-on un jour par le trouver au marché noir ; il se pourrait même que je le télécharge sur l'un des sites Internet illégaux d'échanges de fichiers. Il suffit de dire qu'une succession ingénieuse de plans et de passages nous amène à comprendre intimement la psychologie du réalisateur. La violence qui l'habite se révèle surprenante. Son adolescence est pleine non seulement de fantasmes érotiques, mais aussi de crises de rage extrême. Il ignore l'origine de cette tendance, encore moins celle du don étrange qu'il a d'épouser les femmes qu'il ne faut pas. À la fin, nous sommes convaincus qu'il n'a pas le choix ; il ne lui est pas possible de conserver son moi fragmenté ni de trouver la force de changer en profondeur. L'art peut-il l'y aider ?

Bon, maintenant que je t'ai entraîné jusqu'ici, j'imagine que tu serais fâché si je ne te décrivais pas la première scène, qui est aussi la dernière :

Elle se déroule dans la chambre sordide de Soi 4/4 où nous avons fait sa connaissance. Au début, son visage barbu occupe tout l'écran – il est devenu obèse et le beau visage du jeune réalisateur est enfoui sous une montagne de chair. Il marmonne en s'éloignant de la caméra : « De toute façon, c'est plus économique de procéder de cette façon, un mannequin aurait coûté trop cher. »

La caméra le suit pendant qu'il effectue un tour rapide de la chambre avant de grimper avec peine sur le lit. Je comprends enfin la présence des livres. Leur objet m'échappait. J'avais cru à une astuce perverse imaginée par un esprit dérangé ; je perçois maintenant son étonnante innocence. Ils symbolisent l'aveu non d'un meurtre, mais d'un crime qui a marqué plus profondément son âme : une vie dépourvue d'authenticité. Une fois adossé aux oreillers, il dit : « Bon, dirige l'objectif vers le haut de mon crâne, débrouille-toi pour cadrer à partir des yeux ; dans ce plan, je ne veux pas qu'on voie le nez, mais tu dois incliner la caméra de façon que l'oreille soit dans le champ quand la scie passera au-dessus ; du drame, voilà ce qu'il faut, je ne veux pas que ce soit ennuyeux, ha ha ha ! »

Les yeux fermés, il laisse quelques instants passer, puis : « Parfait, je sens que les médicaments font leur effet, mon esprit ralentit. C'est à ce moment-là qu'elle a dit de commencer. Pose la caméra et viens ici. Si je pique du nez, tu dois ramener ma tête dans le champ. Bon, il se peut que j'aie assez de force pour prélever les premières cuillerées dans le lobe gauche, celui qui est la cause de tous mes ennuis depuis soixante ans, mais si je n'y parviens pas, il faudra que tu m'aides. Guide ma main et assure-toi que je ne lâche pas la cuillère. »

Les mains qui tiennent la scie circulaire sont gainées de gants chirurgicaux ultra fins et presque transparents ; il est impossible d'en avoir la certitude, mais je dirais que ce sont des mains de femme, longues, fines et blanches comme de la porcelaine. Le gant cache les détails d'un anneau peu commun à l'index de la main droite, anneau qui semble très large et incrusté de minuscules pierres précieuses en saillie. Elle opère lentement et prend grand soin de ne pas léser l'arachnoïde, la fine membrane qui recouvre le cerveau et le nourrit grâce à un réseau de veines et d'artères. Lorsqu'elle a fini, elle ôte la calotte crânienne comme le ferait un maître d'hôtel de chez Maxim's soulevant avec solennité le couvercle d'un grand plat pour en révéler le contenu.

« Est-ce que j'ai le crâne ouvert ? » s'enquiert Frank Charles d'une voix faible.

À quoi pensé-je ? Je pense : Pauvre Sukum. J'ai fini par élucider l'affaire à sa place, et même avec la meilleure volonté bouddhiste du monde, il lui sera difficile d'en recueillir le mérite. De toute façon, c'est un suicide, et quel mérite y a-t-il à revendiquer son élucidation ? Ce n'est pas le genre de chose qui entraîne une promotion éclair. C'est drôle, en un sens, mais je ne ris pas. Le film peut être un chef-d'œuvre à sa manière ; à mon avis, le génie réside cependant dans l'introduction. L'aveu franc, honnête, sans fard, d'une vie luxueuse ratée a touché un nerf sensible ; cela me hante. J'envoie le film en pièce jointe par e-mail à Miss FBI, puis appelle Sukum.

36

Pour une bonne gestion du dossier, je dois continuer à suivre l'affaire du Gros *Farang* et de son suicide. Les pièces dudit dossier montrent que j'ai déjà interrogé le docteur Moï à ce propos et il me faut ses commentaires sur le film. Et puis je ne peux ignorer le détail de la main qui tient la scie circulaire et qu'il me semble avoir déjà vue. En outre, parlons franc, tous les flics prennent plaisir à coincer les gros menteurs.

C'est Moï qui a proposé que nous nous retrouvions au Starbucks de l'Emporium, une galerie marchande de Sukhumvit, ce qu'il y avait de mieux dans le genre à Bangkok avant l'ouverture du Paragon à Silom. Vous ne pouvez comprendre la passion des Asiatiques pour les galeries marchandes que si vous prenez en compte que ce n'est pas vous qui les avez inventées, *farang*, mais nous. Vous y avez ajouté la climatisation et le café, ce dont nous vous sommes très reconnaissants. Pour le reste, ce n'est qu'une extrapolation du marché de rue local.

Le Starbucks est une île de l'Atlantique au milieu d'un océan Pacifique de stands de nourriture toute préparée, de marchands de glaces, de pharmacies, de couteliers, de spécialistes des salles de bains et, le plus important, de vendeurs d'autocuiseurs pour le riz. Derrière moi, un supermarché japonais, un peu cher, fréquenté surtout par de riches Thaïs, Japonais, Coréens et *farangs*. Dans toute l'Asie, aucun client n'a jamais à vider son chariot à la caisse ; ici cependant, les règles japonaises s'appliquent et non seulement le chariot est déchargé avec amour sous vos yeux, mais vous avez droit à un *wai* haut et un *sawatdi khrap* souriant très spécial de la jolie caissière, qui réussit à vous convaincre qu'elle est contente de vous voir. Il faut signaler que je n'établis pas une comparaison désobligeante avec vos supermarchés, *farang* (où on vous donne toujours l'impression d'être un voleur récidiviste à l'étalage qu'on doit en permanence tenir à l'œil).

Le café n'est guère qu'un grand espace équipé de fauteuils confortables, ouvert sur le reste de la galerie marchande, si bien qu'en attendant Moï, qui est en retard comme d'habitude, je regarde, installé à une table, les gens défiler devant moi. Se succèdent une personnalité de la télévision qui fait beaucoup de spots publicitaires, un banquier connu flanqué de sa jeune maîtresse, venu louer une suite dans les appartements adjacents à la galerie marchande.

Et maintenant une famille de l'Isaan : la femme combat un sentiment d'infériorité en adoptant une attitude agressive et un froncement de sourcils permanent, l'homme est maigre, humble et sa rizière paraît lui manquer, les enfants, pareils à des tanks miniatures, foncent dans toutes les directions, tombent et reviennent à toute vitesse ; ils semblent être en caoutchouc. Il y a beaucoup de sikhs, d'hindous, de musulmans du Sud, de *farangs* quinquagénaires avec leur copine locale, quelques Occidentales, qui attendent patiemment de récupérer leurs hommes pour continuer le voyage ; deux lesbiennes thaïes aux cheveux courts vert et rouge en épis se tiennent par la main avec une affection exagérée. Il y a aussi bon nombre de *farangs* quinquagénaires homosexuels accompagnés de leur esclave local. Voici une famille nigériane, la mère en robe traditionnelle mauve et orange vif, coiffée d'un turban violet. On compte ici en moyenne un vendeur (ou une vendeuse) thaï souriant et cossard par client ; lorsque celui-ci se fait attendre, les garçons miment des combats de kung-fu dans la section des réfrigérateurs tandis que les filles se maquillent et papotent.

Je me renverse dans le fauteuil et attends. Au bout de vingt minutes, je me lève et vais jeter un coup d'œil aux escaliers mécaniques. J'aperçois à l'un des étages inférieurs la haute et mince silhouette de Moï, chemisier vieil or sur des leggings noirs ; une barrette en argent retient ses longs cheveux noirs en arrière ; elle se dispute apparemment avec sa bonne, qui porte des paquets. Le docteur a dû faire des emplettes. Les deux femmes paraissent en colère ; le sérieux de l'expression de la bonne me surprend – Moï semble légèrement effrayée, mais gesticule vers l'étage, dans ma direction. Finalement, elle hausse les épaules, tourne le dos à la bonne et se dirige vers l'escalier mécanique. Je retourne précipitamment à mon fauteuil et me lève pour l'accueillir à son arrivée. Je n'ai pas encore décidé si je dois lui parler d'entrée de jeu du DVD qu'on m'a envoyé de Hawaï. J'ai opté pour l'improvisation, n'ayant aucune idée de la manière de mener cette conversation. Le docteur commande un moka menthe au comptoir et vient s'asseoir dans l'un des fauteuils face à moi. Elle est particulièrement alerte ; d'un ou deux regards de ses yeux noirs vifs, elle embrasse la clientèle, puis se tourne vers moi. J'ai l'impression troublante qu'elle est au courant de l'arrivée de l'enveloppe de Hawaï et qu'elle s'est disputée avec sa bonne à ce propos. Nous plaisantons sans que je parle de l'affaire, ce qui la met mal à l'aise.

— Vous vouliez me voir, inspecteur ? dit-elle finalement. J'espère que vous avez de bonnes nouvelles pour moi ? Une intervention auprès du comité disciplinaire serait bienvenue.

Je hoche lentement la tête, puis sors de la poche de ma veste mon arme secrète de la matinée. C'est une sortie couleur d'une photo du film sur une feuille A4. Je la pose devant elle sur la table basse et la regarde regarder Frank Charles appuyé contre les oreillers sur le lit tandis qu'une scie circulaire tenue par une main gantée lui découpe le côté de la tête. La main est longue, mince, et on peut supposer que le large anneau qu'elle porte à l'index est en argent. On voit très bien les huit petites pierres précieuses serties dedans.

Le teint de porcelaine de Moï est devenu encore plus pâle. L'élégance avec laquelle elle lève les mains et les presse contre ses joues me fascine. Pendant quelques instants, j'ai devant moi une femme qui contemple une tragédie personnelle, mais elle est forte. Elle se reprend immédiatement, lève les yeux vers moi et dresse un sourcil : *Et alors ?* me demande-t-elle du regard. Je ne suis cependant pas prêt à entrer dans son jeu et reste de marbre. Quand elle esquisse un geste pour me rendre la photo, je pose mes mains dessus et la maintiens sur la table basse, pièce à conviction si accusatrice qu'elle semble radioactive. Elle perçoit ma détermination, empoigne son sac Gucci noir et en sort une boîte à pilules en or. C'est l'une de ces réactions, comme son sourire du coin des lèvres, qui amènent à se demander si tout ce qu'elle a fait et dit jusque-là n'est pas mensonger. Elle se met un comprimé rouge vif dans la bouche et l'avale avec une gorgée de moka. Je montre alors la main qui tient la scie, en souligne la longueur avec le doigt et m'arrête sur l'anneau. Elle prend une profonde inspiration.

— Vous ne pouvez rien prouver avec ça, dit-elle en évitant mon regard. Rien du tout.

Je hoche la tête.

— Là, je suis d'accord. Cela ne prouve rien. Aucun juge ou jury n'en tirera des conclusions. Mais un flic le peut. Il peut s'en servir pour orienter son enquête. Grâce à ce bout de papier, il peut obtenir un mandat de perquisition… et même aller plus loin. Enquêter sur votre vie dans le moindre détail. Aider au suicide est un crime.

Je hausse les sourcils. Elle regarde la photo le front plissé, détourne les yeux vers les autocuiseurs, semble parvenir à une conclusion et acquiesce.

— Je vous aiderai, à titre officieux. Mais je veux l'immunité pour moi et ma domestique. Après tout, il ne s'agit que d'un suicide.

Je lui donne raison sur ce dernier point, d'un hochement de tête.

— D'abord, je voudrais savoir… c'est pour cela que vous avez refusé de me montrer le film ? C'est la raison pour laquelle vous n'avez pas voulu qu'il soit montré même en projection privée ? Cela m'a étonné plus que tout le reste. Si vous aviez vraiment voulu faire honneur au défunt, vous auriez souhaité que le génie de sa dernière œuvre puisse être connu de tous.

Elle ignore ma question.

— J'aimerais savoir où vous vous êtes procuré ça… vous avez tout le film, ou seulement cette photo ?

Je secoue la tête.

— Ne m'obligez pas à dire cette phrase : « C'est moi qui pose les questions. »

La colère se lit un instant sur son visage, mais elle l'efface aisément. Elle pousse un soupir théâtral.

— J'ai l'impression que je suis à votre merci, inspecteur.

Elle jette un coup d'œil alentour.

— Ce n'est pas le meilleur endroit pour discuter. Si j'avais su que vous alliez sortir cette carte de votre chapeau, je ne vous aurais jamais proposé de nous rencontrer ici.

Je suis son regard. Tout dépend du sentiment de sécurité de chacun. Il y a certes beaucoup de monde dans les parages et il est même possible que quelqu'un nous écoute ; en revanche, personne ne sait que nous avions l'intention de nous retrouver ici et il est donc peu probable qu'on nous épie. Je vois cependant à l'expression de Moï que c'est le besoin d'intimité qui la motive. Je pense, mais ne le dis pas : Que pensez-vous du commissariat ?

Elle sort un téléphone portable argenté extraplat, appuie sur une touche, puis parle. Ce n'est ni du thaï ni de l'anglais. Je ne suis pas expert en la matière, mais je serais prêt à parier Wall Street contre une mangue thaïe qu'il s'agit du dialecte teochew. Elle a déjà refermé son téléphone.

— J'ai dit à ma domestique de rentrer à la maison en taxi… nous avons fait des achats. Mais vous le saviez. Nous vous avons vu nous espionner.

Elle sourit sans joie.

— Ma voiture et mon chauffeur attendent dans le garage, au rez-de-chaussée.

C'est évidemment une Mercedes bleu marine, conduite par un chauffeur en livrée fauve, conçue pour intimider les agents de la circulation et tous ceux qui seraient enclins à se mettre en travers du chemin. Le chauffeur est maigre et je doute qu'il y ait en lui un seul gène thaï. Je remarque la désinvolture avec laquelle Moï exerce son autorité en recourant au dialecte teochew ; comme avec la bonne, ces deux-là se connaissent depuis longtemps. Mais une vitre séparative coulissante lui permet d'isoler le chauffeur quand nous sortons du garage et entrons dans les embouteillages de Sukhumvit. Son initiative m'apparaît vite tout à fait justifiée : il est sans doute impossible de trouver à Bangkok d'endroit plus discret pour avoir une conversation d'ordre privé ; personne ne peut nous entendre, barricadés comme nous le sommes et encadrés par un autobus crasseux sur notre gauche, un camion-bétonnière sur notre droite, des voitures particulières devant nous et un bouchon qui s'étend jusqu'au fleuve derrière nous. L'embouteillage est tel que même les taxis-motos sont arrêtés ; leurs conducteurs, nez et bouche protégés, rongent leur frein. La pollution se répand à flot continu.

Moï a le regard fixé droit devant elle sur la file de voitures sans fin. Elle s'éclaircit finalement la gorge et prononce ces paroles mémorables :

— Vous êtes à moitié thaï et peut-être y a-t-il en vous assez de sang asiatique pour comprendre qu'il existe un monde des morts ?

J'étais prêt à tout entendre sauf une phrase de ce genre. Je la regarde d'un air étonné et répète :

— Le monde des morts ?

Elle semble ne pas m'entendre. Assise toute droite, elle grimace, son attention tournée en elle-même. Puis elle se met à parler. Elle se penche légèrement en avant, entièrement absorbée par quelque vision intérieure, et ses mots paraissent refléter une tentative sérieuse de décrire ce qu'elle voit. Malheureusement, elle parle teochew et je ne comprends pas un mot. Avec précaution, pour ne pas la perturber, j'entrebâille de quelques centimètres la glace de séparation afin que le chauffeur entende ce qu'elle dit. Au bout de deux ou trois minutes, il manœuvre pour amener la Mercedes sur la file de gauche et, quand la circulation reprend, tourne dans un *soi* adjacent. Il prend maintenant son portable et donne un appel. Il referme le téléphone et se tourne vers moi.

— Vous feriez bien de vous en aller. La bonne va venir s'occuper d'elle. Elle a pris une pilule rouge pendant qu'elle était avec vous, n'est-ce pas ?

— Oui.

Il secoue la tête.

— C'est à base d'opium, la pire chose qu'elle ait dans son arsenal. Chaque fois qu'elle en prend, elle entre en transe et parle à ses ancêtres. Elle est complètement ailleurs. Vous feriez mieux de partir ; il lui arrive d'être très désagréable, quand les effets se dissipent.

Je vois bien que, pour je ne sais quelle raison, il ne veut pas que je sois là à l'arrivée de la bonne. J'acquiesce, descends de la voiture et retourne vers l'embouteillage de Sukhumvit. Quelques mètres plus loin, je me retourne et jette un coup d'œil en arrière. Le chauffeur s'est de nouveau installé derrière le volant. Il a ouvert en grand la cloison de verre et écoute avec une profonde attention les nouvelles de l'Autre Rive.

37

Sukum a dégueulé à la fin du film. Il l'a regardé de bout en bout avec un sérieux troublant, puis a vomi là où il était, assis sur le plancher, chez moi, à côté de l'ordinateur portable. J'ai nettoyé pendant qu'il prenait une douche et se changeait, endossant des vêtements à moi, bien trop grands pour lui. Tout cela semblait se passer hors du temps, depuis, il bouge lentement, dans une sorte de catalepsie, et n'a presque rien dit. J'aurais compris qu'il soit révolté ou sous le choc, mais le chef-d'œuvre de Frank Charles paraît avoir eu sur lui un effet d'un autre genre. Je sens que Sukum l'appréhende à un niveau plus profond, que je suis incapable d'atteindre. Mais il n'a rien d'un mordu de cinéma ; je ne crois pas qu'il ait vu quoi que ce soit de plus interpellant que *Spiderman*.

Lorsque nous sortons de chez moi, il pleut. Je me souviens qu'on a annoncé les répercussions d'un gigantesque orage tropical qui s'est abattu sur le Vietnam. Le ciel est gris ardoise et le vent d'est agite la cime des arbres comme des poupées de chiffon. Dans le taxi qui nous ramène au commissariat, son silence commence à me prendre sérieusement le chou et j'essaie de parler de l'affaire :

— Qu'en est-il des deux autres maris de Moï, ceux qui sont encore en vie… vous avez enquêté sur eux quand vous avez tenté de l'épingler ?

— Bien sûr, grommelle-t-il.

— Et ?

— Le premier mariage a tenu quatre ans, l'autre six mois. Son premier mari était un Chinois de Hong Kong, le deuxième un Américain.

Je remarque qu'il répond plus comme un suspect que comme un flic, ne lâchant qu'un minimum d'informations, mais je ne relève pas.

— Quatre ans ? C'est difficile d'imaginer Moï supportant la vie de couple aussi longtemps…

— Elle ne l'a pas supportée. Elle était encore jeune et essayait de se conformer aux règles de son milieu, elle a donc fait comme si son mariage était réussi. En fait, il a battu de l'aile après les premiers mois. Son mari, un certain Johnny Ng, a trouvé des prétextes pour faire de nombreux voyages à Hong Kong et Taïwan ; après un certain temps, il ne venait plus en Thaïlande que rarement, et ils ont fini par annoncer officiellement leur divorce.

— Et l'autre, l'Américain ?

Sukum s'autorise un léger sourire.

— Celui-là n'était pas bête. Il a très vite senti le vent et avant la fin de la première année il a sauté dans un avion pour les États-Unis. Il semble qu'il ait gardé avec elle une sorte de relation d'affaires…

— Une relation d'affaires ? répété-je, comme le ferait n'importe quel flic, tandis que Sukum persiste à ne pas me regarder dans les yeux. Une relation d'affaires avec son ex-femme, ça ne mérite-t-il pas d'être creusé ?

— Pourquoi ? répond-il en fixant la portière. Nous n'enquêtons pas sur elle, il me semble. Nous avons affaire à un suicide, non ?

Je n'insiste pas.

— Et les deux autres, ceux qui sont morts ?

— L'un était anglais ; il est mort d'une crise cardiaque alors qu'il approchait seulement de la quarantaine. L'autre était aussi *farang*, un Français ; il a été renversé par une camionnette dans Soi 11. Dans les deux cas, Moï était à l'étranger, ce qui a éveillé les soupçons, mais les autopsies n'ont rien révélé de sinistre, ce qui fait qu'il n'y a pas eu d'enquête policière sérieuse.

Sukum retombe dans un lourd silence, comme s'il était retourné en un lieu où le dernier film de Frank Charles repassait en boucle.

— Qu'y a-t-il, inspecteur ? demandé-je finalement. Je sais que la fin du film est passablement macabre, mais, pour l'amour de Bouddha, vous êtes flic, non ?

Il met tant de temps à répondre que je suis persuadé qu'il ne va pas sortir de son hébétude. Au bout de quelques minutes, il semble enfin entendre ma question et se détourne pour regarder la rue à travers les rideaux de pluie. Les égouts débordent déjà et la chaussée s'est muée en une rivière jaune sale.

— Elle l'a tué bien avant qu'il termine le film, dit-il. Elle a sapé ses forces, lui a volé son âme. Voilà pourquoi il fallait qu'il meure… ce grand discours du début, c'est celui d'un *farang* pris dans une toile d'araignée, qui essaie de l'expliquer de manière intelligente et rationnelle…

— Moï ? Comment le savez-vous ?

— Elle m'a fait la même chose, répond-il en se tenant la tête à deux mains. Plus je travaillais sur l'affaire, plus mon esprit devenait lent. Elle me transformait en zombie. Vous savez combien de fois j'ai rempli les papiers afin de lancer contre elle des poursuites pour fraude fiscale et combien de fois j'ai dû recommencer parce que je m'étais gouré ? Et mille choses se sont mises à aller de travers dans ma vie privée. Mon mariage a foiré et n'est plus aujourd'hui qu'un simulacre. Puis elle a fait mettre du LSD dans mon thé. J'ai fait un mauvais trip, bien sûr, mais il y avait bien plus que cela derrière. C'est un mauvais trip qui a duré près de dix ans. Depuis le jour où j'ai commencé à enquêter sur elle, ma vie n'a plus jamais été la même. La chance n'a cessé de me faire défaut. Chaque jour, il m'a fallu batailler contre les démons à tout bout de champ. J'ai essayé toutes sortes d'amulettes : yeux de chat, ramure de cerf, pierres khot, effigies du Bouddha. Je me suis même fait insérer un *salika* sous la peau. Et Bouddha sait combien de paniers de moine j'ai donnés.

Sa peur de Moï est si palpable que je pose la main sur son bras. Il tourne les yeux vers moi, des trous de paranoïa sans fond.

— Écoutez, peut-être avez-vous raison depuis le début. Cette affaire vous est visiblement destinée. Je veux qu'elle vous revienne. Dès que l'occasion se présentera, je demanderai au patron de vous la confier officiellement afin que tout le monde sache que c'est vous qui l'avez élucidée et pas moi.

Ses pupilles se contractent ; il semble se débattre avec un sentiment de culpabilité quand il ajoute :

— Je suis désolé.

Comme je continue à le fixer du regard, il reprend :

— Vous ne saisissez toujours pas, hein ? Cette enquête vous a échappé dès que vous êtes allé la voir chez elle. Seulement, vous ne vous en êtes pas encore rendu compte. Vous n'avez pas idée de son pouvoir.

Il laisse passer quelques instants, puis :

— Bien sûr, en tant que flic, je ne pouvais en parler à personne. On m'aurait fichu dehors pour des raisons de santé mentale. Ou zigouillé. Je vous en parle maintenant parce que vous êtes déjà pris au piège.

Il se tait à nouveau un moment, puis ajoute :

— Je crois que vous voyez ce que je veux dire.

Je n'en ai pas la moindre idée. L'affaire est close, non ? Un suicide est un suicide.

Je suis toujours aussi perplexe quand, plus tard dans la journée, Lek se faufile jusqu'à mon bureau avec un drôle d'air. Il fait semblant de se pencher vers mon moniteur, puis laisse tomber quelque chose sur mon bureau, apparemment un morceau de papier roulé en boule. Je l'interroge du regard, il hausse les épaules. Je devine que la discrétion est nécessaire et murmure :

— Qu'est-ce que c'est que ça ?

— Ne me le demande pas, je ne suis même pas autorisé à te dire qui l'a envoyé.

Je fronce les sourcils.

— Qui l'a envoyé ?

— Je ne peux pas te répondre.

Sous mon regard sévère, il se laisse fléchir, puis glousse.

— Qui crois-tu ? Il m'a fait jurer sur mes mille prochaines années de karma de ne pas te le dire, mais je te donne une indication : c'est un homme et il est propriétaire d'une Toyota.

— Sukum ? Il a complètement perdu les pédales ?

Je jette un coup d'œil dans la direction du bon inspecteur. Il semble absorbé dans l'examen d'un dossier.

Lek hausse les épaules.

— Je commençais à me demander si vous n'étiez pas tombés amoureux l'un de l'autre et n'aviez pas décidé de me faire jouer les intermédiaires. C'est pour ça que sont faits les *katoey*, non ? Nous ne sommes que les éternels voyeurs de la vie, bons à porter les messages mais à rien d'autre.

Il me gratifie d'une de ses moues impayables. Je ne peux m'empêcher de sourire en le congédiant. Je défroisse la boule de papier. C'est une sortie sur imprimante d'un article de Wikipédia :

Le padparadscha est un corindon orange rosé, de saturation faible à moyenne et de teinte légère, extrait à l'origine au Sri Lanka mais dont on trouve aussi des gisements au Vietnam et en Afrique. Les saphirs padparadschas sont très rares et très prisés pour leur mélange subtil de teintes rose et orange douces. (Traduit du cinghalais par « fleur de lotus ».) Avec les rubis, ce sont les seuls corindons à avoir un nom propre et à ne pas être seulement qualifiés de saphirs de couleur particulière.

Je me gratte la tête. Je déchire soigneusement le papier en mille morceaux et les jette dans la corbeille, conformément aux instructions furtives de Sukum. Quand, au bout d'une demi-heure, je vois celui-ci se lever pour aller aux toilettes, je le suis et me place à l'urinoir voisin. Il s'écarte instantanément de moi le plus possible. Lorsque je dis à voix basse « Inspecteur », il lève la main, porte un doigt à ses lèvres, puis remonte la fermeture Éclair de sa braguette et sort sans dire un mot.

38

Désolé, *farang*, si j'ai encore excité ton intérêt à propos de l'affaire Frank Charles ; il semble qu'aujourd'hui je sois parti pour être *consigliere*.

Zurich/Liechtenstein vient d'appeler et, le croiras-tu, le banquier suisse, qui parle mieux l'anglais que la reine d'Angleterre et avec un accent plus snob, m'a remonté les bretelles parce que j'ai tarabusté sa secrétaire éthiopienne pour qu'elle m'expédie les documents et, maintenant qu'il les a reçus, il s'aperçoit qu'ils sont incomplets.

— Incomplets ? Toute la liasse pesait plus d'un kilo…

— Elle a oublié de joindre une procuration.

— J'ai pourtant vu cinq procurations différentes.

— Mais aucune n'est en votre faveur. Pour que vous soyez légalement habilité à faire ce que vous faites – non pas que je fasse des suppositions sur ce que vous faites, bien que, de toute manière, tout cela soit couvert par la confidentialité –, donc, pour que ce soit légal et régulier, j'ai besoin de voir l'original des procurations que vous ont données les deux actionnaires.

La perspective de demander à Vikorn et à Zinna de retourner chez le notaire avec leur carte d'identité ne m'emballe pas ; elle est même décourageante. Zinna en particulier a exprimé des doutes quant à l'opportunité de me confier autant de responsabilités. Les espions de Vikorn rapportent que le général est « assez tendu ». Lis : « un paquet de nerfs ». La formulation de la procuration est également problématique. Par exemple, elle me donne un pouvoir absolu sur quarante millions de dollars. Je ne suis même pas certain que Vikorn y soit favorable ; pour éviter un face-à-face, j'en envoie une traduction en thaï aux deux hommes, ajoutant en note que c'est urgent. Je me sens exposé, mais n'arrive pas vraiment à mettre le doigt dessus. Comme, après m'être impatienté pendant une heure, je n'ai pas de nouvelles d'eux, j'essaie d'appeler Vikorn, mais Manny me dit qu'il n'est pas libre. Pas libre ? Il s'agit de l'affaire de l'année, si ce n'est de la décennie, et voilà que, brusquement, le patron n'est pas libre !

Un esprit soigneusement préparé est aisément en proie à la paranoïa. J'ai commencé à revoir la traduction en thaï de la procuration. Même en anglais, la terminologie a un caractère absolu intimidant : « … tout(e) objet ou opération, de quelque nature que ce soit, y compris, sans toutefois s'y limiter… », ou encore : « … ledit Sonchaï Jitpleecheep sera censé agir avec la pleine approbation et autorité du mandant qui soutiendra, confirmera et sanctionnera cette action quelle qu'en soit la nature et ne cherchera en aucun cas à nier, entraver l'application, modifier ou amender toute disposition relative auxdits fonds… ». En thaï, qui a tendance à répéter les expressions importantes afin d'éliminer toute ambiguïté et à souligner le pouvoir absolu, probablement sous l'influence du sanscrit, les dispositions semblent encore plus sévères, comme si j'étais nommé vice-roi des Indes ou quelque chose dans ce goût-là. Parlons net, un militaire piètrement éduqué, qui a passé toute sa carrière dans l'état d'esprit d'un gorille ayant mis la main sur un sac de bananes, risque fort de trouver menaçant ce jargon juridique. En fait, ledit gorille pourrait même estimer que ça sent l'arnaque. Lorsque j'appelle Manny, elle me répond que Vikorn est au téléphone avec Zinna depuis une heure, ce qui n'est pas pour me rassurer. Faire un tour s'impose.

Une fois dans la rue, je me sens mieux pendant un moment. Tout semble normal, les stands de nourriture sont tous en place et prêts à subvenir aux besoins du personnel du commissariat : il est près de midi. Le pire que je puisse faire serait de me mettre à courir sans autre raison qu'une terreur endogène. Est-ce cela qu'on appelle une dépression nerveuse ? Étrange, cette sensation d'avoir perdu la maîtrise de mes jambes. *Le pire que je puisse faire est de me mettre à courir, ça ferait mauvais effet.* J'accélère le pas et les stands défilent de plus en plus vite. Quelque chose me dit : *Non, pas comme ça, ne sors pas comme ça, comme un poltron, un dingue qui fuit les ombres, qui tente d'échapper à son propre esprit.* J'exerce donc cette faculté appelée « volonté ». C'est comme trouver une barre de fer au milieu d'une bagarre et l'utiliser pour cogner sur l'adversaire : je me suis servi de ma volonté pour vaincre l'accélération de mon pouls, mes nerfs à vif, mon imagination surchauffée, mes jambes, qui en ce moment ne veulent que courir.

Bon, me voilà au bout de la rue et j'ai la situation bien en main, si ce n'est que je suis inexplicablement terrifié. Je me dis que c'est absurde, qu'il n'y a personne ici, que personne ne m'observe, que personne dans la rue ne fait attention à moi. *Ah oui ? Tu viens d'expédier à deux des plus grands mafiosi de Thaïlande un document exigeant qu'ils te laissent faire ce que tu veux avec quarante millions de dollars qui leur appartiennent et tu t'imagines que personne ne t'observe ?* Je m'oblige à retourner au commissariat à une allure raisonnable et lève les yeux vers la fenêtre de Vikorn. Le patron y est certainement et me regarde. Lorsque j'arrive à mon bureau, Manny appelle :

— Montez ici.

Me voilà devant le patron, qui est derrière son bureau. Je commence à avoir des sueurs froides, alors que je n'ai rien fait. Vikorn prend un document sur le bureau et l'agite dans ma direction. C'est la traduction thaïe de la procuration.

— Un peu indigeste, non ? dit-il.

— Oui, bafouillé-je. C'est la façon de procéder des avocats *farangs*. Ce n'est pas moi qui l'ai rédigée.

Il me regarde avec curiosité.

— Ça te donne un pouvoir exclusif sur quarante millions de dollars. Si tu t'enfuyais avec, tu ferais beaucoup de dégâts. Zinna serait essoré et moi j'aurais un sérieux coup dans l'aile.

— Je sais. Je savais qu'il le prendrait mal. Que puis-je faire ?

Vikorn se lève, contourne son bureau les mains dans les poches et m'inspecte de la tête aux pieds.

— J'ai vu comment tu marchais dans la rue.

— Vous avez vu comment je marchais ? répété-je, les mains plus moites que jamais.

— Oui, j'ai vu comment tu marchais.

Il est maintenant tout près de moi.

— Comment je marchais ?

— Comme quelqu'un qui a envie de partir en courant.

Il pose une main sur mon épaule pour me plaquer sur la chaise et me dévisage longuement.

— Ce n'est pas vraiment Zinna qui te fait pisser dans ton froc.

— Non ? Qu'est-ce que c'est ?

— Le pouvoir donné par quarante millions de dollars. Tu es un moine manqué, tu as survécu jusqu'ici en esquivant la réalité. Ta vie ne peut se maintenir que si tu crois avoir les mains propres. Mais tu ne les as pas. En vérité, personne ne les a, mais les gens comme toi, les rêveurs, aiment se faire des illusions. En tout cas, maintenant tu n'es plus à même de t'en faire, hein ?

Il se penche sur son bureau pour prendre une liasse de documents en anglais dans la corbeille.

— Tiens.

Ce sont les procurations signées devant notaire par Zinna et lui. Je lève les yeux vers lui, déconcerté.

— Tu as dit que c'était hyper-urgent, alors Zinna et moi avons convoqué les notaires à nos bureaux et Zinna m'a fait parvenir son exemplaire par un coursier en moto. On avait peur que tu nous reproches encore d'être des crétins attardés qui ne comprennent rien à la haute finance, on n'a pas traîné. Tu as maintenant les pleins pouvoirs sur quarante millions. Ne les dépense pas à tort et à travers.

— Me… me… merci.

Il est sans pitié. Il ne cesse de me fixer des yeux, mais ne me donne pas congé.

— Pas de problème, dit-il finalement. Zinna n'a pas peur que tu nous roules.

— Ah bon ?

— Non. Il a peur que tu craques ou fasses quelque chose d'encore plus stupide, comme une dépression nerveuse. Ce serait vraiment difficile à gérer. En cas d'entourloupe, on peut toujours s'y prendre de la manière habituelle ; si tu t'effondrais, ce serait un problème.

— C'est la culpabilité, expliqué-je. La culpabilité me déforme l'esprit.

Vikorn fronce les sourcils.

— La culpabilité ? De quoi ?

— Oh, de rien en particulier, dis-je en secouant la tête.

Comment peut-on se sentir coupable de trafiquer pour quarante millions de dollars de blanche ? Faut-il que je sois coincé !

— Comme vous dites, je suis un moine manqué. Puis-je donner ma démission ?

— Non.

— Mais cela doit être un lourd handicap d'avoir un honnête homme comme *consigliere* ?

Vikorn montre les documents.

— Honnête ? Ces papiers prouvent que tu es un filou, comme nous tous. C'est peut-être cette évidence que tu essayais de fuir.

Il semble prendre plaisir à me dire aussi cruellement mes quatre vérités. Il me gratifie même d'un joyeux « Fais bien attention à toi ! » au moment où je sors du bureau, les procurations à la main.

De retour à ma place, un sentiment de soulagement m'envahit. Apparemment, ce n'est pas aujourd'hui que je vais être kidnappé et torturé. Je me fais monter un thé citron glacé et me renverse un moment dans mon siège. Une autre facette de mon esprit se met à gamberger. Quarante millions, imagine ! Je pourrais prendre un avion pour Zurich immédiatement, faire virer le fric sur un compte numéroté, consacrer, disons, une dizaine de millions à ma sécurité personnelle (des sociétés à moitié secrètes emploient des retraités du SAS et des forces spéciales de l'US Navy), acheter cinq propriétés dans cinq pays différents, toutes sous des prête-noms, et mener ensuite une vie peinarde, n'est-ce pas ? Faux. Pas avec mon imagination. Lorsque mon mental jamais au repos se projette dans l'avenir, je ne vois que des nuits d'insomnie au cours desquelles je suis persuadé que la bonne est une espionne de Zinna et que les gardes chargés de ma sécurité travaillent en sous-main pour Vikorn. Laissons tomber. Je vais rester un honnête *consigliere* par lâcheté.

Le bon côté de cette journée éprouvante se présente sous la forme d'un SMS de Sukum :

Libérez-vous ce soir. Vous serez contacté.

Sauf que je ne suis pas censé savoir que le message vient de Sukum ; il s'est servi de la carte SIM de quelqu'un d'autre. Je laisse ça mijoter dans mon lobe droit pendant que le gauche organise l'expédition des procurations. Même cette petite corvée n'est pas exempte de complications. Je ne peux recourir au service courrier du commissariat ni faire venir ici un coursier d'une entreprise postale. Je dois maintenant mentir sur l'endroit où je vais – voilà que j'ai en moi une sorte de maîtresse d'école qui fronce les sourcils au moindre écart de conduite – et j'ai l'impression d'être un personnage à la Macbeth quand je sors furtivement des locaux et monte à l'arrière d'un taxi-moto pour trouver une antenne de FedEx ou DHL : *Revenir serait aussi fastidieux qu'aller de l'avant*, ou quelque chose comme ça. En même temps, je réussis à me dire que, pour le moment, je ne fais qu'envoyer une liasse de documents à un avocat de Zurich. Je suis un gangster en col blanc. Pourquoi alors suis-je si mal à l'aise ?

Il y a une antenne de FedEx non loin de Nana. Après avoir expédié le courrier, j'éprouve le besoin de boire une bière et je m'attarde donc une heure dans un bar à l'entrée de Nana. Il est trop tôt pour que les go-go bars soient ouverts et les filles qui sont là ne poussent pas vraiment à la consommation, même si n'importe laquelle d'entre elles viendrait volontiers « prendre une douche » avec moi dans un hôtel de passe du quartier si je le lui demandais gentiment. Tout cela me semble soudain innocent. Même les plus âgées, les plus endurcies, celles qui ont dix ans de métier, m'apparaissent comme fondamentalement innocentes, des femmes prises dans l'engrenage de la prostitution mais qui n'ont jamais laissé vraiment leur âme être contaminée. Je suis en revanche sur la mauvaise pente et le meilleur avenir que je peux envisager pour moi-même serait quelque chose d'entièrement spirituel et sans tache avec Tara. De fait, elle surgit brusquement dans mon esprit comme la représentation parfaite d'une âme pure, preuve dérangeante que cela n'arrive qu'au cours d'une existence corrompue.

Pour la première fois depuis que je travaille sur l'affaire du Gros *Farang*, je suis content de recevoir des nouvelles de Sukum, bien qu'il se serve de nouveau d'une carte SIM anonyme. Son SMS dit :

Sous le pont près de l'immeuble des services portuaires à Klong Toey ce soir à 10 h.

Le pont est juste en face de la maison de Mimi Moï, sur le Chao Phraya.

39

Nous attendons sous le pont de Klong Toey. Sukum ne s'est pas rasé et il porte un ample short des surplus de l'armée, un vieux tee-shirt noir et des tongs. Autrement dit, il la joue « paysan de la rivière » et refuse carrément de me révéler où nous allons. En revanche, il me fait entendre sans ambages qu'il risque sa peau en m'emmenant là où il m'emmène et ne confirme ni n'infirme que notre destination est la maison de Mimi Moï.

Le passeur arrive. Il est d'une laideur incroyable. Sa barque est vieille, les sièges défoncés, comme si elle avait été récupérée après un naufrage. Des tatouages pareils à ceux des détenus couvrent ses bras nus et sa poitrine et il a sur le visage de méchantes cicatrices qui, aux yeux d'un flic, signifient « combat au couteau ». Il ne dit pas un mot quand nous montons à bord et lance le petit hors-bord en tirant un bon coup sur la corde de démarrage. Nous traversons le large fleuve noir, il n'y a pas le moindre bruit en dehors de celui du moteur, que le passeur coupe à une centaine de mètres de la jetée de Moï. On n'entend plus maintenant que des sons ténus : le chuintement léger de l'étrave du bateau, un poisson ou un rat d'eau brisant la surface, des voix affaiblies portées par l'eau depuis l'autre berge. La maison de Moï est plongée dans l'obscurité. Au lieu de se diriger vers la jetée le moteur coupé, le passeur sort un aviron et manœuvre en silence autour d'un promontoire ; nous nous retrouvons amarrés à une souche d'arbre, séparés de la maison par un plan d'eau. Avec incrédulité, je regarde Sukum tirer une paire de jumelles pour la vision nocturne d'un sac qu'il a apporté. Il la lève à ses yeux, effectue quelques réglages et me la tend.

Quand mes yeux se sont adaptés à l'obscurité, je vois neuf moines assis en demi-cercle sur la terrasse de Moï, face au fleuve, le dos tourné à la maison. Ils semblent psalmodier, mais à voix si basses qu'elles sont inaudibles même au-dessus de l'eau. Ce ne sont cependant pas des moines. Je l'ai supposé parce qu'ils sont assis à leur manière et portent des robes. Mais ce ne sont pas des robes de moine, je m'en rends compte maintenant. Elles sont noires et dotées chacune d'un capuchon qui cache le visage. Sukum m'invite à observer le reste de la propriété de Moï. Je constate que le sentier qui rejoint la jetée à la maison a été modifié : on doit maintenant passer sous trois arches en bambou si l'on veut atteindre la maison à partir du fleuve.

Les sourcils froncés, j'interroge Sukum du regard quand le premier bateau arrive. C'est un bateau à tête de serpent d'une vingtaine de mètres de long ; il semble plein de gens, qui débarquent sur la jetée et restent là à attendre. Un autre bateau apparaît maintenant, un canot à rames, à bord duquel il n'y a que trois personnes. L'une – apparemment, ce sont des hommes – a les yeux bandés ; il faut l'aider pour descendre sur la jetée, puis le conduire avec précaution jusqu'à terre. L'un de ses anges gardiens lui retire son bandeau. Je reste bouche bée : c'est un député qui a récemment changé de parti politique.

Je me tourne vers Sukum, qui secoue la tête vigoureusement et me fait signe de continuer à regarder. L'un des maîtres de cérémonie, qui paraît remplir la fonction de hiérophante, montre la première arche de bambou au nouvel initié ; quelque chose doit être inscrit dessus, car le néophyte le lit, puis *wai* humblement trois fois dans la direction de la maison de Moï et retire ses chaussures, ses chaussettes et sa chemise. Torse nu, il est emmené sous les trois arches, sous chacune desquelles il s'arrête et récite quelques mots, qu'il répète apparemment trois fois. Il arrive ensuite sur la terrasse de la maison, qui a été aménagée différemment pour la circonstance. Les portraits des ancêtres de Moï ont été accrochés là au-dessus de l'autel en bois d'amourette, qui a été porté à l'extérieur lui aussi. Moï et sa bonne sont installées dans de grands fauteuils en osier style Emmanuelle pareils à des trônes. Les hommes en robe noire continuent de psalmodier. Sur l'autel, quelque chose paraît émettre un scintillement verdâtre dans les jumelles à vision nocturne. Le balcon est plein de gens assis sur le plancher ; tous semblent être des hommes, en dehors de Moï et de sa servante.

Tout à coup notre passeur s'agite et Sukum, lui aussi, estime qu'il est temps de partir. Arrivés sur la berge, Sukum lui tend une jolie somme, qui excède largement le prix d'une traversée. Il évite de me regarder. Nous ne parlons pas avant d'avoir trouvé un taxi.

Sur la banquette arrière, Sukum fixe des yeux les rues désertes et murmure :

— Vous avez pigé maintenant ?

— Je crois. Celui qui était initié est bien celui auquel je pense ?

— Oui, bien sûr. Vous en avez reconnu d'autres ?

— Deux ou trois.

— Alors ? Ne pouvons-nous pas tout simplement oublier cette affaire, maintenant ? Nous avons un suicide évident et confirmé, c'est le moment de s'arrêter… inutile de continuer à harceler Moï et sa gouvernante. Vous n'êtes pas tenu d'aller au casse-pipe ; on peut dire qu'elle vous a accordé sa grâce.

Il y a quelque chose de bizarre dans la façon dont il prononce le mot « suicide », mais il est difficile de dire ce que c'est ; Sukum est cependant sûr que ce que j'ai vu ce soir suffirait à arrêter n'importe quel flic thaï dans son élan, même moi. Il ne comprend pas que l'affaire du Gros *Farang* est soudain devenue pour moi le dernier moyen de préserver mon intégrité. Peu m'importe que ce soit un suicide. Je veux tout savoir de ce qui a conduit à la mort de l'Américain. Je veux prouver que je suis toujours un flic.

— Non, dis-je.

En le regardant, je me souviens de l'inspecteur qu'il était, avant que Moï ne le déglingue. Je l'imagine embusqué nuit après nuit quelque part au bord du fleuve, plein de courage et d'enthousiasme, certain que le système allait lui permettre d'affirmer sa virilité. Il a fini par faire une dépression. Après le coup du LSD, il est resté trois mois sans travailler.

Il se tourne vers moi, incrédule.

— La moitié des Sino-Thaïs influents de Bangkok étaient présents à cette séance d'initiation. J'ai tout risqué pour vous la montrer, y compris ma vie. N'espérez plus aucune aide de ma part. J'en ai assez fait comme ça. J'en ai fait plus que n'importe quel autre flic dans ma position. Plus que vous n'en auriez fait… après tout, vous êtes le *consigliere* de Vikorn, non ?

Que le mot soit entré dans son vocabulaire me cause un choc et me peine. Cela veut dire que tout le commissariat doit être au courant.

— Pourquoi ne m'en avez-vous pas parlé plus tôt ?

— La terreur, explique-t-il. Pour quelque raison idiote que je ne comprends même pas moi-même, il semble que je tienne à la vie. Vous ne voyez pas que si l'un de ceux qui étaient là ce soir découvre que deux humbles flics en savent plus qu'ils ne devraient, on nous supprimerait en un clin d'œil ? Laissez tomber, inspecteur, laissez tomber tout ça. Quoi que le gros *farang* ait fait dans ce film, ce n'est pas ce qu'il a prétendu… peut-être ne savait-il même pas pourquoi il le faisait. On peut mesurer l'étendue du pouvoir de Moï au genre de gens qui assistaient à la réunion de ce soir. Qu'est-ce qui se passe, c'est votre sang *farang* qui vous pousse à jouer les héros ? Pas en Thaïlande, inspecteur. Vous savez cela.

Je laisse passer un moment de silence pour rendre justice à sa véhémence, avant de changer de sujet :

— J'ignorais que les sociétés de ce genre font appel à des femmes dans leurs rituels.

— Non… du moins elles ne le font plus. Il s'agit de leur variante thaïe et vous savez combien nous sommes conservateurs en matière de rituels. Il semble qu'au début, bien avant les histoires du monastère de Shaolin dont on parle dans les films, des rites d'initiation aux anciens mystères remontaient à l'époque des Royaumes combattants. Avant Bouddha, avant même Confucius, les femmes officiaient comme prêtresses et jouissaient d'un grand pouvoir. La famille insiste évidemment beaucoup là-dessus, puisqu'elle n'a aucun frère. Les membres de sa famille ont été des Têtes de Dragon, des Maîtres de l'Encens et des Éventails de Papier Blanc pendant plus de cent ans. Contrairement à Hong Kong, en Thaïlande ce ne sont pas des fonctions électives mais héréditaires.

Je laisse quelques minutes passer. Je finis par voir le monde avec les yeux de Sukum.

— Écoutez, inspecteur, il n'est plus nécessaire que vous m'aidiez. Je comprends très bien. Vous avez pris un gros risque ce soir, j'apprécie beaucoup et je n'ai pas le droit de vous demander davantage. Mais je dois travailler sur cette affaire. Il le faut. L'autre suicide, celui du bijoutier japonais Suzuki… il est lié, n'est-ce pas ?

Il me jette un regard chargé de ressentiment, puis ouvre sa vitre et se tourne pour lancer un hurlement de loup dans la nuit.

40

J'ai besoin de l'immensité du dharma et me voilà donc à l'arrière d'un taxi-moto, en route pour le Wat Rachanada.

Arrivé au *wat*, je paie vingt bahts l'assortiment d'articles suivant : une bougie, une fleur de lotus, quatre carrés de feuille d'or et un paquet de bâtons d'encens, puis j'éteins mon portable. Allumer l'encens est toujours empoisonnant parce qu'il met un certain temps à s'enflammer, mais une lampe à huile brûle en permanence à cet effet. J'attends derrière deux femmes quinquagénaires et un jeune homme pour allumer mes bâtons, enlève mes chaussures, entre dans le temple, salue trois fois l'énigmatique bouddha doré installé sur son estrade d'un haut *wai*, les bâtons d'encens entre les mains jointes à hauteur du front, pique lesdits bâtons dans le récipient rempli de sable à l'arrière du *wat*, place le lotus sur le plateau d'argent, me dirige vers le bouddha et me prosterne trois fois devant lui. Une fois le rituel terminé, je vais m'asseoir en demi-lotus contre un pilier pour méditer, activité plus exigeante.

Avant de connaître Tietsin et sa roue à lames acérées, il me fallait une bonne demi-heure, parfois une heure, avant que mon esprit ne s'apaise suffisamment pour entrer dans un état vraiment méditatif. Maintenant, moins de dix minutes me sont nécessaires. Alors même que mon esprit agité par les événements de la journée fonctionne encore à cent à l'heure, je sens sous la surface un besoin, non, un désir ardent, de me sortir de là. Juste avant l'attaque de la roue à lames, je pense au gros Frank Charles, à Tara, à Pichaï et à une douzaine de trucs insignifiants, puis soudain c'est comme si je faisais face à la perspective de la mort. Rien n'est important en dehors de cette chose insaisissable que le Bouddha nous a conseillé de ne même pas tenter de définir ; une fois qu'on en est convaincu, la terreur de survivre à la mort est sans commune mesure avec celle de la mort elle-même. Les synapses se mettent en court-circuit, le cœur gémit et le cerveau se consume face à la réalité du transcendant dans son infinie et accablante variété. Autrement dit, la roue à lames est entrée en action. Elle peut se manifester sous la forme d'un gigantesque et terrifiant moteur rotatif doté de lames semblables à des faux ou se camoufler en insectes microscopiques qui deviennent métalliques en entrant dans le flux sanguin. Et elle peut se multiplier arithmétiquement, ce qu'elle est en train de faire en ce moment même. Les yeux fermés, j'ai l'impression que tout le *wat* est plein de roues de Tietsin, qui toutes volent inexorablement autour de moi. Je marmonne comme un possédé : *Oui, oui, déchire tout ça ; quel qu'en soit le prix, tire-moi de ces sables mouvants que seul un crétin peut qualifier de vie*. Et : *Pichaï, où es-tu ?* L'expérience est presque épileptique ; mon corps tenaillé par ses nerfs frémit en une sorte d'orgasme jusqu'à ce que l'étau dans lequel est pris ce continuum depuis mille ans se desserre sous la puissante influence du Bouddha et je connais alors quelques secondes de paix.

Purgé, émotionnellement vidé, mais léger comme une plume, me revoilà en selle sur un taxi-moto. À un feu rouge, je pense à allumer mon portable. Une succession de bips me réprimande immédiatement pour mon silence radio. Le SMS dit :

Appelle-moi sur Skype.

Fort d'un savoir-faire aiguisé au fil des ans, je réussis à répondre d'une main :

Dans 10 minutes.

— C'est truqué, m'annonce Miss FBI.

J'ai son visage sur l'écran de mon ordinateur, mais l'image est plutôt floue, saccadée, et les couleurs ne lui rendent pas vraiment justice. Ces temps-ci, elle est la plupart du temps d'un roux flamboyant ; cependant, l'exercice physique qu'on leur impose là-bas lui a creusé les joues ; elle fait penser à un sergent en super forme au camp d'entraînement, sauf qu'elle a le bras gauche dans le plâtre. Penchée sur son moniteur, elle se balance d'un côté et de l'autre comme si elle esquivait des coups.

— Qu'est-ce qui est truqué ? demandé-je.

— La fin du film.

Je la fixe du regard un moment, me demandant ce qu'elle raconte.

— Hein ?

— Je parle du film que tu m'as envoyé. Il décrit le soi-disant suicide de ce Frank Charles, le célèbre réalisateur de Hollywood. C'est du chiqué.

Il faut quelques secondes à mon cerveau pour assimiler.

— Du chiqué ? Tu es capable de voir ça sur une copie numérique ? Tes champions de l'informatique ont confirmé ?

— Oui, mais je n'ai pas eu besoin d'eux pour en être certaine. Seulement d'un appareil permettant de passer chaque image au super ralenti. Tu peux même essayer sur ton lecteur de DVD. Si tu le passes vraiment lentement, tu t'aperçois que la scie entame des bandes de petits tubes en plastique couleur chair dissimulées sous les cheveux. Il suffit qu'elle les touche pour que le ketchup jaillisse, si bien qu'on dirait vraiment une opération chirurgicale, mais si la scie coupait l'os, cela prendrait beaucoup plus de temps. J'ai parlé à une spécialiste des effets spéciaux. Elle a regardé le film et m'a dit que c'était une méthode dangereuse et peu orthodoxe – la scie aurait pu facilement déchirer le cuir chevelu et il y aurait une avalanche de plaintes déposées au civil et peut-être au pénal. En aucun cas on ne procéderait de cette façon par ici. Mais c'est habilement réalisé… de l'excellent cinéma.

— Et l'autre séquence… celle où on voit tout l'intérieur du crâne ?

— Apparemment, c'était le plus facile. Juste une question de truquage photographique et beaucoup de travail avec des modèles en plastique.

— M… mais… bafouillé-je, nous avons le cadavre… c'est comme ça qu'il est mort… le haut du crâne a complètement été détaché… une partie du cerveau a été boulottée… il y avait du sang partout… on lui a arraché les boyaux… le meurtre n'était pas truqué, il…

— Je n'ai pas dit que le meurtre était truqué, seulement le film.

Nous gardons le silence un moment.

— Waouh ! dis-je enfin.

— Je suis bien de cet avis. Waouh ! Je suis jalouse… une sacrée affaire ! C'est la seule sur laquelle tu bosses en ce moment ?

— Non, dis-je, ravalant ma culpabilité comme un mauvais goût dans la bouche. En même temps, Vikorn m'a confié une mission… spéciale.

Elle est assez intelligente pour comprendre à demi-mot.

— Ah ! s'exclame-t-elle d'une voix chagrine.

Je me rends compte à quel point je me suis compromis, combien ma liberté d'action a été entravée par les chaînes de mon esprit. Malgré ses faiblesses, son besoin frénétique d'amour et de changement, Miss FBI est restée intègre ; je doute qu'elle ait jamais enfreint la loi au cours de sa vie ni même fait la moindre entorse à l'éthique de sa profession. En dépit de tout son vécu, elle est moins dans le matériel que je ne le suis en ce moment. J'envie sa rapidité d'esprit quand elle ajoute :

— Je n'ai pas à te dire comment mener l'enquête, Sonchaï, mais à ta place…

— Je sais, coupé-je, désireux de montrer, je suppose, que je sais encore enquêter sur un meurtre. Les époux survivants.

Dès que j'ai fermé Skype, je vais chercher le film de Frank Charles et le glisse dans le lecteur de DVD. Je mets en avance rapide jusqu'à la fin, puis joue avec les commandes jusqu'à obtenir un super ralenti. Je regarde, incrédule. Kimberley a raison. À cette vitesse-là, on voit distinctement la lame de la scie circulaire toucher les cheveux, qui cachent une sorte de bande couleur chair légèrement renflée au milieu. Immédiatement, la bande se crève et libère du « sang ». Je réussis à faire un arrêt sur image et à l'agrandir : de minuscules lambeaux de la bande en plastique sont mêlés aux éclaboussures de sang. En temps normal, on ne les remarque pas parce qu'ils ressemblent à des petits fragments d'os. Je secoue la tête. J'ai besoin d'un Einstein. J'ai droit à Sukum.

41

Il est autour de minuit quand je me décide finalement à appeler Sukum afin qu'il me donne les noms des maris survivants de Moï. Puis je prends un taxi pour le commissariat dans l'intention d'obtenir le rapport des informaticiens qui se sont introduits dans l'ordinateur de Frank Charles.

Il est 2 heures du matin et, pour l'essentiel, l'activité a cessé pour la nuit à Nana Plaza. Un *farang* ivre doit se tenir à la balustrade d'un des bars pour se lever et un *katoey* essaie de le ramener à son hôtel. Un groupe de filles traverse la rue pour se rendre au Nana Café, où il leur est possible de traîner jusqu'à l'aube en espérant qu'un client se pointe. Il y a aussi une file de taxis, prêts à conduire les *farangs* souffrant du décalage horaire à l'un de ces bars illicites où l'on vous observe à travers un judas avant de vous laisser entrer (il n'est pas nécessaire d'être blanc, seulement étranger) et où l'on peut boire et prendre du bon temps avec les filles tant qu'on a du fric. Soi 8 est aussi très calme mais conserve quelque apparence d'un quartier où il fait bon vivre : des filles assises devant un bar fermé avec des *farangs*, un Occidental proche de la trentaine qui rentre chez lui en fredonnant un vieil air romantique, deux flics en train de bavarder sous un réverbère…

À l'immeuble, on est surpris de me voir et guère disposé à me laisser entrer dans l'appartement de Charles, genre : « Ça ne peut pas attendre demain matin ? » Je ne suis cependant pas d'humeur à recourir à la diplomatie et opte pour l'arrogance. Me voilà donc dans l'ascenseur avec une réceptionniste boudeuse, qui m'ouvre la porte de l'appartement et hausse les épaules. Comme elle n'a ni le temps ni la patience de rester là, elle referme la porte derrière moi et retourne à la réception. Seul dans le silence de la mort de l'Américain – qui, je m'en rends compte maintenant, a imprégné tout son domicile –, je décide de marquer une pause pour essayer de communier avec son esprit. As-tu été assassiné, en définitive ? demandé-je au buste dans la pièce du jacuzzi. Et si oui, pourquoi ? La réponse est ambiguë ; je sens une sorte de soulagement, voire d'amusement, chez le fantôme du défunt tandis que je jette un coup d'œil au carnet d'adresses Windows du PC.

Il me faut moins d'une seconde pour trouver le nom, l'adresse et le numéro de téléphone de Robert Witherspoon, l'ex-mari américain de Moï. Il est intéressant de constater que Frank Charles a éprouvé le besoin de conserver ses coordonnées sur son ordinateur. Plus intéressant encore, Witherspoon habite à Hawaï. En creusant un peu dans les recoins secrets de l'ordinateur, je trouve un compte Skype au nom de Witherspoon avec sa photo : un blond dans les quarante-cinq ans, la mâchoire carrée, en tee-shirt noir. Je clique sur l'icône et la page d'accueil de Skype apparaît à l'écran. Je clique deux fois sur la photo de Witherspoon. Le programme me dit que ma demande de parler avec lui a été envoyée. Mon rythme cardiaque semble s'être démultiplié et je me cramponne au bord du bureau quand Witherspoon apparaît à l'écran. Je m'aperçois alors que je n'ai ni micro ni caméra – mais Charles devait avoir tout cela pour communiquer sur Skype. Je farfouille frénétiquement dans les tiroirs du bureau et trouve un casque équipé d'un micro et une caméra dans celui du bas. Je les branche sur le PC, mets le casque et dis précipitamment :

— Bonjour… C'est encore le matin à Hawaï ? Je suis Sonchaï Jitpleecheep, de la police royale thaïe. Je crois que vous m'avez envoyé un DVD il y a quelques jours ?

Temps de latence prolongé pendant lequel j'imagine que mes paroles et mon image traversent le globe jusqu'à Hawaï.

— Oui, c'est encore le matin ici. Qu'est-ce qui vous a pris tant de temps ? dit Witherspoon.

— Je suis à moitié thaï, expliqué-je.

Witherspoon cligne des yeux comme s'il essayait de me voir plus distinctement.

— Vraiment ?

— Vous ne le saviez pas ?

— Je savais que dalle. J'ai reçu un jour un appel complètement inattendu de ce type, ce réalisateur de Hollywood ; il m'a demandé de lui dire tout ce que je savais sur mon ex-femme, le docteur Mimi Moï, la sorcière de haute volée. Je le lui ai donc dit et ce n'était pas grand-chose. Nous avons bavardé. Nous avons dû parler sur Skype une dizaine de fois et nous avons ainsi tissé une sorte de lien. Il m'a demandé de lui rendre un service. J'ai voulu savoir lequel. « Je vais vous envoyer un petit paquet portant une adresse, m'a-t-il dit. Gardez-le jusqu'à ce que vous appreniez ma mort et envoyez-le alors à l'adresse indiquée. »

— C'est tout ?

— À peu près. Écoutez, ça me ferait grand plaisir de continuer à bavarder avec vous, mais je dois partir en vacances dans une vingtaine de minutes avec ma nouvelle petite amie et je ne veux pas tout gâcher. Pourquoi ne me rappelez-vous pas dans une semaine ?

— Oh ! dis-je.

Pris par l'excitation de la chasse, la dernière chose à laquelle je m'attendais était un témoin clé partant en vacances.

— Où allez-vous ?

Witherspoon m'adresse un sourire ironique.

— C'est une nouvelle copine, mon pote, je donne dans la spontanéité. On se reparle.

Il coupe la communication.

42

Dans les brigades criminelles de Bangkok, l'inspiration et la paranoïa sont des sœurs siamoises ; certains d'entre nous estiment qu'elles sont une seule et même chose. J'ai maintenant un aperçu du fonctionnement d'un esprit criminel particulièrement tortueux et doué… mais l'esprit de qui ? Je le trouverai. Je suis absolument certain d'avoir enfin une idée de l'affaire du Gros *Farang* et pour la première fois je me reproche un peu d'avoir promis à Sukum qu'il en récolterait tous les lauriers. Peut-être est-ce bon signe : peut-être suis-je en train de revenir à une normalité égocentrique et par là même de me réhabiliter en tant que citoyen encarté du XXIe siècle ? Quoi qu'il en soit, en cette belle matinée, connecté par téléphone avec la Virginie, je suis content de moi sans en éprouver la moindre gêne. Miss FBI m'écoute attentivement en silence, puis déclare :

— Tu es un génie, Sonchaï, il n'y a pas d'autre mot… je me suis creusé la cervelle sur ton affaire, mais je n'aurais jamais trouvé la solution. Tu es incroyable.

— Je ne peux rien faire tant que tu ne m'as pas obtenu des empreintes digitales ou, mieux, des échantillons d'ADN, répété-je.

— Je m'en occupe, chéri, tu les auras. Entretemps, tu pourrais essayer son appartement.

— Je l'ai fait, mais l'endroit est très propre. Toute empreinte digitale, tout bout de cheveu qu'on peut y trouver vient probablement de l'équipe de nettoyage ou des techniciens du labo. Ce n'est pas le lieu du crime et nous n'avions donc pas à prendre des précautions particulières.

— Et la voiture ?

— Oui, je vais essayer du côté de la voiture.

J'obtiens de Sukum les clés de la Lexus de Frank Charles et prends un taxi jusqu'à l'immeuble de Soi 8. Trois places de parking en sous-sol sont réservées à l'appartement et il me faut une minute pour trouver la berline gris métallisé garée sur l'une d'elles. Les meilleurs endroits pour relever des empreintes digitales sont toujours le levier de vitesses et le volant, aussi m'empressé-je de m'y coller. Je recueille aussi des fibres sur le siège avant, les fourre dans un sachet et les porte en vitesse aux spécialistes du labo. Alors qu'il est seulement 15 heures, je suis épuisé par ma nuit blanche et décide qu'un massage s'impose. Je choisis le salon à l'angle de Soi 39 et de Sukhumvit, surtout à cause du silence qui y règne après l'heure du déjeuner, moment où la plupart des clients sont repartis travailler et où la majorité des filles dorment à poings fermés.

Me voici donc à plat ventre et docile, sous une masseuse musclée d'un mètre cinquante qui s'apprête à infliger un délicieux supplice à mon corps ravagé par mon mental, lorsque, évidemment, mon portable se met à sonner. Je le sors de mon pantalon suspendu à côté de moi pour voir qui m'appelle. Pendant les massages, je ne réponds qu'aux urgences, mais quand je m'aperçois que l'appel vient de Miss FBI, je fais signe à la masseuse d'interrompre le tourment un moment pendant que je prends la communication.

— Je l'ai, annonce Kimberley. Un vrai coup de pot. Je venais juste de me brancher sur le Net et de taper « Frank Charles » comme mot clé et devine ? Il a été l'objet il y a quelques années, ici aux États-Unis, d'une action en paternité déclenchée par une Thaïe. Elle essayait apparemment de lui soutirer du fric en supposant qu'il ne rejetterait pas la demande de pension pour l'enfant, mais il l'a fait, et le test ADN lui a donné raison – ce n'était pas son môme. Je me suis procuré le dossier et nous disposons maintenant non seulement d'empreintes, d'un prélèvement salivaire et des follicules capillaires, mais aussi de son profil génétique. Je suis en train de te l'envoyer par e-mail ; tu l'auras dans dix secondes.

Elle raccroche.

Si j'étais un flic plus relax, je laisserais la fille finir son massage, mais je ne le suis pas. Je m'excuse, lui laisse un gros pourboire et me revoilà sur un taxi-moto en route pour le commissariat. À mon arrivée, le dossier expédié par Kimberley est déjà là. Je n'ai plus besoin des empreintes et des fibres prélevées dans la Lexus. J'imprime le profil génétique et le serre un instant contre mon cœur en remerciant le Bouddha de ne pas avoir totalement perdu mon flair, ma bonne étoile et l'esprit. En fait, je me demande pourquoi j'ai été si lent à comprendre. Même l'obésité de Frank Charles a un sens, sinistre en l'occurrence : qui pouvait douter que la victime serait lui, le géant maladivement obèse aux cheveux longs, au visage bouffi, à la barbe grise ? Mais tout cela – la barbe, l'obésité, les cheveux longs – est de nature à oblitérer les traits individuels. Charles a trouvé un remplaçant – ça s'est déjà vu –, disposé à mourir quelques années avant son heure (avec un tel embonpoint on ne fait pas de vieux os et peut-être le remplaçant en question était-il atteint d'une maladie en phase terminale), sans doute en échange d'une somme généreuse versée à ses ayants droit. Une fois le corps mutilé exactement de la manière décrite dans le film, aucune personne saine d'esprit n'irait douter de l'identité de la victime. C'était un artifice astucieux, fondé sur l'illusion plus que sur quoi que ce soit d'autre. Incroyable ! Seule la découverte inattendue que la scène morbide du film était du chiqué m'a mis sur la piste. Frank Charles souhaitait disparaître – pour quelle raison ?

J'appelle le Dr Supatra ; elle me dit qu'elle va faire effectuer un test ADN sur le sang de la victime et me communiquera les résultats dans un jour ou deux.

43

N'est-ce pas affreux quand la redécouverte de votre talent et de votre flair se révèle pure illusion ? C'est l'ennui avec l'optimisme invétéré : il mène au suicide. J'ai complètement perdu les pédales ; l'hypothèse selon laquelle le film a été truqué pour fournir à Frank Charles le moyen de se défaire d'une identité devenue un fardeau n'était pas idiote, loin de là. Il n'est pas exceptionnel en Thaïlande que quelqu'un ayant les moyens s'achète un nouveau pedigree dans une autre province ou, bien souvent, au Cambodge, où les pots-de-vin sont moins élevés et la loi plus rarement respectée, mais un riche *farang* peut trouver refuge à peu près n'importe où en Asie du Sud-Est. Je me voyais déjà débouler à l'improviste sur une de ces plages superbes et tranquilles des Philippines, de Malaisie, du Vietnam ou – j'aurais plutôt parié là-dessus – de Sihanoukville, au Cambodge, pour annoncer à un gros barbu, depuis peu propriétaire d'une villa les pieds dans l'eau où il comptait passer le reste de ses jours dans le calme et l'anonymat, que j'étais venu l'arrêter. Erreur.

Supatra vient de m'appeler pour m'apprendre cette nouvelle étonnante : le défunt est – était – bien Frank Charles : son ADN correspond parfaitement au profil génétique établi au cours de l'action en paternité et envoyé de Californie par Miss FBI. Je me gratte la tête. As-tu déjà entendu parler d'une chose pareille, *farang* ? Un type prend la peine d'enregistrer un message expliquant son suicide un an avant celui-ci, le commet pendant qu'on le filme jusque dans ses détails les plus macabres, sauf qu'il le truque. Puis on le retrouve mort dans le même hôtel de passe sordide où il a filmé son faux suicide, défunté exactement de la même manière que celle décrite dans le film. C'est à n'y rien comprendre, non ? Peut-être as-tu déjà trouvé la clé de l'énigme, *farang*, puisque tu possèdes le complément de patrimoine génétique nécessaire pour y parvenir. Moi, je ne suis qu'à moitié occidental et je rame.

Pour l'instant, je planche sur l'hypothèse psychologiquement saine selon laquelle il s'est dégonflé la première fois, s'est maudit ensuite de sa lâcheté et mis au défi de recommencer jusqu'au moment où il a été capable d'aller jusqu'au bout. C'est pourquoi nous nous retrouvons avec un faux suicide suivi d'un vrai. Cela n'a rien d'inhabituel : il arrive souvent qu'un candidat au suicide se laisse persuader de descendre de la corniche où il attendait sans en avoir l'air qu'on veuille bien faire attention à lui… pour se jeter sous un train un mois plus tard. Il est impossible d'aller contre la volonté humaine. Je suis cependant mal à l'aise ; cette affaire comporte différents niveaux, jusqu'à des profondeurs incommensurables pour l'homme, et mon esprit sceptique trouve déjà des failles dans ma nouvelle hypothèse. S'il avait finalement décidé de se supprimer, pourquoi imiter le film ? Pourquoi se donner tant de peine alors qu'une simple overdose aurait fait l'affaire ? On cite le cas d'un micheton belge sexagénaire qui a payé le patron du bar Twenty-Four, Soi 11, pour qu'il lui fournisse deux filles à la fois pendant vingt-quatre heures tandis qu'il descendait une boîte de Viagra et une bouteille de vodka. Il est mort d'une crise cardiaque quelques jours plus tard – c'est le genre de fin qu'on aurait pu attendre de Frank Charles. Oui, mal à l'aise décrit bien mon état d'esprit. Je me détends en griffonnant sur un Post-it, puis, trouvant cela quelque peu archaïque, décide de profiter des distractions infinies procurées par Internet. Par exemple en saisissant quelques noms pour chasser des indices à travers le globe ? Chaque nom possède une sonorité particulière.

En moins d'une minute, je trouve la page Web de Robert Witherspoon, gemmologiste installé à Hawaï. C'est une page vraiment pro, dépouillée, élégante, sans publicité intempestive, avec une fenêtre *CONTACT ME* assez petite pour passer inaperçue. Il n'y a pas moyen de commander ses produits en ligne. On a le sentiment que ce n'est pas un débutant fraîchement émoulu de l'école de gemmologie qui aurait laissé tomber le commerce du beurre, des œufs et du fromage. Soit Witherspoon n'a pas besoin d'une armée de clients internautes, soit il estime que la discrétion est la meilleure recette de marketing pour attirer les deux pour cent de la population mondiale qu'il souhaite appâter. Il n'y a aucune photo de ses pierres flatteusement enchâssées dans de l'argent ou de l'or filigrané. En fait, il n'y en a qu'une sur toute la page, celle d'une belle pierre parfaitement taillée dont les facettes accrochent et diffractent la lumière tous azimuts. Elle s'impose sur l'écran comme un fanal et la légende la décrit à moitié : *Un saphir padparadscha parfait est de couleur rose orangé.*

Je pianote sur mon bureau et attends que mon cerveau rattrape son retard, exercice auquel je semble me livrer souvent, ces derniers temps. La vue de ce saphir rose orangé au milieu de mon écran me titille. Mon intuition me crie que c'est un coup de chance qui pourrait bien tout résoudre, mais j'ignore pourquoi et comment. De toute façon, c'est l'heure du déjeuner et Lek se sent mis sur la touche si je ne l'emmène pas à l'un des stands de la rue au moins trois fois par semaine.

Me voilà installé à celui spécialisé dans le jarret de porc braisé face au commissariat, sous le regard anxieux de Lek, toujours à l'affût de signes de psychose. Normalement, il ne mange pas de porc, sauf pour me tenir compagnie, mais nous savons tous les deux que si nous arrivons assez tôt nous pouvons choisir les meilleurs morceaux, fondants en bouche, et même lui, végétarien à quatre-vingt-dix pour cent, ne peut résister. Nous commandons deux thés citron glacés et nous adossons à nos chaises en plastique.

— *Padparadscha*, dis-je avec un sourire dément.

— C'est la quatrième fois que tu répètes ça, se plaint Lek. Explique-moi au moins ce que ça veut dire.

— Je n'en sais rien. C'est pour cela que je dois le répéter.

Lek soupire, tire de façon névrotique sur sa paille avec un air affligé et vide son verre. Lorsque nous avons fini, j'éprouve le besoin de surfer encore sur le Net. Je retourne à mon bureau et saisis *Johnny Ng*, le nom du premier mari de Moï.

On ne peut espérer avoir de la chance toute la journée. Il semble qu'un million de personnes portent ce nom de famille à Hong Kong et environ la moitié d'entre eux ont leur propre page Web. C'est ce qui arrive dans des sociétés où il y a trop d'argent et pas assez de bordels : les citoyens sont obligés de jouer avec eux-mêmes dans le cyberespace. *Ng* : je ne sais toujours pas comment le prononcer. Où est la voyelle ?

Je marque un temps d'arrêt pour ouvrir mon esprit au cosmos. Pour une raison inconnue, il est impossible de le faire au commissariat, je vais donc me promener. Il est 15 heures, autrement dit entre repas et casse-croûte. La plupart des stands de nourriture ont fermé pour l'après-midi, mais une nouvelle équipe d'avisés commerçants sur roues a fait son apparition et propose toutes sortes de brochettes. Saucisses, boulettes de poisson, œufs, crevettes, poulet, poissons entiers, glaces, noix de coco congelée, *dim sum, satay*, boulettes de pâte, pastèque et calmar séché, tout cela enfilé sur des baguettes de bambou. J'attaque une saucisse de l'Isaan bien farcie et me sens un peu mieux, non pas tant parce que j'ai faim que parce que j'éprouve le besoin de retrouver mon âme citadine. Quelqu'un qui n'a pas été élevé à Krung Thep ne pourra jamais remonter une rue d'un pas nonchalant, un revolver fourré dans sa ceinture au creux de ses reins en grignotant une saucisse, saluant de la tête des connaissances, achetant au passage un thé citron à la vendeuse du coin de la rue et marchant avec un certain panache comme je le fais maintenant ; ce n'est peut-être pas grand-chose, mais cela me donne le sentiment d'être le héros. C'est bon aussi pour l'inspiration.

Me voilà de retour à mon bureau, surfant à nouveau frénétiquement sur le Net ; il m'est venu une idée si loufoque que la creuser m'embarrasse et que je ne t'en parlerai pas, *farang*, à moins qu'elle ne se révèle féconde.

C'est le cas. Écoute bien : j'ai utilisé un moteur de recherche pour trouver des personnes appelées Ng dans le secteur des pierres précieuses à Hong Kong et devine ? Un certain Johnny Ng est bien connu dans ce domaine et y réussit à merveille. J'ai même son téléphone de bureau et son adresse e-mail. Mon instinct m'enjoint cependant de ne lui laisser aucune marge de manœuvre et j'ai l'intention de sauter dans un avion pour me rendre sur place. Avant cela, j'ai besoin d'aide. L'inspecteur Sukum est sorti du commissariat pour s'occuper d'une affaire mineure, je décide donc de lui poser une question destinée à lui ébranler les nerfs. Je l'appelle sur son portable :

— Pourquoi le docteur Moï est-elle attirée par les gemmologistes ? lui demandé-je à brûle-pourpoint quand il répond.

— Quoi ?

— Witherspoon et Johnny Ng sont tous les deux du métier. Je n'ai pas vérifié avec ses deux maris défunts – Thompson et Legrand, je crois –, mais vous pouvez peut-être m'épargner cette peine ? Après tout, c'est vous qui m'avez envoyé cet article sur les padparadschas. Vous m'avez aussi envoyé l'affaire Suzuki.

Long silence. La communication a-t-elle été coupée ? Puis il pousse un profond soupir.

— Raccrochez, dit-il.

44

Sukum ne me parlera pas au commissariat. Il ne voudra même pas communiquer par l'intermédiaire de Lek. Je crois avoir perdu totalement son soutien – et peut-être devrai-je même signaler à Vikorn qu'il me cache des informations essentielles pour mon enquête – lorsque je reçois un SMS d'un numéro non identifiable.

Regardez sous le pied avant gauche de votre bureau. Soyez discret.

Je fais semblant d'avoir laissé tomber quelque chose et obtempère. Et là, imprimé sur un petit bout de papier :

12 h 20, embarcadère Taksin.

L'intérêt de l'embarcadère Taksin, c'est qu'il relie le Skytrain aux bateaux : on peut descendre à la dernière station du métro aérien, prendre l'escalier jusqu'au fleuve et acheter un ticket pour n'importe quelle direction : vers l'amont, l'aval ou l'autre berge. J'ai remarqué que Sukum se trouvait dans la même voiture que moi, mais il a fait comme s'il ne m'avait pas vu, aussi n'ai-je pas essayé de l'approcher dans la file d'attente au guichet ; il faut cependant que je ne sois pas trop loin de lui pour entendre quel ticket il va demander. En l'occurrence, il désigne obligeamment l'aval avant de s'éloigner rapidement pour attendre le bateau sur un banc aussi éloigné de moi que possible. Le bateau arrive, une vingtaine de mètres de long et trois de large ; à l'arrière, un pilote siffle à pleins poumons ses instructions en un langage genre Morse à l'intention du capitaine, qui arrête le bateau à l'embarcadère. Ces coups de sifflet intempestifs provoquent une agitation générale digne des vacances de M. Hulot et tout le monde s'empresse de débarquer ou d'embarquer. La cohue nous rapproche l'un de l'autre, Sukum et moi.

À l'arrière du ferry, nous nous tenons près des montants en inox prévus pour se cramponner lorsque le fleuve est agité. Sukum arbore une chemise de touriste ornée de bananes et de mangues incroyablement voyante, un short qui découvre ses jambes musclées (il est bâti comme un joueur de foot), des lunettes noires et un chapeau de paille qu'il doit enfoncer sur sa tête quand le bateau prend de la vitesse. Je sais intuitivement qu'il aurait préféré que ce rendez-vous ait lieu sous un climat moins clément, de façon à pouvoir porter un imper, le col remonté jusqu'aux yeux.

— Vous êtes à moitié thaï et donc en proie à la superstition, m'explique-t-il.

Il est embarrassé parce que le luxe de précautions qu'il a prises pour garantir sa sécurité l'oblige maintenant à crier dans le vent, tout près d'une *farang* qui lui retourne un regard noir.

— Mais vous êtes aussi à moitié *farang* et elle ne vous imprègne donc pas jusqu'à la moelle des os, comme les Asiatiques pur jus.

— Ce qui veut dire ?

— Peut-être avez-vous deviné. Moi-même, je n'ai pas fait le lien avant que votre mère raconte qu'elle avait aperçu Moï avec la victime, Frank Charles… puis j'ai eu peur.

— Vous m'avez regardé me démener comme un imbécile depuis le début ? m'écrié-je.

— Oui ! crie-t-il en réponse. Je reconnais avoir ressenti un certain plaisir égoïste à en savoir davantage sur l'affaire que le fameux inspecteur Sonchaï Jitpleecheep. Par ailleurs, j'ai essayé de vous décourager. Vous ne pouvez me reprocher de vous avoir cyniquement regardé courir à la mort.

— Comme les deux maris défunts de Moï ?

— Oui. Comme eux.

Il fait la grimace puis secoue la tête.

— Les *farangs* disent que les Asiatiques sont corrompus. Peut-être le sommes-nous, mais nous avons développé une sorte d'immunité contre cette maladie… nous la domptons la plupart du temps car nous savons que trop de corruption mène à la destruction. Les *farangs* n'ont pas un tel instinct. Quand ils se mettent à rafler du fric, ils perdent toute retenue.

— Mieux vaut que vous m'expliquiez tout ça par ordre chronologique, inspecteur.

— Jamais !

Je fronce les sourcils.

— Pardon ? Vous mettez des fringues tape-à-l'œil et vous me faites venir ici au milieu du fleuve uniquement pour me donner un cours d'une demi-minute sur les divers degrés de la corruption à travers le monde ?

— Exact.

— Vous n'allez rien me dire de plus ?

— Non.

— Pourquoi ?

— S'il apparaît avec évidence que l'information vient de moi, nous y passerons tous les deux. Si je vous donne seulement quelques indices à suivre, peut-être serez-vous le seul à y passer.

J'ai beau essayer, je ne vois aucune faille dans sa logique.

— Bon, d'accord, donnez-moi d'autres indices pour que je puisse avancer.

— Consultez les revues de gemmologie.

— C'est tout ?

Il balaie la foule du regard comme une caméra de vidéosurveillance avant de dire, d'un ton supérieur :

— Oui, c'est tout. Changeons de sujet. Le dossier que je vous ai envoyé… le suicide de ce Japonais à propos duquel votre *katoey* a fait toute une histoire, ça avance bien ?

Je suis si irrité que s'il n'y avait pas tout ce monde je lui flanquerais mon poing dans la figure.

45

Dans les rues de Hong Kong, tout le monde ne parle pas d'argent dans un téléphone portable... seulement quatre-vingt-dix-neuf pour cent des gens. Il n'est pas nécessaire d'être un journaliste d'investigation pour se rendre compte que tout ici tourne autour du fric. En arrivant, j'ai eu honte de mon pantalon noir, de ma chemise blanche et de ma veste noire génériques thaïs. Je ne sais pas pourquoi je n'ai pas pensé à apporter ma garde-robe de *consigliere* ; c'est évidemment parce que je ne suis pas venu ici pour régler des affaires de Vikorn. Peu importe, je suis armé de mon eau de toilette Armani. Je suis descendu dans un hôtel trois étoiles du côté de Kowloon, alors que Johnny Ng, je l'ai découvert, est un bijoutier mondain domicilié sur l'île même. Je sais par la presse locale qu'il est une des locomotives de la communauté gay d'ici, et la seule prise que j'aie sur lui est qu'il ne tient peut-être pas à ce que l'on sache qu'il a été marié avec une femme. Il a dans les quarante-cinq ans et, à en juger par les photos, il est encore bel homme. J'ai également découvert que tout tourne ici autour de la nourriture. La corporation locale des bijoutiers donne ce soir un dîner-buffet au Grand Hyatt, où j'ai l'intention de m'inviter. En attendant, je visite la plus grande galerie marchande du monde : le centre de Hong Kong.

La plupart des gens sont évidemment des Chinois, mais il y a aussi beaucoup de *farangs*, que les autochtones appellent *gweilo* (ce qui veut dire « diable étranger » ; j'ignore pourquoi nous n'y avons pas songé, nous aussi… je plaisante). Je crois cependant que c'est du temps perdu, de penser à la race dans cette ville du futur ; les citoyens de Hong Kong sont manifestement aveugles à la couleur de peau dès lors que vous êtes millionnaire. Tous les autres sont, au mieux, de deuxième catégorie. Les sourires ne s'effacent pas sur le visage des commerçants quand ils voient que je suis eurasien ; ce sont ma veste et mon pantalon noirs génériques qui suscitent leur hostilité. Je viens d'acheter une cravate pour ce soir et, avant de me la donner, le vendeur a saisi mes coordonnées personnelles sur un ordinateur afin que le magasin puisse inonder mon compte e-mail d'offres spéciales de cravates à trois cents dollars pièce jusqu'à la fin de mes jours. Il était tellement mieux habillé que moi qu'il n'a pu s'empêcher de prendre un air méprisant en me tendant le long paquet en papier doré gaufré contenant la cravate, qui m'a coûté plus de mille dollars de Hong Kong. C'est un modèle japonais unique, qui pourrait bien valoir un jour une fortune chez Sotheby's ; est-ce de la naïveté de ma part de croire qu'elle va compenser le reste de ma tenue ? Non, pas de la naïveté : je savais que j'aurais besoin d'une cravate et j'ai acheté la plus chère afin de brouiller les pistes ; pour le reste, je fais une réaction allergique au capitalisme et ne peux me résoudre à faire l'emplette de vêtements de meilleure qualité. En fait, je n'ai pas envie d'acheter quoi que ce soit. Les prix sont si gonflés et les vendeurs si affectés que j'ai la nostalgie des Thaïs qui se fichent comme d'un dourian pourri que tu dépenses ton argent ou fasses du lèche-vitrine pendant une semaine.

Mais devine un peu ? La cravate remplit son office. Je suis entré pour la mettre dans des toilettes high-tech qui ressemblent aux salles de bains de *Maison & Jardin*, puis j'essaie de voir l'effet qu'elle produit sur le vendeur d'un autre magasin de vêtements pour hommes. Il me propose une nouvelle garde-robe complète… sauf la cravate de couturier. Bouddha merci, j'ai avec moi mon téléphone portable Nokia N95 (huit gigas), sinon j'aurais vraiment l'impression d'être un réfugié du tiers-monde. La cravate étant apparemment mon seul titre d'appartenance à l'espèce humaine, je décide de visiter la ville avant de sauter sur le râble de Johnny Ng au banquet de ce soir.

Les fantômes de la puissance coloniale britannique défunte sont omniprésents, surtout dans les noms de rues et de lieux. Victoria et Stanley sont les premiers à vous hanter, George et Albert suivent juste derrière. Me voilà dans un funiculaire qui grimpe à environ soixante degrés une montagne appelée Victoria. J'en descends pour faire la célèbre promenade sur le chemin Stanley, qui, à un certain moment, passe au-dessus d'une cité du même nom. Le chemin décrit un arc de cercle et on se retrouve pour finir avec une vue magnifique sur un port appelé aussi Victoria. Des chalutiers verts à haute proue se disputent l'espace maritime avec des pétroliers géants, des yachts luxueux, des bateaux à voile et des ferries ultrarapides qui font la navette entre ici et Macao, où le jeu est légal. On peut aussi jouer tout son content à Hong Kong dans des casinos clandestins, mais les roulettes de fabrication maison sont notoirement faciles à truquer, ce qui entraîne inévitablement des bagarres. Mieux vaut effectuer le trajet de trois quarts d'heure jusqu'à l'ancienne enclave portugaise, où des prostituées sibériennes vous essuient le front après chaque perte, en supposant que vous n'êtes pas attiré par les filles du cru.

Surplomber le grand cœur palpitant en silicone de la petite cité-État qui a absorbé la Chine il y a dix ans est une expérience quasi divine. (N'as-tu pas remarqué que, chaque jour qui passe, Beijing ressemble de plus en plus à Hong Kong ?) Ce sentiment du divin diminue cependant au fur et à mesure que l'on descend. Dans les rues louches de Wan Chai, un quartier chaud qui me donne l'impression d'être plus chez moi, le cliquetis des fiches de mah-jong est assourdissant, comme si une mer agitée roulait du gravier près de votre oreille. Et on ne peut pas dire que le comportement des gens du coin soit à la hauteur de leur élégance vestimentaire. Sous mes yeux, un Chinois sexagénaire remarquablement nippé souffle de façon experte la morve de sa narine gauche en pressant l'index contre la droite au point exact de son enjambée où il est légèrement penché sur sa gauche, si bien que le mucus expulsé avec force atterrit sur le trottoir (ou sur quelqu'un d'autre, les rues étant bondées vingt-quatre heures sur vingt-quatre et sept jours sur sept) et non sur sa personne, puis il effectue la même opération avec la narine droite. Je suppose que dans la ville asiatique qui ne dort jamais, les gens n'ont pas le temps de se moucher dans un mouchoir en papier.

On m'apprend qu'il y a un restaurant thaï dans une rue George, adjacente à une rue Stanley, et je décide de tout tenter pour le dénicher, afin de pouvoir parler ma langue. À Katmandou, je n'ai jamais eu le mal du pays, et je ne suis ici que depuis trois heures. Il me faut un certain temps pour trouver le restaurant Sawatdee. La nourriture y est parfaite, mais personne ne parle thaï ; le propriétaire et tout le personnel sont philippins.

— Je croyais que vous aviez seulement le chic pour imiter la musique ? dis-je.

— Les Philippins peuvent imiter n'importe quoi, me répond-on avec fierté. En Amérique, en Europe et en Arabie saoudite, les Philippines se font tout le temps passer pour des infirmières et personne ne le remarque. La chirurgie du cerveau sera le défi suivant. Qu'est-ce que vous faites à Hong Kong ?

— Je me fais passer pour un bijoutier.

46

Le Grand Hyatt imite la Rome de la Renaissance avec plus d'argent et Dieu en moins : plafonds voûtés, lampes tenues par des Cupidons en cuivre dans tous les coins, marbre à foison, prix à mettre sur la paille quiconque n'appartient pas au club des millionnaires. La Société des négociants en pierres précieuses de Hong Kong organise sa surboum annuelle dans la principale salle de réception du rez-de-chaussée.

C'est bien ma chance, les cravates sont passées de mode depuis peu parmi l'élite des marchands de pierres précieuses. La veste à la Nehru noire à col montant rehaussé de diamants montés sur or ou argent est de rigueur, mais on peut aussi exhiber des rubis, des saphirs, des lapis-lazulis, du jade, des perles, des opales et même de l'ambre, tant que les montures restent les meilleurs exemples de l'art du joaillier ; les aigues-marines et autres variétés de béryls ne sont pas très courantes en Extrême-Orient, mais en définitive seuls comptent les quatre C : *color, cut, clarity* et *carat*, autrement dit : couleur, taille, pureté et poids. Ces mots, répétés dans toute la salle en anglais et cantonais, semblent former le fond sonore du raout en cours.

Pour ce qui est de la mode masculine, *farang*, si tu es assez ringard pour porter un blazer sport à mille dollars, quoi que tu décides par ailleurs, ne mets pas de cravate ; non, monsieur, ne boutonne pas le haut de ta chemise à cinq cents dollars de manière à montrer ton indépendance d'esprit, la prospérité de tes affaires… et peut-être l'artistique tatouage au-dessous de ton cou. Les cravates sont pour les masses salariées et stigmatisent le cadre moyen. Pourquoi alors n'enlevé-je tout simplement pas la mienne ? Parce que si je le faisais, on prêterait attention à ma veste et à mon pantalon ; mieux vaut qu'on pense que je retarde de dix ans. Comment suis-je entré ? Dans une ville où tout le monde connaît tout le monde, le contrôle n'est pas très rigoureux. J'ai remarqué que les invités jetaient négligemment leur carton d'invitation à lettres d'or en relief dans une énorme coupe en argent sous les yeux d'un serveur en veste blanche amidonnée. Je détourne son attention en agitant sous son nez comme un poisson de soie l'extrémité de ma gigantesque et tapageuse cravate de la main gauche tout en pêchant un carton dans la coupe de l'autre main.

— Ah, vous voulez mon carton ? m'exclamé-je. Le voici.

Aucun milliardaire n'a jamais balancé un carton d'invitation dans une coupe d'argent avec plus de panache. J'ai profondément impressionné le loufiat, qui me laisse entrer en s'inclinant avec respect.

En ce qui concerne Johnny Ng, une chose est sûre : il est pédé comme un phoque. Je le repère de loin derrière un gigantesque diamant en glace d'un mètre de large qui trône sur la table centrale du buffet. Sauf que ce n'est pas un diamant. La glace a été teintée en rose orangé et ses facettes renvoient des traits de lumière dans toute l'immense pièce. L'un accroche Ng en train de faire des gestes efféminés qui agitent ses bracelets en or filigrané tandis qu'il tripote la fine chaîne d'or autour du col de sa veste Nehru. Une armée de narcissiques nous sépare cependant. Beaucoup d'hommes, tous chinois, se sont parés de bijoux comme Ng, mais la plupart sont des hommes d'affaires vêtus du classique smoking. Les femmes sont pourtant les reines de la soirée. Je sais déjà grâce à mes recherches que pour les connaisseurs les diamants sont de vulgaires cailloux en comparaison des incomparables padparadschas. J'en vois plein, ainsi que d'autres corindons, suspendus à de longs et élégants cous d'albâtre de Chinoises. Comme chacun sait, la fonction des pierres précieuses est de faire briller les yeux des filles et c'est ce qui se passe ce soir : l'endroit resplendit de photons qui rebondissent entre des pierres taillées et des pupilles noires. Il n'y a pas une seule femme dans cette salle qui ne se trouve irrésistible. Certaines portent le cheongsam en soie traditionnel, sur lequel des dragons se disputent des bouts de sein et une fente tentante remontant jusqu'en haut d'une cuisse, mais la plupart exhibent les dernières créations des grands couturiers de Milan et de Tokyo.

Toute la clique est excitée par sa richesse et sa beauté et il me faut un moment pour me frayer un chemin jusqu'à la table principale : porc et canard laqués, soupe aux wonton ou aux oreilles d'argent, *dim sum*, roast-beef à l'anglaise, légumes de toutes sortes frits au wok, chou chinois blanchi en sauce aux huîtres, poisson bouilli sauce citron, travers de porc accompagnés de cresson et de noyaux d'abricot, coquilles Saint-Jacques au gingembre et à l'ail… et je me borne à décrire les plats présentés sur le coin de la table la plus proche de moi. Lorsque je repère la table des fruits de mer, de l'autre côté de la pièce, je fais le plein d'huîtres avant de prendre contact avec Ng, mais la table des sushi me détourne de ma trajectoire, et c'est alors que je m'aperçois qu'au nombre des desserts il y a des crêpes Suzette faites à la demande par le chef à haute toque blanche. J'en ai la gorge serrée : je n'ai pas mangé de crêpes Suzette depuis le temps où M. Truffaut nous emmenait, Nong et moi, chez Lucas Carton, place de la Madeleine à Paris. Délicieusement tiraillé entre les huîtres de Sydney d'un côté et les crêpes Suzette de l'autre, je m'arrête au milieu de la pièce… et remarque que l'on m'observe. Avec autant de richesse affichée sur autant de corps, on pouvait s'attendre à ce que la société des joailliers ait veillé à sa sécurité : il y a là un certain nombre de Chinois en smoking entre trente et quarante ans, au visage de marbre, qui ne participent pas aux papotages et ne cherchent visiblement pas à séduire qui que ce soit. Deux d'entre eux au moins me regardent. Sous une telle pression, on est contraint de prendre des décisions rapides. J'opte pour les crêpes Suzette et attends patiemment pendant que le chef verse la pâte dans la poêle et ajoute la sauce orange, puis tâte les crêpes avec sa spatule jusqu'à ce qu'elles soient bien imbibées de Cointreau. Conscient maintenant que le temps qui me reste à passer comme membre privilégié du club mondial des milliardaires est compté, je me dirige aussi vite que possible vers Johnny Ng, une assiette chargée de crêpes joliment pliées et imprégnées de la liqueur au divin parfum à la main. Les deux gardes du corps convergent vers moi en allongeant aussi le pas et nous arrivons tous au même moment de l'autre côté du padparadscha en glace, où Ng joue toujours avec sa chaîne d'or en flirtant avec un homme plus jeune. J'ai juste le temps de lancer « Bonsoir, monsieur Ng », en espérant prononcer le *Ng* convenablement, avant que les deux costauds, à peine décontenancés par le fait que je semble connaître l'une des stars de la soirée, ne se penchent pour dire quelques mots en cantonais, à voix basse mais ferme, au joaillier. Si tu trouves que le thaï est une langue chantante, *farang*, essaie le cantonais. Lorsque Ng me jette un coup d'œil rapide et se retourne vers les deux gorilles avec un haussement d'épaules, le ton de sa voix ne révèle absolument rien. Puis il s'adresse à moi en parfait anglais :

— Pourriez-vous me dire qui vous êtes ?

J'ai l'impression d'être Clark Kent quand il ôte sa chemise lorsque je tire d'un coup sec sur ma cravate pour l'enlever, puis sors mon portefeuille pour montrer ma carte de la police. Ce qui m'intéresse, bien sûr, c'est la réaction de Ng face à l'écriture thaïe et à l'emblème royal sur la carte. Comme il fallait s'y attendre, son visage s'immobilise et son regard se durcit quand il lève les yeux vers moi après avoir examiné la carte. Il dit quelque chose de ferme et pas du tout minaudier aux deux hommes, qui hochent la tête et m'encadrent.

— Allez avec eux, dit Ng. Je vous rejoins tout de suite.

Puis, avec cette sorte de bienveillance méprisante dont seuls peuvent faire preuve les grands escrocs, il jette un œil sur mes crêpes Suzette et ajoute :

— Vous pouvez prendre ça avec vous.

Toute personne bien née aurait été mortifiée, mais son dédain me laisse froid. Lorsque les deux gorilles et moi arrivons dans le parking en sous-sol, j'ai toujours mon assiette à la main et dévore à belles dents la dernière des crêpes.

47

As-tu remarqué, *farang*, que même dans les immeubles modernes haut de gamme les garages en sous-sol semblent avoir été conçus par Staline ? Je prédis une révolution architecturale qui nous vaudra un jour des parkings où il fera bon vivre, en lieu et place de ceux d'aujourd'hui, qui sentent la mort à plein nez. (Nos descendants regarderont nos vieux films et s'exclameront : « Comment a-t-on pu tolérer des parkings aussi glauques ? ») « Lugubre » est aussi le mot qui convient. J'ai maintenant fini mes crêpes Suzette et ne sais pas quoi faire de l'assiette. Je me sens diminué. Je me reproche comme d'habitude d'avoir fait l'imbécile en naviguant à vue : Ne pouvais-tu pas pour une fois jouer franc jeu ? Il te suffisait d'imiter un fringant joaillier de Hong Kong, nom d'un bouddha ! Qu'est-ce qui t'a pris d'essayer encore de prouver que tu es un flic et non un *consigliere* ? Qui essaies-tu de duper ?

Tu comprendras que dans un tel état d'esprit, c'est un soulagement de voir arriver Ng dans le rugissement d'une Ferrari rouge, ouvrir la portière du passager et me lancer un sec « Montez ! ». Il est toujours vêtu de sa veste Nehru, mais les bijoux d'or ont été laissés en sûreté quelque part et les boutons du haut sont défaits, ce qui donne une impression tout à fait différente de la personnalité de son propriétaire, dont la voix a pris de la profondeur et perdu ses intonations efféminées. Je ne peux résister à l'envie de tendre l'assiette vide et la fourchette en argent à l'un des costauds avant de monter dans la voiture.

Ng fait maintenant parler les chevaux tandis que nous suivons à toute allure une autoroute à péage qui mène au sommet du mont Victoria. Les véhicules du commun s'écartent pour nous laisser le passage : la richesse est ici un signe de puissance et tout Asiatique sait d'amère expérience que la force a toujours raison. Nous avons quitté l'autoroute avant que Ng ne reprenne la parole :

— Vous n'avez aucun pouvoir d'investigation ici.

— C'est exact, dis-je en hochant humblement la tête.

— Et vous vous êtes totalement compromis en vous invitant à notre fête.

— C'est tout aussi vrai.

— Si un flic de Hong Kong se comportait de cette façon, je ferais de la pâte à crêpes avec ses couilles.

— L'expression est imagée. Où l'avez-vous pêchée ?

Il s'autorise l'ombre d'un sourire.

— L'une de mes mères était anglaise. Une de mes épouses aussi.

— Male ou femelle, l'épouse anglaise ?

Pour je ne sais quelle raison, il trouve cette question très drôle. Il est encore en train de rire quand le vigile nous laisse entrer dans son luxueux immeuble.

Nous sommes maintenant dans un immense salon à deux niveaux ouvert sur des baies vitrées à travers lesquelles filtre l'énergie sombre de la ville en contrebas. Dans le fond, une rampe de spots éclaire deux portraits commémoratifs de trois mètres de haut : un couple de Chinois vêtus de robes d'hiver garnies de fourrure, assis de face sur des fauteuils en bois sculpté recouverts de brocart, un magnifique tapis à leurs pieds. Les mains et les pieds de la femme sont cachés et tous deux portent de longs colliers de jade et une coiffe élaborée ornée d'or et d'argent. La ressemblance avec les portraits des ancêtres de Moï est telle que je veux savoir si ce sont les mêmes, mais en m'approchant je constate que non. Ng me regarde avec curiosité. Il est tout à fait à l'aise et détendu. Je suis un ringard du tiers-monde, qui lui sert de faire-valoir. Si je n'étais pas là, à qui se sentirait-il supérieur ?

— Mes arrière-grands-parents paternels, explique-t-il. Avant la révolution.

— Vous êtes de Swatow ?

— Je suis de nulle part. Le président Mao a jeté mon père et ma mère dans un four quand j'avais quatre ans. Il paraît que j'ai crié quand leurs cerveaux ont éclaté… ça a été la fin de mon enfance et de mon identité.

Il agite la main pour devancer toute question.

— Des parents éloignés, des parents nourriciers, dont certains étaient étrangers, se sont occupés de moi… je me suis retrouvé à Hong Kong. À quinze ans, j'étais déjà un vieillard. J'ai rencontré un maître spirituel et bienfaiteur. Il m'a fait profiter de sa sagesse contre un prix élevé : *N'essaie pas d'être quelqu'un. N'essaie pas d'être personne. Tu es déjà mort. Amuse-toi bien !* Ces paroles n'ont évidemment un sens que si elles font partie d'une initiation… dans mon cas, une sorte de chimiothérapie mentale qui a anéanti tout vestige de la notion d'origines.

Il me sourit, sans chaleur ni hostilité… un sourire qui remplit uniquement une fonction.

— Je vous offre un verre ? C'est de circonstance ? Ou je vous déballe seulement mon passé ? Il est manifestement trop tard pour que je vous dise de ficher le camp. Vous êtes mon invité. Il fallait que je vous entraîne hors de la fête, n'est-ce pas ? C'était habile de votre part. Autrement, je n'aurais sans doute pas fait attention à vous.

Il s'interrompt pour réfléchir.

— En fait, vous m'avez fourni l'excuse parfaite. Ces réceptions guindées de Hong Kong m'ennuient à mourir.

Il laisse son regard errer sur la nuit de la ville : je dois dire que c'est très beau, ces immenses gratte-ciel qui se disputent l'attention du spectateur à coups d'éclairages au laser, l'eau noire du port en arrière-plan. Quand il reprend la parole, il s'adresse à la baie vitrée :

— Vous ne vous rendez certainement pas compte à quel point Mimi Moï est folle ; si on n'a pas vécu avec elle, il est impossible de prendre la mesure de sa folie.

Il me lance un coup d'œil.

— Ce doit être la raison de votre venue, non ? Mad Moï, docteur en chimie, la première et la seule Sino-Thaïe à avoir étudié la chimie et la pharmacologie à Oxford et à avoir obtenu les félicitations du jury…

J'acquiesce.

— Sans sa bonne, elle ne peut même pas s'habiller… elle ne le peut vraiment pas. Lorsque nous habitions ensemble, je voyais parfois, le matin, la domestique lui tendre ses knickers ouverts pour qu'elle les enfile. Elle refuse même de prendre son bain toute seule, la bonne doit le lui donner. Et, question argent, c'est un cas désespéré. La bonne doit tenir les cordons de la bourse.

Il sourit, peut-être à mon reflet dans la baie.

— Information intéressante pour un flic, n'est-ce pas ? Mais vous auriez tort d'en tirer des conclusions. Cela va beaucoup, beaucoup plus loin que ça.

Il secoue la tête, répond à une question que je n'ai pas posée :

— Non, la bonne se contrefout de l'argent, elle est déjà incroyablement riche.

Un nouveau sourire.

— Ah, ça vous étonne, hein ? C'est probablement l'esclave la plus riche du monde. Elle est exactement cela la moitié du temps. Il n'y a rien qu'elle ne fasse, qu'elle ne soit prête à faire pour Moï. Elle lui passe même de la pommade sur ses hémorroïdes. Toutes les deux ne font qu'un depuis la naissance de Mimi. Mais Mimi est toujours un bébé, inspecteur. Un beau bébé brillant, spirituel, cynique, charmant, extrêmement raffiné et parfaitement éduqué. Ce qui n'est peut-être pas exceptionnel chez les riches de n'importe quelle société. Quoi qu'il en soit et en bref, Mimi ne peut vivre sans elle et j'ose dire que la bonne ne consentirait probablement pas à vivre sans Mimi. Elles forment les deux hémisphères d'un univers intime parfait et elles le savent.

— Pas de place pour des maris ?

— Oh, tant que je ne cherchais pas à être l'objet de ses attentions, tout se passait bien. J'étais relativement jeune, mais pas tant que ça. J'avais besoin d'un métier. Elle voulait prouver qu'elle était capable d'accrocher un homme comme toute autre femme… je veux dire qu'à ce stade de sa vie elle faisait encore semblant d'être normale.

— Un métier ? Je croyais que vous étiez bijoutier ? Nous avons déjà établi que le docteur Moï est pharmacienne.

À son petit sourire satisfait, je vois que je lui ai livré l'information qu'il voulait : qu'est-ce que je sais déjà ? Pas grand-chose apparemment, car il embraye :

— Je dois vous mettre au parfum depuis le début, semble-t-il. Dites donc, pourquoi ne passeriez-vous pas la nuit ici ? Ne vous inquiétez pas, vous ne me plaisez pas du tout. Votre garde-robe me rebute carrément.

48

Johnny Ng a une bonne, une Philippine qui nous apporte le petit déjeuner sur le vaste balcon donnant sur le centre de Hong Kong. Ng me montre des buses qui planent au-dessus de hauts immeubles d'habitation.

— Elles sont moins nombreuses chaque année, dit-il. C'est un miracle qu'on en voie encore.

Après le café et les croissants, il me conduit à la gare terminus dans le centre-ville, où je prends un train pour l'aéroport. Ce n'est pas un train ordinaire : une « ambassadrice » parcourt les voitures pour s'assurer que personne ne manque de rien pendant le trajet de vingt minutes. Elle me gratifie du sourire commercial standard de Hong Kong mais embrasse du regard mes vêtements au passage. De l'aéroport, j'appelle Sukum pour lui parler de ma soirée avec Johnny Ng. Il refuse de faire des commentaires au téléphone ; la seule chose qu'il communique, c'est de la peur, et je crains donc de devoir porter seul le fardeau des éclaircissements que j'ai obtenus. Sitôt arrivé à Bangkok, je le rappelle.

— C'était ce dont nous étions convenus, non ? Je me charge de l'enquête, puis vous corroborez ou pas ?

— Pas au téléphone. Je vais passer chez vous. Non, attendez, je ne veux pas qu'on me voie vous rendre visite, je ne veux pas qu'on croie que nous avons une relation personnelle.

— Vous voulez que je me déguise ?

— Vous le feriez ?

— Je plaisantais, inspecteur.

Il tousse.

— Qu'est-ce que vous pensez de Hua Lamphong ?

— OK. Dans une demi-heure.

Me voici donc installé dans un café à l'intérieur de la gare, devant un thé citron glacé, en train de regarder les routards trimballer leur sac à dos jusqu'au quai d'où va partir le train pour Chiangmai et toutes les villes du Nord. La gare est bondée comme d'habitude, en majorité des Thaïs de la campagne venus chercher fortune dans la grande ville ou qui en partent, chagrinés de ne pas l'avoir trouvée. Il y a aussi beaucoup de vendeurs de nourriture toute préparée et de rabatteurs pour les taxis. La grande horloge au-dessus du tableau d'affichage rotatif à l'ancienne qui indique les heures de départ permet d'imaginer la gare il y a cent ans, quand elle était neuve et l'horloge aussi. Sukum est en retard. Sukum est terrifié.

Il se pointe finalement, jean bleu, tee-shirt et lunettes noirs. Il a un journal thaï, qu'il a ouvert et levé devant lui, si bien qu'il doit jeter des coups d'œil précautionneux à chaque pas. Il marche quand même toujours comme un flic. Lorsqu'il me voit, il me fait signe de ne pas le saluer. Au lieu de s'asseoir à ma table, il prend place à la table voisine et sort un paquet de L&M. Sukum ne fume jamais. Il s'efforce de ne pas me regarder en ouvrant le paquet, tapote dessus pour en extraire une cigarette et l'allume maladroitement avec un briquet à butane. Improvisant le mieux possible, j'attends un moment et lui demande s'il veut bien m'offrir une cigarette. Il me lance le paquet. J'en prends une et en profite pour m'approcher de lui afin de lui réclamer du feu. Il ne cesse de lancer des coups d'œil à droite et à gauche ; une fine pellicule de sueur a couvert son visage et trempé son tee-shirt, encore plus noir maintenant.

— Prenez un journal, me dit-il d'une voix sifflante.

Je trouve un marchand, achète le *Thai Rath*, reviens m'asseoir, plus près de lui cette fois-ci, et entame la conversation comme si je commentais les nouvelles du jour.

— Vous avez vraiment rencontré Johnny Ng ? chuchote-t-il.

Malgré sa frousse, le fait que j'aie pu m'enfoncer plus profondément au cœur des ténèbres qu'il ne l'a fait il y a dix ans quand il a commencé à enquêter sur le docteur Moï le fascine.

— Oui.

— Et il a parlé ?

— Oui, il a parlé. Mais ce type est un survivant-né. Il ne m'a pas dit d'où il tenait toutes ces informations. J'ai besoin que vous combliez les vides.

Il secoue la tête, éberlué par la profondeur insondable de celui qui s'est ouvert sous ses pieds.

— D'accord, lâche-t-il d'une voix rauque. Parlez.

Je lui raconte l'histoire du soldat de fortune chinois dont la tragédie n'a pas été sans bons côtés. Ng a certes été ballotté entre les membres de sa famille après que la révolution culturelle de Mao eut coûté la vie à ses parents, mais il a finalement trouvé à Hong Kong, à l'époque où c'était encore une colonie britannique, une famille d'accueil britannique chez laquelle il a pu rester longtemps. Cependant, dès le début, de manière générale ses familles de substitution étaient aisées et d'un fort bon niveau d'éducation. Lui-même était très intelligent. Le jeune homme bisexuel – il avait à l'époque entre vingt-cinq et trente ans – qui s'est rendu à Bangkok pour voir s'il n'avait pas un lointain lien familial avec une pharmacienne nantie qui n'avait que quelques années de plus que lui, parlait couramment l'anglais ainsi que trois dialectes chinois, dont le teochew, ce jeune homme était effronté, adaptable, extrêmement beau garçon et dépourvu de tout sens moral. Il a épousé Moï trois mois après avoir fait sa connaissance, sans attendre grand-chose de cette union sur le chapitre de l'amour ou d'une vie familiale normale. Il n'avait aucune illusion. Mimi Moï était bizarre dans la tradition des Chinoises de la haute société et le sexe ne l'intéressait pas le moins du monde. Il ne fut pas difficile d'aboutir à un accord. Il lui fournissait une façade respectable et attrayante lors des réceptions ; en échange, elle l'initiait à l'un des aspects les plus ésotériques et profitables du commerce des pierres précieuses. Il existait entre eux un arrangement de « célibataires mariés ».

Au moment où je mentionne les « pierres précieuses » dans mon récit, j'observe très attentivement le visage de Sukum. Ça paraît lui saper un peu plus le moral.

— Sauf que Moï ne sait pas grand-chose des pierres précieuses, n'est-ce pas, inspecteur ? dis-je.

Il pousse un grognement.

— Oh, poursuis-je, j'imagine qu'elle est capable de distinguer un vrai saphir d'un faux… elle a dû apprendre ça dès son jeune âge.

Sukum allume une autre cigarette. Celle-ci ne me semble pas faire partie de la mise en scène.

— Continuez, dit-il, la gorge nouée.

— À ce stade du récit, une digression historique s'impose, comme pour tout ce qui concerne la Chine. Je parle de la Triade 14K.

En tapotant sa cigarette pour en faire tomber la cendre, Sukum la laisse choir dans le cendrier en fer-blanc. Il la récupère, mais elle est couverte de cendre et il doit en allumer une autre.

— J'ignorais que ses activités étaient aussi étendues. J'ignorais qu'elle avait colonisé la moitié des pays riverains du Pacifique.

— En dehors de Hong Kong, on ne l'appelle pas la 14K, remarque Sukum d'une voix sifflante. Il ne vous a pas dit le nom thaï qu'ils ont adopté ?

Je hausse les sourcils.

— Kongrao. Je veux que vous employiez ce nom quand vous m'en parlez.

Kongrao signifie « notre chose », « notre affaire », et, comme *cosa nostra*, peut être mentionné dans une conversation sans rien évoquer de louche. On entend l'expression cent fois par jour.

— Bon, d'accord. La Kongrao, donc, date du XVIIIe siècle.

— Dix-septième.

— Peu importe. Les sociétés secrètes chinoises sont par essence authentiquement religieuses. Dans les cérémonies, les Occidentaux ne voient que du cinéma destiné à faire subir un lavage de cerveau aux membres de ces sociétés et à les terroriser pour obtenir d'eux une obéissance totale. Comme chez les Siciliens. Ce que les *farangs* ne comprennent pas, c'est qu'aucune société asiatique, en particulier les criminelles, ne peut durer des siècles sans une base spirituelle. Les rites remplissent leur fonction parce qu'il y a quelque chose derrière.

— C'est vrai, confirme Sukum en allumant, les mains tremblantes, une autre L&M nauséabonde.

— Et comme souvent en Asie, la ligne sacerdotale était dominée par une famille. Une famille dont le devoir consistait à fournir une prêtresse pour présider aux rituels.

Maintenant que j'ai vendu la mèche, Sukum semble presque soulagé.

— Nous parlons d'une entreprise exceptionnellement prospère développée patiemment sur une période de plusieurs siècles par des hommes et des femmes dévoués qui ne se considéraient nullement comme des criminels, seulement comme des gens gagnant leur vie dans un milieu âpre exigeant une loyauté et un secret absolus ainsi qu'un apprentissage de quinze ans. C'est pourquoi les rituels revêtent une telle importance et pourquoi la prêtresse doit correspondre parfaitement à la fonction. En utilisant ce système séculaire fondé sur les valeurs confucéennes, la Kongrao domine depuis longtemps le prêt usuraire dans les pays riverains du Pacifique. Par exemple, toutes les grosses opérations illégales d'exploitation forestière au Cambodge, en Thaïlande et en Malaisie ont été financées par la Kongrao. Mais même l'exploitation forestière est secondaire par rapport au secteur le plus constamment lucratif, qui n'a pas connu de dépression en trois cents ans et qui est l'activité la plus jalousement gardée de la Kongrao. En comparaison, l'héroïne et la méthamphétamine équivalent à des cultures de rapport qui, si elles sont bonnes pour le chiffre d'affaires, sont loin d'apporter le revenu régulier généré par cette activité : l'achat, la taille, le polissage, la falsification, la contrebande et la vente des pierres précieuses.

Sukum s'est arrêté de fumer. Il tient sa cigarette en suspens entre ses doigts et la fixe du regard. Il est incapable de parler, aussi continué-je :

— À bien des égards, Moï est une prêtresse idéale. Fille aînée d'une famille qui a eu la haute main sur le chapitre de Bangkok de la Kongrao pendant des siècles, on ne pouvait mieux trouver. Par ailleurs, elle représente cependant un handicap dangereux – parce qu'elle est à moitié folle. La Kongrao avait donc besoin de quelqu'un qui la surveille : qui de plus indiqué que sa bonne, dont elle a été affectivement et physiquement dépendante toute sa vie ? La bonne est donc elle-même promue prêtresse auxiliaire ou assistante de Moï, et elle joue aussi le rôle de maîtresse des cérémonies. Et la bonne est très habile, très maîtresse d'elle-même et très chinoise. Personne ne s'étonne qu'elle trouve le moyen de s'enrichir, c'est naturel, et sa façon de dégager un profit sans nuire aux intérêts de la société lui vaut le respect. Car elle a pris la précaution d'apprendre une foule de choses sur les pierres précieuses, surtout les saphirs. Et spécialement sur une variété particulière de saphir, le padparadscha…

Je m'interromps pour observer Sukum. Il est toujours dans une sorte de transe à fort relent de terreur et refuse d'accorder à son corps figé la moindre liberté de mouvement.

— Dites-moi, Khun Sukum, car je suis sûr que vous le savez : de tous les invités qui ont participé aux rites chez Moï ce soir-là, combien étaient liés au commerce des pierres précieuses ?

— T… tous, bredouille-t-il. La bonne recrute des bijoutiers et des négociants en pierres précieuses depuis des décennies. En réalité, elle dirige tout le racket des gemmes en Thaïlande. Aucun ne peut tenir le coup, surtout avec les saphirs, sans entrer dans la Kongrao, ce qui veut dire qu'elle les mène par le bout du nez. Même les invités qui n'étaient pas de la partie, les hommes politiques, les avocats, les flics haut gradés, tous ont été achetés par l'industrie des pierres précieuses grâce aux manœuvres de la bonne.

— Oui. C'est ce que m'a dit Johnny Ng.

Je me tais car je veux voir ce que Sukum va dire. C'est le plus intéressant de l'affaire, mais je me demande ce qu'il sait après dix ans d'une enquête qui a été dans une impasse à un moment ou à un autre.

— Et la bonne, peut-être mieux que quiconque dans la Kongrao, a mesuré le risque d'une trop grande réussite… je me trompe ? dis-je enfin, ne voyant rien venir.

Je sors d'un sac en plastique une collection de magazines que j'ai apportés avec moi. Certains sont des revues occidentales, mais la plupart sont locales ; ce sont des publications professionnelles de l'industrie des pierres précieuses.

— Et voilà quelle a été sa brillante stratégie, ajouté-je en montrant un Occidental en smoking sur la double page centrale de l'une d'elles.

La légende explique en long et en large que la corporation locale des bijoutiers et des négociants en pierres précieuses a décidé d'imiter d'autres commerces de luxe en nommant une sorte de mascotte ou de représentant étranger, qui sera leur « ambassadeur » dans les pays occidentaux, où se trouvent la majorité de ses clients. La corporation est fière de nommer M. Robert Thompson ambassadeur honoraire itinérant de l'industrie thaïe des pierres précieuses.

— Rangez ça, siffle Sukum.

— C'est son troisième mari, n'est-ce pas ? Le premier à être mort jeune et tragiquement… une crise cardiaque, je crois, alors que Moï et sa bonne étaient à l'étranger ? N'est-il pas intéressant que la bonne ait persuadé la corporation de prendre pour ambassadeur le mari de sa maîtresse ?

Comme Sukum semble toujours aussi peu disposé à parler, je sors un autre exemplaire du même magazine professionnel.

— Une fois encore, la corporation des marchands de pierres précieuses a choisi un *farang* comme ambassadeur officiel. Une fois de plus, l'ambassadeur, un Français nommé Marcel Legrand, lui aussi en smoking, est honoré d'accepter le poste.

Legrand est celui qui a été renversé par une camionnette. Je lève les yeux vers Sukum.

— Elle n'a pas eu à les persuader, marmonne-t-il.

Il décide enfin d'en venir à l'essentiel :

— Il fallait que les autres – je veux dire, les autres négociants en pierres précieuses – participent à ses arnaques. Vous devez considérer l'ensemble du tableau. La Kongrao ne dupait pas seulement quelques négociants régionaux et détaillants locaux. Elle mettait en faillite l'industrie des gemmes de pays voisins entiers. Le Cambodge, la Malaisie, le Sri Lanka, le Vietnam et même la Birmanie, tous ont été touchés.

— Je vois. Il devait donc être évident dès le départ que tôt ou tard les victimes prendraient des mesures de représailles. Mais qui assassineraient-elles pour se venger des fraudes massives pratiquées par les Thaïs ? La Thaïlande est un pays mystérieux, non seulement pour les *farangs*, mais aussi pour tous nos voisins. Notre langue leur est en grande partie incompréhensible et nos affaires sont, disons, dominées par des familles qui savent comment garder l'anonymat. Et quatre-vingt-dix pour cent des échanges dans le commerce de gros des pierres précieuses ne sont pas déclarés, pour échapper au fisc.

Sukum hoche la tête.

— Un travail de sape sacrificiel était donc une solution intelligente : s'en prendre à la mascotte *farang*. Dans des cas pareils, les meurtres sont largement symboliques. Il n'y a jamais moyen de récupérer l'investissement perdu, mais une vendetta bien menée permet toujours à la partie lésée de se sentir mieux et de continuer à faire des affaires en Asie après un temps d'arrêt respectant les convenances.

— Exact, dit Sukum.

— Je crois que Witherspoon et Johnny Ng étaient tous les deux trop intelligents pour mordre à l'hameçon. Mais Thompson et Legrand n'étaient pas aussi malins. Ils sont morts tous les deux, et dans les deux cas le coup a parfaitement été exécuté : les flics n'ont trouvé aucun indice d'un acte crapuleux.

Malgré la répugnance de Sukum, je sors le magazine le plus récent – il a moins d'un an – pour lui montrer une photo de Frank Charles, en smoking lui aussi, accompagnée d'une légende où il est déclaré être le nouveau représentant honoraire de la Très Honorable Société des négociants thaïs en gemmes.

Mais la photo ne perturbe pas Sukum. Il la montre d'un geste de la main.

— C'était après mon intervention, explique-t-il. J'ignore ce qui s'est passé après que j'ai épinglé Moï pour fraude fiscale. Vous êtes livré à vous-même maintenant, je ne peux rien dire de plus. Vous avez l'ensemble du tableau. Tout ce que vous découvrirez dorénavant n'a rien à voir avec moi. Il faudra que vous obteniez le reste d'elle.

J'incline respectueusement la tête, puis remarque qu'il tapote avec ostentation le cendrier. Après son départ, je le soulève et mets au jour une coupure de journal. Il n'y a pas de date, mais le papier est jauni :

Kontea, Tanzanie : l'année dernière, dans ce petit village situé dans le sud profond de ce pays africain assoupi, lors d'une enquête de routine effectuée par une société de prospection de gemmes, on a trouvé du « gravier », terme technique désignant certains petits cailloux de la couleur des crevettes crues. Ce sont des membres presque sans valeur de la famille des saphirs, mais ils peuvent être, et sont souvent, des indicateurs de la présence de leurs cousins les plus précieux. Pendant six mois, le village a été envahi par du matériel d'excavation et de criblage, des mobile homes et des bureaux préfabriqués, un pylône de téléphonie mobile et tout un tas d'activités secondaires, restauration, blanchissage et prostitution notamment. Puis, lorsqu'il a été confirmé que les saphirs trouvés ici étaient de qualité inférieure, affligés d'une couleur médiocre et d'autres défauts qui empêchaient de les vendre avec profit, le XXIe siècle s'est retiré comme la marée, laissant tout un tas de détritus aux habitants du village, qui se grattent la tête et se demandent encore s'ils n'ont pas rêvé.

« Nous avons tous cru que nous avions été tirés de la pauvreté par Dieu, dit M. Jomo Matembélé, commerçant, mais Dieu est reparti vers le nord et il ne reste plus que quelques diables blancs qui trifouillent dans le lit de la rivière et nous achètent pour quelques sous des pierres bon marché. »

49

Je ne me remets à penser à Moï et à l'affaire Frank Charles qu'en fin de matinée. Par curiosité et en me donnant mentalement des claques pour ne pas y avoir pensé plus tôt, je jette un coup d'œil à *padparadscha* sur Wikipédia :

En raison de sa rareté, il est souvent fabriqué en laboratoire avec des produits synthétiques ou des saphirs roses ou orangés ordinaires par un processus de diffusion de béryllium en surface. Ce processus de diffusion implique un chauffage de la pierre avec du chrysobéryl broyé, la source du béryllium dans le traitement.

L'immense majorité des saphirs padparadschas (et la plupart des autres saphirs de couleur) est chauffée à diverses températures pour enrichir la teinte et améliorer la pureté. Bien que cela puisse dévaloriser la pierre, cette pratique est acceptée dans la mesure où elle n'est pas cachée à l'acheteur.

Cependant, le traitement des pierres par diffusion en surface est généralement mal vu ; si les pierres s'ébrèchent ou sont repolies/retaillées, cela fait dis-

paraître la couche colorée des padparadschas. (Il existe néanmoins des traitements de diffusion dans lesquels la couleur pénètre plus profondément que la surface de la pierre.) Le problème tient au fait que les padparadschas traités sont parfois très difficiles à reconnaître, raison pour laquelle l'obtention d'un certificat auprès d'un laboratoire de gemmologie réputé (par exemple, Gubelin, SSEF, AGTA) est recommandée avant d'investir dans un padparadscha.

Les padparadschas entièrement naturels, non traités au béryllium ou autre ni chauffés, sont les plus rares. Trouver une pierre certifiée cent pour cent naturelle par un laboratoire réputé est extrêmement difficile et son coût est très élevé. Le premier prix des padparadschas naturels non traités ni chauffés est de l'ordre de 5 000 $ le carat et monte jusqu'à 20 000 ou 30 000 $ le carat en fonction de la grosseur, de la couleur, de la nuance, de la taille et de la pureté.

Je décide de foncer bille en tête et prends une voiture de police jusqu'à l'entrée principale de la propriété de Moï sur le fleuve.

De ce côté, la perspective est tout à fait différente. Avec sa longue allée courbe bordée de plantes exotiques, l'ensemble est presque conventionnel. Des orchidées de toutes nuances poussent comme des parasites dans des coquilles de noix de coco suspendues à des ficus et des palmiers. Des poinsettias écarlates, des amaryllis et du lierre empiètent sur l'allée et en festonnent quasiment toute la longueur ; des plantes grasses tropicales, qui donnent l'impression de pouvoir vous mordre la main, entourent une grande pièce d'eau près de laquelle se dresse un massif de bambous. Dans un gros buisson d'anthurium, de minces phallus dorés émergent de bractées exactement de la même couleur que le derrière rouge des babouins et tout aussi obscènes. Au bout de l'allée, on arrive finalement à un porche pareil à un temple thaï et, bien sûr, à la « maison des esprits » enguirlandée de lotus dans le coin nord-ouest du terrain. Quelqu'un a déjà fait une offrande de riz, d'oranges et de bananes aux dieux lares. Je donne trois coups de sonnette agressifs car j'ai bien l'intention de m'incruster quelle que soit l'humeur de la maîtresse des lieux. La bonne ouvre la porte, aperçoit la voiture de police derrière moi et me fait signe d'entrer. Elle est impeccable comme toujours dans sa livrée blanc et noir de domestique, grande et élégante, son long visage pâle et triste haut perché sur le col à fanfreluches. Je trouve un peu curieux qu'elle me conduise à travers la partie centrale de la maison au parquet en teck ciré jusqu'à la terrasse à l'arrière sans avertir le docteur Moï au préalable. J'entends celle-ci crier bien avant de la voir. Pourquoi la bonne veut-elle que je voie sa maîtresse alors que celle-ci est en train de piquer une de ses colères matinales ? Peut-être est-ce une façon d'affirmer que c'est elle qui commande… À ma grande surprise, la langue que Moï préfère pour la réprimande n'est pas son teochew natal, ni même le thaï, mais l'anglais des institutions pour jeunes filles de la haute.

— Et tu as renversé du chocolat sur mon cheongsam préféré. Jusqu'où vas-tu ficher en l'air ma vie avant de me tuer moi aussi ? hurle-t-elle d'une voix légèrement hystérique avant de m'apercevoir.

Je me retourne instantanément pour surprendre la réaction de la bonne : visage inexpressif. Moï est assise bien droite sur l'une de ses chaises longues ;

elle porte sans soutien-gorge un tee-shirt noir en coton assez grand pour lui couvrir le bas-ventre si elle le voulait. Même quand elle me voit, elle ne fait rien pour cacher sa nudité et reste ainsi un moment, boudeuse, son vagin exposé aux regards, avant de tirer son tee-shirt dessus en faisant la grimace.

— Qu'est-ce qu'il fout ici ?

Pour toute réponse, la bonne revient avec un plateau d'argent portant ce que je suppose être le petit déjeuner du docteur Moï : un tas de pilules de tailles et couleurs diverses et un petit flacon de médicament avec un compte-gouttes. Celui-ci est apparemment la vedette du spectacle car Moï presse avec précaution la poire en caoutchouc, introduit la pipette en verre dans le flacon, attend que la poire se gonfle, puis examine le contenu de la pipette. Satisfaite, elle renverse la tête en arrière, vide le liquide clair dans sa bouche puis attaque les pilules. Quoi qu'il y ait eu dans le flacon, le produit exerce très vite son effet. La personnalité de Moï change en l'espace de quelques minutes ; la voilà debout, qui lisse son tee-shirt et le laisse retomber jusqu'à mi-cuisse, le miracle de l'élégance quelque peu retrouvée. Elle me tend la main pour que je la baise.

— Quelle excellente surprise, dit-elle d'un ton glacial. Asseyez-vous, je vous prie.

Je prends place près de la balustrade, du côté du fleuve. Il est assez animé en ce moment : des remorqueurs tirent un gros porte-conteneurs coréen au milieu du courant ; deux ou trois bateaux à tête de serpent, leur gros moteur d'autocar monté sur le bossoir en poupe, passent en vrombissant ; une petite troupe de femmes coiffées de chapeaux de paille transportent des légumes, du poisson, des fruits et tout ce qu'elles peuvent vendre, chacune sur son sampan. Ça me fait un drôle d'effet de voir une bande de gamins nus du bidonville crier et plonger de la jetée de Moï inlassablement, comme seuls peuvent le faire les jeunes. La forte réverbération fait cligner Moï des yeux. Elle a retrouvé toute sa courtoisie et se refuse à me demander ce que je veux.

— Je suis allé voir votre ex-mari Johnny Ng à Hong Kong, dis-je sans quitter des yeux la bonne, espérant qu'à l'énoncé du nom elle va s'arrêter un instant de mettre de l'ordre.

En vain.

Moï, en revanche, a porté une main à sa bouche. Lorsqu'elle la retire, je suis incapable de déchiffrer son expression, non pas parce qu'elle est inexistante, mais parce qu'elle est trop complexe pour être interprétée. Amusement ? Excitation ? Curiosité puérile ? Colère ? Tout cela en même temps, ainsi qu'une certaine attente jouissive. Aucune trace de peur, en tout cas.

— Voulez-vous de la liqueur de cacao ? demande-t-elle.

— Non, merci, pas aujourd'hui.

Elle s'approche de moi, pour s'installer dans sa chaise longue favorite près de la balustrade, supposé-je. Auparavant, elle m'effleure et, à mon grand étonnement, me caresse le visage d'une main.

— Vous êtes si mignon. Si dangereusement innocent, comme lord Jim. Vous êtes allé voir Johnny Ng et avez réussi à en revenir entier ? Ça m'étonne qu'il ne vous ait pas accommodé en *dim sum*. Que vous a-t-il dit ? S'il a parlé, c'est sans doute parce qu'il s'ennuyait. L'ennui est sa seule faiblesse. J'espère qu'il vous a dit au préalable qu'il appartient à la Kongrao ? Qu'il nous appartient corps et âme, ADN compris ?

Qu'elle parle ouvertement de la Kongrao me sidère, mais en théorie on peut certes considérer que le mot a ici un sens anodin ; après tout, Moï avait épousé Ng.

— Il n'a pas eu besoin de le faire. La façon dont il a évité de parler de tout ce qui pouvait impliquer la « chose » en disait assez long. Mais il m'a néanmoins révélé en quelques heures ce que j'aurais de toute manière découvert, même en une semaine.

Elle s'assied sur la chaise longue, allonge et croise les jambes, prend un air languissant.

— Et que cela peut-il bien être ?

Je sors un magazine des négociants en pierres précieuses en date de mars 2007 et l'ouvre à la page où le célèbre réalisateur hollywoodien Frank Charles avoue être profondément ému de se voir offrir la fonction d'ambassadeur honoraire de la corporation thaïe, puis je me lève pour le poser sur ses genoux. Elle y jette un coup d'œil, soupire, le balance sur le plancher et me regarde, dans l'expectative. Je retourne à mon fauteuil en rotin, me penche vers elle et demande, d'une voix légèrement plaintive :

— Pourquoi, Mimi ? C'était un bon ami à vous, nom d'un chien ?

Elle me regarde sans comprendre, puis, le souffle coupé, elle se tourne vers sa bonne et lui lance dans sa langue maternelle ce que je pense pouvoir traduire par : « Tu as entendu ce que ce pauvre type vient de dire ? » Maintenant, même la bonne me regarde comme si j'étais affligé d'une incapacité à apprendre particulièrement grave. Moï laisse échapper un long toussotement.

— Vous êtes sûr que vous ne voulez pas un petit cocktail à base de liqueur de cacao ? Je crois que vous allez avoir besoin de prendre quelque chose, inspecteur.

D'un ton soudain royal, elle congédie la bonne, qui s'empresse de quitter la terrasse.

— En tant que chimiste, permettez-moi de vous poser une petite question : le pathologiste a-t-il dressé la liste de tous les produits chimiques trouvés sur ou dans son corps ?

J'acquiesce.

— Et le béryllium faisait-il partie de ces substances ?

J'acquiesce derechef.

— Sous les ongles de la main, peut-être ?

Je hoche de nouveau la tête.

— En ce cas, franchement, inspecteur, je pourrais conclure mon plaidoyer dès maintenant. Par respect pour votre redoutable mère, je vais cependant vous en dire davantage.

La bonne réapparaît avec un cigarillo, qu'elle fourre dans la bouche de Moï et allume. Moï tire une longue bouffée et rejette une épaisse fumée grise.

— Le padparadscha est arrivé tardivement au pays du Nippon-koku, commence-t-elle avec un demi-sourire. Gardez bien cela à l'esprit. Mais réglons d'abord la question de ce pauvre Frank. C'est son satané film qui vous a induit en erreur, n'est-ce pas ?

Elle me regarde avec cette forme de bienveillance condescendante qui inspire un violent ressentiment chez toute personne saine d'esprit. Elle n'en poursuit pas moins :

— C'est très drôle. Et en plus vous êtes flic. Mais Frank était ainsi : le plus grand des charlatans. Le vrai pro, américain pur sucre, diplômé de la plus fameuse école de charlatans, appelée Hollywood.

Elle agite la main.

— Oh, je ne veux pas dire qu'il n'a pas fait et senti toutes ces choses romantiques, sensibles et spirituelles, ni qu'il n'a jamais douté de lui-même. Mais elles appartenaient à son côté factice, c'étaient plutôt des aspects de ce qu'il voulait être. Je lui accorde cependant ceci : pendant trois années entières, il a pour de bon souhaité mourir exactement de la façon décrite dans le film. C'est pourquoi il a obligé cette pauvre Ah Ting à y participer, vous comprenez ? Il voulait vraiment la payer pour qu'elle le tue de cette manière et… hum… ça ne dérangeait pas Ah Ting. Elle hait tous les hommes, surtout ceux qui sont proches de moi, et elle a donc pris plaisir aux répétitions. Et, je suis certaine que vous en êtes conscient, en aucun cas un flic thaï désireux de rester en vie ne songerait à arrêter Ah Ting pour quelque motif que ce soit. La Kongrao ne le laisserait pas faire – moi, vous pouvez m'arrêter quand vous voulez, ça ne changera rien à l'ordre des choses. C'est elle la véritable prêtresse, maintenant, vous comprenez ? Elle s'en sort bien mieux que moi avec tout ce bastringue. En fait, je crois qu'elle y croit vraiment. Après tout, c'est cela qui l'a enrichie comme par magie et, au bout du compte, c'est une paysanne chinoise encartée bon teint, hyper-superstitieuse.

— Que s'est-il donc passé ? demandé-je. Frank Charles s'est mis dans cet état suicidaire si romantique ; en mal d'amour, dégoûté de lui-même, devenu obèse, il a traversé sur le tard une telle crise qu'il a voulu choquer le monde de la seule façon qui lui restait, en mourant à l'écran, certain d'obtenir ainsi les louanges qui lui avaient été refusées pendant sa vie. Et là, que s'est-il passé ?

— Il a reculé, évidemment. C'était un enfant du cinéma, de l'imaginaire. Je crois qu'il a pris des drogues pour éviter de penser à ce qu'il avait l'intention de faire, puis, à l'approche du moment crucial, il n'a plus voulu. Il était dans un tel état ! Vous comprenez, il ne prenait de façon régulière aucune drogue susceptible de le soulager ; il n'était même pas fidèle à un produit chimique donné.

Elle s'interrompt pour me jauger longuement du regard, pour s'assurer peut-être que je suis prêt à entendre la suite.

— Il n'y a qu'une chose plus difficile à gérer qu'un faux suicide, c'est un suicide manqué.

Elle sourit un instant.

— Je crains qu'Ah Ting ne l'ait surpris dans un instant de grande vulnérabilité, à un moment où je n'étais pas là, et, strictement contre mes instructions, elle lui a parlé d'une de ces petites choses que la Kongrao trafique à l'étranger...

— Elle l'a recruté parce qu'il lui fallait un nouveau bouc émissaire ? La Kongrao s'implantait au Japon ?

À l'énoncé du mot « Japon », elle cligne des yeux en signe d'assentiment.

— Mais, voyez-vous, ce n'était pas une « implantation » à proprement parler.

Son visage s'égaye et elle souffle un long panache de fumée à travers le balcon.

— Nous approvisionnons le Japon depuis plus d'un siècle. Mais il est arrivé quelque chose d'affreux aux Japonais après leur défaite de 1945. La moitié de leur psyché est devenue *farang*. C'est pourquoi ils sont dans une telle confusion d'esprit. Ils s'en remettent à la science et non plus à l'intuition propre aux Asiatiques. Cela les rend terriblement vulnérables.

La voilà qui bafouille en s'efforçant de ne pas s'écrouler de rire.

— Ils ont des laboratoires. Et en pays *farang*, ce qui vient d'un laboratoire scientifique pleinement accrédité et doté du personnel adéquat est pareil à la parole de Dieu. Et tout comme Dieu, cela risque d'être étonnamment peu fiable.

Elle ne peut s'arrêter de rire. La bonne revient sur la terrasse, peut-être pour voir ce qui lui arrive, et elle aussi s'autorise l'ombre d'un sourire. Après s'être assurée que sa maîtresse va bien, elle se retire dans l'intérieur sombre de la maison en teck. Moï secoue la tête.

— Recruté ? Ah Ting a recruté Frank Charles ? Un avocat pourrait le formuler ainsi. Il serait plus juste de dire qu'elle lui a tendu une carotte et qu'il s'est transformé en âne vorace du jour au lendemain. Après qu'elle lui eut expliqué en quoi consistait l'arnaque, en faisant semblant de la garder secrète pour que je ne sois pas impliquée – elle me protège de toutes les formes de la réalité, surtout masculine –, rien n'aurait pu arrêter Frank.

Prise d'un soudain accès de vigueur, elle s'est redressée sur sa chaise longue.

— Et c'est là l'essentiel, comprenez-vous ? S'il s'était contenté de chauffer quelques saphirs birmans bon marché de temps à autre et de dégager un modeste profit, les Japonais auraient estimé que l'escroquerie faisait partie du jeu. Mais il a fallu qu'il fasse ça en grand, à l'américaine ; il est allé dans ce bled perdu en Tanzanie et y a acheté au kilo toute leur camelote de saphirs. Littéralement.

J'attends la suite, mais elle s'arrête là. Elle a glissé dans une sorte de rêverie.

— Je ne comprends pas, fais-je.

Les mots mettent deux minutes à pénétrer son esprit, puis elle dit, languissante :

— Pourquoi ? Pour comprendre, il vous suffit de deux choses : mille six cents degrés centigrades et du béryllium.

— Vous avez soudoyé les labos japonais qui testent les pierres précieuses pour l'industrie locale ?

Elle agite la main.

— Rien d'aussi compliqué. Les Thaïs ne sauraient pas comment soudoyer les laboratoires japonais, à supposer que ce soit possible. De leur côté, les labos n'étaient pas à la hauteur, ils ignoraient tout simplement ou ne croyaient pas que les Thaïs peuvent être dans le même temps roublards, retors et humbles. Et apparemment leurs tests pour détecter le béryllium étaient très rudimentaires et peu fiables. Qui plus est, nous n'avons employé le terme « padparadscha » sur aucune des factures – seuls des saphirs étaient mentionnés. Les Japs se sont crus plus malins en pensant que c'étaient vraiment des padparadschas hypercotés et que nous ne le savions pas. Ils ont cru qu'ils nous bernaient… exactement ce que nous voulions. Ils sont terriblement racistes, vous savez ; ils n'ont pas changé depuis Nankin. En aucune façon ils ne pouvaient imaginer que nos compatriotes à peau brune se montreraient plus futés qu'eux. Nous ne leur avons jamais vendu la marchandise au prix du marché – trente mille dollars le carat –, mais environ vingt-cinq pour cent moins cher. Nous leur avons laissé croire qu'ils faisaient une affaire avec des pierres venues d'une vraie mine thaïe, dont les padparadschas, quand on peut s'en procurer, sont parmi les plus beaux du monde. C'est seulement lorsqu'ils ont essayé de revendre leurs padparadschas thaïs – en réalité des saphirs africains bas de gamme et traités – en Amérique, où les labos sont plus compétents, qu'ils ont compris la manœuvre de la Kongrao. Et comme il n'y avait aucune preuve de tromperie, ils n'ont rien pu faire. Mais cela a ruiné plus de cinquante pour cent de leurs marchands de pierres précieuses. Les faillites se sont multipliées, de Nagasaki à Sapporo.

Elle se frotte la mâchoire.

— Bon, ce n'est peut-être pas si drôle que ça.

— Mais vous avez tué Frank Charles. Je veux dire, vous avez fait de lui une mascotte en sachant pertinemment que les Japonais le supprimeraient tôt ou tard.

— Inspecteur, vous êtes un naïf incorrigible et cela vous conduit à méjuger le caractère humain. Vous continuez à considérer Frank Charles comme une victime, tout simplement parce qu'il a été liquidé. C'est tout le contraire. Quand les *farangs* se mettent à être âpres au gain, ils ne connaissent plus de limites. Lorsqu'il a vu que l'arnaque marchait bien, il s'est emballé. Ah Ting l'a prié de se calmer, il vendait trop, rompait l'équilibre. Non seulement il l'a ignorée, mais il a lui-même appris la technique. Il a commencé à chauffer les pierres à mille six cents degrés et à ajouter le béryllium ; il est devenu très bon, il s'est initié au processus beaucoup plus méthodiquement qu'aucun des nôtres. Il a même investi dans des fours adéquats et un procédé de cuisson qui lui permettait de minuter l'opération à la microseconde près. Vous voyez, inspecteur, le fond du problème concernant Frank Charles, la racine de son être, pourrait-on dire, était l'avidité. C'était un type plutôt sympa et il a vraiment voulu faire un film à peu près convenable au moins une fois dans sa vie, mais son âpreté au gain s'est toujours mise en travers de son chemin. C'est pourquoi il est devenu si gros et il lui a fallu dix filles nues dans son jacuzzi le jour de ses soixante ans… rien de biscornu sur le plan psychologique, uniquement la bonne vieille avidité et l'esprit prédateur américain.

J'en ai assez d'être tourné en ridicule pour ma naïveté et je prends donc un bon moment pour penser à fond à l'affaire. Au bout de cinq minutes, je suis encore perplexe.

— Mais la façon dont il a été tué, Mimi… la façon dont il est mort ?

Elle essaie de tirer une bouffée de son cigarillo, mais il est éteint et elle l'écrase dans le cendrier.

— Avez-vous une idée du caractère obsessionnel des bijoutiers japonais ? Ils sont pareils à des insectes très intelligents qui travaillent toute leur vie au niveau microscopique, enlevant un micron ici, un autre là, maîtrisant leur monde à un niveau de détail propre à conduire à la folie. Pas étonnant que ce soit tous des hommes. Leur passion pour la maîtrise est démesurée. Imaginez l'un de ces hommes, consumé par la haine et le désir de se venger…

Je cligne des yeux.

— Mais il aurait fallu que le coupable, quel qu'il soit, ait une copie du film et sache que celui-ci n'était pas sorti sur les écrans, qu'aucune personne importante n'en avait connaissance…

Je m'interromps car Moï a lancé un rapide coup d'œil à l'intérieur de la maison, où s'est retirée la bonne. Elle ne dira manifestement pas un mot de plus concernant l'affaire. J'imagine qu'elle n'en a pas besoin. Je tente néanmoins une dernière question :

— Il était dans l'intérêt de la Kongrao de désigner le bouc émissaire ? À la fois de faciliter l'assassinat et de fournir l'alibi parfait… en l'occurrence, le fait que la victime s'est tuée elle-même dans le film ? C'est pour cela que Witherspoon, qui appartient à la Kongrao, a reçu l'ordre de m'envoyer le film ? Vous continuez à commercer avec les Japonais ? Je suppose qu'il fallait leur apporter quelque apaisement ?

Moï reste coite. L'entretien est terminé. Il ne me reste qu'un atout à jouer :

— Docteur, le toxicologiste a trouvé du chlorure de tubocurarine dans son sang. Comment un bijoutier aurait-il pu s'en procurer ? Comment un bijoutier aurait-il su seulement qu'il en avait besoin ? Frank Charles était *paralysé mais pleinement conscient* quand Suzuki lui a découpé le crâne, en a enlevé un morceau et lui a *mangé le cerveau*.

En guise de réponse, Mimi me gratifie d'un de ses sourires, les commissures des lèvres retroussées sur les incisives.

Je me lève et traverse la maison. Pas de bonne en vue, mais deux des gardes de Moï bavardent avec le flic qui attend dans la voiture avec laquelle je suis venu. Je m'installe sur la banquette arrière et non devant, comme je le fais d'habitude.

— Où va-t-on ? demande-t-il.

Je regarde par la portière la magnifique maison de Moï, le fleuve derrière elle, les gamins du bidonville qui plongent nus de la jetée en poussant des cris.

— C'est l'histoire la plus bizarre qu'on ait jamais entendue, dis-je au chauffeur sans quitter des yeux les gamins. Il était une fois un homme riche venu ici d'Occident. Il était perdu dans un rêve dans lequel il a prévu dans le moindre détail la façon dont il est mort.

— Quoi ? Où voulez-vous aller ?

Je réfléchis à la question.

— À Silom. À cet hôtel trois étoiles miteux, en face du temple hindou.

Le temple est appelé Sri Mariamman et la foule habituelle de vendeurs de fleurs, d'encens et d'amulettes traîne à l'extérieur. Je ne m'explique pas la présence d'un temple hindou en plein Bangkok, mais il est extrêmement célèbre et sacré, à en juger par la quantité de poudre ocre et pourpre qu'on jette sur ses autels et par le nombre de saints hommes indiens à demi nus venus d'endroits comme Varanasi. Ils descendent généralement à ce même hôtel miteux où M. Suzuki, le bijoutier japonais, s'est suicidé. Il n'est pas vraiment nécessaire pour les besoins de l'enquête d'aller voir la chambre occupée par Suzuki ; le dossier contenant les faits relatifs au suicide doit être archivé dans quelque commissariat. Mais j'éprouve une sorte de désir animal de me trouver dans le lieu où le petit Japonais – à en croire un article de presse, il ne mesurait qu'un mètre cinquante-cinq – s'est mis dans une sorte de rage orgasmique. Je ne suis pas surpris outre mesure que le gérant de l'hôtel, un Thaï superstitieux, n'ait pas reloué la chambre depuis et ait même mis des fleurs de lotus à flotter dans un bol en cuivre plein d'eau devant la porte. Il me laisse entrer sans poser de question dès que je lui montre ma carte. La chambre est toute petite et ne coûte que cinq cents bahts la nuit. Le carreau de la minuscule fenêtre, sans aucun doute parfaitement propre à l'intérieur, est obscurci par la pollution. Suzuki a quitté l'hôtel cinq étoiles, où il séjournait avec la délégation commerciale japonaise, après le départ de ses collègues, pour venir ici. L'avaient-ils chargé du meurtre ? Connaissaient-ils ses intentions ? Il a certainement dû avoir besoin d'aide.

Contre toute logique, je préfère penser que le petit bijoutier a agi seul. Je refuse de croire qu'il a fait appel à une bande de *yakuza* pour effectuer le travail, bien que le rapport de police donne à penser que quelques-uns d'entre eux accompagnaient la délégation en qualité de gardes du corps. Je pense qu'il a réussi à manœuvrer Frank Charles pour l'amener dans sa chambre de l'hôtel de passe de Soi 4/4 par la seule force de sa personnalité ; comment il est parvenu à injecter le contenu d'une seringue pleine de chlorure de tubocurarine dans la peau du géant, cela dépasse cependant mon imagination. Après avoir paralysé l'Américain, s'est-il servi du lecteur de DVD de la chambre pour s'assurer qu'il suivait bien les instructions données par Frank Charles lui-même pour son « suicide » tapageur, ou bien avait-il regardé le film tant de fois qu'il en avait conservé un parfait souvenir ? Il lui fallait évidemment disposer d'une scie circulaire, mais pour un maître bijoutier cela ne devait pas poser problème.

Plus que tout autre, Suzuki avait été ruiné par Frank Charles et l'arnaque de la Kongrao – complètement lessivé, d'après le rapport, et avec une montagne de dettes sur le dos. Il semble qu'il ait vu dans le négoce du padparadscha l'occasion de devenir une star de la bijouterie ; il avait misé toutes ses économies et même hypothéqué son affaire afin d'acheter les saphirs brillamment colorés qui s'étaient révélés ne valoir qu'une infime fraction du prix qu'il les avait payés. Homme d'honneur et adepte passionné du kendo, l'art martial japonais, il était aussi un introverti complètement replié sur lui-même qui n'avait parlé à personne de ses intentions et espérait plutôt que la noblesse de son acte le rachèterait à titre posthume aux yeux de la société. Je l'imagine accomplissant sa besogne sur le corps drogué de Frank Charles affalé sur le lit étroit, marquant sur le crâne de l'Américain l'endroit où il devait commencer la découpe, conformément au film. J'imagine le démon de la vengeance prenant entièrement possession de l'âme disciplinée du petit homme. *Il a mangé le cerveau sorti directement de la boîte crânienne, cru comme un sashimi.* Apparemment, quelques heures après avoir tué Frank Charles, il est revenu ici pour se faire hara-kiri, assis en tailleur sur le plancher face à la fenêtre sale.

Au commissariat, on m'indique où sont entreposés les effets personnels de Suzuki, je me rends au dépôt et signe un formulaire. J'attends dans un bureau poussiéreux pendant qu'un employé va me chercher une boîte métallique d'une longueur inhabituelle, qu'il ouvre devant moi. D'après le règlement, je dois mettre des gants en plastique, ce que je fais pour prendre le lourd objet déposé dans le coin de la boîte. La scie est beaucoup plus petite que je ne le pensais, bien plus petite que celles dont se servent les chirurgiens, mais je suppose qu'elle est tout aussi puissante, si ce n'est plus. Quoi qu'il en soit, le disque est largement assez grand pour sectionner un demi-centimètre d'os et, comme s'il s'agissait d'un outil de bijoutier, le tranchant du disque est amélioré par des diamants industriels. Il est aussi incrusté de sang. Il y a également un autre genre de disque, un DVD, noir et dépourvu d'inscription du côté du titre ; je le prends pour l'examiner, le tourne vers la lumière pour voir jusqu'où la bande de données a été gravée dans le disque, puis le remets à sa place.

L'autre objet digne d'intérêt – et qui explique la longueur de la boîte – est une épée de samouraï ; sa lame encore tachée de sang est enveloppée dans une gaine de plastique transparent. Je ne suis pas expert en la matière, mais elle est parfaitement équilibrée et, à en juger par le motif damasquiné, elle doit être de la meilleure qualité.

Il n'y a malheureusement rien d'autre à faire que soupirer. Je pourrais certes faire analyser les taches de sang sur la scie pour voir si le sang est bien celui de Frank Charles, mais je n'en ai pas vraiment le temps. Tietsin livre la came demain. Et de toute façon, qu'est-ce que ça peut faire ? Aux yeux de tous, deux suicides sans aucun lien, l'un d'un tout petit bijoutier japonais, l'autre d'un énorme réalisateur américain, ont été commis à Bangkok la même nuit à quelques heures d'intervalle. Qu'y a-t-il de nouveau ? Et puis la Kongrao et les marchands de pierres précieuses japonais veulent que ça en reste là. Mais il fallait bien que j'éclaircisse l'affaire, non ?

50

« Tietsin livre la came demain » : tu auras remarqué, *farang*, que j'ai glissé sans en avoir l'air cette information critique entre deux phrases du chapitre précédent. Tes genoux flageolent-ils comme le font les miens maintenant ? N'aimerais-tu pas, dans l'instant présent, un bon gros joint ? Moi si. En vertu du contrat, il est seulement tenu de nous aviser vingt-quatre heures à l'avance dans une certaine plage de temps. Je lui ai faxé une copie de la lettre de crédit de façon que ses banquiers puissent procéder aux vérifications d'usage et il m'a envoyé hier un SMS consistant en un seul mot : Demain. Je n'ai pas fermé l'œil de la nuit. J'ai déjà vomi deux fois dans le lavabo et il n'est que 6 heures du matin. *Tu ne vas pas le faire*, dis-je à mon visage dans le miroir. *Oh, que si !* répond le reflet. Mon esprit a conspiré contre moi : je n'ai plus le choix. Et à supposer que certains de ceux qui prendront cette saloperie soient des mômes ? me dis-je. Tu as accepté le fric de Vikorn, non ? Tu as accepté le boulot. Tu es un homme ou pas ? Ainsi se poursuit le conflit intérieur. Il se pourrait que je devienne cent pour cent *farang*. Mais j'ai dans la manche une de ces solutions astucieuses typiquement orientales, que tu vas sans doute mépriser parce qu'elle n'est pas assez conflictuelle, mais elle pourrait bien résoudre le problème, même si Vikorn me fait buter pour ça, ce qu'il ne manquera pas de faire. Je m'en fiche. Je préfère mourir jeune et (relativement) innocent. Regarde mes états de service : plus de dix ans dans la police royale thaïe et je n'ai commis aucun délit majeur, ni même mineur, pour autant que je m'en souvienne. (Je ne compte pas la fumette : même la loi peut se tromper.) Y a-t-il un autre fonctionnaire de police en service capable de jurer sur le canon pali qu'il est aussi réglo que je le suis ? Non, à tous les coups, non ! Une autre chose est sûre : Tara ne viendra jamais vivre avec moi à Bangkok et je n'ai donc aucune raison de me raconter des histoires. Ma vie est dépourvue de sens. Qu'ai-je à perdre ?

As-tu toi aussi la conscience qu'ont les martyrs de la limite à ne pas dépasser, *farang* ? Celle qui te dit : *Ça suffit comme ça, je préfère mourir plutôt que de m'avilir davantage.* C'est un mantra très puissant, mais tu risques de devoir tôt ou tard mettre ta vie en conformité avec tes paroles.

Tu vas me dire : Pourquoi alors ne pas y avoir pensé plus tôt, pourquoi avoir attendu la dernière minute, dans ce cas ? Réponse : Par lâcheté. Je ne voulais tout simplement pas y faire face. Je viens de traverser un – très – long moment à la Hamlet : je n'arrivais pas à me décider. Maintenant, c'est fait. Et pour une fois, le Bouddha est tout à fait explicite. Il est venu me voir en rêve la nuit dernière, sous la forme d'un bouddha en plastique d'enfant. Il m'a dit comment sortir de cette combine. Seul ennui, avec les conseils donnés directement par Gautama lui-même : il n'attribue aucun prix à la chair. Je veux dire que pour lui il n'y a aucune différence entre les deux rives ; il est le maître des deux. Je ne sais plus trop maintenant si l'appréhension qui me tord les boyaux est due à la forfaiture ou au plan proposé par le Bouddha pour l'empêcher.

Les bouddhistes de toutes tendances font souvent remarquer que dans la période qui suit la mort on n'a souvent pas conscience de son nouvel état ; les indices viennent des membres de l'entourage, qui ne peuvent plus nous voir ni nous entendre. C'est en ce sens que cet état ne diffère guère de notre paranoïa urbaine de base : Suis-je déjà mort ? Ai-je déjà été ainsi ? C'est le genre de pensées qui illuminent l'esprit de la personne obnubilée par la conviction qu'elle risque d'être flinguée avant l'aube.

Me voilà néanmoins à la quincaillerie au bout de la rue, où l'on vend des bonbonnes de gaz. J'en choisis deux de taille moyenne, de celles qui permettent à une famille thaïe ordinaire de faire la cuisine pendant un mois, puis j'achète deux petits camping-gaz – tu commences à comprendre mes intentions, *farang* ? – et rapporte le tout chez moi en taxi. Ensuite, j'achète ma première voiture. Pourquoi pas ? Je suis *consigliere*, j'ai droit à une voiture. Compte tenu de ma courte espérance de vie, j'opte cependant pour une Toyota d'occasion. Plus je peaufine mon plan secret, plus la fierté et l'effroi m'envahissent. Il est maintenant midi. Les prochaines heures vont être rudes ; je vois se profiler une succession de joints.

Me voilà au commissariat, pas aussi défoncé que j'aurais aimé l'être, en train de tripoter de la paperasse et de jeter constamment des coups d'œil à mon portable pour m'assurer que Tietsin ne m'a pas envoyé un nouveau SMS, alors même que j'aurais entendu le bip s'il l'avait fait. J'attends la dernière info qui m'apprendra lequel des vingt endroits cités à Bangkok le Tibétain va choisir pour livrer sa came. Il a estimé que, même à eux deux, Vikorn et Zinna ne peuvent tendre une embuscade en vingt points de livraison différents pour s'emparer du matos sans le payer – en tout cas, pas sans attirer sur eux une attention indésirable. Il a donc faxé un plan marqué de vingt croix. Le général Zinna a immédiatement fait remarquer que la moitié des lieux pressentis se trouvent sur le fleuve et que donc le Tibétain projette certainement d'arriver par bateau. Vikorn voit les choses autrement : « Il essaie probablement de nous laisser croire qu'il va arriver par le fleuve parce qu'il ne va pas le faire. »

La question de savoir comment il a acheminé la marchandise dans le pays a provoqué un débat animé entre les deux vieux larrons. Il m'a fallu assister à leur discussion dans la salle des cartes du général, comme si Tietsin s'apprêtait à investir Bangkok. En gros, Zinna est persuadé que la came va arriver par mer et remontera le Chao Phraya en sampan. Vikorn doute qu'il ait eu assez de temps pour emprunter la voie maritime. Ce qui l'intrigue en tant que professionnel, c'est la façon dont il compte s'y prendre pour faire passer une frontière moderne à une telle quantité d'héro sans se faire gauler. À son avis, il n'y a que deux possibilités : depuis le Cambodge ou depuis la Birmanie, par voie de terre dans les deux cas. Quoi qu'il en soit, le Tibétain doit d'abord sortir la came de l'Himalaya, ce qui n'est pas facile dans le climat actuel. Même s'il a mis dans sa manche des membres du gouvernement népalais, il reste encore l'Inde à franchir. Vikorn fait semblant d'avoir une idée de la façon dont Tietsin va réussir son coup ; en réalité, il attend de voir. On comprend pourquoi le flic est plus riche que le général.

Il est 17 heures. Puis 18 heures. La lettre de crédit est dans le coffre de bureau de Vikorn, où je peux la récupérer en cinq minutes. Les bonbonnes de gaz sont dans le coffre de ma voiture. 18 h 30 : il nous vient à l'esprit en même temps, à Vikorn et à moi, que Tietsin va attendre la dernière minute. D'après le contrat, il a jusqu'à minuit pour révéler le lieu précis de la livraison ; après quoi nous sommes en droit de rompre le contrat. Vikorn m'appelle.

— Qu'est-ce que t'en penses, il va attendre jusque-là ?

— Je n'en sais rien. Que dit Zinna ?

— Zinna ? Il ne fait même plus de suppositions. Il ne dit plus rien. Le Tibétain lui a trop pris la tête.

Tu n'as jamais senti, *farang*, que tu n'es pas taillé pour le monde moderne ? Qu'en théorie tu vois comment parvenir à vivre mieux, mais que la logistique de ton système nerveux s'y oppose ? Je ne cesse de penser à ces bonbonnes de gaz et à la façon dont je vais tirer parti de ma position de *consigliere* pour suivre la came, une fois celle-ci payée, jusqu'à l'entrepôt dont ils se serviront et utiliser les petites bonbonnes de gaz pour chauffer et faire exploser les grosses. Assis à mon bureau, tout mon corps se contorsionne et je ne suis pas certain d'être capable d'y arriver ; je ne suis pas sûr que mon corps m'obéira.

À 22 heures, Tietsin m'envoie un SMS ; dans la seconde, j'appelle Vikorn et Zinna avec mon portable, saisis mes clés de voiture et empoigne la lettre de crédit que Vikorn me tend quand nous nous retrouvons à la porte de son bureau.

— C'est le point de livraison 13, dis-je à Zinna tandis que nous descendons l'escalier menant au garage. Celui sur le fleuve, près du port commercial de Klong Toey.

J'arrive là-bas le premier et gare ma voiture près de l'endroit où je présume que Vikorn va stationner le fourgon qu'il utilisera pour transporter la came. Je n'ai pas plus tôt coupé le contact qu'apparaît un camping-car avec deux chimistes à son bord, l'un représentant Vikorn, l'autre Zinna, deux professionnels fort respectés, convaincus qu'un compte rendu honnête est pour eux le meilleur moyen de rester en vie. Du coup, ils sont quasiment incorruptibles, même par un psychonaute tibétain. J'entends maintenant le chuintement des pneus d'un véhicule de l'armée sur le goudron. Oui, Zinna est là avec des renforts d'une vingtaine d'hommes – Vikorn et moi avons usé pas mal de temps à le convaincre de ne pas en amener une centaine. Quand on parle du loup… voici le colonel en personne qui arrive dans un fourgon ordinaire de la police, escorté de quelques gardes du corps seulement à moto. Il considère depuis longtemps qu'il n'y aura pas de problème du côté de Tietsin dans la mesure où nous apportons les espèces.

Notre Tibétain high-tech nous a fourni les coordonnées GPS précises du lieu de la livraison et Zinna et Vikorn suivent leurs lieutenants, qui manipulent chacun un GPS portable et se cognent l'un à l'autre en essayant de trouver le point exact. Nous devons, semble-t-il, nous rapprocher un peu du fleuve, puis tourner à droite sur le dock, où d'énormes cargos noirs rouillés, chinois, coréens et vietnamiens, sont amarrés. Nous nous trouvons entre deux porte-conteneurs, sous la proue du *Flower of Shanghai*, et parcourons des yeux la *Rose de Danang* quand je dis :

— C'est celui-ci.

Je montre de l'autre côté des docks un navire qui nous était caché jusque-là mais qui est apparu tandis que nous essayions de trouver le point exact indiqué par Tietsin.

— Les coordonnées qu'il nous a données ne sont pas celles de l'endroit où il se trouve, mais celles de l'endroit d'où nous pouvons le voir…

— Le voir ? Je vois que dalle, oui ! lâche Vikorn.

— Les drapeaux de prière, expliqué-je, incapable de réprimer un sourire. Sur ce bateau, là-bas, jusqu'en haut du mât.

— Pourquoi diable fait-il ça ? gémit Zinna.

— Parce que nous sommes surveillés par ses hommes, nous l'avons été dès notre arrivée, explique Vikorn, tout étonné, sur ton respectueux. Il sait maintenant tout ce qu'il lui faut savoir sur notre compte : combien d'hommes et quelles armes nous avons, et même l'état de notre moral.

Lorsque nous arrivons enfin au navire orné de drapeaux de prière qui flottent doucement dans l'air nocturne, nous trouvons le farouche Tibétain en personne, vêtu de sa parka déboutonnée, ses longs cheveux gris tirés en queue de cheval, assis seul sur une bite d'amarrage noire. Il roule des yeux, ce qui lui donne l'air dément.

— *Sawatdi khrap*, dit-il avec un accent pas trop mauvais tout en nous gratifiant d'un *wai* égalitaire, les mains jointes devant les yeux et pas plus haut.

— Je vous l'avais dit, remarque Zinna. Je vous avais dit qu'il arriverait par le fleuve.

Tout le monde me regarde me diriger vers Tietsin, la lettre de crédit à la main. Je la tiens devant son visage, mais il ne fait rien pour l'examiner. Au lieu de cela, il indique la direction derrière nous d'un geste du menton. Nous nous retournons, mais ne voyons que les hautes proues noires et l'ombre entre elles.

Puis ils commencent à apparaître un à un, tous vêtus de noir. La mâchoire nous en tombe à Zinna, Vikorn et moi.

— Des… sacs à dos ? dit Vikorn sidéré, d'une voix cassée par l'incrédulité. Ils ont transporté les cinq cent trente-trois kilos dans des sacs à dos ? !

Toujours bouche bée, je regarde Tietsin tandis que ses hommes continuent d'apparaître en tee-shirt et pantalon noirs de commando avec leurs sacs à dos, noirs également. Ils sont trente, ce qui, calculé-je, fait une moyenne de dix-sept kilos d'héroïne par sac – le chargement maximal porté par les sherpas dans l'Himalaya.

— Nous avons envisagé d'autres moyens, explique Tietsin en faisant les yeux blancs, mais aucun n'était viable. En définitive, j'ai dû mettre au point un mantra pour passer devant les douaniers, avec tout le rituel qui va avec. Il semble que ça ait bien marché, conclut-il avec un grand sourire.

— Ne me dites pas que vous avez tous pris le même avion ? dit Vikorn, tout pâle.

— Bien sûr que non. La moitié d'entre nous ont pris l'avion du matin, l'autre moitié l'avion de l'après-midi.

— Vous… vous… vous… balbutié-je avant de me taire.

Les paroles ne viennent pas, à des moments pareils.

— À quoi vous attendiez-vous ? Nous sommes himalayens. Nous n'avons pas trouvé mieux. Pourquoi ne dites-vous pas à vos petits amis de demander aux chimistes de faire leur travail ? On pourra tous rentrer chez nous…

Sur ordre de Vikorn et de Zinna, leurs hommes bouclent la zone tandis que la fourgonnette des chimistes s'arrête lourdement devant les docks et que les deux scientifiques en sortent pour examiner un à un le contenu des sacs à dos. Pendant qu'ils s'acquittent de leur tâche, un Tibétain, pas l'un de ceux qui transportaient la marchandise, s'approche de Tietsin et lui murmure quelques mots à l'oreille. Le yogi me dévisage soudain d'une façon qui provoque chez moi un malaise physique, comme si un rayon jailli de ses yeux me donnait la migraine. J'en ai l'estomac tout retourné et une nervosité intolérable ébranle de nouveau tout mon être. Tietsin ne me quitte pas des yeux pendant que les chimistes prélèvent leurs échantillons. Quand ils ont fini et confirment en souriant que les trente sacs à dos contiennent de l'héro à quatre-vingt-dix-neuf pour cent, j'ai les genoux comme de la guimauve.

Pendant ce temps-là, des hommes à lui, de plus en plus nombreux, sortent des ombres des docks. Il est maintenant difficile de dire combien il en a amené avec lui. Au début, j'ai supposé que certains d'entre eux au moins étaient des Thaïs dont il avait loué les services grâce à des contacts dans la pègre locale, mais après quelques minutes j'ai changé d'avis. Il est apparemment possible de sortir des Tibétains du Tibet, mais on ne peut leur enlever le *vajra* – quelque chose dans leurs yeux te dit que tu n'existes pas de la façon que tu crois –, même s'ils se sont rasés de près et coupé les cheveux. Cela ne fait aucun doute, ce sont des montagnards voleurs de yaks armés de jolis petits pistolets-mitrailleurs, qui ont surmonté toute hésitation il y a bien cinq mille ans. Pour un mystique, Tietsin a un côté très pragmatique. Il me désigne d'un coup de menton avec un mépris démoralisant. Me voilà devant lui comme un vilain garçon.

— Inspecteur, vous avez déjà entendu parler d'un trou du cul nommé Clive des Indes ? me dit-il à voix basse.

— Oui.

— Et vous savez ce qu'a fait ce trou du cul ?

— L'Empire britannique.

— Financé par ?

— La vente de l'opium.

— Si vous le dites de cette façon, vous risquez de banaliser sa réussite. Il a été le premier à établir le lien entre les armes et les stupéfiants. Ce petit voyou du Shropshire, qui aurait certainement été pendu s'il était resté en Angleterre, a trouvé le moyen de financer toute une armée privée, et le système s'est révélé si efficace qu'il a été adopté dans le monde entier : stupéfiants, esclaves et armes. Ce sont les trois piliers sur lesquels notre civilisation mondialisée continue de reposer, même si l'on a changé les étiquettes et si les esclaves ont une assurance-maladie. Le fait est que la nature psychopathe de la multinationale moderne est apparue là et à ce moment-là, avec Clive. Lorsque le narco-empire britannique s'est effondré, vingt millions de Chinois étaient opiomanes et des alcooliques syphilitiques au visage rose en veste rouge intimidaient le monde entier avec leurs mitrailleuses Maxim. Dans sa forme actuelle, le

Royaume-Uni est un dérivé de l'opium. Et quel était le but de la manœuvre ? Réponse : permettre aux filles des classes moyennes du Kent et du Sussex d'aller à l'école toutes de blanc vêtues et de jouer du violon au lieu de faire le trottoir. Si cela a suffi à justifier de réduire le monde entier en servitude et d'envahir le Tibet, croyez-vous que quarante millions de dollars de poudre blanche est un juste prix pour la démocratie et la liberté ?

Il soupire.

— Tu pensais jouer les martyrs, obtenir un siège permanent au nirvana en échange de ton sacrifice, de ta sale et indéniable *bonté ?* Qu'est-ce que tu es, une sorte de chrétien du dimanche ? Ne t'ai-je pas déjà fait comprendre que le *bien* ne suffit pas ? Tu as accepté le mantra, petit, et tu ne peux pas dire que personne ne t'a mis en garde. Il est encore plus difficile de se défaire du bien que du mal. Ils forment une dualité, tu le sais, on n'a pas l'un sans l'autre. Je répugne à imaginer le genre de connard moralisateur que tu aurais pu devenir, probablement cinq minutes avant que Vikorn ne te fasse flinguer, si on n'avait pas découvert d'abord ce que tu voulais faire.

Il laisse passer quelques instants, puis examine ma bouille stupéfaite et terrifiée.

— Ça n'est pas si simple que ça, et si quelqu'un ici devrait le savoir, c'est bien toi. Et de toute façon, tu n'as pas le droit de me priver de mon karma. C'est moi qui mène la danse. C'est *mon* heure, pas la tienne, alors qui es-tu pour tout foutre en l'air, uniquement parce que tu es incapable de vivre avec toi-même ? Si tu ne peux vivre avec toi-même, largue ton moi.

— Le Bouddha est venu me voir en rêve, marmonné-je. Il avait apporté des bonbonnes de gaz.

— Ah oui ? Écoute, entre nous, ne parle pas du Bouddha. Quel bouddha ? Sois plus précis.

— Il avait la forme d'un jouet…

— Tu vois ! Tu n'es même pas capable d'interpréter tes rêves convenablement maintenant ? Le Bouddha te montre qu'il est temps que tu grandisses, que tu te défasses de ta foi puérile et deviennes adulte. Tu ne connais donc pas la grande admonition du Theravada : « Si tu vois le Bouddha sur ton chemin, tue-le » ?

— Ça vient du zen, ça, dis-je.

— Ah bon ? Peu importe.

— Et les bonbonnes de gaz ?

— Tu n'étais pas censé prendre ça au pied de la lettre, andouille. Les bonbonnes de gaz, c'est toi : du gaz sous pression. C'est ce que sont tous ceux d'entre nous qui n'ont pas atteint l'Autre Rive.

Il se gratte la tête, vraiment perplexe, semble-t-il.

— Je n'arrive pas à comprendre comment on peut se planter à ce point-là…

Il se lève, s'approche de moi de façon intimidante et me chuchote à l'oreille :

— Quelles que soient les petites images mentales que tu t'es formées de moi, petit, tu ferais mieux de les bazarder. Je n'ai pas d'ego. Les Chinois l'ont brûlé jusqu'au dernier petit bout, la dernière racine, la dernière fibre, avec leurs jolis aiguillons à bétail… à la fin, je les y encourageais secrètement. Même alors, je savais qu'en aucune manière je n'allais passer les soixante années suivantes à traîner un pitoyable moignon d'ego sanglant, abîmé, brisé, plein de ressentiment. Si je l'avais fait, je serais tombé malade et je serais mort il y a trente ans. Mais je ne l'ai pas fait.

Il se tait un moment, le temps de me jauger, puis :

— Il faut que tu deviennes adulte. Ce monceau de karma noir qui t'inquiète tant, cet énorme Chomolungma de culpabilité qui domine ton esprit et paralyse ton jugement, oublie-les. *Ceux qui vont prendre cette came sont déjà morts, ne le comprends-tu pas ? Ils sont enfermés dans leur continuum diabolique parce qu'ils ont trafiqué dans des vies antérieures.* Qu'ils l'achètent à nous ou à quelqu'un d'autre importe peu, car *ils doivent l'acheter* et *l'achèteront de toute façon...* Ne sais-tu pas que Clive lui-même est là, quelque part, en train de se shooter dans une chambre sordide au-dessus d'un supermarché du Shropshire, un pauvre type tatoué de plus, paralysé par le poids de son karma, impotent sans ses petits serviteurs et ses petites putains à la peau brune, l'épave classique de l'homme occidental des temps modernes ? Il ne s'agit pas de ma revanche personnelle mais du dharma mondial. La Terre elle-même fait que cela arrive, sinon nous n'aurions jamais passé la frontière !

Il s'interrompt pour reprendre haleine.

— Pour ma part, tu sais ce que je vais faire ? Je vais absorber tout cela et transformer jusqu'à la dernière toutes ces vies perdues en énergie positive grâce au pouvoir du tantrisme. Et sais-tu comment j'ai trouvé le moyen de faire ça ? Je ne suis pas un bouddha, inspecteur ; je ne suis pas un bodhisattva ; je ne suis même pas un docteur en bouddhisme, tout au plus en histoire du Tibet, et je ne suis pas moine. Je dois te le dire, inspecteur, je suis infiniment mieux que tout cela. *Je suis un homme et je veux récupérer mon pays.*

Il s'interrompt encore, comme pour décider de dire ou pas le fond de sa pensée. Finalement, il se penche davantage, au point que je sens son souffle sur mon oreille.

— Je représente pour toi un mystère parce que je suis psychiquement invisible. Je n'apparais sur aucun radar intérieur. Je suis ton dharma. Fous le camp d'ici immédiatement et emporte tes sales bonbonnes de gaz.

Il voit que je suis sur le point d'obtempérer et ajoute :

— Quelqu'un t'attend à la maison.

J'ai déjà fait une dizaine de pas quand il me crie :

— Et n'oublie pas de regarder CNN dans une semaine exactement !

Mais foutre le camp se révèle plus facile à dire qu'à faire. Je vais vers ma voiture et m'aperçois qu'elle est gardée par des hommes de Zinna. J'imagine que mon compte est bon malgré l'aide de Tietsin et reste là un moment, attendant qu'on me descende ou, plus probablement, qu'on m'emmène pour me torturer. Puis je vois qu'un grand nombre de militaires, bien plus que ne l'autorise le quota imposé à Zinna, déboulent de la rue. De l'autre côté des docks, les hommes de Tietsin semblent évacuer la zone en vitesse, comme s'ils s'étaient entendus avec les militaires. En dépit de tout, j'éprouve le besoin d'avertir Vikorn. Trop tard. Zinna se dirige vers le colonel. À cinq pas de lui, il lève brusquement le bras et claque des doigts. De puissants projecteurs installés sur les camions de l'armée stationnés dans la rue illuminent soudain la majeure partie des docks, en particulier Zinna et Vikorn, qui se font face dans une lumière blanche impitoyable. Les projecteurs révèlent aussi l'ampleur de la traîtrise de Zinna : il doit bien y avoir maintenant plus de deux cents militaires surarmés sur les docks et beaucoup plus encore à l'extérieur du périmètre. Zinna sourit triomphalement et, avec presque l'air de s'excuser, s'adresse à Vikorn :

— Il semble que j'aie gagné la partie.

Vikorn a viré au gris et tremble légèrement. Je l'examine de plus près et vois qu'une de ses rages quasi épileptiques a pris possession de lui. Cela m'attriste profondément qu'il ait été doublé et vaincu ; rien n'empêche maintenant le petit général d'emporter toute la blanche sous le nez du colonel. Zinna est sur le point de le mettre au tapis. C'est déjà pratiquement fait. Pourquoi éprouvé-je une telle fidélité animale à l'égard du Vieux ? Je suis déprimé, malade.

— Il semble que oui, reconnaît Vikorn avec un grognement. C'est vrai.

Il marque un temps d'arrêt, puis :

— Sauf que... ajoute-t-il simplement en hochant imperceptiblement la tête en direction du navire le plus proche sur sa droite.

Zinna est trop tendu pour ne pas le remarquer. Il lève les yeux vers le navire et tout le monde fait de même. Au même instant, toutes les lumières du pont s'allument. Une centaine de flics qui attendaient dans l'ombre s'avancent, armés de M16 et prêts à tirer.

Tandis que Zinna embrasse la scène du regard, Vikorn donne un coup de menton vers le navire suivant. Nous ne sommes pas surpris cette fois-ci de voir le pont du bateau s'éclairer et révéler la présence d'une autre centaine de flics. Grâce au meilleur éclairage, on distingue aussi une foule de femmes sur leurs sampans amarrés aux deux bateaux, leur pagaie pendant en silence. Dès qu'il a su où devait s'effectuer la livraison, le vieux coquin a dû envoyer un signal secret, à peu près au moment où Zinna envoyait le sien.

C'est au tour de Zinna de devenir gris, mais il ne s'avoue pas vaincu :

— Ne soyez pas stupide. J'ai des hommes postés dans toutes les rues. Vous êtes fou, vous ne pouvez l'emporter, *je suis l'armée*.

Vikorn hoche gravement la tête.

— Vous avez des hommes dans les rues, mais les miens bouclent tout le quartier. J'ai également un fourgon de télécommunications au bout de la rue. Si vous ouvrez le feu, tout le pays sera alerté et saura que vous préparez un coup d'État. J'espère que vous avez averti vos supérieurs qu'ils vont diriger le pays demain matin ?

Tout le monde regarde Zinna. Quel parti va-t-il adopter ? Une multitude de fusils sont pointés vers une multitude d'hommes. À ce stade, nous ne devons pas oublier qu'il est asiatique. Il se frotte la mâchoire.

— Vikorn, vieil imbécile, vous vous êtes complètement mépris, comme d'habitude. En tant qu'officier de l'armée de plus haut grade, je prenais seulement soin de la sécurité.

Il montre l'ensemble des docks d'un geste de la main.

— Au cas où. Vous avez réellement cru que j'étais en train de vous doubler ? Ne comprenez-vous donc pas que je me sens responsable de la bonne fin de l'opération et de la sécurité de tous ceux qui y participent ? Je ne saurais exprimer combien votre manque de confiance me blesse..

— Je vous demande très humblement pardon, dit Vikorn avec un sourire ravi. C'est ma faute.

Bon, si nous songions à transporter la marchandise, la moitié dans votre entrepôt, la moitié dans le mien ?

Zinna acquiesce et d'un autre claquement de doigts éteint les projecteurs. Lorsque Vikorn donne le signal de couper l'éclairage des deux navires, nous nous retrouvons dans une obscurité quasi totale et je peux enfin rentrer à la maison.

« Confus », voilà qui décrit bien mon état d'esprit, même si « très confus » me paraît encore mieux convenir. Il me vient à l'idée que Tietsin m'a finalement montré quelque chose qui aurait dû m'apparaître avec évidence depuis le début : il n'est pas humain. Ni comme toi ni comme moi, *farang ;* son système cérébral est d'un ordre entièrement différent et les images mentales les plus élémentaires que j'ai formées de lui se dissipent pendant que je roule vers chez moi. Qui comprend les Tibétains ? Il est peut-être une réincarnation de Milarepa.

Mais je ne le nie pas, quant à moi je suis humain, trop humain, roue à lames ou pas. L'idée que « quelqu'un m'attend à la maison » fait évidemment pas mal passer la pilule, et quand je me retrouve coincé dans un bon embouteillage nocturne je rafraîchis mon cerveau enfiévré en nous imaginant, Tara et moi, nous ébattant dans le haut Himalaya, nous aspergeant avec l'eau glacée des torrents, nous chamaillant tout le long du chemin jusqu'à Shambhala. Dire que je bous d'impatience en arrivant à la porte est vingt mille lieues sous la vérité : j'entre en frémissant de gratitude, tremblant de tous mes membres.

Elle a la tête rasée et a perdu pas mal de poids, mais ses yeux agate savent encore comment briller. Elle prend un air interrogateur.

— Chanya ?

Elle baisse les cils.

— Je voulais te faire une surprise.

Elle attend un sourire de bienvenue. Je le lui adresse. Elle adopte maintenant l'humble attitude d'une femme qui n'a plus aucun droit de propriété ici, tout en exerçant subrepticement ce droit pour rechercher les signes de la présence d'une autre femme. Elle a déjà terminé son enquête et conclu qu'il n'y en a pas d'autre à demeure. Son numéro m'est donc entièrement destiné.

— Je ne dérange pas ? demande-t-elle d'un ton un tantinet pathétique.

— Non, pas du tout.

— Je suis désolée, Sonchaï. Désolée d'avoir dû te laisser comme ça, seul avec ton chagrin. Tu es plus fort que moi. Tu as supporté ça sans anesthésie. Pas moi. J'avais besoin du *wat*, des nonnes, des épreuves, des appels à 4 heures du matin pour le lever et de toutes ces photos de morts pour voir clair en moi. Mais je pensais à toi tout le temps. J'ai été stupéfaite de découvrir que je t'aime plus que le Bouddha. C'est presque irritant.

Bien qu'elle ait la tête rasée – le crâne des femmes est bien plus délicat que celui des hommes –, elle ne porte plus sa robe de nonne, mais un tee-shirt et un jean. Quand elle enlève son tee-shirt et son soutien-gorge, je vois à quel point elle a minci, combien ses seins ont rapetissé – combien la mort de Pichaï l'a affectée.

— Pas sans anesthésie, précisé-je en réprimant un serrement de gorge. Je me défonce depuis le jour où tu es partie.

— Sonchaï, nous sommes trop jeunes pour renoncer à vivre. Réessayons.

Si tu t'es déjà trouvé dans ce genre de situation, *farang*, je peux t'affirmer que les enseignements du Bouddha conseillent fortement d'adopter la voie de la moindre résistance.

— D'accord, dis-je avant de me déshabiller. À propos, j'ai acheté une Toyota.

51

Le lendemain, Tara m'appelle. Crois-tu qu'il y a là de la télépathie, de la synchronicité, de la magie ? Moi non plus. Je crois que Tietsin lui a demandé de me téléphoner. Chanya et moi sommes au lit et je dois prononcer en anglais cette phrase ô combien irritante :

— Désolé, je ne peux pas te parler pour le moment.

Puis j'ajoute cette note encore plus déplaisante :

— Je te rappellerai plus tard.

Appuyée sur un coude, Chanya me caresse maintenant le visage avec une tendresse équivoque ; elle me lèche l'oreille et murmure :

— Qui était-ce, *tirak* ? Tu peux me le dire ; tu sais combien je me sens coupable, je peux te pardonner n'importe quoi dans cet état de tranquillité que m'ont fait connaître les nonnes. Qui était-ce ?

Que puis-je faire si ce n'est jouer le rôle que le dharma m'a attribué ? Oui, je lui parle de Tara, oui, je lui explique en détail à quel point j'étais seul et en manque affectif à ce moment-là, mais ne laisse absolument pas transparaître que je suis toujours envoûté par la *dakini* tibétaine. Je ne dis rien du tantrisme et moins encore du comportement troublant de Tara au lit. Si je peux me permettre, mon aveu est un chef-d'œuvre d'hypocrisie ordinaire. Après quoi, Chanya reste allongée sur le dos pendant cinq minutes sans dire un mot tandis que j'observe son diaphragme monter et descendre, ses petits seins se soulever et s'abaisser, son corps sous-alimenté.

— Tu es encore sous son charme, hein ?

— Pas du tout.

— Pour un flic, tu mens très mal.

Elle baisse les yeux vers son buste.

— Je maîtrise bien, regarde, dit-elle, presque excitée par la preuve de ses progrès spirituels. Cette jalousie étouffante, cette émotion sinistre, laide comme du soja qui a fermenté trop longtemps, je ne la ressens pas. Fantastique. Merci, Sonchaï.

— Tu es sûre ? Tu étais pourtant bigrement…

Et voilà que ça tombe sans crier gare, une torsion rapide comme l'éclair de son corps super délicat : *Vlan !* Une bonne claque sur ma joue droite.

— Pourquoi as-tu fait ça ? réussis-je à demander.

— Pour te pardonner encore plus facilement. Excuse-moi, je t'ai fait mal ?

C'était une sacrée beigne, de fait. Je suis encore en train de me frotter la mâchoire quand Tara rappelle.

— Désolée, inspecteur. Je n'ai pas du tout d'argent. Je voudrais vous parler. Rappelez-moi, s'il vous plaît.

Chanya se raidit.

— Appelle-la.

— Non.

— Oh si, tu vas la rappeler.

— Qu'est-ce que je vais lui dire ?

— Que ta femme vient de revenir à la maison et que c'est fini, bêta.

Je rappelle le numéro affiché sur mon portable.

— Écoute, Tara, j'ai quelque chose à te dire. Ma femme est revenue hier soir. Nous avons décidé d'essayer de nouveau. Nous sommes au lit en ce moment, désolé.

Silence, puis :

— Pourquoi es-tu désolé ? Félicitations. Je veux lui parler.

J'éloigne le téléphone de ma bouche et fais comprendre à Chanya avec force gestes que Tara veut lui parler. Chanya mime à son tour quelque chose du genre : « Pourquoi je parlerais à ta petite poule himalayenne ? » Je hausse les épaules.

— Est-ce qu'elle parle anglais ? demande Tara.

Au même moment, cette *mia noi* tibétaine qui a le culot de vouloir adresser la parole à la Première Épouse comme dans un ménage à trois classique, cette épouse secondaire a brusquement éveillé la curiosité de Chanya. Je hausse à nouveau les épaules et lui tends le téléphone. Chanya dit « oui » plusieurs fois, puis se tait. Au bout de cinq minutes, elle me lance un coup d'œil interrogateur.

— Oui, c'est exact, je viens de passer un mois dans un couvent bouddhiste, dit-elle ensuite.

Elle se lève alors, me jette un regard à la fois interloqué et intrigué, sort de la pièce. J'entends sa voix dans la cour, mais ne distingue pas ses paroles. La conversation se poursuit pendant une vingtaine de minutes encore, Chanya écoutant la plupart du temps ce que Tara lui dit. Puis Chanya remonte, prend une longue douche froide et rentre enfin dans la chambre, où je suis assis sur mon séant, dans l'expectative et passablement nerveux, avec cette expression ridicule apprise à l'école, qui signifie : « J'ai fait quelque chose de mal ? »

— Allonge-toi, mon amant, murmure-t-elle. Maintenant, tout ce que tu as à faire pour expier complètement, c'est de me signaler quand j'aurai trouvé le point exact. Où est-il, ce nerf ? « Quelque part entre l'anus et les testicules », elle a dit. Ça marche vraiment ?

— Oui, mais tu es censée ne pas jouir.

— Je ne le veux pas, Sonchaï. Je ne veux plus jouir. Ton amie a tout à fait raison. Je dois l'admettre, je suis restée absente si longtemps parce que je n'étais pas certaine de vouloir retomber dans le piège de la chair. Ce que je voulais, c'était être avec toi sur une voie authentiquement spirituelle. Je crois que le Bouddha a envoyé ton amie en guise de réponse. Si j'appuie ici, c'est le point ?

— Un… millimètre plus… en avant, marmonné-je. Elle t'a dit son mantra, n'est-ce pas ?

— Oui.

— Quel est-il ?

— Je ne te le dirai pas.

— Essaie de te souvenir de moi, de temps en temps. La béatitude peut être assez impersonnelle, tu sais.

— Mmm, que le Bouddha en soit remercié.

Puis, quand elle se calme et adopte le rythme primitif :

— Il faut que tu lui envoies de l'argent pour l'appel téléphonique. Elle est incroyablement pauvre, la malheureuse. Imagine, avoir un esprit pareil et pas un centime. Elle a tout compris sur moi. Elle a changé ma vie en un coup de fil.

— Tu as bougé ton doigt.

— Désolée.

(Essayez ça chez vous, mesdames, mais il se pourrait que ça ne marche pas sans le mantra.)

Bon, *farang*, tu l'as vu comme moi sur CNN. C'étaient les drapeaux de prière de Tietsin que tu as vus à la télé à l'ouverture des jeux Olympiques – non seulement dans tout Beijing, mais en un réseau tantrique bariolé dans tout le pays, du Tibet à Shanghai, de Canton à la Mandchourie, du Yunnan à Beijing, de Kachgar à Fuzhou, de Hailar à Lhassa, de Houhehot à Haikou, typiquement tibétains dans leur insistance échevelée, le grand arc majestueux de leurs câbles tendus entre la terre et le point d'attache disponible le plus haut, le plus souvent un poteau télégraphique, et dans la magie universelle de leurs couleurs : bleu pour le ciel, blanc pour l'air, rouge pour le feu, vert pour l'eau, jaune pour la terre, généralement (mais pas toujours) dans cet ordre –, ces drapeaux qui ont fait un tel effet dans le monde entier. As-tu eu l'occasion de lire des e-mails et des SMS de téléspectateurs ? J'ai immédiatement deviné que les quarante millions de dollars destinés à envahir la Chine n'ont pas été dépensés dans les drapeaux de prière eux-mêmes, mais surtout en pots-de-vin distribués à un tas de fonctionnaires chinois pour qu'ils regardent ailleurs lorsque les drapeaux ont été hissés à l'intention des caméras du monde entier. Non pas que Tietsin se soucie trop de publicité. Ce qui l'intéresse, c'est l'exercice d'un pouvoir subtil, l'invasion silencieuse de la Chine par la pensée tibétaine, la promesse faite à son peuple dans l'erreur de meilleurs lendemains que ceux offerts par Marx, Mao ou Friedman, le remodelage lent mais certain de l'Esprit du Monde, en commençant par la Chine, en quelque chose de plus civilisé. Tu as envoyé un message de soutien, bien qu'il n'y ait pas de pétrole au Tibet, n'est-ce pas ? Je sais quel ardent défenseur de la liberté et de la démocratie tu es.

Farang, il est temps de mettre un point final à cette histoire. Je sais que ça te démange d'en savoir davantage sur mon développement spirituel. J'ai toujours la roue à lames tranchantes – je crains qu'elle ne me tienne compagnie pendant de nombreuses réincarnations – mais, je suis sûr que tu l'as deviné, Chanya a décidé pour nous deux qu'il me fallait démissionner de ma position de *consigliere*. Nous avons découvert à nos dépens que les noms ont leur importance. Je me sens plus moi-même en tant qu'esprit libre, à m'affairer autour de Vikorn pour lui recommander vivement à l'oreille davantage de retenue ; qu'on me donne le titre de *consigliere* et un quart de million de bahts par mois, et j'ai l'impression d'être asservi. Dans ma forme personnelle de bouddhisme, la moralité est organique et impossible à codifier. On ne peut saisir la Voie avec la main ni même avec l'esprit ; il faut la laisser vous conduire.

Oh, j'allais oublier, Rosie McCoy est toujours à l'ombre, mais elle s'est adaptée avec un certain génie : elle a soudoyé la matonne en chef pour qu'elle lui donne une cellule individuelle avec ordinateur et liaison Internet. Sur son site Web, elle demande trois dollars pour pouvoir télécharger des photos d'elle dans diverses positions érotiques. Mary Smith est maintenant dans le même centre de détention et elle a réussi à entrer dans les bonnes grâces des deux géantes nigérianes afin qu'elles la protègent. Bien que l'affaire Frank Charles reste officiellement un suicide, Sukum a reçu sa promotion et est devenu impossible à vivre pendant une semaine, mais il n'a pas encore troqué sa Toyota contre une Lexus ; il y a de l'espoir pour sa prochaine incarnation.

Ne me juge pas sévèrement, *farang*. (Je sais comment tu es.) Dans le terrain vague où pourrit le roman, être le Bon Larron est peut-être ce à quoi on peut aspirer de mieux. Que celui qui n'a pas de karma me jette la première pierre.

Bien à toi dans le dharma,

Sonchaï Jitpleecheep

ÉPILOGUE

J'ai une question à te poser, *farang :* avons-nous un happy end ? Je ne peux en juger moi-même, mais cela pourrait t'aider à en décider si je partage avec toi l'information suivante : un autre paquet anonyme m'a été adressé il y a deux ou trois jours. Il contenait un drapeau à prière tibétain, qui avait été décousu pour que l'on voie la prière inscrite sur le petit papier qu'il renfermait. Elle est en caractères tibétains et chinois ; heureusement, le correspondant anonyme en a donné une traduction en anglais et en thaï. Je ne suis pas spécialiste en la matière, mais il me semble que l'incantation est inhabituelle :

Hé ! Chine, arrête les bêtises !

Ne t'engage pas plus avant dans cette voie !

Vois l'Occident. Peut-être est-il plongé dans la confusion, mais il a suivi la même voie que toi et il a beaucoup à t'apprendre : Hitler, Mussolini, Staline, Franco, Nixon, Botha. Il y a aussi un certain Mao, que tu as vraiment besoin d'étudier de plus près. Sais-tu qui ils étaient, tous ? Ils étaient les produits culturels directs de Clive, Palmerston, Kitche-

ner, Curzon, Younghusband : le genre de types que Marx haïssait le plus au monde. Tu te souviens de Marx ?

Les monocultures à poigne de fer ne durent guère de nos jours. Tu ferais bien de te diversifier un peu si tu veux survivre.

Tout semble aller bien pour toi en ce moment, n'est-ce pas ? Quelqu'un n'a-t-il pas dit que le IIIe Reich était appelé à durer mille ans ?

Écoute, Chine, nous entrons dans un âge nouveau. La liberté n'est plus une théorie, c'est un instinct avec lequel naissent les gens. De même que l'aspiration à la transcendance. Tu n'y peux rien : c'est même plus fort que l'argent !

Voici quelque chose tiré de ta propre culture :

Une coupe de vin sous l'arbre en fleur ;
Je bois seul car aucun ami n'est dans les parages.
Je lève ma coupe à la lune…

Li Bo est le plus grand poète de la littérature mondiale. Soit dit en passant, il était aussi bouddhiste. L'empereur Wudi des Han, Yao Xing, Cao Xueqin, Liu Ying, Li Shizhen, le commissaire Lin et l'empereur Ming l'étaient également.

Tu ferais bien de renouer avec eux si tu veux que ton bon karma perdure. La façon dont tu traites mon peuple emplit de honte les Illustres Ancêtres.

Libère mon peuple, Chine. L'alternative est trop affreuse pour être envisagée.

Om mani padme hum

SOURCES

Chang Chen Chi, *Esoteric Teachings of the Tibetan Tantra*

Cornwel-Smith, Philip, *Very Thai*

Fleming, Peter, *Bayonets to Lhasa*

Harr, Barend J. ter, *Ritual and Mythology of the Chinese Triads : Creating an Identity*

Lopez, Donald S., Jr., *The Madman's Middle Way*

Morris, Jan, *Pax Britannica : The Climax of an Empire*

Müller-Ebeling, Claudia, Rätsch, Christian, et Surendra Bahadur Shahi, *Shamanism and Tantra in the Himalayas*

Seagrave, Sterling, *Lords of the Rim*

Thurman, Robert, et Wise, Tad, *Circling the Sacred Mountain : A Spiritual Adventure Through the Himalayas*

Trocki, Carl A., *Opium, Empire and the Global Political Economy : A Study of the Asian Opium Trade, 1750-1950*

The Shadow Circus : The CIA in Tibet, White Crane Films

REMERCIEMENTS

Je remercie David Giler, pour ses inestimables commentaires habituels, et Douglas Mays, qui m'a appris tout ce que je pourrai jamais apprendre sur les padparadschas.

MIXTE
Papier issu de sources responsables
FSC® C003309
www.fsc.org

10/18, une marque d'Univers Poche,
est un éditeur qui s'engage pour
la préservation de son environnement
et qui utilise du papier fabriqué à partir
de bois provenant de forêts gérées
de manière responsable.

Impression réalisée par

BRODARD & TAUPIN

La Flèche (Sarthe), 69165
Dépôt légal : juin 2012
X05620/01

Imprimé en France